小说卷
中国当代著名女作家大系

梧桐

金仁顺 作品

陕西新华出版传媒集团
太 白 文 艺 出 版 社

图书在版编目（CIP）数据

梧桐 / 金仁顺著. -- 西安 : 太白文艺出版社，
2017.10(2024.1重印)
（中国当代著名女作家大系 / 何向阳，张莉主编.
小说卷）
ISBN 978-7-5513-1126-7

Ⅰ. ①梧… Ⅱ. ①金… Ⅲ. ①中篇小说－小说集－中
国－当代②短篇小说－小说集－中国－当代 Ⅳ.
①I247.7

中国版本图书馆CIP数据核字(2017)第232500号

梧桐
WUTONG

作　　者　付秀莹
责任编辑　张　鑫
装帧设计　焚香图文
内文设计　前程设计
出版发行　太白文艺出版社
经　　销　新华书店
印　　刷　天津旭丰源印刷有限公司
开　　本　787mm x 1092mm　1/16
字　　数　339千字
印　　张　21.5
版　　次　2017年10月第1版
印　　次　2024年1月第4次印刷
书　　号　ISBN 978-7-5513-1126-7
定　　价　55.00元

联系电话：029-81206800
出版社地址：西安市曲江新区登高路1388号（邮编710061）
营销中心电话：029-87277748　029-87217872

序言

社会变革中的女性声音

何向阳

进入21世纪以来，中国社会发生了巨大变化，作为目睹社会进步的中国作家，未曾缺席于社会变革的记录，而在中国社会前进历程的忠实的录记者中，当代中国女作家已成为一种不容忽视的力量。于新时期蹒跚起步、于新世纪日臻成熟的当代女作家，无论其社会观察的视野，人性探索的深度，还是对人类文化的传承与借鉴，对艺术风格与艺术手法的积淀和历练，就整体风貌而言，都较20世纪初、中期女作家写作有极大的进步。文学史将会对这一代，甚或几代女作家的写作成就做出高分值的评估。作为中国改革开放受益者的当代女作家，正以她们敏锐的洞察和细腻的书写，投入中国突飞猛进的现代化进程中，并为后人提供着观照和研究这一时代变化的精神档案。

20世纪末，我曾以《夏娃备案：1999》为题，对1999年的由女作家写作、以女性作为主人公的十二部小说加以梳理。20世纪、21世纪的世纪更替之年，中国女作家经由写作提出的一些与自身、与人类相关的问题，给出了寻勘身心发展的道路，其对于性别心理与社会发展的深入思考，不仅丰富了文学的承载量，更提供了人类认知自我的新经验，比如铁凝《永远有多远》传递给我们母性教育的传统乃至本能；王安忆《剃度》展示了特立独行的时代女性的决绝个性；而方方《在我的开始是我的结束》让我们看到的是女性在亲密关系中寻求自我的渴望或是在他者身上印证自我的失败。分歧的，共生的，冲突的，裂变的，未成型的，已板结的，需解冻的，身体的，心灵的，灵魂的，我们从她们的文学中得到的东西根植于一个国度一个时代却终将超越对一个国度一个时代的了解。

哲人曾言，“女性的进步是社会进步的一面镜子”，足见女性在社会中的重要地位。文化亦然。女性的文化进步是社会文化进步的投影，其实两者更是深层互动的，女性对于文化、身份、性别、社会的思考，已成为推动整体社会向前运动的力量。

这种力量的成因源于中国女性在20世纪经历的三次解放。1919年，新文化运动，使中国妇女从封建性的三从四德中解放出来。这次的解放，思想解放意义大于经济独立意义，男女平等平权的思想深入人心，于此，如丁玲、冰心、林徽因、萧红等女作家写出了她们年轻时期的代表作。其中，《莎菲女士的日记》《生死场》影响深远。1949年，新中国成立，宪法规定男女平等，中国妇女的地位与作用发生了巨大变化，经济上的独立使其摆脱了对男性的依附，而在各领域取得进步与成就。女作家得益于这一社会风气之先，丁玲、杨沫、茹志鹃等均有佳作推出，中国女作家的写作开始受到国外研究者的重视。1978年，中国实行改革开放，思想上的解放使作家焕发出极大的创造力，女作家作为思想活跃、敏感的一个群体，在思考社会问题的同时，更注重对性别文化的勘探。张洁《爱，是不能忘记的》、宗璞《三生石》等作品代表了这一时期的探索。三次思想文化上的洗礼和社会发展的互动，使得中国文学在1978年之后迎来了迅速发展的黄金时代。

中国自20世纪70年代末改革开放以来，这一时期的文学被称为新时期文学，新时期文学近四十年来，女作家写作发展迅速，可以说，就是从这个新时期开始，中国女作家集体发声，并以其强劲的写作，呈现出时代女性对于社会发展的文化“干预”。巾帼不让须眉，这种独有的文化现象引人瞩目，以致在新世纪成熟壮大，被一些文化研究者们称为她世纪。20世纪80年代，女作家的性别觉醒与文化自觉开始较早，她们在关注外部世界变革的同时，开始关注内心，关注精神。张洁《爱，是不能忘记的》、张抗抗《隐形伴侣》写社会问题，但却是女性立场上对于情感的深度审视与叩问。张辛欣《在同一地平线上》，关注精神上的两性平等与女性自我价值的实现，以及知识分子女性在爱情与自我之间试图寻找到一个两全存在空间的努力。刘索拉《你别无选择》，反思男性文化传统，也对传统女性化写作提出了颠覆性的质疑。刘西鸿《你不可改变我》《花儿为什么这样红，为什么这样红》的女性书写，将“我”与“你”即女性与男性的一系列性别问题提出来，并均做出了来自女性个人的答案——你别无选择！你不可改变我！其勇敢的姿态更是对历史框定的女性顺从与懦弱的文化性格的诘问与反叛。

20世纪八九十年代，叶文玲、池莉、赵玫、范小青、裘山山等佳作频仍，其在多个文体间的跨越更打磨了小说的锋芒；90年代始，林白、陈染、海男等期望通过身体而将视点拉回到性别关注上来。这种写作在历史、个人、身体、社会、情感间跳跃，呈现出女性写作的犹豫和艰难的自我调整。而从20世纪80年代《对一个精神病患者的调查》、90年代《羽蛇》，到21世纪《炼狱之花》《天鹅》，三十年跨度始终坚守女性精神自我深度写作的徐小斌引人瞩目。新一代女作家，注重隐藏在身体性后面的社会文化，不那么尖锐，更倾向温暖、幽默、智性的表达，但她们心底仍然保留着一个完整的女性空间，如徐坤《厨房》、迟子建《世界上所有的夜晚》、潘向黎《白水青菜》、魏微《大老郑的女人》、盛可以《手术》、叶弥《小男人》等，都体现了以女性文化视角介入历史现实的丰富性追求。

新世纪伊始，女作家写作成果斐然，杨绛等老一代作家也有新作推出。张抗抗《把灯光调亮》在坚守其新时期开端之作《北极光》的浪漫主义理想底色的同时，强化了传统知性写作的典雅；叶广芩《梦也何曾到谢桥》《黄金台》为代表的我称之为“后视镜”式的写作，在对传统文化与现代化的可持续性发展的探索方面可谓独树一帜；方方的《水随天去》等探讨经济不平衡发展对于纯真爱情的挤压；蒋韵《心爱的树》《完美的旅行》《行走的年代》试图在对“已逝”岁月的追踪中确立传统价值的独立性；林白《长江为何如此远》和《妇女闲聊录》提供给了我们回溯历史与观察现实的与众不同的角度；孙惠芬《歇马山庄的两个女人》等系列作品将观察点定位于出走与还乡两大母题，使其作品在现实性的叙事之上平添了哲学的意蕴；葛水平《喊山》《地气》承续了中华山川地气中深藏的诗意之美，其利落的行文中苍凉的味道耐人寻味；邵丽《明惠的圣诞》聚焦纷繁复杂的社会环境中日常生活的个人体验与情感微澜；金仁顺《云雀》《桃花》等根植饮食男女，其心思缜密又声色不动的叙事兼具温润与冷凛两种魅力；乔叶《走到开封去》等承续了她个人创作中对“慢”的探求，审视的目光于小事情间不经意扫过，却如探照灯一般揭示出最深处的幽怨和最原始的黑暗；鲁敏的写作确如“取景器”，隐秘的、细微的、节制的，带有缠绕感甚或是残缺的生活，成就了她小说的“气象与光泽”，《思无邪》《饥饿的怀抱》均写日常生活的不如意处，却在极简主义式的写作中透出干净与温暖；付秀莹《爱情到处流传》《六月半》篇篇出手不凡，以感伤与坚忍并存的从容气度体认着中华美学的精髓，并使诗化小说通过个人的写作向前推进了一步；滕肖澜《美丽的日子》等笔触在沪上弄堂里小人物的日常生活间腾挪有致，有柴米油盐的实在，也有细碎世俗中的温情；阿袁《长门赋》《鱼肠剑》等让我们看到了人性的丰富驳杂，其小说的精神分析与反讽意味承接了现代写作的传统。

以上列举的只是活跃于文坛的当代女作家群体的一小部分。无论是社会发展还是写作环境，当代女作家们都身处一个创造力得以充分发挥的时代。1977 年以来，作为中国文学长篇小说最高奖的茅盾文学奖，评出九届，有四十余部长篇小说正式获奖，女作家占八部，所占比例五分之一。1995 年以来，作为除长篇小说以外的其他门类文学作品的最高奖鲁迅文学奖，已评六届，共有二百多人获奖，女作家超过四十人次，所占比例五分之一。1980 年以来，全国优秀儿童文学奖，评出十届，获奖者中，女作家在小说、童话、幼儿文学（绘本）等均有收获。20 世纪 70 年代始评的全国少数民族文学创作骏马奖，获奖者中多次见到女作家的身影。而由中国当代文学研究会下属的中国女性文学研究会设立的中国女性文学奖，有效推动了女性文学的创作与理论探索。获奖只是专业荣誉，更广泛的社会承认，还包括作家文学作品的读者拥有度、文学作品的文化艺术衍生品以及国外研究与译介，在此不一一列举。总之，女作家无论创作还是思想，都表现出不让须眉的强劲实力，她们通过文学所表达的对于社会人生诸多问题的思考，在整体上已然超越了文学史上她们前辈的书写。

这就是我们今天编选《中国当代著名女作家大系》的原因。当今世界正发生着日新月异的变化，置身于这样一个时代是作家们的幸运，作为中国社会变革的见证者，同时也是人类社会发展的一个重要组成部分的女作家，她们的录记、思考与贡献，我们不能忘记。

2017 年 10 月 12 日　北京

（何向阳，女，中国作家协会创作研究部主任，研究员。出版诗文集《思远道》《自巴颜喀拉》、理论集《夏娃备案》、专著《人格论》等，获鲁迅文学奖，作品译成英、俄、西班牙文）

目录

纪念我的朋友金枝

金枝说她爱袁哲。她一直这么说，不断地说。每次同学聚餐，她都挑袁哲对面的位置，种种怪模怪样，截获他的注视，要么就手支着下巴，盯到他浑身发痒。

“你的目光把我脸烤红了。”袁哲抗议。

“我的目标是把你烤熟，”金枝说，“外焦里嫩，片成一片片的，吃掉。”

“烤鸭——”我们冲袁哲笑，把“鸭”字拉得老长老长。

袁哲拿我们没辙，他拿金枝更没辙。在我们这拨高中朋友里面，袁哲在校园里待的时间最久，本科读完读硕士，硕士读完读博士，博士读完分到社科院，跟其他早就进入社会的同学比起来，金枝说他是“清泉石上流”。

金枝喜欢袁哲，喜欢逗袁哲，叫他“泉哥”。“泉水清且涟漪，可以洗衣服，洗脚，也可以洗澡。”但说归说，她可从来没想在袁哲这棵树上吊死。她的感情生活摇曳多姿。

金枝是医药代表，前年推销出去两台妇科仪器，这两年，光是往医院里卖涂片垫，就让她月入过万。她名片上面的身份是外企白领，代理着两个美国制药公司出产的药品，其中一个主要治疗胃肠道内间质瘤，据说已经让部分肿瘤患者存活了十几年，当然价格也不菲，一盒就要两万四。每月有两次，她起早赶到医院，在大腕主任医生查房之后、进手术室之前的时间缝隙里，想办法挤出几分钟来，把装在信封里面的药品提成现金塞给他们，顺便聊聊天。时不时地，下午3点钟以后，她拎着礼物以及零食饮料去主治医生办公室，跟他们吃吃喝喝说说笑笑，让他们给患者推荐药品时，把她的品种排在前面。隔三岔五她安排个饭局，跟这些医生们推杯换盏，联络感情，放松身心。好几个医生散席后送她回家，一送送到床上。

金枝给客户们买东西时，经常带上袁哲的一份，名牌衬衫、男用香水、背包、红酒之类的。金枝朋友聚会结束，大家鸟兽散时，她提起纸袋往袁哲手里一塞。袁哲接得也很顺手，仿佛那本来就是他的纸袋。

袁哲带聂盈盈来参加我们的饭局时，没有事先通告，小姑娘说，她不是“应邀”，而是“硬要”来参加这个聚会的。聂盈盈瘦溜溜、白嫩嫩、娇滴滴，穿件小黑裙，袖子蓬成两朵绉纱灯笼。她是师大在读研究生，几个月前他们在朋友聚会上认识。

金枝坐在他们对面，跟她旁边的男生要了支烟。袁哲挨个替聂盈盈介绍在座的朋友，到金枝时，聂盈盈向她问好，她点点头，喷出口烟来。烟雾像颗棉花子弹，朝聂盈盈弹出去，转眼抻长，漫开，展成一小截舞袖，如丝如缕地散掉。

“她高中时就开始抽烟，”袁哲对聂盈盈说，“女版小马哥。”

金枝那会是女阿飞，跟男生勾肩搭背，抢烟抽，有一次还把烟吐到了袁哲脸上，他正好吸了口气，呛到了，咳了半天。

“你要不要脸?!”他瞪她。

“你要不要命?!”好几个男生围过来。

袁哲在高中时，单眼皮，大长腿，白衬衫，年级学霸，体育健将，男神标配样样齐全，引无数女生竞折腰，男生们早就想揍他个满地找牙了。

金枝拦住了男生们，摆头示意袁哲走。

有两个男生不服气：“凭啥?”

“就凭我喜欢他。”金枝宣称。

那天喝的是高度白酒，喝酒之前先要了苏打水，扯易拉罐时，金枝把拉环拉掉了。

“刚出炉的戒指。”她把拉环套在自己的无名指上，冲我们晃了晃。

酒喝到酣处，各种八卦粉墨登场，金枝讲医院里新近发生的事：有个小护士，表面白莲花，私下麻辣烫。老公是工程师，在非洲援建，前阵子回来待了个把月。工程师回非洲后，小护士身体越来越不适，一查查出了艾滋病。从上个星期开始，医院里的男医生排队体检，挤爆走廊。

“那你不是也应该体检下?”有人调侃金枝。

“我正安排时间呢，当然也得替你们全都安排一下。”金枝浏览了一圈，目光定在袁哲身上，“尤其是你。”

饭局结束后，聂盈盈发了条微博，说男友的朋友们，玩笑尺度大到让人笑不出来。这条微博之后，她又发了一条秒删的微博：胖女人上了公交车，找不到座位，只能拉着车上的拉环，不料司机一个急刹车，胖女人把拉环拉断了，并一下子扑到了司机面前，司机看着她和她手上的拉环，没好气地说：“集满三个，送司机签名照一张!”

这条微博下面配了袁哲开车的照片。

“袁哲，我爱你!”

金枝在婚礼上跟袁哲告白。

那会，婚礼上的人都在等待着良辰吉时。为了选这个良辰吉时，袁哲和聂盈盈驱车三百公里去一个县里找风水先生。那个先生谱很大，只按自己方便的时间接待来宾，还经常闭门谢客。他们事先托人说了情才见到那个先生。聂盈盈把这个过程写得一波三折，跌宕起伏，艾特了一大堆朋友。不光这件事，聂盈盈什么都拿出来晒：房子、车子、装修、家具。随着婚礼的临近，又加上了鲜花、蛋糕、各种心形饰物，每次都艾特一大堆人围观。她还经常把袁哲的西装、衬衫、皮带、皮鞋、手表摆摆好，旁边是她的裙子、包包、鞋子、首饰、衣衫，相依相偎，相亲相爱。

距离婚礼进行曲响起来还不到两分钟，聂盈盈从休息室出来，新娘子一袭白纱，裙摆阔大，丝绸雪纺如雪雾飞扬。她挽着老聂，走到红毯的边缘，那里搭了一个心形花架，白玫瑰与勿忘我镶满其上，紫白相间，清新亮眼，父女俩就像嵌在相框里面。

老聂年轻时走过仕途，后来下海经商，人脉通天，财大气粗。他现在的老婆是第三任，比聂盈盈大不了几岁。我们进场时，她陪在老聂身边迎客，杏脸桃腮，眼横春波，把男宾客们电得不轻。

大家的目光都瞟向新娘，金枝是怎么上到台上，从哪里弄到麦克风的，我们不得而知。今天她来的时候，身上就带着酒味，脸孔像张揉皱的纸。有人倒了杯可乐给她，她摆摆手，让人开了瓶啤酒，说要透透宿酒。

“我爱你，就像爱塞北的雪，春风又绿江南岸的绿，荷塘月色里的月色。总而言之，言而总之，”金枝拿着麦克风，身体摇晃着，声音因醉酒而沙哑磁性，非常爵士，“你是我的男神，跟耶稣、释迦牟尼、安拉，并列为四大天王。我一上香就上四炷。”

我们笑翻了，连袁哲也笑了，随即又绷紧了脸。有些宾客发蒙，还有一些人以为金枝是婚礼请来助兴的演员呢。

“我男神今天要结婚，新娘不是我——”金枝停顿了一下，“——新娘不是我，这没关系，新娘可以假装她自己是我，对我男神要顶礼膜拜，三从四德，鞠躬尽瘁、死而后已——”

司仪小伙跑上来，被舞台上的线绊了个跟头，差点给金枝来了个单膝跪地的请安。

“来就来呗，”金枝抱着胳膊，“这么大礼!”

司仪起身凑到金枝身边，要附耳过去跟她讲话。

“有话说话，”金枝身体往后躲了躲，“套什么近乎，我男神看着呢——”

袁哲叫了金枝两声，冲她做了个打住的手势。

金枝看着袁哲，话筒还在她嘴边，她的呼吸气流声清晰可闻，仿佛潮汐涌流。

“不往下整了?”她问他。

袁哲做了个手势。

“你是男神你说了算，男神说的话都是神话——”金枝冲音响师打了个响指，“Music!”

婚礼进行曲从音箱里面奔涌出来。

金枝小天鹅似的踮起脚尖，鞠躬谢幕。来宾们掌声雷动，还有人拍着桌子喊，“再来一段!”

聂盈盈和她爸爸表情肃穆，任凭婚礼进行曲兀自进行着，他们耳语了几句，挺胸站直，沿着红毯迈步前行。走到新郎身边时，老聂迟疑了一下才把聂盈盈的手交到袁哲手里。

司仪小伙讲了一堆套话：金玉良缘，百年好合，白头偕老；你愿意成为她的丈夫吗，无论疾病还是健康，幸福还是痛苦，富贵还是贫穷？你愿意成为他的妻子吗，陪伴他，鼓励他，支持他？

无论司仪说什么，宾客们都大声叫好、鼓掌。

证婚人宣读了结婚证书，袁哲和聂盈盈交换了戒指，司仪让他们亲吻，聂盈盈冰雕似的站着，袁哲撩起她的面纱，嘴唇凑过去碰了她脸颊一下。

司仪大声宣布："礼成！"

金枝在婚礼上的表演被人拍了视频，弄到网上，点击率井喷，评论如野草疯长："笑抽了！""史上最强女神经！""超级闺蜜！"

金枝说她那天宿醉未醒，被朋友提醒才上网看："奥斯卡影后神马的，跟我比，都弱爆了啊！"

"你红了，"我提醒她，"新娘新郎脸都绿了。"

"脸绿怕啥？帽子不绿就行呗。"

金枝张罗请客，为袁哲聂盈盈新婚贺喜，为自己酒后无德道歉。袁哲说不用，但聂盈盈一口答应下来。

金枝定了"春樱"日本料理。桌子窄细，食品五彩缤纷地摆满了桌面，仿佛一条花河。大家分列两侧，金枝坐在袁哲和聂盈盈对面。清酒烫好后送上来，金枝把自己面前的三个空杯倒满。

"我先赔个罪啊——"金枝指了指面前，"这三杯酒的意思是：对，不，起！"

"喝酒难看，喝醉了更难看，喝醉了的女人难看加难看，喝醉到都不知道自己醉成什么样的女人史无前例的难看，我自己都看不下去了！"金枝说完，把三杯酒端起来咣咣咣干了，"对不起啊，盈盈，姐跟你道歉，虽然你长得跟棵芹菜似的，但姐希望你能变成卷心菜，多多包涵！"

"你这体格，有这么多希望，"聂盈盈笑笑，"我哪能包得住？"

炕桌细长狭远，酒喝起来像流水席。袁哲和聂盈盈坐在中心位置，宴尔新婚，大家有心帮金枝补错，小夫妻成了大家敬酒的靶子。清酒入口微甜，度数低，聂盈盈来者不拒，几轮下来，聂盈盈的"沙宣头"发丝散乱，眼影也洇染变成了烟熏。她跟金枝隔着桌子，促膝，手拉手，身体不时越过小桌子，她们咬着耳朵说的话，所有的人都听得到。

“我知道你跟袁哲睡过。”

“大学的时候我们去草原，搭帐篷，六个人一起，这算吗?”

“动手动脚没?”

“我想动啊，可中间隔仨人呢，还有一堆背包。只能动动心眼了。”

“那更危险啊。妻不如妾，妾不如偷，偷不如偷不着，动心眼就是偷不着。”聂盈盈斜睨着袁哲，朝他脸上拍了一巴掌，“唐僧啊你!”

聂盈盈下手没轻没重的，听上去像扇了袁哲一耳光。

金枝睁大了眼睛，坐直了身子，伸手去拿聂盈盈的酒壶：“——你喝大了!”

聂盈盈把她的手摁住：“别抢我的酒。”

“别再喝了!”袁哲拉了聂盈盈一把。

聂盈盈死拽着酒壶，晃动肩膀抖落掉袁哲的手，发丝像把刷子从面颊上拂过去：“滚你妈蛋!”

包房里瞬间安静。

“你他妈的就是，”聂盈盈看着袁哲，一字一顿地说，“被苍蝇叮的、有缝的蛋。”

金枝扬手给了聂盈盈一耳光。

“干吗干吗干吗?”我们从两边拥过来，“喝多了喝多了喝多了——”

“告诉过你了，对我男神要三从四德、鞠躬尽瘁。”金枝甩开我的手，看着聂盈盈，“喝二两酒你不知道自己是谁了?!”

聂盈盈摸了下自己的脸，看着金枝：“你打我?”

“你欠揍!”

“她打我耳光?”聂盈盈问我们大家。

“不是不是不是，喝多了喝多了喝多了——”

聂盈盈抓起手边喝水的玻璃杯，在桌子上一磕，哗啦一声，杯底磕得稀碎，水在桌子上面漫漶开来，她的眼泪也奔涌而出，举着漏光了水的杯子喝水，抽抽搭搭地说：“从小到大，还没谁敢动我一根指头呢——”

“不服气?”金枝说，“你可以打回来。”

“真的吗?”聂盈盈抬眼看着金枝。

“当然。”

“别闹了，”袁哲拉着聂盈盈，“回家！”

聂盈盈甩脱了袁哲，抡起手里的玻璃杯，朝金枝脸上砸过去。她用力之大，要不是袁哲拉着，她整个人会隔着桌子栽过去……

玻璃杯戳进了金枝的脸颊，像个巨大透明的印章，金枝疼得脸都扭曲了。她脸颊上被戳出个圆形的印迹，先是发白，慢慢地，血滴渗了出来，圆滚滚的红豆，很快，血流成了溜，顺着金枝脸颊往下淌，流进了嘴角，从下巴滴落到衣服上。她冲聂盈盈开口时，几颗牙齿也被染成了红色。

“——我们扯平了！”

袁哲第二天去看金枝。前一天夜里，聂盈盈离了水的鱼似的，蹦跳扭动，三个男生帮着袁哲，把聂盈盈从日本料理店拖出来，塞进出租车里。其他人陪着金枝去医院。急诊室的两根灯管像个等号，白炽炽的，吱吱、吱吱叫个不停，医生处置台边的灯，亮得让人眼前发黑，值班医生为金枝处置了好长时间，到最后也无法确定是不是仍然有玻璃碎屑留在伤口里面。

金枝在QQ上给我留了好几十条留言，她睡不着。麻药让她的脸肿胀成了气球，舌头大了好几倍似的；麻药劲下去后，疼痛像春天的草，从伤口处钻了出来，它们生机勃勃，而且好像要生生不息。天光大亮时，她在窗前看着邻居们上学的上学，上班的上班，汽车甲壳虫似的，排队爬出小区。她拍了几张日出时的照片，发在微博上，有奖竞猜：这是她弄洒的牛奶？还是天上的云彩？

“我觉得自己刚睡着，就被袁哲的手机吵醒了。”她的手机设置了震动，噗噗噗地震个不止，她看了眼手机，袁哲打了二十多个电话，还发了短信，说他就在她楼下。

金枝从窗户往下看，袁哲站在香槐树下，从树影中漏下来的阳光，把他的衬衫变成了白银的鳞片。

“我给他回短信，说我不方便见客，而且这点小伤，也没什么可探视的。”金枝对我说，“但袁哲一定要见我，不见不走。我们来来回回发了十几条短信，他还是不走。我只好起床，洗脸刷牙换衣服，我还画了画眼角，刷了睫毛膏，用纱巾把脸上的纱布蒙严实了。他进门后，说我像阿拉伯美女！

“他替聂盈盈道歉，说她年纪小不懂事，让我别跟她一般见识；我说我跟聂盈盈是来而不往非礼也，我先挑起战火的，她是自卫反击。

“我们喝了杯咖啡，平时扯闲篇时一套一套的，但一对一大眼瞪小眼时，我跟他没什么好说的。他就像用牙齿打字似的，一会迸出一句，一会又迸出一句。他说我这些年来对他的好，点点滴滴，他都明白，很感动；他何德何能，受之有愧。我说我也没做什么啊，倒是给你添了很多乱。他说昨天我受了伤，他一夜没睡——我鼻子酸溜溜的，说跟你有啥关系啊？两个女生喝醉了任性、胡闹，跟你一点关系都没有，再说了，就我这体格，这点小伤算什么！他看着我，叹了口气，说你啊，只有身材是胖的。我就泪奔了……”

窗外的天色渐渐变灰，变暗。西天边上，云彩一度红彤彤的，也慢慢烧成了灰烬，融化在越来越浓的暮色里面。

袁哲把金枝送进卧室里躺下休息，安顿金枝躺好后，他自己也上了床。金枝没想到这个：“哎——”

袁哲亲吻她的脖子，温柔地咬了咬她，又咬疼似的用舌尖抚慰她。金枝说不出话来，身体软得像床羽绒被，她想推他起来，但抬起的胳膊棉絮似的，袁哲的另外一只手从她两手中间穿过去，解开她的扣子。金枝心跳得很厉害，害臊得不行，他的手游走到哪里，她的思绪就跟随到哪里，她为自己的脂肪和体重感到羞耻。我看起来像只章鱼吧？摸起来像一团乳酪吧？他在身上时，像骑在牛背上？袁哲肯定以为自己多年来梦想着跟他上床，才会用这种方式来安慰我吧？金枝很后悔没在他刚爬上床时把他踢下去。现在她只能希望夜色浓烈些再浓烈些，把他们的身体像奶油一样融化在黑夜里……

离开之前他在她额头上亲了一下，她冲他笑笑，后来才想起来房间暗到让人消失了视觉，而且，她脸上还戴着头巾。

金枝发微博说她出门散心，然后就没影了。

起初我们以为她在哪个疗养胜地养伤，谁也没当回事，等过了一段时间找她时，发现她的手机、QQ、微博、博客，全都停摆，医院的工作也由她的一个助手接过去了。金枝无影无踪了。

我们猜测金枝的去向：旅游时遇见真命天子，浪迹天涯了？还是男神结了婚，自己毁了容，哀莫大于心死，遁入空门，不爱红尘恋青灯？女生独自旅行，被劫财劫色的事情时有发生，但我们都觉得金枝不会成为这种社会新闻的女主角，而且退一万步说，真有个三长两短的话，警察早就找上门来了。

没有了金枝，饭局上再没有人叫板一口气喝光整瓶啤酒，K歌时没有了麦霸巨星，开玩笑时没有了靶子，金枝是饭局局长，朋友圈灵魂。

“金枝啊金枝!”大家在QQ群里、微博、微信上面，四处寻找金枝。我们对着高山喊，金枝，你在哪里啊你在哪里？我们对着大海喊，金枝，你在哪里啊你在哪里？金枝，袁哲喊你回来吃饭。

金枝消失了十八个月。就像她没有任何征兆的离开，她回来得相当突然。她在群里自称金枝斯密达：轻轻地我回来，正如我轻轻地离开/我挥一挥衣袖，没带回河畔的金柳和天边的云彩。她在微信上发了几张韩国的风情照，所有的照片里面，都有同一个橘黄色的行李箱。

天，我们怎么没想到呢，她去韩国了!

我们想起她脸上的伤，我们怎么会忽略了这个呢？金枝当然要去韩国，她必须去韩国。她是很大度，但没大度到对毁容都能付之一笑。

“安宁哈塞哟!”金枝踩着约定时间进了包房，手里拎着在微信图片里当主角的橘黄色小拉杆箱，里面装满了给我们的礼物。

她把我们全都惊呆了。

金枝没变成宋慧乔，没变成全智贤，或者什么尹恩慧、韩智慧，金枝把所有这些女明星融化了，然后浇铸到“金枝”这个模具里。金枝还是金枝，但金枝变成了勾兑版，或者说，韩版。以前她的脸是宽阔的，现在从两边往中间挤，脸颊窄细了一半，鼻梁则被挤高了一倍。嘴唇丰满、嘴角上翘，她原来就白得像雪，现在是雪里掺了奶，白得跟珍珠似的。最让人跌眼镜的是金枝的体重，曾经被我们喻为“撼山易，撼体重难”的金枝，瘦到了当她进屋时，我们没有一个人认出她来。

金枝让我们凌乱了。她就像仙女下凡，狐狸精转世，要多玄幻就有多玄幻，要多不真实就有多不真实。

“你整容了？怎么整的？肥是怎么减下来的？吃药还是运动……”

“我天生丽质好不好?”金枝不承认整容，“以前是脂肪掩盖了我的真面目，而你们这群家伙，有眼不识金镶玉!”

她承认减肥。她在韩国一家减肥美容中心减肥，六个月后成为减肥中心的接待员兼形象代言人，一年半的时间里，她减了六十斤。她的照片从她一百六十斤开始，一张张贴在墙上，记录她的变化。

“日新月异啊！”金枝笑着说，“但最近几个月新来的客人，都不相信那个照片里的人是我，他们认为照片是 PS 的。而且越是中国来的，越不相信。”

我们也不相信。不完全相信。金枝的变化太销魂了，活生生的奇迹和魔术。我们相信金枝能这么沧海变桑田，除了她讲的一二三四，一定还有别的五六七八。女生们咬着耳朵问她，减那么多，皮肤会松很多嗳。她咬着耳朵回复我们说，做了两次紧肤手术，收紧了，而且几乎没什么痕迹，就是价钱贵死人，这一年半，她打着工还花了三十万人民币。

代价不只是钱。金枝几乎不吃东西。她让人倒了半杯红酒，浅斟慢饮，指甲涂成了银色，手背上那些胖窝窝都不见了，取而代之的是一节一节的骨感美。“做梦都要流口水”的东坡肉端上来，她只吃了一小块：“曾经有一个月，我只吃水煮白萝卜胡萝卜。”

“那段时间我都抑郁了，站在窗边就想从楼上跳下去，有一次我把印着美食图片的纸嚼了……”她看着我们的表情，笑了，“这都不算事，我亲眼见到为了杨柳细腰拆掉两根肋骨的女人。削骨磨牙，抽脂打针，垫鼻梁，女人们手术后肿得跟猪头、缠得跟粽子似的，真正是面目皆非，鬼哭狼嚎啊。医护人员反复跟我们强调，整容是女人的二次投胎。现在在地狱，出了门就上天堂。”

袁哲整个晚上只说了一句话：“伤彻底好了？”

金枝点点头。

散席时当然是袁哲送金枝，“男神送女神，神神道道。”我们陪着他们走到汽车边，眼看着他们从两边上车，在汽车后座排排坐，冲我们挥挥手。

金枝只用了不到一个月的时间，就跟过去的生活无缝链接了。当初她离开时，只强调了健康原因，没跟公司要求任何条件和补偿。她离开后，公司在本地区的业绩一落千丈，公司原来以为金枝攀上了高枝，后来发现不是，金枝回国后，立刻对她大摇橄榄枝，欢迎她重回老东家。以前跟她合作过的医生，对金枝的旧貌换新颜，当时就震惊了。现在不是她约他们吃饭，而是她把自己变成了美味佳肴，主任医师主治医生们追着她订饭局。我们聚会时，金枝的手机冒泡似的响起各种提示音。她时不时地扫一眼，电话她设置震动状态，偶尔接一下，大多数来电她任凭电话噗噗噗扑腾累了拉倒。

“都是跟我咨询整容和减肥的。”她苦笑。

“姐不是传说，”我们逗她，“姐是传奇。”

有一天聚会时，聂盈盈突然来了。

“我是通过这个找到你们的，”她冲我们晃晃苹果手机，“又是‘硬要’参加。”

袁哲跟她分居半年多了。他说自己当初昏了头了，才找了白富美小女生结婚。聂盈盈的生活能力是负数，家里的事情要么是钟点工做，要么是袁哲收拾，她每天只管拿着手机，东拍拍西拍拍，一天发几十条甚至上百条微信和微博。一草一木，一杯一碗，吃喝拉撒，她连袁哲洗澡、只穿着内衣以及睡觉的照片都发出来，袁哲的婚后生活在朋友圈里几乎是现场直播。她自己也是，完全没有隐私可言，底下的评论说什么的都有，看得他撮火，她却觉得这样才有存在感。

“金枝姐姐，你真是沧海变桑田啊！”聂盈盈打量着金枝，“微信上看到他们发的照片，我还以为是PS的……”

“你有事吗？”袁哲冷着脸问她。

“上次喝醉了酒，不小心伤到了金枝姐姐，我怎么着也得当面道个歉啊！”聂盈盈跟袁哲说完，扭头又看着金枝，“对不起啊金枝姐姐，你大人不计小人过，原谅我酒后失态。”

金枝笑笑，加了把椅子，请聂盈盈坐下，让服务员再添副餐具。

“你这腮削得太自然了，你还开了眼角，别人看不出来我可能，我同学里面好几个开眼角的，都开得没你这个好。韩国技术就是成熟，你隆鼻用的是哪种填充料？他们说，隆过鼻子的人，坐飞机，有时候鼻子会像猪鼻子那样鼻孔朝上掀开，可惊悚了，是真的吗？”

金枝笑笑。

“你先回去吧。”袁哲说，“有事我们明天通电话。”

“干吗对我这么狠心啊？”聂盈盈说，“我是你老婆呀，明媒正娶，受法律保护。我今天一天没吃饭，现在，吃人的心都有。”

聂盈盈抄起筷子吃菜，有人倒酒，有人说起天气。桃花突然就开了，简直吓人一跳。还有李花、杏花、梨花，李花和梨花都是白的，但梨花花瓣更大一些。要不就是它们的花蕊有些不同，反正公园里面的花开得都连成片了，都开成一片烟了，怪不得古人说，花非花，雾非雾呢。我们要不组团去日本看樱花，顺便购个物？韩国也行，济州岛的山樱不比日本的樱花差。

“顺便再整个容。”聂盈盈举起手臂，“我第一个报名。”

“樱花马路对面的公园里就有，喝完酒咱醉里挑灯看樱。”有人出来打圆场，“大伙坐半天了，得走一个了吧?”

我们举起酒杯，干了一杯。金枝照例是红酒，喝了一口就放下了。

“你是怎么瘦下来的?”聂盈盈酒还没咽下去就问金枝，“他们在微信上说你减肥，只吃萝卜，我不信。他们有吃狗粮的，倒是减得挺见成效，吃萝卜能瘦成这样我还从来没听说过。你往胃里吞蛔虫了？还是你把胃切了？你吸毒了吗?”

“你见多识广，”金枝笑笑，“什么都瞒不过你的法眼。”

我们转移了话题，聊八卦，医院院长最近被抓了，据说在他家阁楼里面搜出来三千多万现金，藏在一堆书里面。案件被报道出来时，题目叫《书中自有“黄金屋”》。当然，黄金屋是加了引号的。

“还有通奸吧，”聂盈盈说，“现在到处都是通奸……”

聂盈盈不肯离婚。袁哲搬走时，她是同意的，现在，她说要再想想。想了几天后，她说离婚可以，谁离了谁都能活，但离婚的步骤得按她的意思来，比方说，第一步，袁哲先搬回家。

“共同进退嘛。”她说，“我很在乎形式。”

袁哲回去之后的生活，通过聂盈盈的微信、微博，时不时地露出一鳞半爪。聂盈盈在床上摆着S形自拍，星眸迷离，媚眼如丝，背后是熟睡的袁哲。她还拍了很多细节特写，比如他们挨在一起的脚，交叉的牙刷棒，两个紧贴着的咖啡杯，杯手组成了“好”字。

“她自编自导自演，我什么都没做。”袁哲告诉我们，“她的三妈在后面当军师，一会一个主意。以前她们是仇人相见，分外眼红，现在亲如姐妹了。”

聂盈盈三脚猫的功夫，倒没什么，三妈一看就不寻常，垒得起七星灶，煮得开三江水，相逢开口笑，笑里全是刀。老聂小聂都被她收服了，手段不是一般二般。

“你现在美貌与智慧并重，工作与财富兼收，”我安慰金枝，“男人就像春笋，四处往外钻，没有袁哲还有李哲王哲赵哲。”

“条条大路通罗马?”金枝笑笑，“我也这么劝自己。可是不大灵啊，不管怎么劝，最后还是一条道跑到黑。”

她喝的咖啡是黑咖啡，临走时，打包了两块提拉米苏。袁哲每天下了班先去金枝那，吃饭喝茶，夜深了才回家。

金枝穿着紫色七分裙的连衣裙，白色香奈尔包包，往停车场方向走时，回头冲我笑笑，她身后有一大片盛开的紫丁香，紫洇洇的，烂漫无比，香得人透不过气来。金枝被那片浓香重紫化掉了。

三妈一出手，果然是辣招。不知道她是怎么做到的，金枝以前的那些风流事，以及她在韩国交往过的两个男人，一个是整形医院的医生，另外一个是开牛尾汤汤馆的老板，全都被她查了出来。时间、地点，有的人连照片都附着。三妈约袁哲见了面，把纸袋放到了他面前。她没讲金枝一句坏话，她甚至没把这件事情告诉聂盈盈。

金枝刚洗了澡，给我开门时，身上裹着浴衣。客厅里只开了几盏壁灯，家具仿佛沉没在水下。她领着我直接进了厨房，餐桌上面有打开的酒，高脚杯也都摆好了。金枝往酒杯里倒酒，讲了三妈釜底抽薪的事，手在吧台上的纸袋上拍拍。

“——袁哲怎么说?”

“他说他不介意，过去的就让它过去吧。”金枝喝了口酒，笑笑，“——漂亮话就像整过容的脸，总会有后遗症的。”

她头发湿漉漉的，胡乱拢在脑后，耳朵边几缕发丝，发梢上含着水，慢慢团起来，泪滴似的滴下来。

金枝失眠，她经常夜里发微信，说说东说说西。聂盈盈倒是很少出现了，一个月来她销声匿迹，只偶尔上来冒冒泡。

聂盈盈说她被流星击中，怀孕了。

我给金枝打电话，“你要是相信才叫傻呢。”

“是真的，袁哲承认了。”

“不要脸的东西！”我骂。

“人家是合法夫妻，天经地义。”

“那就把红杏开在家里，出墙来嘚瑟啥？”

“是我把红杏枝探进人家墙里好不好？”金枝的声音有些怪，仿佛她在梦里，又仿佛醉了酒，“而且我还不只探进这一家呢，我是红杏枝头春意闹！”她笑起来。

我约金枝见面，我一定要见到她面才放心。她被我纠缠不过，答应了。我们又约了另外两个女生，去吃麻辣小龙虾。

麻辣小龙虾、水煮鱼、香辣蟹，都是大盆端上来的，中间又穿插了几个小炒，桌子上摆得满满登登的。

“血染的风采。”金枝笑着说。

金枝的脸白得像黎明前的天色，一个月没见，眼袋和黑眼圈全都出现了，她说是这阵子失眠闹的。她喝啤酒的时候先扔了两片药进嘴里，中间她又吃了两片药。

“你别在这儿睡着了……”

“能睡着就好了。”金枝说，“一觉醒来，发现所有这些不过是一场梦。”

“袁哲不值得你这样。”我说，“谁都不值得。”

“爱情这东西，谁先动心，谁就满盘皆输。”金枝说，“我十年前就满盘皆输了。”

中间我们去了下洗手间，回来时，留在桌边的女生说，“她又吃药了，我没拦住……”

“没事，我早就有抗药性了。”金枝对我说，“你给袁哲打电话，说我吃药了。”

“起来，”我拉一把金枝，“我扶你去洗手间吐掉……”

“等会，你先打电话。”

“你他妈有病吧你？他到底哪儿好，值得你这么犯贱？！”

“我他妈就是有病，病大发了。”金枝冲我笑，“大病就得大治，就像我当初去韩国，大治了一次，治好了回来了；这次也是一样，折腾够了，就去他妈的了，我保证！”

我用免提给袁哲打电话，电话关机。

“他说他爱我。他说我在韩国的那段时间，他发现他早就爱上我了，爱上了胖金枝……”

金枝的笑容还在脸上，但越来越散，越来越恍惚，她的身体朝后倒去，我伸出手臂，刚好接住她。

120来之前金枝已经进入了昏迷状态，我们试图让她吐出来，但她牙关咬得紧紧的。她的脸色雪团似的，好像正在从我怀里化掉……

我们轮流给袁哲打电话，打不通。我们在微信上给他和聂盈盈留言，金枝吃药自杀了！袁哲你他妈的死哪儿去了?!

到了医院，金枝直接被推进去洗胃。我追着医生说她严重失眠，吃了安眠药，还喝了啤酒……

医生脚步没停，直接进处置室去了。

金枝的肚子爆炸了！医生急赤白脸地质问我，为什么不告诉他金枝胃里有水球?

我没听明白他的话，她胃里有什么?

“水球!”

“为什么她胃里有水球?”

“我怎么知道? 可能是减肥吧。”医生说。装满了盐水的水球，加上食物，加上啤酒，加上洗胃的水，她的胃像一个汪洋大海，爆炸了。

袁哲和聂盈盈是一起来的。

“她真吃药了?”袁哲问我，“吃什么药?”

“一哭二闹三上吊，”聂盈盈哼一声，“吓唬谁啊?”

我指了指处置室，让他们自己进去看。

聂盈盈不去。袁哲犹豫了一下，自己进去了。我们听见他在处置室里号叫了一声。接着，又号叫了一声。聂盈盈跳起来，抓住我。

我知道袁哲看见了什么，处置室里，金枝躺在床上，脸是透明的，水晶冻似的，她的身体摊在那儿，掏心掏肺，披肝沥胆，肝肠寸断。我也想号叫来着，但没号出来。我在卫生间把胃吐空了，然后就像壁画一样贴在墙上，动弹不得。

袁哲是一寸寸地从手术室里面挪出来的，他打着冷战，胃痛似的佝偻了身体。聂盈盈过去扶住他，往手术室方向看了一眼，“——怎么了?”

她受了他的传染，也发起抖来。

他们背靠着墙，好不容易才站稳，朝我看过来。

“金枝说，她爱你!”我对袁哲说，“她爱死你了。”

神会

聂珊在十五楼电梯口等我们。她个头高挑，穿了身绛紫色的丝麻衣裤，宽肥袖口，衣摆飘飘，里面的衬衫是鲜嫩的黄色，整个人笼在窗口漫漶的光影里，靓丽摇曳。

打过招呼后，她带我们去房间，走廊像一个被拉长的 S 形，我们停留的房间外，几个女人轻声交谈着。聂珊给我们做了介绍，人多，光线幽暗，记不住谁是谁。

“我先带她们进去……”聂珊摆摆手。

房间里面阳光明媚，我们被介绍给一位张姓中年女士。这位张姐矮且胖，穿了一身的黑色，裤子边角嵌着水钻，衣服领口袖口，镶着很多蕾丝。头发烫过，盘在脑后，用抓梳拢着。

“师父在楼上休息呢，”聂珊解释，“你们先在这里坐会。”

房间里还有一个女人，聂珊没来得及介绍，就被门口的人叫出去了。

我和波波，张姐和另外一个女人，陌生对陌生，除了微笑大家一时无语。

大观从外面进来：“你怎么来了?”

我笑笑：“你呢?”

他也笑笑，坐在我身边的沙发上。

聂珊回来，在波波旁边拉了把椅子坐下。

“珊姐姐越来越漂亮了，”波波嘴巴甜，“好像瘦了哎。”

“阿弥陀佛。”聂珊浅笑盈盈，“最近修行，心情特别愉快。”

“我刚刚拜了个师父。”昨天在电话里，我已经领略了聂珊的激动和喜悦，鲜活荡漾，翩然欲飞。

“你都拜了多少个师父了？”

“这个不一样。”

“哪个师父是一样的？不是没有分别心吗？”

“阿弥陀佛，分别心当然没有。”聂珊说，“不过这次我是专门去南华寺拜的师父。”

我想不出哪次她不是专门去的。第一次是妙因寺，拜格桑师父。那次我们同行。去的路上，她说想跟格桑师父谈谈皈依的事情。

那会她跟大观还是恋人关系，两个人风一阵雨一阵的，阴晴不定，电闪雷鸣是经常事。

“修行的路是很漫长的，就像唐僧取经。”聂珊说，“大观就像是那些妖魔鬼怪，火焰山盘丝洞，是命中注定的对我的考验。”

“你都想得这么清楚透彻了，还皈什么依？”

“皈依才能得到拯救。”

到了妙因寺，我们在大殿上拜了拜，就去找格桑师父了。格桑师父在大殿旁边的佛堂里，虽然是个自用的佛堂，但足够几十个僧众做法事的。案台上除了释迦牟尼佛，还有文殊菩萨和大势至菩萨。佛堂里面供奉着鲜花，三炷线香袅袅缭绕。格桑师父永远笑容满面，嘘寒问暖之后，聂珊问格桑师父：“我可以皈依吗？”

“现在吗？”格桑师父反问。

聂珊的手机响起来，她的手机铃声是《心经》的朗诵版，“观自在菩萨，行深般若波罗蜜多时……”仿佛一个人，突然介入了谈话。

聂珊把手机交给我，我出去接，对方是大观。

“干吗呢你们？电话也不接？”大观问。

我跟大观略讲了几句，回来的时候，聂珊正在大拜磕长头，整个人匍匐于地。磕了三个长头后，她跪在格桑师父面前，格桑师父把手放在她头顶上，念了一段经文，给聂珊起了个名字：善缘。

聂珊泪流满面。她掏出钱包，把差不多一万块的现金全拿出来放到佛龛前面。

“有点激动，呵。”格桑师父微笑着说。

一年前聂珊刚做过肿瘤切除手术，可能她被囚在病房里太久了，思绪纷杂，出院以后，一有烦恼，她就喜欢跑到寺院里去。

“你身体没问题，”格桑师父每次都这么说，“不过，还是要好好调理和休息。”

“真的没问题吗?”聂珊追问，“我最近在念《地藏菩萨本愿经》。”

“很好啊。”格桑师父说，“《地藏经》消业。”

“老念经不吃东西也不行啊。”有一次大观也在，他跟格桑师父告状，提到聂珊的饮食，“素得厉害，什么肉都不吃，她现在体能这么差，这样下去怎么可以?”

“顺其自然。”格桑师父对聂珊说，“素食当然很好，但你饮食里面的营养不够，就要吃很多药，而药里面，也包含着很多生灵的生命。”

“好的。”聂珊说。

“可以喝酒吗?”我问格桑师父，“酒是素的。”

“可以啊，”他笑笑，“不过少喝一点比较好，酒多乱性。”

“你们就当佛是个朋友。”我们离开之前，格桑师父说，“有时间，就来寺院里面坐坐，聊聊天，静静心。”

聂珊在妙因寺皈依之后，每年总要找机会过去几次，方便的话，我就跟她一起去。人多数时间，我作壁上观，听格桑师父和聂珊谈话。聂珊读经书，看高僧大德的光碟。陈晓旭死的那段时间，前生后世、究竟如何是他们经常谈论的话题。不过，他们从来未曾在某个问题上真正深入进去，都是问问、答答，蜻蜓点水。相比之下，网络上面的评议热烈得多了，热闹得近乎胡闹。

聂珊的第二个师父是她在北京雍和宫拜的。从一开始我就没记住名字，我只是反问她："你已经有师父了啊?"

她解释说这没关系，修行是很漫长的过程，也分很多层次，师父可以有一个，也可以有很多个。师父者，传道授业解惑也。

“你先给他们介绍下吧。”聂珊对张姐说。

张姐坐在床头，跟我们说话时，身体朝我们这边歪转着，别别扭扭的。

“我们这位师父，学问很大，道法很深，主要是修《华严经》。这个《华严经》在佛教经典里面，非常高深，力量大极了，如果修成了正果，将来我们西行时，十方诸佛都来接引，你想上哪个极乐世界就能上哪个极乐世界……”

“一世成佛！”聂珊强调。

“对的。不只一世成佛，而且我们在现世，在当下，就能受益。求事业，求财富，求福报，求子女，求什么都可以圆满。”张姐接着说，“你们看聂珊是不是越来越漂亮，越来越精神？她这么光彩照人，可不是用了什么化妆品，她是修《华严经》的！”

我们都把目光放到聂珊身上，检验这位《华严经》代言人是不是果真金光闪闪，神采奕奕。她以前是电视节目主持人，早就习惯了成为众人目光的焦点，她回望着我们，那么从容不迫，还真是有点宝相尊严呢。

“今天的机会可遇而不可求，”张姐说，“能来的人，都有福了。”

“听见没？”聂珊看着大观，“待会好好听着，好好接法。”

大观连连点头，“好、好、好！”

聂珊看看表，说是可以见师父了。她边说边起身。大家站起来，跟在她身后。

我和大观走在后面，他低声跟我说：“怎么听着像法轮功啊！”

“谤佛？”我瞪大观一眼，“罪莫大焉。”

“我和这个姐姐特别有缘。”在走廊里，聂珊回身指着张姐对我说。

“我们的缘分可不止一世呢。”张姐笃定地说，“不知道多少辈前，我们就认识了，一直持续到现在。”

她的自信让我无语。修行的人，似乎都把自己弄得千丝万缕，行藏神秘，过去和未来交织成蛛网，而现世，就是那个端坐在蛛网中间的蜘蛛。

师父非常年轻，个头高大，灰色僧袍外面套着黄色僧衣，肚腩颇明显。他和一个男护法住的是个套间，小客厅里面摆满了花篮和花束，满室芬芳。

按昨天聂珊电话里嘱咐的，我和波波也带了花束过去，黄色的玫瑰和粉色的香水百合，之前放在车里，像两个花幽灵，美得明艳，香得诡异，现在跟其他的花束放在一起，立刻变得平凡了。

聂珊把所有的人都给师父介绍了一下，师父对每个人微笑、点头，很有领导风范。介绍完后，师父气度雍容地坐在沙发里面，挥臂请我们坐。

但除了他坐的沙发外，根本没有别的椅子、沙发之类能安顿人坐下的家具。

大家说就站一会吧。

波波说：“没想到师父这么年轻。”

“我可不是显得年轻哦，我是1982年出生的，”师父呵呵一笑，说，“我就是非常年轻。”

他从南华寺来，却是地道的辽宁口音。

“我是辽宁辽阳人。”

聂珊说：“大家过来是先跟师父打声招呼，人太多，已经决定把下午的活动转移到一个朋友的私人会所里举行。”她看看大家，贴墙站立，挤挤挨挨的，建议说，“要不，大家现在就去会所吧?”

刚刚一片云似的拥进房间里的人，又开始向外移动。

我们是头一拨进电梯的，后面的人断断续续，走廊里面话语隐约，逶迤悠长。

“我们先下去吧，”有人说，“不能让师父等着啊。”

师父没说什么，只笑笑。

于是就关上了电梯门，下了楼。

“你怎么掺和到这里来了?”出了电梯，我问大观，“你看一大群红花，就你这一片绿叶。”

“我还勾了几个人，一会直接到会所。”他看看周围，低声笑着说，“我跟那哥几个说了，今天有好多女老板参加聚会，有钱还单身，参加聚会相当于淘宝。”

他这一说我才注意到，酒店门口发动的汽车，不是“奔驰”，就是“宝马”。

我坐进车里，问波波：“感觉如何?”

她万语千言不知从何说起的样子把我逗笑了。

“——好像格桑师父更靠谱些。”波波说。

从酒店转出来时，波波走错了路，在一条商业街上绕了个弯子。街道边人来人往，各种店铺促销的音乐声既各自独立又响成一片，滚滚红尘，我们一时不知何去何从。

“还去会所吗?”

“——既来之，则安之吧。”

会所很大，占据了一间中等酒店的整个三层楼。分布成好几个区，保留了三间 VIP 餐室。实木家具，中式风格，我们一一走过，聂珊随手指点，三言两语对我介绍。

大家围坐在会馆大厅的中央会客区。会所整体背景相当华丽，但这个会客区的条案和桌椅却是朴拙的田园风格，桌面上各种茶点水果巧克力，摆得满满登登。器物考究，既统一整齐，又在细节处有些分别。

师父独自坐在方桌正中间足够两三个人共坐的木椅上，右边是他的男护法，张姐坐在他左边。两个人都尽量往角落里略偏转了身体，形成双星拱月之势。其他十几个人依次围着桌子坐下，有几个女孩子也就二十出头。

离讲法还有段时间，大多数人沉默不语，也有人边吃东西边跟邻近的人轻声聊几句。

“这个会所的老板是完美主义者兼独身主义者。”大观对我说，“这里的一草一木，一杯一碟，连枚钉子都是她自己搞定的。”

“又想讽刺我恋物癖?”女主人就在我们身后的茶架上面挑选普洱，听见了大观的话，接了一句。

“夸你呢，”大观笑着说，转头问我，“带你去看看她的佛堂?”

我不知道大观和女主人熟到什么程度，都能半个主人似的带着客人参观了。聂珊在朋友交往方面一向有“共享”的习惯，她和大观的很多矛盾和冲突亦来源于此。

这个会所居然有三间佛堂，都不小。一个在楼梯旁边，一个在会所中心位置，一个在里面，毗邻女主人的办公室。佛堂中案台上面佛像众多，除了释迦牟尼佛、观世音菩萨外，一时也分不大清西方三圣、华严三圣之类，总之是布置得层次复杂，用心良苦。供桌上面供奉着鲜花果品，鲜妍美丽。香炉里面三炷线香袅袅地燃着。

“是陈香，”大观说，“相当纯，香灰烧到手上都不会痛。”

“把所有底细都摸得门儿清?”

“那哪能?”大观笑。

我们回到桌边坐下。茶刚刚沏好，从紫砂壶里倒出来，茶香脉脉，暖意袅袅。

张姐不知道在回答哪一位同修的问话，她说她最初去南华寺的时候，见到师父这么年轻，颇不以为然。跟她同去的另一位资深佛友拜了师父，她没拜。从寺院出来下山时，她突然莫名其妙跌仆在地上，无论如何努力也起身不得。当时，师父跟另外一位师父走在前头，她就冲着师父背影喊："师父，师父——"师父回过头来看着她。她说："我要拜你为师！"师父点点头，说声"好"，继续往前走，而她也随即站起身来，又继续走路了。

师父微笑着，剥着石榴，仿佛张姐在讲别人的故事。

聂珊四下里招呼大家，比女主人还细致。她过来坐在我身边，显然她早就知道这个故事，微笑着点头。

聂珊佛友众多，我跟她平均半年见一面，也认识了七八个人。这些佛友十之八九是女性，差不多都经历过一些神奇事件或者某些神秘时刻，她们分享的时候，就仿佛在晾晒各自的私藏珠宝。先不说这种神奇性的主观臆造占多大比例，就算都是事实存在，不修行的人其实也同样拥有类似的事件或者时刻，只不过，水消失在水里，不像佛友们迷恋这类事件，喜欢渲染和强调它们的特殊意味或者启示性。

觉得我冥顽不灵，又不想跟我争论时，聂珊就念阿弥陀佛或者其他的咒语，替我消业。有一次我们去妙因寺的路上，几乎在每个聂珊津津乐道的问题上我都提出了相反的观点，惹得她一路替我辛苦消业。

不知道是不是在等其他人到来，法会仍然没有开始。大家吃东西，喝茶，闲聊，有几个人传递着师父写的书。

"我读了师父的书，深受感动，"聂珊对我说，"专程去了南华寺拜师。"

师父开了口，讲前几天在广州，他和另外几个人在茶馆里面喝茶，有人听说有高僧在此，过来拜谒。

"师父，我对佛教很有兴趣。"那个人说，他说："好！""师父，我不是个好人，我也不是个坏人，但我会努力做个好人！"师父说："好！""师父，我现在对佛学还一知半解，但我愿意好好修行，天天向上。"那个人说。师父说："好！""师父，那，那啥事，我先走了？"师父说："好！"

大家都笑。

“如果他能按他所说的去做，”师父强调，“真的很好啊！”

“是啊，是啊。”

“现在社会上，自省的人太少了，喜欢批评别人的人太多了，”师父看看大家，“难道不是？”

“当然是！”聂珊一拍桌子，神情凝重地说，“太是了。”

“这个世界，神马都是浮云，但修行就不是。”师父笑着说，“我们修行，能让现世安好，消除对死亡的恐惧，最重要的是在未来进入光明世界。《华严经》能施众生于万千法门，成就富贵，欢乐果实。”

“大家有什么问题，”聂珊看看周围，“只管问师父。”

“《金刚经》上说，过去心不可得，现在心不可得，未来心不可得，诸法空相，”波波问，“《华严经》有这么神奇吗？那不是跟《金刚经》相悖吗？”

“《金刚经》是修智慧的，”师父看了波波一眼，“而《华严经》是释迦牟尼佛成道以后，给文殊菩萨、普贤菩萨们讲的经典，是‘经典中的经典’。《华严经》是大乘法的代表，是一切法的代表。能够让众生脱离苦海，速成佛道。”

波波正欲再提问，有个手指间缠着念珠的女孩子先开了口，她说她超爱佛法，但不知道如何能够脱离苦海。

“断恶向善。”师父说，“《华严经》是普度众生最好的法门。正如经文中所说，如是虚空界尽，众生界尽，众生业尽，众生烦恼尽，我此行愿，无有穷尽。念念相续，无有间断，身语意业，无有疲厌。既可以自度，也可以度人。”

大观回头笑。

我顺着他的视线转身，不知什么时候，好几个人坐在我们身后，成为法会的一部分。其中有两个人以前见过，我们点头，算是招呼过了。

张姐给师父添上热茶。

“任何问题都可以问，”师父喝了口茶，看看围坐在身边的众人，“佛法就是要不断地求证，越证越明。”

“好吧，那我问个可能会让你们觉得不靠谱的问题。”

“我们今天讨论的问题，”师父转向我，笑着说，“哪一个是靠谱的？”

他的反问让我一时语塞：“——我想知道，我的前世是什么？”

“有生就有死，有死就有生，我们都在六道中轮回，天、人、阿修罗、畜生、恶鬼、地狱。我们现在在人道，人道最容易涅槃。”

我看着师父：“我只想知——”

“答案是有的，但我如果说了，马上就会有别人也问同样的问题。”师父转向旁边，“是不是？”

好几个人点头称是。

“沈阳有条街，”他的男护法开了腔，“密密麻麻摆满了卜卦的小摊子，随便哪个人都会告诉你这个问题。”

我啼笑皆非，无言以对。

“为什么大家都传说，”有个女孩子问师父，“《华严经》是从海里来的呢？”

“你这个问题提得非常好。”师父表扬她。

女孩子高兴得脸都红了。

“这个事情要从龙树菩萨说起。龙树菩萨学完当时所有的佛经以后，对释迦牟尼说的法不以为然，认为不够圆满。龙王就邀请龙树菩萨到龙宫去阅读他所收藏的佛经。龙树菩萨有过目不忘的本领，他骑着马跑了四十九天，连《华严经》上本中本的目录都还没读完。这下子，他知道了什么叫天外有天，由此对释迦牟尼佛五体投地，了解了佛法精深，玄妙无穷。我们现在看到的《华严经》只是下本，而流传的经本实际上又是下本的略本。”

坐在我对面的女孩子，突然挺身而起，双手合十，神情庄严：“那么师父，我可不可以代表现场的诸位佛友向您请《华严经》呢？”

张姐和男护法面带微笑，转头看着师父，师父但笑不语。

真正重要，或者说，真正严肃的时刻来到了。大家纷纷起立，椅子挪动的声音响成一片。聂珊转向会所老板，问她哪里更宽敞些，能让这些人跪得下。

会所老板扬手招来个领班之类的人，让她帮忙找个合适的地方布置一下。

趁着混乱，我跟聂珊说，“我得走了。”

“你怎么回事啊？”聂珊低声责怪我，“这样千载难逢的好机会，什么事情不能先放一放？”

“放得开当然就不走了啊，”我朝那一团热烈的人群看看，“我就悄没声地走了吧，不带走一片云彩。”

聂珊恨铁不成钢地嗯了一声。

会所女主人笑眯眯地送我走，她提供场地，提供服务，却没有坐到桌边参与谈话。

“心到佛知。”她说。

三个小时后，波波到我家里来。聂珊昨天电话里说过活动结束后，她要请大家吃饭，我还以为波波跟他们吃饭去了。

“没有，仪式刚刚才结束。”

“这么久?”我很难理解，“聊出什么新料了? 传法是怎么个传法?”

“就是大家要请法啊。第一次请，师父不允；再请法，师父还不允；第三次请法，师父允了，然后传法给我们。这个过程有说道，叫作一请二请三请。”

“呵呵，一二三，”我很好奇，“请出什么奥秘了?”

“也没什么特别。教了我们一些诵读《大悲咒》的方法。”波波说，“师父传了诵读前的仪轨，还讲了讲诵读之后回向之类的问题。”

“怎么是《大悲咒》? 不是一直在讲《华严经》吗?”

“传法传的是《大悲咒》。”波波说，“《大悲咒》不是愿力很大吗? 念大悲咒，以往的一切重罪恶业全能消灭，除病祛祸，安乐自在，还能常得富贵，将来往生的时候，十方诸佛皆来授手，想往哪方净土去，就往哪方净土去。”

我笑：“——还有呢?”

“我现在讲给你听的，可是不让外传的。”波波说，“师父传了一些手印给我们，想求财有求财手印，想求子有求子手印，一共几十个手印，在他给我们的书上都能找得到。你想求什么就在念咒的时候，想着观世音菩萨的手势手印，照着做，效果就会事半功倍。另外，诵读了《大悲咒》，四大金刚、天龙八部，都会来护持你，能自然成就三十二相、八十一随形好。”

“这不等于是极乐世界了吗?”

“对啊。”

“然后呢?”

“请法完毕之后，每个人都起了个法名，同修佛友们彼此间可以以法名称呼。定期安排些活动，大家一起参加。”

“——没了?”

“最后是供养师父。拿多少的都有，但全都供养了。我拿了五百，算是正常的吧。有个人拿了两千。不过，她好像额外跟师父求了什么。”

“大观他们也待到最后了?”

“谁好意思走啊?”波波说，“——他和聂珊不是分了吗?”

“分了很久了。可能就是因为时间长了，才分久必合，又能做朋友了吧。”

“那老章呢?”

“聂珊跟他分了一段时间了。”

聂珊跟大观分手后，被她正儿八经领出来介绍的男朋友，是老章。

老章的年龄和财富是成正比的。聂珊还是节目主持人时，他喜欢上她，不过没有机会。二十年过去，聂珊转到幕后，他制造机会跟她见面，展开热烈追求。

聂珊第一次带老章见过我后，打电话问我对他的印象如何。

“你觉得好就好啊。”

聂珊说：“我们这段缘分是早就被预言了的。我跟老章的纠结早在前世，或者前前世、前前前世就开始了。百年修得同船渡，千年修得共枕眠，这些话不是夸张的比喻，而是事实。”

“也就是说，命中注定你都中年不惑了，还要再当回小三?”

“他们夫妻间，”聂珊很严肃，“二十多年前，关系就名存实亡了。”

聂珊很诚实地说：“不想离婚的是老章。理由是当年他穷光蛋一个，人家无怨无悔地嫁了；他发财了，外面再怎么风花雪月，彩旗飘飘，家里还得是糟糠之妻坐正堂。”

“人家老章是有情有义，那你呢，打算怎么办?”

“好好修行啊。”聂珊说，“爱情是苦海，人生也是苦海，修好了，才能了断，去极乐世界。”

我无语。

聂珊和老章边爱边修，他们和任何平常情侣一样，起初一日不见，如隔三秋。他们出门旅行、购物，甚至还装修了房子。与此同时，厌烦、猜疑、嫉妒、争吵，蚂蚁似的蛀进他们的浓情蜜意，起初被他们忽略不计，但渐渐地，他们的情感堡垒被掏空了。

“缘分尽了。”有一天聂珊对我说，“这样挺好，下一世我就清清爽爽，了无牵挂了。”

“你怎么知道?”

“我怎么会不知道?”聂珊反问我，“一丝一毫，佛悉知悉见，真实不虚。所有那些经过我们脑海中的意愿，你以为一闪即逝，了无痕迹? 告诉你，所有的好念头、坏念头，佛悉知悉见！好事、坏事，每个人经历的任何事情，都背在自己身上，有的看得见，更多的看不见，但全都清清楚楚，真实不虚。”

我们说这番话的时候是在聂珊的房间里面。我们在茶台前面相对而坐。房间的门外，走廊的另外一边，是她的佛堂。喝茶前，我们刚刚去里面拜过。案台上面，释迦牟尼本尊，观世音菩萨以及其他十几个佛像，大大小小，前前后后，错落摆放。几卷佛经，各种法器，还有鲜花果品摆放其间。香炉里线香端正，淡淡三抹白烟，似摇头，似点头。

“阿弥陀佛！”

秋千椅

欧式大铁门占了门脸的三分之二，装饰图案是纵横交错的花叶枝条，打眼看密不透风，细品又疏可跑马。店牌鞋盒大小，四周有小花叶装饰，方正立于门楣之上，上面两个字是铸出来的：午后。

进了门，经过一个大玄关似的过厅，苏蓉看见康默。他坐在最里面靠窗的位置，秋千椅是藤编的，从天花板上吊下来，他坐在上面既闲适，又有那么点怪异。窗台宽大，通常用来养金鱼的玻璃罐里面养着绿萝，营养液里面根系分明，枝条柔软、叶片翠绿。从罐口蔓延出去，沿着窗棂布好的细绳蜿蜿蜒蜒地向上攀爬。

苏蓉向康默自我介绍，李阿雅临时有事，由她来给他做访谈。

“我是实习生，没什么经验。”

“白纸好啊，”康默笑笑，“可以画最新最美的图画。”

康默是电视台节目主持人，周六周日晚上十五分钟的《读书时间》以及每周一次的谈话节目《捕风捉影》——话题多为时尚热点和某些锐话题——收视率很高。他的主持风格优雅、知性、幽默。

苏蓉从双肩包里掏出本子、笔摆在桌面上，寻常的动作因了康默的审视变得有表演性了。她拿出李阿雅交给她的那张纸看了一眼，清了清嗓子，问：“这次您是媒体界唯一入选‘十杰’的，能谈谈入选感想吗?”

“受宠若惊。”

“对您未来的生活会有什么影响吗?”

康默耸了下肩膀，“拭目以待。”

“您怎么看待这个荣誉?”

“我所以伟大，”康默笑了起来，“是因为我站在巨人的肩膀上。”

苏蓉脸红了。她搞不清楚怎么做更好，把本子合上转身就走，还是把他的话实录下来发在报纸上？要是能把他讲话时的神情也描写一下就更好了。她的目光瞥向烟灰缸，发现里面有几支细细的抽了一半的烟蒂，过滤嘴的地方有口红印迹。

康默好像也意识到自己有些过分了，收敛了笑容，问她，“你是哪个学校的?”

“——师大。”

“什么专业?”

“新闻。”

苏蓉想起上大学的第一天，新同学见面会开得热情洋溢，大家的发言慷慨激昂，“无冕之王”频频出现，好像讲台上面堂而皇之就摆着个王冠。

“我们是校友，”康默说，“我是中文系的。”

苏蓉知道他们是校友，也知道他学中文。来之前她上网查过他的资料。

“学中文怎么会当主持人的?”

“我们刚上大学时，流行了一阵子舞台剧，我演过哈姆雷特、周萍，也演过屈原，电视台还录播过，后来他们想办个大学生类的娱乐栏目，就把我要过去了。挺没劲的，是吧?”

“有本事的人，”苏蓉说，“都这么低调。”

康默放声大笑时，某些封闭的东西也随着笑声奔涌出来。像点亮的灯笼，打开的酒窖，或者乌云滑过后喷射出来的阳光。他笑得那么厉害，连他坐着的秋千椅都荡漾起来了。

苏蓉也笑了。

“你们现在流行什么?”康默问，“DV、网恋、暴走，反正这一路东西吧，对不对?”

“你说的这些都存在，但因人而异。”

苏蓉就很少涉及这些时髦的东西。上大学的头半年，她过得相当辛苦。课本上的东西她倒不怕，让她困扰的是使用自动感应水龙头，在肯德基闭着眼睛流利地点餐，学会辨别看着很体面其实是地摊货、而一件破烂似的T恤衫却价值过千之类的问题。她还得知道切·格瓦拉的头像、甲壳虫乐队的经典曲目、好莱坞走红影星们的名字、动画片里面的标志性形象、国际一线化妆品品牌以及最流行的文化杂志和网站名称，更别提国内外明星们的逸事和绯闻了。

同宿舍的女孩子都来自大城市，有一个去欧洲旅行过，另外一个东南亚国家差不多走遍了。她们夏天穿大头皮鞋配牛仔短裤，脖子上绕一条好几米长的围巾，数九寒天羽绒服里面只一件无袖T恤，她们对在校园里手拉手的情侣做鬼脸，对在宿舍里面过夜的情人却又视而不见。

她们对苏蓉挺好的，但这个好里面，同时还有一只手，在往外推她。苏蓉说不出具体例子，但感觉很强烈。她觉得自己受的伤害都是化骨绵掌，严重却又不露痕迹。

大三下半学期开始，她到报社实习。先是跟屁虫似的跟着别人东跑西颠，没钱拿还得倒贴车费通信费。半年后开始跑边角新闻，新闻版主任觉得她文笔好，人也不错，有心栽培。她现在有基本工资拿，有各种补贴，还有点稿费，她很知足。

他们闲聊了一下午。临分手时，康默给了苏蓉一张U盘，让她利用上面的资料随便拼一篇稿子，有问题她可以打电话给他，当然了，纯粹的聊天他也欢迎。

“他帅吗?”

“你又不是没见过。”

“你见的是活的啊。”

“你见的也不是死……”苏蓉一笑，让汤呛着了，刘强替她拍了拍后背，她喘了口气，“——明星嘛，肯定长得不赖了，眼睛特别亮。”

“你们聊什么呢?”

“他问我怎么看在身体上打洞的事情，还问学校里穿鼻孔耳洞脐环的人占多少比例，通常去哪些地方打，还有文身的事情，他可能是想做这方面的话题吧。”

午后咖啡馆才5月份就开了冷气，柞木桌面有三本辞典摞起来那么厚，桌面凉得镇手，玻璃杯晶莹剔透，康默替她叫的“卡布基诺”也是冰的。苏蓉从咖啡馆出来，皮肤上面一层鸡皮疙瘩，坐在公共汽车上人还是皱缩的。直到回到这间租屋，进门闻到从骨头缝里炖出来的香气，醇厚、浓郁，毛毛雨似的荡漾在房间里面，她的毛孔才醒转了来。

苏蓉和刘强是高中同学，苏蓉是尖子生，刘强是中等生。高考结束那天，他送她一个小盒子。她回家后打开看，盒子里面是颗玻璃心，玻璃心中间有缝，插着个锡纸做的箭，锡纸箭带着淡淡的烟味，苏蓉费了不少时间才把箭拆开，抚平，背面有首诗：

上邪！我欲与君相知，长命无绝衰。山无陵，江水为竭，冬雷震震，夏雨雪，天地合，乃敢与君绝！

和刘强的爱情比起来，那个字条更让苏蓉吃惊，字迹细如蛛丝，小如蚂蚁，真不知道他是怎么写上去的。她想把这个字条再折成那个箭，但无论如何做不到，最后她把它团成一团，扔进装幸运星的小玻璃罐子里。

他们一起来到这个新城市，这个新城市让刘强很兴奋，简直就是一个硕大无朋的玩具，几天的工夫，三十多条常用公交线就像长在他手心里面似的，书店、电脑城、手机城、电影院他如数家珍，连菜市场、夜市他也门儿清。他带着苏蓉四处闲逛，在公园骑双人自行车，吃味道和价钱都说得过去的小吃。

为了见苏蓉方便，刘强在师大附近租了间房，周一到周五他在他们学校附近的网吧当网管，周六周日跟苏蓉一起，她看书，他上网研究菜谱。三年多的时间，刘强从饭来张口变成美食专家，苏蓉请同宿舍的女生到刘强这里聚餐，她们说，刘强调的麻辣汤比重庆秦妈火锅连锁店里的汤还地道呢。他的东坡肉、松鼠鳜鱼，让女生们吃上了瘾。大学最后这一年，他们又要写论文又要找工作，肾虚肝火旺，刘强买了个瓦罐回来，茶树菇炖排骨、花生煲猪脚、黄芪党参炖土鸡，厨房里每日香气袅袅，苏蓉不时对着镜子惊叫，“天啊，又胖了一圈！”

“见到了偶像，”刘强把正嚼的一根黄瓜举到苏蓉的嘴边，“什么感觉?”

“你有完没完？无不无聊?!”苏蓉瞪了刘强一眼，筷子往桌上一拍，起身走了。

“跟你闹着玩呢，你怎么那么没幽默感啊!”刘强过来哄她，“把饭吃完啊。”

苏蓉不理他，径自上网看新闻。刘强把她剩的饭两口吃完，把碗碟都收到厨房里。

苏蓉把康默给她的U盘输进电脑里，里面都是以前他接受报纸、杂志采访时的报道和印象记，还有几张他的照片，有一张是他在一个寺院门口照的，姿态闲闲，就像京剧《空城计》中诸葛亮那句唱词:“我本是卧龙岗，散淡的人……”

苏蓉给康默打了个电话，说她的报道写好了，发表之前，他想看看吗?

他说好啊，说他在碧湖公园，让她现在就打车过去。

到了那儿苏蓉才知道康默在拍MV，她不知道他还唱歌。她把稿子给他，他随手掖进包里，牵手把她带到一个中年女人面前，问:“她怎么样?”

中年女人用目光从上到下把苏蓉梳了一遍:“试试吧。”

苏蓉被送到化妆师那儿，化妆盒很大，粉残胭脂旧，面刷的刷毛颜色暧昧，睫毛膏黏腻打结。化妆师噼噼啪啪在苏蓉的脸上忙活了一阵。中年女人站在化妆师旁边给苏蓉说戏，说她演的是一个暗恋康默的女生，教她如何用眼睛和身体语言表达爱情。

整个下午苏蓉在导演的指导下跑来跑去，用深情的日光追逐着康默的身影，导演要她做出惆怅的样子，可她不确定如何才算“惆怅”，一个“惆怅”折腾了四十分钟才算通过。康默也比她好不到哪去，他一遍遍地唱同一段歌，每次都要做出新鲜、喜悦、深沉的表情。

拍完已经是傍晚了。康默想请她吃饭，又有个必须要去的聚会，苏蓉看他那么有诚意，又那么为难，就跟他去参加聚会了。

那些人里面苏蓉只认识卜婵娟。她跟康默是同一个电视台的，也是文艺频道的主持人，她代言的地板广告印在好几条线公交车的车身上。

苏蓉脸上带着厚厚的妆，拍了一下午，加上出汗，毛孔都塞住了。跟大家问过好她跑去洗手间洗脸，听见两个女人说看见康默也在这里吃饭，说他比金城武还帅。

苏蓉用香皂洗干净脸，找不到合适的东西擦，甩着水珠往回走，在包房门口她听见有人调侃康默："80后都带出来了？真好意思啊你！"

"嘴下留德啊，"康默说，"我们可不是你们想的那样。"

"我们想的哪样——"

苏蓉进了包房，话题戛然而止。

她坐到康默身边的空位置上。大家开始讨论刚刚倒进杯里的冰红，卜婵娟话少，吃得也不多，不过那顿饭局下来，她一个人喝了将近两瓶红酒。散局时，她面色酡红，眼波流转，对着康默妩媚一笑。

"你送我回家。"

康默连声道歉，说答应了送苏蓉的，他们还有个采访呢。没等苏蓉推托，已经有人自告奋勇当护花使者送卜婵娟。

康默带着苏蓉离开，在一个路口等灯时，他指着远处的高楼给她看："我就住那儿。"

"——像个竖起来的珠宝盒子。"苏蓉说。

康默笑了："去坐会吧。"

康默的房子是个二百多平米的复式，连接上下两层房间的是一段S形的扶梯，锻铁栏杆让苏蓉想起"午后"。房间颜色以蓝灰为主，器皿多是玻璃和不锈钢的，坐在客厅望着外面的灯火，仿佛置身于一个幽深的湖里。

康默给苏蓉倒了杯柠檬水，飞快地把她的稿子看完。

"你写得我都找不着北了。"康默说，"你真是天生的记者。"

"我要早知道记者是怎么回事，"苏蓉说，"才不做这行呢！"

不光她，实习过的同学大多都后悔学了新闻专业，一致认为"无冕之王"是世间最无耻的谎言之一。同寝室有个女生是娱乐版实习记者，她说记者追逐明星无异于群狗从一根骨头上啃肉星，保镖的铜胳铁膊，杵一下半天倒不过气来，搞不好腿还会被踹上一脚；即使是明星接受采访，让你在酒店套房，或者餐馆外面等几个小时也是常有的事。有一次她倒是被大明星请进了房间，可人家一开口就是："不介意的话先帮我按摩下腿，好吗？"

过了一周，康默的MV播出了。苏蓉暗恋康默的样子被拍得有些傻气，某些表情还鬼鬼祟祟的，但她穿着白T恤衫，新旧恰到好处的水磨蓝牛仔裤，黄色鞋带的帆布鞋，在光影斑驳的林间小路上奔跑的一系列镜头却拍得非常漂亮。她像个小马驹，奔向美好的新生活。康默有几个特写镜头也拍得挺好，他笑容灿烂，像给牙膏做广告似的。

刘强看这个MV时，就像被一盆看不见的水当头泼过，他身上的T恤衫是二十块钱在早市上买的，洗过后垮垮的，但现在好像全靠这件抹布似的衣服撑着，他才没跌倒。

拍MV的事情苏蓉早就告诉他了，去康默家聊天的事情也说了。刘强不相信他们独处了那么长时间，只是聊聊天。

“现在连天方夜谭都不这么编了。”

苏蓉跟他吵了几句。

“你急什么急啊，”刘强又说，“有理不在声高！”

苏蓉也自我安慰，是啊，清者自清，急什么急？但话说回来，女孩子随随便便接受男人的邀请去家里，即使是聊天，也够暧昧的。

刘强跟钟摆似的，来来回回在苏蓉面前走，叽里呱啦吵了半天，最后把门一摔，自己去厨房生闷气去了。黎明时分，苏蓉都迷迷糊糊睡着了，刘强上床从后面紧紧抱住了她，他凉得像冰块，跟她道歉：“你心里坦荡才会对我实话实说，其实你完全可以骗我的。我真蠢！”

苏蓉的泪水涌了出来，一只眼睛里的泪水还滑落到了另一只眼睛里面，“比驴还蠢！”她在刘强胳膊上掐了一把。

康默的MV是公益广告，翻来覆去地播，连公交车上面的电视都播。刘强没再跟苏蓉发脾气，他的脾气变成了一个拳击手，每天跟他的理智较量点数，苏蓉好几次想跟他说，“你还是发发脾气吧！”

“词曲写得像棉花糖似的，太黏牙了，”刘强跟苏蓉分手的时候，评论了一下那个MV，“但康默唱得挺好的。”

苏蓉没哭，但全身发麻，微微地冒着冷汗。她第一次凌晨被电话叫醒，赶往一个交通事故现场时也是这种感觉。出租车在铁门和重型卡车中间，像被捏瘪的易拉罐。苏蓉不想往出租车里面看，但她必须得看，还得把这个情景用文字重现出来。肇事的卡车司机脸色惨白，挓挲着两手，从表情上无法确定他是醒着，还是仍旧在梦里。

康默有个很大的开放式厨房，从小到大七个“双立人”平底锅像艺术品挂在墙上，刀、铲等其他厨房用具庄重、优雅、冷漠，还有好几套瓷盘，其中一套白底青花的拆了包装摆在橱柜里面。平时他们喝茶喝咖啡用的杯子是从“宜家”买的，好用，坏了也不心疼。

台桌很大，椅子很舒服。

苏蓉做过一顿饭，那会她跟报社请假，在家里写毕业论文，接连吃了几天麦片、面包和牛奶咖啡，她的胃疯狂地怀念以往的姹紫嫣红、热火朝天。她去楼下超市买了牛肉、各种辅料以及调味品，花了好几个小时，把一锅牛肉块炖成了黑焦焦的炭块。

为了把附着在锅壁上面的黑斑蹭掉，她的手都快磨破了。她又去买了能让钢锅恢复光泽的洗涤剂，德国产的，一小瓶要一百多块钱，折腾了一下午，最后总算把锅恢复成了原样。

“什么味啊?”康默一进门就问。

苏蓉蜷在沙发里面，泪流满面。

他们找了一家杭帮菜馆，点了黄焖牛肉。等菜的时候，康默像对待小狗似的，手插进她的头发里，揉了揉她的头顶。

牛肉做得酥烂、软香，但色香味离刘强的手艺差了老大一截，苏蓉记忆中的牛肉块从锅里捞上来时，是一碗香气四溢、闪闪发光的金子。

相对食物，康默更在乎饮料。茶、咖啡还有红酒，在他家里都各自有存放的地方，冰箱里的果汁和牛奶总是不等喝完就已经被新货取代。

他们手里总是有个杯子，无论在楼上卧室或者楼下客厅，聊天或者打电脑。他们还经常坐在厨房台桌边上喝东西，谈话内容大多跟书有关，经典名著、当下流行，轻松有趣，或者短小精悍。康默承认，他在《读书时间》里推荐的书有很多是书店希望他推荐的，还是有偿。每周都有一大包书被快递到他家里来，零零散散寄给他的也不少。有一些书他让苏蓉读，读完后把大意讲给他听，在书页上把精彩段落标注出来，如果能上网查查和这本书有关的逸闻趣事就更好了。

虽然书是苏蓉读的，但康默在节目中的发挥精彩极了，旁征博引，风趣幽默，又总能切中要害。在《捕风捉影》的节目上，有个女嘉宾是人造美女，她直言她就是为了得到像康默这样的男人，才去整容的。

有天晚上，苏蓉洗了澡出来，康默穿着白色棉布家居长裤，白色 T 恤衫，坐在一盏灯下面读书，他的身影映在身后的落地窗上。苏蓉看见了两个康默，一个真实，一个虚幻。

过了好一会，康默才发现苏蓉在注视着他。

“你也知道自己很帅很帅，对不对?”

康默笑了，把她拉到他的膝盖上坐下，在她鼻子上点了点：“你知不知道你傻乎乎的?”

“你才傻呢。”

苏蓉心里明白，她是傻乎乎的。他喜欢她的傻乎乎。他跟她承认，他以前谈过几次恋爱，她跟着他出去，也见识了几个女人。她们都跟卜婵娟不乏相似之处，个个都是白骨精，瘦得皮包骨头，靓丽得让人喘不过气来。她们跟康默都很亲近，苏蓉猜不出哪个是他的前女友。也许全部都是吧。

康默的书房挂着一幅油画，上面画着一个女孩子，鼻子尖尖，睫毛长长，眼睛水汪汪的，既写实又抽象，苏蓉总是想起这个女孩子，就像刚掉了颗牙，舌尖会忍不住去舔牙床上的空洞一样。

苏蓉采访时，认识了一个中年房地产商。第一次见面就夸苏蓉长得好，有旺夫相。专访见报以后，他请苏蓉吃饭，婉转而又明确地表达了他的想法。

“我现在知道自己的身价了，”苏蓉对康默说，“市中心地段一套七八十平米、精装修的房子，加上家具家电，市值七十万左右。”

如果是刘强，这些话会把他变成扔进油锅里的油条，但康默只是笑笑。他的不以为然很像苏蓉同寝室的那些女生，在她的着装、语言模式变得跟她们一致，并且青出于蓝，某些细节闪亮发光时，她们就像康默那样笑。

康默有个大学同学新近当了爸爸，摆百日筵时，他带着苏蓉一起去祝贺。苏蓉没想到会有那么多人，简直就是个大派对。卜婵娟也来了，拿着高脚杯，跟苏蓉拥抱了一下，然后就被几个男人拿俏皮话给围住了。

康默也被人拉走了，除了卜婵娟，还有几个女人，相貌或者气质很引人注目。

苏蓉不认识谁，便去逗小女婴玩，她生下来时六斤六两，小名叫六六。女主人忙着招呼客人，把六六差不多全扔给苏蓉了，苏蓉给她换了两次尿布，喂了一次奶。她的目光偶然碰上了康默，他站在几个同学之间，看着她笑。

抱六六太久，苏蓉觉得自己身上有股奶酸味，一回家就跑去楼上冲淋浴。她洗澡的时候，康默进来了，坐在狮爪浴缸边上："我们也生个孩子怎么样?"

"不结婚就生孩子，你想让我妈打死我啊!"

"那就先结婚。"

苏蓉擦了一把脸上的水珠，看着康默。

他没开玩笑。

"——干吗跟我结婚?"

康默笑了，"为什么不能跟你结?"

他说完就走了。

花洒里的水慢慢地降温，苏蓉仍旧一动不动地站在水底下，她的身体处于一种奇特的状态，就像酒心巧克力。

康默想跟她结婚，还想跟她生孩子。苏蓉对着镜子打量自己，她并不比他身边的其他女人漂亮，她也不比她们丑。她目光清澈，有一些未脱的稚气，固定的、永久性的表情还要过几年才会在她脸上落足。可能就因为这个，虽然她谈过一次恋爱，康默仍然觉得她单纯天真吧。

可她没他想象得那么单纯天真。她留意到他虽然求婚，却没说他爱她，哪怕只是象征性、表演性地说一句。可能他以为她会被喜悦冲昏头脑，压根不会注意这些细节，但她注意了，而且介意。

她知道爱是什么。她跟刘强第一次接吻时，他全身颤抖，牙齿咔嗒咔嗒地打冷战。他在电影院昏暗的光线里面打量她，好像她原本是银幕里面的人，是某种特殊而又神奇的力量把她送到他的身边。他还曾经用力地抱紧她，恨不能把自己擀成个面皮，把她像馅那样包裹起来："我从来没想过身体会这么好!"他在她耳边一遍遍地低语，"这么好！这么好！好得不能再好了!"

她去找过刘强。他现在在一家建筑设计公司当制图员，那家写字楼的一楼是咖啡厅，苏蓉把普洱茶从酽红喝到淡褐色，终于在电梯那儿看见了刘强。他瘦了，显得更高，头发短短的，黑色弹力短袖 T 恤衫配黑色牛仔裤，冷眼一看有点像黑客帝国里的里维斯。他夹杂在几个同事中间，离开了。

苏蓉在他们离开后，上楼去他们公司，她说她是刘强的同学。他们说他刚走，要不要打电话给他?

苏蓉说我自己打给他好了。

她看见刘强正在画的图纸，吃惊不小，他的笔触比发丝还细，在一张纸上用三维空间微缩了一栋建筑物所有的细节。苏蓉想起他当年给她的那只锡纸箭，以及他的厨艺，想哭，刘强是三千尺桃花潭水，也是润物细无声。

苏蓉在卧室里检查了一下自己的东西，她的东西大部分都放在她搬来时的两个大箱子里面，康默跟她说过她可以把衣服挂进衣橱里，她庆幸自己没挂。而其他东西在这个家里，根本没有拿出来的必要。

她下楼找康默，他在打电话，笑得很开心。苏蓉知道自己会记住这个家点点滴滴的一切，就仿佛刘强画的效果图似的——螺旋楼梯，凸形落地窗，坐起来非常舒服的那组白色沙发——康默也用玻璃罐子装营养液养绿萝，拳头大小，小小一棵绿萝，点缀在茶几上面——以及那组音符般钉在墙上的双立人和美学价值远超过实用价值的青花瓷器，还有书房里的那些书，一直在淘汰，但数量仍像杂草一样在飞快地生长。

还有那幅画。从苏蓉第一眼看到，画中的女人就整夜整夜地徘徊在她的梦里。

康默的电话打完了，也来到书房。

“她是谁啊?”苏蓉问。

康默走到她身后，也往墙上看。

“谁知道。”他说。

三岔河

“虎哥来了!”司机说。

公路边有个很大的牌子，上面写着“三岔河市欢迎您!”“河”字掉了个“可”字边，变成三滴水，“您”字下面的“心”也丢了右边的一点。

牌子下面停着辆越野车，三个男人站在车旁边吸烟、说笑。

吕悦乘坐的车放缓速度时，他们转过身来。李虎虎背熊腰地站在两个年轻人中间，黑色T恤黑色牛仔裤，脸也是黑红色的。

“辛苦了，吕悦。”李虎迎上来。

“不是说不用接的吗?”吕悦下了车，说。

“那哪能呢?”李虎说，“有朋自远方来，不亦乐乎;有美女自远方来，不亦接乎?”

他介绍两个年轻人给吕悦认识，瘦高的叫小武，乐呵呵的那个叫二平。

“虎哥一直在说你的事情。”小武说。

“果然名不虚传啊!”二平笑。

“你说我什么了?”吕悦问李虎。

“就以前我们上高中时的那些事。”李虎让接吕悦的司机跟小武二平坐一辆车回去，他跟吕悦坐一辆车。

“累了吧?”

“还行。”

“谢谢你啊，”李虎说，“这么大老远地把你折腾回来。”

“别客气，”吕悦说，“杨正明也是我的同学啊。”

“是啊，”李虎叹了口气，“前几天，正明请我吃狗肉火锅。他平时高傲得要命，跟谁都不联系，我当时想，这家伙肯定是摊上什么事了！那天市长有客人让我陪我都没去，骗市长说我妈生病了，跑去见正明。结果他啥事也没有，就是找我喝酒说话，聊从小到大那些鸡毛蒜皮的破事。同学、朋友，聊了四个多小时，他翻来覆去地念叨你，说当年每次你往教室里一进，那真叫蓬荜生辉啊！你穿的衣服他现在还记得，一件一件给我数，就好像你的衣橱摆在我们眼前似的。你有一条海军衫似的连衣裙，穿上以后跟山口百惠一样一样的；还有一件白色连衣裙，大荷叶领，风一吹就翻卷起来……”

“没错，”吕悦笑了，“确实有过那么一条裙子。”

“你还有件蝙蝠袖的短夹克衫，黑红格子的，穿上显得腿特别长。”李虎说，“你的事情，正明全都记得，吃火锅那天他跟我说啊说啊，说得我直想掉眼泪，他对你真是……”

李虎哽住了，过了一会，咳了咳，才又开口，“那天正明喝多了，特别絮叨，说二十年没见了，不知道吕悦变成什么样了。我说咱把吕悦找回来，同学们聚聚，到时候你就知道了。他说好啊好啊，我真想见见吕悦。”

车子开进了市区，三岔河市比吕悦记忆中的县城大了好几倍，街道边上种着剪了树冠的榆树，像一堵堵绿色矮墙把街道隔开了，桃红李白，花开得正当时，空气中有一股香味。街区中间的小树林消失了，二十年前，那里是白天妇女们聊天、晚饭后老年人散步、夜幕降临时年轻人谈恋爱的地方，也是案件高发的犯罪现场。雄浑壮阔的松江在吕悦的作文本里常被比喻成腾飞的巨龙，现在锋芒尽收，水流平缓，像是进入了暮年。松江边冬季他们滑冰，用雪砖冰石垒碉堡、砌战壕的地方，几十栋新楼盘拔地而起，这些楼刷着粉色的涂料，像水泥盾牌被整齐有序地摆放着。

李虎把车开到贵人酒店门口，小武二平已经在等着他们了。酒店相当豪华，吕悦入住的套房，站在窗前可以看到远处的山脉，低头则是蜿蜒的松江，远远回望，能看见两条河入江时形成的“Y”字。房间有客厅、小酒吧以及两个卫生间。宽大的茶几上面摆放着工夫茶茶具和一些小包装的麦斯威尔咖啡。卧室的床头柜上，花瓶里插着香水百合，还有一大盘洗好的水果。造型漂亮的水果刀是双立人牌的。

李虎说这套房他常年包租，专门招待朋友和客户的："你多住几天，正明的事办完以后，我带你四处转转。"

吕悦简单地洗漱了一下，化了点妆，换了衣服。李虎在小客厅里抽烟，听见吕悦走出来时转过脸，他的目光在她身上停留了片刻，想说什么，话到嘴边打了个转，又咽下去了："——我们去二楼吃饭。"

二十多个同学在包房里等他们，吕悦乍一走进去，只觉得满屋子都是人，到处都是笑脸，她的眼睛看不过来，对七嘴八舌的问候和问题，也只能先以微笑来回敬。

"这阵势弄得，"李虎笑着说，"像大明星来了。"

"吕悦就是咱们班的明星偶像啊。"班长王美蓉笑着说，"你还认识我不?"

"当然了。"吕悦笑着拍了拍她。

王美蓉老得很明显，眼角嘴角，皱纹如菊。除了王美蓉，其他女生都发福了。有一半吕悦记不住名字了，但五官相貌还有些印象。男生们也大多挺着肚子，脸色油光光的，有两个开始谢顶了。

饭桌是吕悦见过的最大的圆桌，二十四个同学围坐，还松松快快的。男生女生们岔开坐，李虎让吕悦坐在主宾位上，她的另一侧是王美蓉，吕悦身边的位置，他特别地空了出来："这是正明的位置。"

他们喝的是特级松江醇，"嘎嘎纯，"李虎对吕悦介绍，"喝多少都不上头。"

"七百多块钱一瓶呢，"有人感慨，笑嘻嘻地问李虎，"管够不李总?"

"废话!"李虎给吕悦倒酒。

"我不喝酒的。"吕悦说。

"喝不喝是你的事，"李虎说，"我只负责倒上。"

李虎给杨正明那个杯子也倒得满满的。

其他人有的互相倒酒，有的是服务员在给倒酒。李虎看大家的杯都倒满了，端起酒杯站了起来，酒桌边嘻哈说笑的声音渐渐消隐，大家都看着李虎。

"这第一杯酒，咱们为正明喝一杯，正明是我高中时最好的哥们，跟亲兄弟没什么两样。"李虎看着吕悦身侧的空位置，仿佛那里坐着人似的，他伸臂在那个酒杯上碰了一下，“正明，西出阳关无故人，你一路走好啊！”

说到最后，李虎声音有些哽咽了。

大家都站了起来，先是够得着的几个同学跟杨正明的杯子碰了碰杯，其他够不着的也陆续走过来，表情凝重肃穆地跟正明的杯子碰了碰，几个女生眼睛里浮现出泪光，王美蓉的泪水把她的妆都弄花了。

吕悦最后一个跟那个空杯子碰了碰。杨正明高中时又瘦又高，整天在操场上打篮球，他爸是三岔河县的副县长，他逃课或者不上自习，老师们都睁一只眼闭一只眼。偶尔他在教室里上课，篮球也放在书桌下面，他用脚踩着。他们有限的几次对视中，他的目光幽幽如夜晚的小巷，让吕悦紧张不安。

大家把酒都喝光了，吕悦也把酒喝了。酒像一个小彗星，热辣辣地从舌头经过食道，直窜进胃里，留下一股湿润的灼热。

李虎把杨正明那杯酒洒到了地上，招呼服务员给大家把酒都满上。

热菜开始上了，都是生猛海鲜，还有三岔河的清炖鲤鱼，是用过滤后的松江水炖的。服务员在他们每人面前放下个大盘子，一只清炖蛤蟆伏在生菜叶上，四条腿伸展着，好像在冥想。

“我的天！”吕悦哭笑不得。

“有人把这道菜叫林参，”李虎说，“比海参还有营养呢！”

吃完蛤蟆，李虎提议第二杯酒，给吕悦接风。

“吕悦二十年没回三岔河了，昨天我打电话跟她说起正明的事，人家二话没说就答应回来了。”李虎说，“这是啥？这是同学情义！”

这通电话她本来不想接的，陌生的号码，尾数是六个八。电话接通后李虎自我介绍了半天，问她：“你还记得三岔河吗？记得三岔河一中吗？你记得一中三班的老同学杨正明和李虎吗？你记不记得因为我们形影不离，新年联欢会上咱班同学还拿我们俩打一成语，名叫‘羊入虎口’？”

吕悦从来没想到自己会记得这些事情，但李虎一连串的问题就像一根线，往事像风筝似的被拉回到她眼前。她当然记得三岔河，记得三岔河一中，记得杨正明，包括那次新年联欢会。那天杨正明弹了吉他，唱了一首外国民歌，叫《多年以前》。大家拼命地给他鼓掌，那是他在她记忆中最光彩照人的一次。

“你这次能回来，”李虎跟吕悦碰了下杯子，“正明地下有知，会非常非常高兴的。我替他谢谢你。”

“情义无价，情义无价！”大伙应和着，纷纷跟吕悦干杯，吕悦只好把酒又喝掉了。

第三杯是为了老同学聚会，全体干杯。

接连喝下去的几杯酒，像热乎乎的巴掌，从身体内部拍打着吕悦，把她拍得又松又软又轻。这些酒又像波浪，一阵阵地翻卷冲击，让她头晕目眩。眼前的老同学们都变成了皮影，飘来飘去，很多人在说话，高一声低一声的，有人说着说着哭了，有人却笑个不停。

有人过来给吕悦敬酒，说她仍旧漂亮得让人喘不过气来。

“不是仍旧，”另外一个过来敬酒的同学纠正前一位的话，“吕悦比以前更加漂亮，更有风韵。”

“吕悦不能再喝了。”李虎伸手把他们的酒杯挡住，让小武拿了瓶蓝莓汁放到吕悦面前，“你用这个跟他们干杯。”

“就你会怜香惜玉！”有人说李虎。

“那对呗，”王美蓉在旁边接过话头，“要不他能离三次婚?”

“为了吕悦我可以离第四次。”李虎说。

杨正明躺在黄白相间的菊花床上面，穿了一套挺括的黑色中山装——王美蓉在吕悦耳边说，那身衣服是李虎买的，“柒牌”男装，一万多呢——他比吕悦记忆中的样子矮了些，车祸毁了杨正明的脸，现在的脸是用石膏重新固定好，又化了妆的。吕悦没敢往那张假脸上看，她不认为遗照上面那个瘦寡寡、脸颊凹陷的中年男人是杨正明，她宁愿保留记忆中他的样子：头发乱乱的，细长的单眼皮，皮肤被太阳晒成了棕色，笑起来牙齿显得特别白。

参加葬礼的人不多，除了同学，就是杨正明单位的一些人。他从三岔河一中毕业后被保送到师范学校，师范学校毕业后又回到三岔河一中。他们校长声音洪亮地致悼词，把杨正明形容得像张思德同志。杨正明父母都过世了，前妻没露面——“他们结婚不到三年就离了，没有孩子。”王美蓉低声对吕悦说。站在亲属位置上还礼的，是杨正明的姐姐、姐夫。李虎穿着黑西服、白衬衫，打着黑领带，挨着杨正明的姐夫站着。

杨正明单位的人跟遗体告别完毕，李虎走到吕悦身边，牵着她的手，把她领到正对着遗体的地方，李虎和吕悦他们并肩站着，给杨正明鞠了三个躬。绕着棺木走了半圈，瞻仰完遗容，他把她带到杨正明姐姐、姐夫面前："这是吕悦，特意赶回来参加葬礼的。"

"谢谢你啊！"杨正明的姐姐、姐夫分别跟吕悦握了握手。

李虎回到杨正明姐夫身边站好，吕悦独自走出追思厅，小武拿着酒瓶子让吕悦冲洗一下手，二平拿着饼干盒子，让她拿一块吃。

吕悦对二平摆了摆手。

殡仪馆院里停满了车，从其他的追思厅里面，传来撕心裂肺的哭声。昨天夜里喝了酒，吕悦睡眠质量很差，睡着以后，她老觉得房间里面有个人走来走去，穿着天蓝色带白杠杠的运动服，身上带着股汗味；他在床头站了好长时间，低头笑微微地看着吕悦，当她费了九牛二虎之力撩开"湿重的梦帘"惊醒过来时，房间里面就只有橘色的夜灯在闪亮。

"正明跟别的同学不太联系，偶尔倒还去我店里坐坐。"王美蓉走出追思厅，眼圈红肿，用纸巾用力地擤着鼻涕，"我劝他多少回了，再找个老婆结婚，趁不太老，生个孩子，一个人这么过日子有什么意思啊！他嫌我烦，说我跟他妈似的。"

又有几个同学从追思厅出来，听见王美蓉最后几句话，笑了。

"你看人家吕悦，"有个女生打量她阳光下的脸，"细皮嫩肉，跟小姑娘似的。你看咱们这老脸糙皮的，一样是同班同学，差距怎么那么大呢？"

"可不是嘛，"王美蓉说，"我要跟吕悦上街，那才真像娘俩呢。"

"胡说什么啊你……"吕悦让她们说得不好意思了。

"她这个狐狸精，"在税务局工作的曲丽萍笑嘻嘻地说，"让杨正明惦记了一辈子。"

"不止杨正明啊，"另外一个女生拍了下巴掌，"咱们有一次写作文，谈理想，李虎在班级里说，他写的长大以后当科学家，那纯粹是胡扯，他真正的理想是以后当大官，挣有钱，娶吕悦当老婆。"

大家都笑起来，随后出来的男生们朝她们这边走过来："在这种地方你们笑那么大声，成何体统！"

中午饭安排在一家鱼馆里吃。店不大，刚好够参加葬礼的这些人坐满。

吕悦头疼得骨头都裂开了似的，胃里火辣辣的。

“我就不去了吧?”她悄悄对王美蓉说。

“那哪行呢?”王美蓉说，“这是白席，都得去帮着撑撑场面。”

出乎吕悦的意料，这顿白席居然吃得热热闹闹的，大家推杯换盏，跟杨正明单位的校长、工会主席还有几位老师，敬过来敬过去。每次有人过来敬酒，吕悦都会被重点介绍一下，她不得不从座位上站起来，跟人握握手。

“陪一杯呗?”喝酒时总有人要求她。

“我身体不大舒服。”吕悦说，“不好意思。”

饭吃到一半，李虎赶了过来，他说正明的事都办好了，挺顺利的。离开殡仪馆后他先回家洗了个澡，换了衣服。

“来，”坐在吕悦身边的曲丽萍起身说，“我这个宝座卖给你。”

“真懂事。”李虎笑嘻嘻地说。

两个人错身时，他在她腰上拍了一下。

“我替正明谢谢大家。”李虎举起酒杯。

“我们也替正明谢谢你。”大家纷纷响应。

“你怎么不喝?”他问吕悦。

“昨天的酒还没醒呢。”吕悦说。

“喝了这杯酒就醒了，”李虎替吕悦端起酒杯，“相信我，没错的!”

大家都笑，其他桌的人都往他们这边看。

吕悦看着李虎，她不知道李虎是做什么的，但他显然做大了，气势雄浑，连敬杯酒都弄得乌云压城。

“我不舒服，”吕悦说，“不想喝。”

“那我替你喝，”李虎还举着酒杯，“行不行?”

“那是你的事情，”吕悦说，“我可做不了你的主。”

李虎把她的那杯酒喝了，把老板叫来，让他给吕悦炖小鱼汤，“把鱼收拾干净，有一点腥味我跟你没完。”

“这杯你替吕悦喝了，再敬吕悦你替不替啊?”有人问李虎。

“替！全替!”

大家都来给李虎敬酒，也给吕悦敬酒，李虎喝完了自己的，再喝吕悦的。每替她喝完一杯，他把空酒杯码在吕悦的桌前，从一个码到了二十多个。

“差不多行了啊，”王美蓉说那些还要过来敬酒的人，“李虎这几天忙乎正明的事，吃不好睡不好的，别再让他喝了。”

“我们也没敬他啊，我们敬吕悦，他非要英雄救美。”

“对，我愿意。”李虎也笑，“我喝死了正好去跟正明做伴，到阎王爷那儿发展篮球运动，打打阎 BA 啥的。”

“呸呸呸，”王美蓉骂他，“你个乌鸦嘴！”

吃完饭李虎把同学们安排到茶馆喝茶、打麻将，他要带吕悦去看三岔河“天翻地覆”的变化。

“你喝了那么多酒，”吕悦说，“快回家休息吧。”

“别啊，你难得回来一趟。”李虎替她拉开了车门，一副请君入瓮的架势。

“你行吗？”吕悦犹豫着。

“说谁不行啊？”李虎说，等着上车的同学听见他的话，哈哈笑起来。

“没事，我天天这么喝，你放心上来吧。”

吕悦上了车，车里面弥漫着浓重的酒味，好像有瓶他们没看见的酒洒在车里了。

他们在市区里转了转，李虎问吕悦想去哪儿，她想了想：“以前我们住的房子还在吗？”

“在。”李虎边答边掉转了车头。

二十年前，吕悦住过的这栋二层红砖楼是三岔河县的标志性建筑，住户除了县领导，就是吕悦妈妈这样从省里来的专家。小红楼如今破败不堪，住户们在窗外拉起绳子，晾晒着衣物，楼前的水泥花坛残缺不全，里面被人种上了白菜和小葱。

“佳人已乘黄鹤去，”李虎跟着她下了车，伸了一个懒腰，“此地空余黄鹤楼。”

“你还挺酸的呢，”吕悦笑了，“像个文艺青年。”

“我是陪我儿子背古诗时，背下来几首诗。”李虎说，“上学的时候哪正经上过课啊，天天跟正明打篮球了。”

“走吧。”吕悦说。

李虎带吕悦去看市旅游局刚开发出来的景点，景点在市郊，车子停在松江边上一个新崭崭的凉亭旁边，一个牌子上面写着：定情谷。

吕悦四下看了看，问李虎："定情谷在哪儿呢?"

"那儿!"李虎指了指前方的一处崖壁。

那处崖壁像一幅宽银幕从山上垂挂而下，直至松江，青山隐隐，绿水悠悠，确实是处好景致。

"看那上面，像不像有两个人依偎在一起?"李虎指着崖壁，"像不像小龙女和杨过? 他们身后那两条岩缝，像不像两把剑? 我们第一次来看的时候，正好是雨季，岩缝里有流水，被阳光一晃，真是刀光剑影啊!"

"那也不能叫定情谷啊，定情崖更贴切点。"

"对，下次我让他们改过来。"

回来的时候李虎带吕悦顺路去了他的煤矿。李虎的煤矿很大，是中等国营煤矿的规模，挖掘出来的煤堆得像山一样。见李虎来了，两个面色跟煤差不多的中年男人走过来，李虎给他们递烟，三个人把烟抽完的时候，李虎的事情也交代得差不多了。他扔了烟头，用鞋底蹍碎，走过来指着矿井跟吕悦说，"别看只有这一个入口，里面却有五条巷道呢，从山的底部插了进去。"

"像一个魔爪。"吕悦笑着说。

晚饭王美蓉请大家吃狗肉。她自己经营着一个不大不小的狗肉馆，在三岔河市小有名气。她让朝鲜族厨师现杀了一条五十多斤的黄狗，用喷火枪烤光了狗毛，烧焦炭架大铁锅，锅里面添加了各种香料、几味草药，以及黄豆、辣椒、干白菜丝，炖了四五个小时。

店里弥漫着热气和湿气，直扑到人脸上来。

"闻到狗肉香，"有人感慨，"神仙也跳墙啊!"

"我们是小本买卖，条件简陋，"王美蓉跟吕悦客气，"跟李虎比不了，人家是大老板大手笔。"

"我还有大的东西呢，"李虎冲王美蓉笑，"你想看看不?"

"去死!"王美蓉笑啐了李虎一口，请大家入席。

"看，"李虎让吕悦坐在自己身边，指了指吧台说，"白蛇传。"

店里吧台上有个特别大的玻璃罐子，里面泡了几棵人参，一只灵芝，还有一青一白缠绕在一起的两条蛇。

"好玩吧?"王美蓉笑嘻嘻地说，"今天咱就喝'白蛇传'，这酒可有劲了。”

吕悦又恶心又害怕，直摆手。

李虎给小武二平打电话，让他们送几箱特级松江醇过来，还特别嘱咐他们给吕悦带两瓶五味子酒来。

“一样是老同学，”有人打趣，“差距怎么这么大呢?”

店面小，二十多个人挤在一个房间里，光坐着都会流汗。几盆狗肉汤热气腾腾地端上来，房间简直变成桑拿房了。狗肉汤炖得绵长浓香，一碗热汤喝下去，汗湿衣衫。席间有人间或感慨了几句杨正明的英年早逝，但大家主要的话题都放在了同学情谊上。有一个男生跟吕悦单独喝了杯酒，说，“当年，你是咱们学校的林青霞啊!”

“可不是嘛，全校有一半男生都在暗恋吕悦。”

有一个小地痞头目也看上了吕悦，带着几个兄弟来学校，并跟以杨正明、李虎为首的班级男生打过一次群架，“那真是场硬仗，”有人冲李虎笑，“你的头上还有个疤呢吧?”

“可不是。”李虎把身体屈向桌面，指了指自己头顶上的一块疤，“正明管这道疤叫马里亚纳海沟。”

“我怎么不知道呢?”吕悦很吃惊。李虎受伤的事情她有印象，他以前上学时总穿他哥哥的旧鞋，那些鞋又大又破，趿拉着，他的头上缠了绷带，斜背着个破旧的书包，像个俘虏惹人发笑。

“他们也没占着什么便宜，”李虎说，“我那块有机玻璃板你们记得吧? 格尺那么宽，有一厘米厚，玻璃板的尖角正好敲到那家伙的脑瓜顶上了，那血呼啦涌出来，跟个红盖头似的把他的脸都盖住了，我当时以为把他打死了呢!”

“我也以为出人命了呢!”

“幸亏正明他爸是副县长，有公安局长替我们撑腰，要不然，那些地痞不血洗了县一中才怪呢。”

“那天打完架是正明陪我回家的，”李虎说，“我爸万万没想到我跟县长的儿子是好朋友。那次他非但没因为我打架揍我，还对我刮目相看，让我妈给我煮了两个鸡蛋吃呢。”

“——是因为我吗?”吕悦难以置信，“你们没弄错吗?”

“当然是因为你！”有人说。

“有一段时间晚上放学的时候，总有一些男生跟在你后面，你记不记得?”

吕悦记得的。因为这些男生的尾随，她妈妈还拿话敲打过她，要她自尊、自爱、自重，还含沙射影地讲了一些生理卫生方面的事情。她又委屈又憋闷，好几天吃不下饭，对跟在她屁股后面的男生面寒如霜，怒目相对。

“那都是为了保护你，怕那些小流氓对你下手。”

“这些事情我们都知道，”王美蓉说，“你怎么会不知道呢?”

“我真不知道。”吕悦说。

“吕悦那会对正明都不正眼看，不知道也很正常。”李虎说，“她不食人间烟火嘛。我记得有一次咱们去东山秋游，在山上野了一天，都滚得跟泥猴似的。下山的时候一溜土坡，路陡得收不住脚，到了山底下休息时，咱们都把鞋脱下来，倒鞋窠里的土啊、小石子啊什么的。吕悦脱了鞋，脚上的白袜子雪白雪白的，我和正明想来想去想不明白：咱们一样爬山，一样下山，别人都是两脚泥，她的袜子怎么就能跟两只小白兔似的呢?”

事情一做完，吕悦就起身去浴室了。

花洒喷出来的凉水让她一激灵，但她没躲开，任由凉水冲刷着头发，直至冷水转温，温水又转热，水流变成一件大衣，从头到脚覆盖、拥裹住她。

她的头还是晕的，酒精让她血液发了疯，在血管里面横冲直撞。但在她身体的内部，在某个房间里面，意识黑衣黑面，在对她刚刚犯下的罪行进行审判。

你怎么能跟李虎上床呢?

是很愚蠢。她承认。

吕悦洗了好半天，一遍又一遍地打浴液，她没带浴衣进来，她用两条毛巾把头发缠好，把两条浴巾全扯了下来，一个裹紧身体，另一个披肩似的搭在肩膀上，她从镜子里面打量自己——非洲病人。

打开门，她先听到李虎的鼾声，像漏气的手风琴，伴随着咝咝的呼气声，高一阵低一阵地响着。房间里弥漫着酒和香水百合混杂的气息，既暧昧浓烈，又含混污浊。她的目光渐渐适应了房间内的光线，家具、物品、鲜花、水果，从幽暗中显露出轮廓。她从自己的箱子里找出干净的衣服，抱到小客厅里，仔细穿好。被李虎从她身上扯下来的衣服，散落在床的四周，她一件件地捡起来，这些衣服像路线图，勾勒出事情发生的脉络。李虎的手劲很大，身体很硬，哀求她的时候却像个小孩子。

“我爱了你这么多年。”他受了委屈似的叹息，“从来没有一个女人能让我这样。”

她试图把他推开的时候，摸到了他头顶上那个“马里亚纳海沟”，她的理智在那一瞬间踉跄了一下，栽进马里亚纳海沟里去了。

吕悦在小客厅打开了一个壁灯，烧水给自己冲了杯咖啡，她的身体很疲惫，脑子里像个蜂房，无数的蜜蜂在跳舞。蜜蜂是用跳舞来表达思想的，吕悦的思想却变成蜜蜂般的碎片。她需要理顺一下思路，让飞舞的蜜蜂回到各自的蜂巢。在远方城市里当大学教授的生活，时不时地会让她觉得沉闷无趣，但当她的视线从三岔河出发时，她发觉她的象牙塔生活如此高雅脱俗，气度雍容，那些刻板的秩序、规定，从远处看，像一块块古堡的基石，确保了生活的稳固和安全。

好吧，吕悦对自己说，她回三岔河参加了一个葬礼，就让这个葬礼把有关三岔河的一切都埋葬掉吧。

喝完咖啡，吕悦打开了窗子，夜风像歌剧里面绵长的高音，时而高亢激昂，时而婉转悠远，而风声的下面，松江水流淌的哗哗声，则是乐队不眠不休的演奏。

吕悦醒来时，发现自己仍旧躺在沙发上，阳光明媚，从窗外直泻而入。她的身上盖了一条毛毯，她掀开毛毯坐起身时，毛絮在阳光里面跳动着，宛若显微镜下的细菌。

她看了眼表，快中午了。

吕悦洗漱完毕，化好妆，刚要收拾行李，有人敲门。

“我看你睡得那么香，没舍得叫醒你。”李虎举起手中的袋子，“新鲜的芒果，特别甜。”

李虎的T恤衫也是黄色的，质地精良，衬得他的皮肤越发地黑红、粗糙。吕悦想象了一下他穿着这身衣服，开着宝马越野车出现在她学校的情形，偶尔遇上她的同事，他再甩几句古诗，那可真够热闹的。

李虎把芒果拎进卫生间洗了洗，甩着水珠出来，他没找到合适的盘子，把芒果放到了工夫茶茶台上面。他从卧室把水果刀拿出来，“我来吧。”吕悦把刀接过来。

“我一会就回去了。”吕悦坐下来，拿起芒果削皮。

“急啥啊？好不容易来一趟，”李虎在她身边坐下，“多住几天！”

“我是来送送正明的，”吕悦往后挪了挪，专注于手头上的刀和果皮，“事情办完了，当然得回去了。”

“正明的事办完了，那我的事呢？”

“你的什么事啊？”

“你说呢？”

吕悦抬起头，把削好的芒果递给李虎。

“一个芒果就把我打发了？”李虎接过芒果时，问。

“芒果是你的，”吕悦又拿起一个芒果来削，“你自己打发自己。”

“到底是教授啊，”李虎笑了，“说话跟俄罗斯套盒似的。”

吕悦没接他的话茬。

李虎往她身边凑了凑：“你是不是特瞧不起我？”

“你胡说什么啊？”吕悦又往后挪了挪，后背顶到沙发扶手了。

“那就是瞧得起我了？”李虎又往前蹭了蹭，“我要是追你，能追得上吗？”

吕悦放下手里的芒果，身体朝后倾斜，看着李虎，“你真的离过三次婚？”

“当然了。”

“为什么？”

“抵挡不住诱惑呗。现在的女孩子都老生猛了，话直接给我撂到桌面上了，她们有美貌和青春，我有金钱和智慧，大家资源共享，OK 不 OK？哪有像你这样的，跟个果子似的挂在树尖尖上，只能看，不能摸……”

“我和你认识的那些女孩子不一样。”吕悦打断了李虎，清了清嗓子，“我——昨天的事情是个意外，是一场梦，现在天亮了。”

“天还会再黑的……”

李虎注意到吕悦的脸色，收敛了笑容。

两个人沉默了片刻。

“其实我也是这么想的……”李虎咬了一口芒果，从茶几的纸盒里面抽出几张纸巾接住滴落的果汁，“真他妈甜！你尝尝。”

“你先吃吧。”吕悦示意了一下手里正削着的芒果。

李虎把芒果吃完，把果核扔到纸巾里，随手放到茶几上。

“昨天的事情倒不是什么意外，但咱们这个年纪了，经历的不少，见过的就更多，谁还会为谁一片冰心在玉壶啊？正明倒是惦记了你一辈子，算是海枯石烂了。那有啥用啊？如果我不打电话给你，你可能这辈子都不会再想起这个人。”

“你别胡——”

“就是这么回事。”李虎说，直视着吕悦，“你敢说，你想起过三岔河吗？想起过杨正明吗？当初我们差点为你把命丢了，你不也不知道吗?!”

吕悦说不出话来。

“你看你刚才紧张的，脸绷得跟个石膏像似的。”李虎笑，“你怕啥啊？怕我纠缠你？像电影里那个男的似的，天天上你们家楼下喊：‘吕悦，我爱你！’……”

房间里面突然沉寂下来，静得能让吕悦听见“吕悦，我爱你”发出的声波在空气里微微震动着，她也能听见李虎的心跳声，以及自己的心跳声，她还能听见窗外，松江水流动的声音，仍旧像乐队的伴奏，从容舒缓。

李虎的眼睛向下看着自己的胸部，惊异的表情好像那把刀不是吕悦捅进去的，而是刀自己从他的身体里长出来的。

“我不知道怎么会——”吕悦也看着那个刀把，她也觉得那把刀是自己长出来的，“——我只是想让你闭嘴！”

松树镇

我们到达松树镇的时候是下午三四点钟，在火车上度过的最后一个小时，空气已经变得清新沁凉，夹杂着怡人的松香气息。火车站很小，还是20世纪三四十年代日本人修铁路时盖的，灰扑扑脏兮兮的。几棵美人松也是那时候栽的，早就有了腰身，拧着股劲一直拔到天上去。

来车站接我们的赵红旗、张景乾、小莫都是我堂兄的朋友。他们四个加上另外四个男孩子，年纪差不多少，从小一起长大，既是同学，又是邻居，性情相投，初中时候燃香磕头拜过把子。八个少年形影不离，好勇斗狠，名噪一时，连社会上的混混也让他们几分。

赵红旗是典型的东北大汉，个子高，块头大，像截铁塔似的，是私营煤窑的煤窑主；张景乾是副镇长，是“有身份的人”，举手投足总有股“看山是山，又不是山”的劲；三个人里面，小莫最有亲和力，他长了一张喜洋洋的脸，笑口常开，我们这次住的旅馆就是他家开的，他们开来的丰田越野车则是赵红旗的。

松树镇坐落在山间，四条街组成个“井”字，有小贩叫卖也有妇女站在街边聊天，孩子四处跑，但松树镇就是给人一种很沉静的感觉。夕阳西下，云彩在山顶上飘荡，像镶了金边的婚纱裙子。

他们在镇子里最大的饭店给我们接风。而“最大”也不过四五十平方米、放六张桌子而已。老板娘高大丰满，眉毛文得像毛毛虫，上下眼线也都文了，在眼角处向上那么一挑，把眼睛变成了两尾写意小鱼，嘴唇抹得红通通的。

她跟赵红旗张景乾小莫熟得很，招呼我们坐下喝茶吃瓜子。

赵红旗不看菜谱，交代老板娘："挑好的弄一桌。"

"你们来这里拍电影?"赵红旗问，"这里有什么好拍的?"

"这个电影是写生活在煤矿的几个初中生的故事。"我说。

"什么样的故事?"

我大概地讲了讲这个故事，讲到主人公男生被录像厅老板娘勒索，后来跟同班女生借钱不成，差点杀了这个女孩子时，赵红旗他们没有流露出任何惊奇的表情，他们似乎把这个故事当成了真事，听完后，觉得不过瘾似的说起学校里其他的一些恶性案件。有几个初中生，把学校里刚分来的英语老师强奸了，事发时教室里还有另外几个男生旁观；还有几个女生，只因为一个女生长得太漂亮，让她们看不顺眼，就上去一顿拳打脚踢，差点毁了她的容。她们被抓到派出所后，还跟警察叫板："我们没到法定年龄呢，又没杀人放火，你教育我们几句不还得把我们放出去嘛。"话题逐渐扯远了，他们又说起其他的社会案件：最近镇里有个很有名的煤窑主被人枪杀了。这个人和另外一个人合开煤窑，开始时也是小打小闹，但慢慢地干大了，几百万资产是至少的，他想和合伙人拆单单干，结果没等签合同，他就被干掉了。

"绝对是他身边人干的。"小莫说，他跟这个老板是朋友，事发后他接到消息，赶在警察前面去了现场，室内也没有打斗的痕迹，从伤口上看，是凑近了太阳穴开的枪。

"活干得相当专业。"

"说这些事，"张景乾提醒小莫，"也得看看地方。"

"不就我们这一桌嘛。"小莫说。

我们说话的过程中老板娘开始上菜。

"好好侍候着，"赵红旗跟她开玩笑说，"他们是来拍电影的，没准弄个三陪小姐之类的角色让你演演。"

"你又有老婆又有老铁，还有好几个小蜜，"老板娘笑微微地说，"哪轮得上我啊!"

小莫正咬着瓶盖，听见老板娘的话，哏哏笑。

我们喝的是白酒。来之前我给周为和方磊讲过，煤矿的人野，直率爽气，跟他们喝酒，能喝要喝，不能喝也要喝。如果你有酒量却不喝，他们就会认为你很假，不实在，瞧不起人。而一旦给他们留下坏印象，事情就不好办了。

周为和方磊喝得很痛快，半小时没到，两个人就先后冲到卫生间吐了。

“不能喝你们不早说，”赵红旗说，“看你们上来就干杯，我还以为碰上高手了呢。”

张景乾叫老板娘泡壶热茶来。

老板娘泡了壶茉莉花，还洗了山楂。

“吃山楂解得快。”她把盘子放到周为和方磊的面前，跟赵红旗说，“别往死里灌人家，跟土匪似的。”

“你跟我这么说话，”赵红旗说，“就像土匪老婆似的。”

“土匪老妈还差不多。”老板娘笑着回敬了一句，抓了把瓜子，到外面跟厨师聊天去了。

我们吃完饭出来，天黑得透透的，星星像是从很远的地方射过来的长矛，穿透黑夜的帷幕，露出点点银亮的矛尖。镇子很静，在酒桌上听了那些故事以后，这种静谧变得阴险和杀机重重了。

小莫家的旅馆是一栋两层小楼，一共八个房间，厕所是公用的，没有洗澡间。唯一一间带浴室的房间，是小莫自己用的，他带我们去看他的浴盆，他介绍那两条金龙鱼的样子就好像它们是他的儿子。

第二天一早起来，夏末秋初的季节，洗脸的水居然冰手。洗过脸后，神清气爽，我们散步走过两条街，去昨天吃过饭的饭店。街上不少骑自行车上班的人，铃声丁零零响，树上还有雾气没有退尽，像丝丝缕缕的白絮。空气又凉又湿，有重量似的。

赵红旗和张景乾先到了，餐桌上面摆着煮鸡蛋、馒头、葱油饼、小米粥，几个凉菜都是大盘的，老板娘跟我们打了声招呼就进了厨房，接着听到里面一阵声响，她又端出四盘热菜来。

“弄得太隆重了，”我说，“平时我们都不吃早餐的。”

“也没什么好吃的，你们将就将就。”赵红旗说，“晚上我看看能不能弄个野狍子，烤着吃吃。”

“千万别！”我们几个直摆手，连说好几遍，务必让赵红旗相信我们是认真的，不是跟他客气。

“那吃蛤蟆吧，现在的蛤蟆最肥。”赵红旗问小莫，“哎对了，老吴不是会捉蛇吗？让他捉两条来。”

“千万别千万别！”我们又开始猛摆手。

“我最怕蛇了。”我说。

“切成段炖熟了，你根本看不出是什么玩意。”小莫说，“女孩吃毒蛇还美容呢，脸上不长疙瘩。”

“我宁可长疙瘩。”我说。

周为和方磊也坚决反对吃蛇：“从现在开始除了绿叶的东西其他的我们都不吃了。”

张景乾让我们给逗笑了，对赵红旗说：“给他们弄点新鲜榛蘑炖老母鸡。”

吃完了饭，张景乾去上班，赵红旗开车，带着小莫跟我们去山上。公路像层层捆缚山的绳索，我们像陀螺似的转了一圈又一圈，往下面看时，松树镇变成了一个漏斗的底座。又开了一会，一些小煤窑开始出现在我们眼前，规模不大，大部分是斜井。往外运煤的小火车车厢，跟棺材差不多大小，开动的时候咣里咣当地响。工人们每天坐着这些小火车进掌子面工作，下班再坐着小火车出来。

赵红旗和小莫谁都认识，方磊和周为拿着摄像机取景的时候，他们跟煤窑主或者主管聊天。

他们无一例外地问我们是干什么的。赵红旗说我们是拍电影的，他们的回答全都一样，“这地方有什么好拍的？”

“是煤矿里一些中学生的故事。”赵红旗说。

他们很快谈起真正关心的事情，贮藏量怎么样？煤质如何？找到买家没有？今年冬天的煤价是涨还是跌？他们都为钱焦虑，工人的工资拖欠得太久了，再不赶紧把煤发走弄回钱来，不知道哪天刨煤的大镐头就刨到他们的脑袋上了。

“你们早晨醒来，一抬头看见的是太阳初升，”赵红旗对我和小莫说，“我每天睁开眼睛，先得琢磨这样那样的费用，没有个二千四千的，推不开门啊！”

“进钱的时候你怎么不说呢？”小莫跟我说，“有钱的时候，唱卡拉 OK 他给我们一人找三个小姐。”

我们的笑声在山坡上滚动，方磊隔着百十来米，把镜头转向我们，赵红旗踢了小莫一脚。

赵红旗的矿在小煤窑里算大的，除了一个斜井，还有个竖井。他说这个竖井是以前国营煤矿留下来的，现在也能用，但太深了，有二百米呢。

我拽着井边防护用的绳索，探头往下看，黑黑的一柱空洞，通向地心，看得人眼晕。

方磊没敢上去，他是南方人，白白净净的，现在脸色更加苍白。他见我从上面下来，说我："真是个心狠手辣的女人。"

"你知道左拉吧？法国作家。"

方磊说知道名字，但没看过他的作品。

我说左拉有一次去煤矿做实地考察，在四十多米的井下，看到一匹高头大马拉着满满一车煤在隧道中走，他问向导："你们每天是怎么让这匹牲口进出矿井的？"矿工们以为他在开玩笑，都笑起来。后来发现左拉是认真在问，才回答他说："这马还是小马驹时，还能塞得进我们下来时乘的罐笼时，就被运下来了。这马是在井下长大的，因为没有光亮，一两年后它的眼睛就全瞎了。它在这煤道里面拉车拉到死为止，然后就被埋在这里。"

"左拉把这件事情写到了他的小说里面。"我说。

方磊的眼睛湿湿的，转身走了。

周为和赵红旗他们也听见了我的话，谁也没说什么。

我们在山上看到更多的被废弃的矿井，井口边煤矸石成堆地堆着，一度被工人们踩出来的小路重又被荒草覆盖。斜井像个既敞开又遮掩的房间，仿佛是专为罪行和勾当准备的。有一些竖井没有任何防护措施，深度少则十几米，多则几十米，有的井口边上长满了杂草，周为说这些杂草是"塞壬的歌声"。

赵红旗和小莫不知道什么是"塞壬的歌声"，我解释了几句。

"你们文化人，"赵红旗说，"说话带拐弯的！"

"景乾没准能知道。"小莫说。

"你觉得这地方行吗？"我问周为。

"我想要的东西，这里差不多都有。"

周为想在山坡上面找一棵树，不要树林，要孤零零的一棵，越老越高越粗越枝叶如伞越好，最好是梨树。他描述我小说里面的场景，问赵红旗和小莫有没有可能找到。

“就算有那样的树，”赵红旗说，“也早让人砍了。”

临下山前，小莫采了一大把雏菊放到车的后备厢里。

我们回饭店吃午餐，第三次登门，才注意到牌匾上面的五个大字：甜蜜蜜酒家。

饭店里另外有两桌客人，喝得脸红脖子粗的，张景乾坐在他们中间，脸已经是猪肝色了。我们一进门，赵红旗和小莫立刻被人拉过去，一直到我们这边菜上齐了，他们才回来。

“我看你们吃得都不多，”张景乾说，“让他们少炒了几个菜。”

少也还有八个呢，而且桌中央的蘑菇炖老母鸡是用盆盛上来的。赵红旗问喝不喝酒，周为说下午还要去学校看景，不喝了吧？

“行，不喝就不喝。”赵红旗一边让老板娘盛饭，一边给我们每人倒了杯啤酒，“当水喝，爱喝多少喝多少。”

我们的饭没吃上两口，邻桌有个人拎着三瓶啤酒，带着杯子走了过来，他说他是红旗、小莫、镇长——说到张景乾时他冲他嘿嘿一笑，“我有点高攀哈，镇长的朋友，而我们是他朋友的朋友，当然就是他的朋友。”

“朋友肯定是朋友，”没等我们接腔，赵红旗先站了起来，很亲热地拍拍来人的肩膀，掏心掏肺说什么机密话似的凑近那个人耳边说，“昨天他们喝了两杯啤酒就吐了。这样行不行，他们一人喝一口，剩下的我来？”

“看出来了吧？”来人指指赵红旗冲我们笑，“大哥是个讲究人！”

“那是那是。”我们说。

“别喝多了，就一人一口。”小莫提醒我们。

我们一人喝了一口，赵红旗挨个端起我们的杯子，把酒喝光。

“我也喝三杯。”敬酒的人自己给自己倒酒，啤酒沫像花朵在他的杯子里面盛开了三次，未及凋谢就被他吞下肚去，“这旮旯穷山恶水，有用得着我的地方，吱声！”

他刚回去，另外一个人就走了过来，也是带着三瓶啤酒和一个空杯子，话也说得和前一位差不多少。还是赵红旗替我们挡，我们喝一口，剩下的由赵红旗来。这一位又换来另一位，另一位接另另一位，每个人都过来敬酒，赵红旗、张景乾和小莫轮流上场，有时候，对方还会抢着替我们喝，我们三个人的杯子沾过多少人的口水，已经数不清了。但每次轮到我们三个人喝那表决心似的一口时，我们谁都没含糊。

午饭吃完，已经3点多钟了，为了醒酒，他们让老板娘沏热茶。厨师去市场买了一筐无核野枣，名字叫枣，实际上是微型的奇异果。皮是绿色的，很薄，酸里面夹着甜味，是长白山山区的特产。

小莫揭张景乾的老底，说他以前是文学青年，写过诗，其中有一首他还记得，叫《山》："这山望着那山/那山望着这山/这山觉得那山高/那山看着这山好/这山崇拜那山/那山爱慕这山/这山望着那山/那山望着这山/地老天荒。"

我们鼓起掌来："真棒哎！"

张景乾的脸本来就是紫红色的，也看不出他有多窘。

"我谈恋爱的时候跟我对象动不动就来首诗，弄得她老崇拜我了。"小莫说，"结婚以后她才知道诗是景乾写的。"

下午4点半钟，我们终于要离开"甜蜜蜜"了，这时去学校已经来不及了，赵红旗带我们去看国营大煤矿。

国营大煤矿到底气势不同，井口有十来米宽，高度也差不多有十来米。这张大嘴把整座山变成了巨大的青蛙，沿着井口墙壁亮着的灯光，像一个个泡泡从青蛙的嘴里吐出来。

我们刚好赶上白班工人下班。几百个工人，戴着带探灯的安全帽，穿着覆盖了煤尘的工作服，脚蹬着长筒胶靴，手里拎着装饭盒的网兜，从井口深处走出来。先是黑暗的一部分，然后从黑暗的背景中挣脱，朝我们走来。他们个个高大健壮，几乎都不说话，黑黑的脸让他们看上去既深沉又阴沉。

"这感觉太棒了！"周为激动起来，他盯着工人的模样，就好像他电影里的人物要从那中间跳出来似的。

方磊扛着摄像机在拍摄，有个工人经过他身边时，问他："你们是《焦点访谈》的吗？"

"不是。"方磊回答。

赵红旗小莫张景乾在离我们几米远的地方说着话，这时都转过头来朝我们这边望着。

"那你们是哪儿的？"

"电影学院的。"周为回答。

那个工人转身走开，跟另一个人说："他们是电影学院的。"

随着他的声音在空气中的传播，某种紧张感舒缓开来，仿佛原本有个无形的、巨大的系结，被扯开、抻平了。

晚饭我们又回到"甜蜜蜜"。中餐变成了啤酒战场，大家都没怎么吃东西，进门的时候，发现老板娘和厨师在给我们包芹菜馅饺子，菜绿莹莹的，加了很少的精肉，看上去很清爽。

"你真是我肚子里的蛔虫啊，"赵红旗跟老板娘说，"知道我惦记啥。"

"肚子里的蛔虫是宠物啊。"小莫一本正经地说。

"狗嘴里吐不出象牙。"老板娘笑骂，转身跟我们说，"买到山梨了，你们先吃几个，解解酒，开开胃。我这就烧水下饺子。"

山梨个小，皮糙肉硬，但味道绝佳，是很硬的时候摘下来，放到一种特殊的蒿草里面捂熟的。

"以前没发现你这么善解人意啊。"赵红旗咬了口梨，冲着老板娘笑，"你就像这梨，越捂越有味道啊！"

小莫的脚在桌子底下朝赵红旗踢，但却踹到了方磊的腿上，他疼得叫出了声，从椅子上直跳起来。

"哎哟，对不起对不起！"小莫说。

老板娘跟厨师收拾好东西，回厨房去了。

"大哥啊——"小莫冲赵红旗说。

"一撅腚就知道你要拉什么屎。"赵红旗脸沉下来，做了个让他闭嘴的动作。

"你拉完屎倒是痛快了，"小莫哼一声，"擦屁股的时候别找我啊。"

"在饭桌上呢，"张景乾敲敲饭桌，"文明点！"

小莫起身走出去，不一会带着一大把雏菊回来。他钻进厨房，弄了个大雪碧瓶子剪成的花瓶装着花，抱出来放到我面前："送你的。"

"猪脑袋长犄角，"赵红旗哼一声，"净整那洋（羊）事。"

吃完晚饭回到小莫家的旅馆，赵红旗他们找了个人，组成了麻将局。周为方磊和我聊了会天。"'甜蜜蜜'那个老板娘要是演我们电影里那个三陪，还真行，"周为说，"这个老板娘，成熟体贴、有心机、绵里藏针，对于一个初中男生来说，对付老板娘，就像小鸡跟老鹰叫板，戏剧性多强啊！你写的那个原来看着也行，但一比较，就觉得有些轻飘飘的了。”

“她不会演的，”方磊低头看着小腿鸡蛋大的一块瘀青，小莫那一下子还真是踢得不轻，“在这样的地方，演了三陪，她还不得让人说闲话说死。”

“不一定非让她来演，但可以把那个人物朝这个方向改改。”周为问我，“你说呢？”

“行啊，试试吧。”

赵红旗他们打麻将打到了天亮，吃早餐时，没精打采，呵欠连天的。张景乾吃了饭直接去上班了，我们要自己去学校，赵红旗和小莫不肯。

镇中学走路也就十五分钟。学校建在一个山坡上面，有高高的砖砌围墙。进入大门前有几十级水泥台阶，进门后正对着大操场。大门口往右，麻将牌似的建着四排房屋，每排有八间教室，房屋中间有一条通道，通向后操场。后操场的两边，有长长的水泥砌的厕所。进大门往左边走，是一座二层小楼，是教职工楼。

校长是个五十来岁的女人，矮，胖，既矜持又和善。来之前小莫说，她之所以能在校长这个位置上坐稳当，是沾了她派出所所长弟弟的光。

校长看了周为和方磊的教师证身份证，也看了我的记者证，她很认真地挨个打量我们，她不相信我们，但又找不出可疑之处。

“是个什么样的电影呢？”她问。

“就像《阳光灿烂的日子》。”周为回答说。

校长没看过《阳光灿烂的日子》，但她显然听说过，电影的名字似乎也让她放心不少。周为又说了这部电影如何蜚声国际影坛，拿了多少大奖之类的话。绘声绘色是他的本事，别说校长，连我这个故事的原创者都忍不住顺着他现在的思路走下去，禁不住去想，真的啊，我们是可以拍成《阳光灿烂的日子》的啊，那也不用“地下”了啊。

我们得到了校长的允许，去初二初三班寻找演员。学生们听说来了拍电影的，都炸了锅似的兴奋起来。先前的几个班都不理想，在初三（3）班，女班长听说我们的身份和来意后，脸涨得红红的，眼睛紧盯着我们，身子动来动去，唯恐我们的目光会错过她。

“我当然不会错过她，”事后周为跟我说，“这个女孩子张扬、卖弄，渴望名利，还有她那长相举止，再合适不过了。”

但他故意忽略她，目光停留在一个神情羞怯的女生身上。

“你愿意和我们谈谈吗？”周为问她。

她点点头，脸红得像苹果。

我们往外走，走到教室门口，周为像突然想起什么似的，回头看看那个女班长，她眼泪汪汪的，仍然紧盯着我们。

“——你也来吧。”周为说。

女班长低低地叫了一声，她从座位上站起来时，把桌椅弄出很大的响声。加入到我们的阵营后，她紧紧地拉住同学的手，两个人交换了一下又惊又喜的目光。

我们来到学校外面的水泥台阶上，校长被市教育局打来的电话叫走了。方磊举着摄像机对着这两个女孩，比较内向、羞怯的，叫孙甜，女班长叫张今芳。

“你们要拍什么样的故事？”张今芳问。

“拍的时候会有剧本。”周为说，“现在还只是看外景和选演员。我们有可能选中你们，也有可能选不中。”

两个女孩子沉默了。

“除了学习，你们有什么业余爱好？”周为问。

“我喜欢唱歌跳舞。”张今芳说。

孙甜没吭声。她是个小美人，很耐看。

“她唱歌跳舞也挺好的，我们开联欢会时，都是一起排练一起演出。”张今芳替孙甜回答，急不可耐地问我们，“如果我们拍了电影，是不是就会像魏敏芝那样？”

“你想像她那样吗？”

“当然想了。”张今芳说，“我很想当明星。”

“你想当明星吗？”周为问孙甜。

孙甜点点头。

“可我不是张艺谋啊，你们会不会失望？”

“不会，”张今芳说，“总归是拍电影啊。”

我们还需要找到一个男孩，这是电影里面最重要的角色。刚才在八个班里挑，没有一个男生适合。

张今芳听见我们的话，推荐她的男朋友："刚才你还拍他来着，坐在我们班最后那排的高个男生。"她跟方磊说。

方磊倒回带子，周为伸头看了看那个男生，"我们考虑考虑。"周为说，问孙甜，"你有男朋友吗?"

孙甜摇摇头。

"追她的人多着呢。"张今芳说，"比追我的还多。"

孙甜用胳膊肘推了张今芳一下。

"她们行吗?"往回走的时候，小莫问。

"差不多，"周为说，"具体拍的时候，还得好好调教调教。我们想要她们本色出演，只要她们到时候不怵场就行。"

"这样就行了?"赵红旗问，"那我不是也可以演?"

"可以啊。"周为说，"到时候有什么角色适合真找到你，你可别推啊。"

"算了吧，"赵红旗说，"我可不行。"

我们走下山坡，拐向小莫家的旅馆时，经过一个市场。在市场的头上，有个很大的西瓜摊，老板说西瓜是昨天刚运来的，给我们搬来个小圆桌，几个小凳子，老板拿着刀唰唰几下，把西瓜剖好，递给我们。

有个少年在不远处，跟一条大黄狗在玩。"蹲下!""起来!"少年在驯狗，狗要是听话，他从兜里掏出几粒花生米给它；狗要是不听话，他就打狗爪，一边打一边还叫："打爪！打爪！打爪!"

方磊举起摄像机对着男孩子拍了一会，倒过来给周为看。

"你们认识他吗?"周为问小莫。

小莫问西瓜摊老板："谁家的孩子?"

"老白家的。"老板叫了一声，"白云飞，你过来!"

白云飞回头看看，带着狗过来。人和狗都脏兮兮的，同时也都有股难以言传的快乐和自由。

"你怎么不上学呢?"周为问。

"你是老师吗?"白云飞反问。

"我还真是老师。"周为说。

白云飞愣了一下，上下打量着周为："——不可能。"他看看方磊，"你们是电视台的吧?"

周为不置可否，问他："你想不想上电视?"

"我上电视干啥?我也没做啥好事，"白云飞说，"也没做坏事!"

我们都让他逗笑了，周为看了我一眼，我也觉得他很合适。

"我们是拍电影的。"周为说，"你想不想拍电影?"

这回，白云飞是认认真真地看着我们了："——我能拍什么?"

"那先不管，你就说你想不想拍?"周为问。

"——想。"

"你走近点，"周为说，"看着镜头，你做一个很恨的样子。"

白云飞犹豫了一下，对着镜头瞪了一下眼睛，他脸上单纯的笑容瞬间回缩攥紧，挤压出恶相，还有股狠劲。

"再笑一个，越高兴越好!"

白云飞好像还被刚才的情绪控制着，过了一会，才笑出来，他的牙挺白的，很整齐。

"我们中午带着他一起吃饭吧?"周为问赵红旗，"我需要和他多接触。"

"你带他睡觉我们也管不着啊。"赵红旗呵呵笑着说。

我们把白云飞带到"甜蜜蜜"，老板娘听说这是我们挑中的演员，很好奇地打量他，厨师也跑出来，他认识白云飞的爸："后山那个老白，对不对?"

白云飞点点头。

"吃完饭去你家看看，行吗?"周为问。

"行啊。"他很爽快。

赵红旗和小莫还是陪着我们，他们把车开到山脚下，说好了在这里等，我们就单独跟白云飞走了。山坡上面的房子错落地建着，每家都有前后院，方磊跟白云飞落在后面，嘀嘀咕咕的，周为低声跟我说："他们聊私生活呢。"

"这个小家伙挺有点意思的。"

刚才吃饭时，白云飞承认自己有女朋友，不过不在这里，在另外一个镇上，他经常沿铁路走两个小时去看她。

"我今晚还去!"他说。

他等不及要把自己要演电影的消息告诉她。

白云飞的家在一个歪歪扭扭的胡同里，院子里面种着棵沙果树，小果子结在树上，正在从青转红。房子是三间红砖房，挺破败的，后院里种着的向日葵，有两三棵长疯了，一直蹿到房顶上，黄艳艳地仰脸追逐着太阳光。

周为和方磊激动得不得了，四处找角度拍向日葵。

一个中年女人走出来，看到那么多陌生人跟着儿子回来，其中一个还扛着摄像机，吃惊不小。

她的眼睛跟白云飞很像，年轻的时候，想必也是让很多男人心动过的。但长期的愁苦在她的脸上生了根，改变了她的容颜，她的薄嘴唇紧紧地闭着，像两片小刀子。

我们为这样贸然登门跟她道歉，她点点头，狠狠地盯一眼白云飞。我们说要请她的儿子演电影时，她又惊奇地打量他，好像突然之间他变陌生了。

白云飞家所有的一切，都沾着煤味。走进屋里，仿佛夜晚提前降临了，墙壁发黑，厨房炉子上面的墙壁则是墨黑，上面浮着很厚的煤粉和灰尘；炉子上的饭锅和水壶，被煤烟熏得乌蒙蒙的。橱柜里面的盆盆罐罐、盘子碗筷子非残即旧，既旧且残。

房间一共有三间，两间带窗子的房间，家具很少，无非是地桌、木凳和箱子，箱子上面摞着被褥。在厨房的旁边有一间很小的房间，开门就是炕，没有窗，炕上面坐着个女孩子，光着身子，皮肤黑黄，表情憨痴，瞪着跟妈妈和哥哥很像的大眼睛，咯地一笑。

我的心一紧，好像被她的笑容咬了一口。

白云飞的妈妈过来，抬手放下了门口的布帘。

“生下来就傻。”她跟我说话，眼睛却望着方磊。那个摄像机似乎让她很不安，仿佛那个是枪口。

“如果我们用白云飞，”我悄悄问周为，“会给他多少报酬?”

“没多少，”周为说，“意思意思而已。”

我们离开的时候，白云飞也要跟我们走。

“你留在家里吧。”周为说，“我们一个月后回来找你。”

“你们肯定会回来吗?”他问。

“当然了。”周为笑笑，“你得好好上学，好好听父母的话啊！”

白云飞点点头。

赵红旗和小莫在车里睡着了，老远就听见他们的打鼾声。我们说演员定了，景也看得差不多了，今天晚上就走。

他们不让，“哪能说走就走?”赵红旗说。

“反正一个月后就回来了，还有不少工作要准备呢。”周为说，转向小莫，“你们家旅馆别住外人了，都给我们留着。我提前一个礼拜跟你联系。”

小莫说没问题，他马上开始修浴室。

我们在松树镇的最后一顿饭吃得像年夜饭，赵红旗张景乾小莫都喝了不少酒，我们也各尽所能地喝，老板娘陪我们坐了半天，跟我们每个人都单喝了一杯。

“这顿饭我请客!”她强调。

“我们回来的时候，”周为说，“得把你这儿变成剧组食堂了。”

“那是我的光荣啊。”老板娘爽快地说，“放心吧，我不挣你们钱，就收个工本费。”

我们去车站的时候，张今芳和孙甜不知道从哪儿听来的消息，跑来送我们。

“你们一定会回来的吧?”她们问了一遍又一遍。火车开起来时，张今芳一边跟着火车跑，一边还在问。

“一定。”我们跟张今芳挥手，跟孙甜挥手，跟赵红旗张景乾小莫挥手，跟松树镇挥手。我们确实以为我们会回来，在一个月后。但我们没有，三个月后也没有，三年，十年，我们没再去过松树镇。

今年冬天下第二场雪的时候，我接到陌生人的电话，他先确认了我的身份，接着说自己是警察，直到他提到孙甜，提起松树镇，我才明白这不是哪个朋友跟我搞恶作剧，“我们想请你来一下。”警察说。

我出门的时候，雪已经下了半尺了，雪花很小，散落成了棉絮末，落到皮肤上，点点滴滴的湿凉。我站在街边打车打了好半天，很后悔刚才拒绝他们派车来接我。最后我主动提出加钱，才有司机愿意拉我去铁北监狱。

接待我的警察姓刘，电话也是他打的。他在市局负责普法教育方面的工作，正在拍的专题片里面涉及孙甜的案子，孙甜拒绝合作，除非他们安排我跟她见面。

“她干了什么?”

“杀了她男朋友。”

刘警察带我进了一个小会客室，房间不大，放了一张很大的桌子，椅子是折叠的沙发椅，墙上没贴“坦白从宽，抗拒从严”的条幅。刘警察给我沏茶前还问了我一句：“天冷，喝乌龙茶吧？”

我说好，问她：“她为什么杀她男朋友？”

“她跟电视台台长有暧昧关系，被她男朋友发现了，小伙子要把事情捅出去，她就杀了他。”

刘警察打了个电话，让人把孙甜带过来。他把沏好的茶放到我面前，纸杯有些烫，茶是好茶，暖香袅袅。

“被捕前孙甜在电视台当主持人，是招聘的。她原本希望能通过台长的关系，把自己调进省台呢。她很漂亮，又上镜，拍专题片真是可遇而不可求。”

门外有人敲门，两个警察带着孙甜过来，一个说了几句就离开了，另一个跟孙甜并排坐在了桌子对面。刘警察给他们一人一杯茶，然后走到旁边，打开了录像机，我看了他一眼，但他并未做任何解释，好像这是一件理所当然的事情。

孙甜穿着囚服，头发和脸孔都很干净，眼睛比我记忆中要大，也更亮。她坐在我对面，打量着我，确认我是当年到过松树镇的那个人以后，问我：“你们怎么没来拍电影？你们不是说一定会来的吗？”

“投资方撤资，我们也没办法。”我没说我们拍的是个地下电影，是个烧钱的玩意，投资方的艺术热情燃烧了一阵子就清醒过来了。

“我们一直等你们来！”孙甜说。

“——对不起！”

“谁都知道我们要拍电影了，谁都问我们，在电影里面要演什么。”孙甜看着我，“我们不知道电影里要演什么。你现在告诉我，那个电影讲的是什么故事？”

那是十年前的剧本了，有些细节连我自己也记不清楚了。但我不能不回答孙甜的问题：“是煤矿里的几个初中生，白云飞扮演的男生跟你还有张今芳扮演的女生是同学，白云飞很喜欢你，但你却跟体育老师好上了，还怀孕了，他为了帮你忙，去找张今芳借钱。在电影里，张今芳的爸爸是小煤窑主，很有钱。张今芳不肯借钱给白云飞，说话还很刻薄，把白云飞给惹火了，他就想绑架张今芳，跟她爸爸要钱。张今芳逃跑时，掉到了一口废弃的矿井里。

白云飞去勒索张今芳的爸爸，被警察抓住了，他到底也没能帮上你——你演的那个女生——的忙。”

“什么破剧本！”孙甜沉默了一会说，“难怪拍不成。”

“她是怎么干的?”他们离开后我问刘警察。

“她开车撞死了他。被人看见了，还记住了车号。”

“——她会死吗?”

“——谁都会死。”刘警察笑了一下。

警车开了两个多小时才把我送回家。外面黑沉沉的，我的脸映在玻璃上面，闪闪烁烁，表情则是支离破碎的。

我下车时，雪也停了，地面上的雪如新铺的被褥，闻得到淡淡的、清冷的芳香。

梧桐

离好远惠真就听见笑声。在院子里面的梧桐树下面，玉莲背对着大门，和另外三个女人坐在根雕茶几的周围，她们笑得身体打战，仿佛蓬勃的蘑菇从树根处往外蹿。

“什么事那么高兴?”惠真用自己的钥匙打开大门进去。

她们齐刷刷地转过头来，笑容还挂在脸上，但错愕之际，原本的开心快活瞬间凝固了。

“——回来了?”玉莲笑了笑。

惠真注意到，她不光搽了粉，还涂了睫毛膏和唇彩。身上的衣服也是新的，泡泡袖的碎花连衣裙，显得俏皮年轻。

惠真微微鞠躬跟各位阿姨打招呼问好：“老远听见你们笑……”

“超级无敌炸——”一个男人端着碗，用身体顶开房门口挂着的细竹丝编的门帘，从房间里面出来。

他早就不年轻了，但一副十六岁少年的表情，腰间围着玉莲的围裙，头上还扣了个纸袋，纸袋上面印着几个墨绿色字：美滋美味。几个女人加起来快二百五十岁了，小孩子似的咯咯笑起来，看一眼惠真，又憋住，喉咙间叽里咕噜的。

“这是惠真。”玉莲站在那个男人和惠真之间介绍说，“这是——朴叔叔。”

“朴永浩。”他走过来，步子有点大，双手捧着的阔口碗里面，堆得小山似的炸虾片落叶般掉了几片。

女人们大惊小怪起来，在茶几上面挪动茶壶茶杯，空出地方让朴永浩把大碗安顿好。

“我去给你拿茶杯。”玉莲对惠真说。

“我去搬椅子。”朴永浩也转过身去，他三两步就赶上了玉莲，伸手替她掀开门帘，她抬头看了他一眼，俩人先后消失在门帘后面。

惠真打量一眼茶几上面：吊炉花生，绿茶瓜子，切成麻将块大小的西瓜，还有刚出锅的这碗炸虾片。家常，热闹，喜庆，茶是她送玉莲的正山小种，沏得浓浓的，酽红如酒。

朴永浩搬了藤椅回来，玉莲把惠真专用的杯子拿了出来，帮她把茶倒上。

“玉莲天天惠真惠真的，今天看见真面目了，”朴永浩说话的口气很熟络，“果然是花朵妈妈生出来的花朵女儿。”

“你嘴上抹了蜜啊？”玉莲瞪了朴永浩一眼。

朴永浩一本正经地看着玉莲，“你怎么知道的？”

几个老太太笑翻了，玉莲也绷不住，笑起来。

惠真看着他们桃红柳绿地说笑，眉来眼去，栈道已经是明修，不知道陈仓是不是也暗度了。

“从来没听你提过啊，”他们离开后，惠真问玉莲，“天上掉下来个朴叔叔。”

“什么天上掉下来，”玉莲瞪了惠真一眼，“没礼貌。”

“那哪来的？”

“——师范学院的教授，刚退休，我们老年大学书法班的同学。”

玉莲背书似的说完，径自把茶几上的茶壶茶杯收进托盘拿回厨房里去洗，惠真把剩下的盘子碗摞起来，用纸巾清理了一下茶几表面。

茶几是十几年前爸爸做的。这个老树根有几百年了，混在一堆烧柴里面，被惠真爸爸二十块钱买回来，清洗，阴干，找木匠刨平桌面和根脚，打磨塑形，最后刷漆，一遍又一遍，漆干了打磨，磨光了再刷漆，折腾了三个多月。

“谁说朽木不可雕也？”茶几完工后，惠真爸爸得意至极，“这就叫化腐朽为神奇。”

惠真爸爸最后的那个月，执意从医院里搬回家来住，每天中午两三个小时，他身上裹着厚厚的毛毯，坐在藤椅里面晒太阳。他瘦得皮松骨突，面色灰黄，除了胸口残喘的一口热气，与枯木无别。

第二天下午惠真又回家。

玉莲在穿衣镜前试衣服。墨绿色的运动装，别致的地方是领口，墨绿里面翻出绛紫衣领，袖口处也有窄窄一溜绛紫呼应，像烹饪时吊鲜的调料，让暗沉的衣服有了生机，添了雅趣。

“老年大学校服?”惠真往镜子里面看，嘿嘿一笑，转身进了厨房。

厨房操作台上，两个小盆扣着盖子，她掀开看，一盆是和好的面饼，一盆是馅料，肉泥、虾泥、青菜末、黑木耳末、葱姜末，摆放得整齐考究，金木水火土。

看这阵势，是动真格的了。

惠真胸口一时哽住。昨天夜里她几乎整夜未睡，翻来覆去的，把修彬都吵醒了。

“天要下雨，娘要嫁人。”他把她搂进怀里，咕哝着说道，“有什么大不了的……”

“终身大事啊!”惠真很恼火。

“那又怎么样? 你管得着吗?”

“不用你管。”惠真挣脱修彬的搂抱，去客厅里面坐着，灯也不开。在暗乎乎的光影中间，惠真的内心变成了黑洞，放电影似的回放梧桐树下，玉莲跟朴永浩的言行举止，眼神微笑；光灿灿的阳光下面，情感颗粒摩擦撞击，火花噼里啪啦地跟午后阳光碎末融为一体。每回想一遍，惠真内心里的黑洞就扩大一些。天快亮的时候，她蜷在沙发里面，抱着垫子睡着了。等她醒过来，发现身上盖着条毛毯，看了一眼表，修彬早就上班去了。

“好久没吃饺子了，”惠真拿水壶接水，烧上，拿了个苹果，边吃边回到玉莲房间，“你听见我肚子里馋虫叫啦?”

玉莲换了条连衣裙，是以前惠真给她买的名牌，颜色灰里藏金，没有款式却特别显瘦。午后暖橙色的光线把房间变成了灯笼，玉莲站在镜子前面，把头发收拢拧紧，盘成发髻，这一刻，时光温情脉脉，赋予玉莲一股暗哑的、老首饰般的光辉。

惠真爸爸刚过世的那两年，玉莲也像老照片里的女人，不过就是黑白照、标准像。长冬短夏，她裹着惠真爸爸老旧的蓝色棉袄，在藤椅上从早坐到晚，没有表情地望着某处，坦然接受时光之蚊的噬嚼。有阵子她喜欢自言自语，惠真问她说什么，她要么恍若未闻，要么愣怔怔地看着她，反问："我说什么了吗?"

那阵子惠真每次回家，都觉得房子和院落里面，流荡着股阴气。她劝妈妈把房子卖掉，买个楼房，或者索性搬到她那里去住。

"里里外外、角角落落都是你爸的东西，"玉莲淡淡一笑，"卖给谁?"

也是从那时候，惠真开始"玉莲""玉莲"地对妈妈直呼其名，她直觉地认定，名字就像一个咒语，能把某某妻子、某某妈妈的壳从玉莲身上剥掉，把她从故人旧事的泥淖中拽出来。

玉莲骂她没大没小，爸爸一走，跟妈妈蹬鼻子上脸了。但时间长了，她也习惯了。惠真逼着玉莲参加老年大学、各种协会、每个季度一次的"夕阳红"旅游团。她每周拉着玉莲逛街买衣服，去饭店吃饭，偶尔还看场电影，甚至也开玩笑让玉莲谈个恋爱什么的，被玉莲在脑壳上面轻拍了两巴掌。两个人越来越不像母女，越来越像姐妹。直呼其名也变得自然而然，而且变成玉莲朋友圈里的一桩美谈了。

玉莲说要买饺子醋，拿着手机出去了。时间还早，惠真泡了杯茶，到梧桐树下面晒太阳。最近几年城市房价暴涨，像这样有小院落和老树的房子，身价更是直上云霄。说起来，玉莲也算是个富婆呢。

玉莲半小时后才回来，手里没醋，身后倒跟着朴永浩。

"听说你们要包饺子，我也来凑个热闹。"朴永浩呵呵笑着，对惠真说。

从哪里"听"？又是如何"说"？惠真想抬杠，又懒得开口。分明是"应邀"不成，来个"硬要"，足见他攻城略地的决心。

"要不，"玉莲说，"把修彬也叫来?"

"他出差了，"惠真说，"早晨他走的时候，我跟他说了晚上回这儿住。"

玉莲"哦"了一声："我去拌馅。"

朴永浩举了举手拎袋："我给你们做几个小菜。"

他还像昨天那样，三两步追上玉莲，替她掀起门帘。朴永浩身形挺拔，看背影倒有点像体育老师。

惠真给修彬发短信，说晚上不回去住了，晚饭让他自己解决，也说了跟玉莲撒谎说他出差，让他别穿帮了。

“螺丝又拧紧了!!!”修彬发个苦脸回来。

惠真喝完茶，回到房间，金木水火土想必已经秀过，饺子馅已经搅拌好，放在面板上面。玉莲在揉面，朴永浩腰间又扎上玉莲的围裙，在水槽里面洗蔬菜水果，看他的手法，不像是偶尔装样子，显然熟能生巧。

惠真爸爸一辈子没进过厨房，玉莲说，她怀孕七八个月的时候，单位既要抓革命促生产，又要加强思想政治教育，经常晚上九十点钟才能回到家。惠真爸爸坐在房间里面拉二胡，见到她，第一句话就是：“你就不能先回来做好饭再回去加班吗？饿死了我，孩子没爸爸，看你怎么办?”

玉莲含着眼泪去做饭，惠真爸爸仍旧在房间里拉《二泉映月》。

“我现在听到二胡声，胸口啊胃里啊，神经都好像过电似的抽搐。”玉莲说，“你在我肚子里的时候我就打定了主意，生女儿的话，一辈子把你留在家里，我才不让你走我的老路。”

“辛苦了，照顾我一辈子。”惠真爸爸病重的时候，有一天拉着玉莲的手说，“下辈子我给你做牛做马吧。”

“下辈子做牛做马，”玉莲泪水在眼睛里面打转，“可能直接变成肉罐头了。”

那是惠真最后一次看见爸爸笑。

惠真去卫生间里洗手，准备包饺子，抬眼看着镜子边上挂着的石膏像丘比特，长着翅膀东家飞西家飞，搭弓射箭，惹是生非。惠真伸手把它扯下来，拿到厨房问玉莲：“怎么还没扔掉啊?”

玉莲和朴永浩都转过头来看。

“小天使，”朴永浩说，“挺可爱的啊!”

“这是用来行骗的。”惠真没好气。

去年春天，有个叫崔英子的女人，出现在玉莲她们朋友圈里，不笑不说话，说起来就如涓涓细流，绵延不绝，尤其喜欢边说话边拉住别人的手，热情得让人起鸡皮疙瘩。她言必提及主，天底下所有的女人，都是她的姐妹，男人则是兄弟。天底下没有坏人，所谓坏人只是受了撒旦的迷惑；阳光下面也无坏事，坏事都被耶稣承担了。

惠真见过她两次，一次是玉莲单请她吃饭，一次是她在这里召集所谓的姐妹会。每次崔英子大驾移动，都带着《圣经》、十字架、宗教小塑像、宗教题材的挂历台历之类，无论做工如何、什么材质，玉莲她们这些人都如获至宝，仿佛那是基督亲送的礼物。

后来崔英子开始募捐，说是要盖一间小教堂，她甚至还说过："如果玉莲的房子再大一倍，就可以用这块地盖教堂了。"玉莲觉得非常光荣，正儿八经屋前屋后丈量了好几回。惠真提醒她不要听什么信什么，走火入魔，可她还是背着惠真，捐了一万块钱给崔英子。崔英子拿了钱后，人就消失了。

"你怎么知道她是骗子？"玉莲从惠真手里拿过石膏塑像，又挂回到卫生间镜子边上，"你怎么知道崔英子就不会回来建教堂？"

"公安局都立案了……"

"公安局怎么了？冤假错案多了。"

"玉莲，醒醒吧，"惠真啼笑皆非，"你六十岁了，不是六岁！"

"六十岁怎么了？"玉莲的声音蓦地提高，脸也涨红了，"六十岁就老年痴呆事事不对，让你没大没小地教训？"

"谁教训……"惠真一时气结。

"惠真是好心提醒你……"

"你怎么知道她好心?!"玉莲冲朴永浩瞪眼，"你眼睛是X光？你看见她的心了？"

朴永浩遭了抢白，沉默起来。

"你也不用这样声东击西的，"惠真冷笑了一声，"嫌我碍事就直说。"

"你倒把话说清楚，我有什么事怕你碍的？"

惠真回房间取了自己的包，径自出门。

"惠真——"朴永浩在大门口追上她，看见她满脸的泪水，一时呆了。

惠真挣开自己的手臂，把门在身后用力带上。铁门咣当一声巨响，她觉得自己就像皮球之类的东西，被震出局。

惠真出租车上哭了一路，到家时，修彬吓了一跳："出什么事了？"

惠真说过程的时候，又气哭了两次，心口都疼起来了。

"你当着她情人的面让她下不来台，妈妈还能不急？"

“什么情人？你怎么知道他们是情人？”

“同学同学，行了吧？你当着男同学的面让玉莲同学没面子，她能不急吗？”

第二天惠真接到玉莲的短信，她在她们单位附近的“肯德基”。惠真过去找她，两个人对视一眼，玉莲显然也没睡好，眼睛下面发黑，人恹恹的提不起精神。

惠真坐下来。看着袋泡红茶在水里，渗出丝丝缕缕的血红，惠真抬头问玉莲：“你谈恋爱了？”

“你反对？”

“我反对有用吗？”

玉莲没说话，眼角却浮出了泪光。

惠真的心拧起麻花，强笑了一声：“你们才认识几天啊？一见钟情？”

玉莲没说话，叠着手里的纸巾。

“你不爱听我也得说。”惠真说，“这年头，知人知面不知心，男人找个人侍候自己，不比子女保姆省心省力？你又有房子又有退休金，人看着也年轻漂亮，他何乐而不为？就算我这是小人之心，想法阴暗，朴永浩是个好人，对你也真心实意，那其他方面呢？他孩子孙子一大家子，那些人要是欺负你怎么办？再退一步说，孩子孙子们心地不坏，不会故意为难你，但家常过日子，哪有舌头不碰牙的？到时候烦了，难不成再去离婚？还有啊，你们不老，但也不年轻了，身体方面，总难免有个闪失，你侍候了爸爸那么多年，你自己不都说受够了吗？”

玉莲沉默了半天：“——说的也是。”

她想笑笑，没承想眼泪唰啦一下子涌出来。她慌里慌张地想要把叠成方块的纸巾打开，一着急，扯断了。

惠真把自己的那张纸巾递过去，鼻腔里面也酸酸的。

“玉莲——”

“你都是为我好，怕我受委屈。”

玉莲用纸巾挡着脸，闷声闷气地说。过了好一会，她擦干了眼泪，抬头看着惠真：“我也跟朴永浩说过，我不会去他家的，我又不是没房子。”

“那他——”惠真的心直坠下去，“是要搬到家里来?”

“——我们当然得征求你的意见。”

“你让我说什么?”惠真噼里啪啦地掉眼泪，“我把你，把家，双手举着送给朴永浩，还得敲锣打鼓、欢天喜地?!”

玉莲张了张嘴，但没说出话来。

“你们要征求我意见，是吧?我不同意!”

惠真起身走开，推开沉重的大门，在街头站了好一会。人流车流，熙熙攘攘，交织成网，建筑物则像巨大的蜘蛛，阴森森地看着草芥似的人众。

修彬穿白大褂时，比平时显得老成很多。

“又拧起螺丝来了。”修彬叹了口气。

“除了这句，”惠真有些火大，“你没别的话了?!”

“除了这句，我无话可说。”

“要是你妈，你就有话说了。”

“别无理取闹啊。”修彬瞪了惠真一眼，指指走廊里排队看病的病人，“我这儿一大摊子事呢。”

“我现在也是病人。”

“你的病这儿治不了。你回家喝杯茶，要么去逛街买东西，放松放松。”修彬轻轻拍了惠真一下，转身回门诊室去了。惠真在后面叫他，他头都没回。

惠真一股浊气在胸间风云激荡，下楼填病历挂了修彬的号，赌气倒要问问，他能治什么病?!

她拿着挂号单坐电梯上楼，排在七八个待诊的病人后面，看着那些人愁眉苦脸、有气无力地交流病史，绘声绘色地形容病痛，她的气也泄了。待要离开，偏偏轮到了她，她犹豫了一下，进了门。

没等修彬开口，惠真抢着问了一句：“晚上想不想吃麻辣火锅?”

惠真有两天没去玉莲那里。修彬说的对，她和玉莲都需要时间，玉莲需要消化她的意见，而她应该反省，自己是不是能够提出更好的意见。第三天实在忍不住，惠真回了家，房间里面灯也不开，光线幽暗，玉莲摞起两个枕头垫在身后，半坐半躺，眼睛里面泪水汪汪，鼻子红通通的。

“生病怎么也不吱一声?”惠真急了，拉玉莲起床，“我带你去医院。”

“别大惊小怪的。”玉莲不肯，“我吃过药了。”

她的手机震动起来，惠真只好放开手。

玉莲拿起来看了一眼号码，没接，任凭它在被子上没腿蛤蟆似的噗噗噗转动。

“我给你做饭……”

“不想吃。”

“就煮个汤……”

“不想喝。”

“——那我扶你去外面晒晒太阳。”

“不想动。”

惠真心里小火苗噼啪噼啪闪，忽地就蹿起来：“你跟我生气，就直说……拿生病威胁我?!”

“你说什么胡话?”玉莲嗓子干干的，声音提高时，也冒火星子，“我着凉感冒跟你有什么关系？你是老天爷啊?”

“那你要我怎么办?!”

“你走吧，我想睡一会。”

惠真站着没动。

“你回家去吧，”玉莲叹了口气，“你在这儿我心不静，睡不踏实。我吃了感冒药，什么都不想要，只想睡觉。”

惠真抓起背包，一言不发地转身就走。出大门时，看见朴永浩拎着一大袋水果蔬菜，另一只手拿着电话在摁号码。

“惠真，”他迎上来，“你在这儿太好了，玉莲不给我开门。”

惠真用钥匙打开门，让他进去。

“放心吧，”朴永浩好像压根没注意到她板着扑克脸，他进门后，回头冲她笑笑，“我会照顾她的。”

“我现在是外人了。”惠真回家跟修彬发牢骚。

“嫁出去的女儿，泼出去的水，”修彬笑着说，“你当然是外人了。”

“算了，她爱怎么样就怎么样，”惠真赌气说，“我不管了。”

说不管，心里却放不下。万一玉莲把朴永浩也赶出家门，那现在她形单影只的，又生着病，岂不是太凄惨了！惠真起身又要回家，让修彬给拦住了。第二天，他们带了几样常用药，买了水果点心，一起去看玉莲。

没见到人，桌子上面留了一张字条："惠真：我出门几天，回来后跟你们联系。感冒好了，其他也都好，勿念。妈妈。"

惠真掏出电话打玉莲的手机，摁键时，手指直抖。

玉莲关机。

"我就说昨天要回来的……"惠真急得跳脚。

"肯定是跟朴永浩一起走的。"修彬说，"放心吧，不会有事。"

玉莲走得很从容，东西收拾得井井有条，家里的花刚浇过水，梧桐树下的树根茶几也用塑料布包好、封紧，以防雨淋。

回家的路上，惠真扭脸望着车窗外面，行人，车辆，树木，建筑，都变得轻飘飘的，仿佛都长了脚，拔脚就走似的。

到小区楼下时，修彬叹了口气："惠真——"

"你不是无话可说吗?"惠真看也不看他，打开车门，用力一甩，"那就别废话了。"

接连好几天，玉莲一点音信也没有。惠真跟修彬绝口不提玉莲的事情，修彬试图跟她谈谈，被惠真把话题岔开了。

就仿佛她心里头长着棵院子里那样的梧桐，被人连根拔走了，血肉骨头，直掏到痛处。

她找了搬运工，回家里把树根茶几搬回自己家来。那是她想来想去，唯一能理直气壮搬走的东西。

搬运工离开后，惠真搬把藤椅，在梧桐树下坐了一会。院子里的青草被阳光晒得正发困，围墙上面的爬山虎懒洋洋地铺展着；进门后一片盛开的大丽花，姹紫嫣红，阳光下面渗入丝丝缕缕的香气。他们刚搬进这里时，那个地方是厕所，晚上惠真不敢自己出去，玉莲睡衣外面套件棉大衣，陪着她。初中的时候，惠真生胃病，玉莲每天早晨用糯米粉熬粥，不稀不稠，亮浆浆的，里面加一勺蜂蜜，让她吃了上学。多年以后她跟玉莲提起来，玉莲都不记得了。惠真长成少女，玉莲有阵子神经兮兮的，不管惠真多晚下晚自习，她一定风雨无阻地在校门口等她，惠真几次未成形的早恋都因此而破灭。惠真跟修彬定下来以后，玉莲承认，以前惠真谈恋爱时，她还跟踪过他们。

惠真结婚那天，玉莲哭个没完，她自己也跟人家解释：“我是高兴的。”但她显然“高兴”得过了头，惠真迟迟无法出门。

上了婚车，修彬想逗惠真开心：“妈妈变成小孩子了，早知道让她当你嫁妆，一起带回咱们家得了。”

惠真觉得修彬对玉莲有失尊重，勃然大怒，婚也不要结了。修彬求爷爷告奶奶，只差没在车里下跪磕头了。婚礼上，惠真身着华服，众星捧月，脸绷得紧紧的，表情凛然，修彬赔了十二万分的小心，连她的伴娘也觉得她过分了，悄悄拉她的衣角。

现如今，玉莲倒跟认识不足月的男人拔脚就走，毫无挂碍，直让惠真从牙根痛到心肺。

回到家时，修彬正对着茶几发呆：“你要干吗?”

“看见了还问!”惠真把包扔到一边，坐下来。

茶几在玉莲那儿，屋里或者梧桐树下，哪哪都顺眼，放到这里，跟个章鱼似的，突兀、怪异，张牙舞爪的。

“你明天是不是把树也挖了，装在盆里带回来养啊?”

“好主意，我怎么没想到?”

“惠真啊——”修彬叹了口气，“咱们家就这么大，你把你们家院子搬回来之前，先想想怎么安置。”

搬回茶几才两天，玉莲就上门了。她说她刚从杭州回来，把包一扔，就过来了。一周不见，她瘦了些，也晒黑了不少。

“刚回来您不好好歇着……”修彬放下手里正揉的面团，过来请玉莲坐下。

“好几百岁的都走这儿来了，”玉莲看着那个茶几说，“我哪好意思歇着!”

“我梦见爸爸了，”惠真对玉莲说，“他让我把这个茶几拿回来。”

玉莲呆怔了片刻，苦笑了一下：“那我回家去睡觉，等着你爸爸托梦。”

“别别别，别走啊!”修彬拉住了她，解下自己的围裙系到玉莲腰上，把擀面杖顺手塞进她的手里，“您进门前我刚接个电话，急诊，上手术台，人命关天，您帮帮我，也算胜造七级浮屠。”

修彬抓起外衣，回身看了惠真一眼，加重了语气："一会手术完，我回来吃饺子啊。"话说完，人也出门了。

惠真冲了杯茶放到茶几上："我自己来就行，你喝杯茶，歇会吧。"

"车上睡了一天，"玉莲把围裙解开重扎了一遍，走到面案前面，"再不活动活动，关节都锈住了。"

两个人闷头干了会活。

"旅行怎么样?"

"就那样，到处都是人。"

"人怎么样?"

玉莲看一眼惠真，俩人脸都板着，然后一起笑了。

"就那样。"

两个人又忙活了一会。

惠真放下手里的东西，拍了拍手上的面粉，把手机拿了出来。

"给你看这个。"惠真调出前一天在步行街上拍的几张婚纱礼服裙照片。

昨天她心血来潮，跑到繁华的商业街去，那一带婚纱影楼一间接一间，模特新郎新娘都是一个模子印出来的。他们含情互望，郎情妾意的表情，也是一个模子印出来的。

"好看吧?"

玉莲笑笑。

惠真定在一张韩式礼服上面，绛紫短上衣，墨绿色的长裙，裙摆处每隔一尺，缝缀着玉块似的刺绣。惠真特意微拍了刺绣图案，龙飞九天，凤栖梧桐。

"我最相中的是这套，你喜欢吗? ——我送你。"

"送我这个干吗?"

"你说干吗?"惠真叹口气，"天要下雨，娘要嫁人呗。"

"天气预报说了，最近没雨，农村还要抗旱呢。"

"蜜月都度了，"惠真笑了，嘟囔了一句，"还装模作样。"

"你不也说了，"玉莲轻轻叹口气，"知人知面不知心。"

"怎么回事?!"惠真一着急，声调顿时高了好几度，"他不是单身? 还是存着别的什么坏心眼?"

“行了行了行了，你乱叫什么！”玉莲打断惠真，“其实也没什么，就是生活习惯不一样。”

“什么习惯？怎么个不一样？”

“晚上睡觉前，他喜欢挠背。说是以前跟他老婆，天天晚上都挠，互相挠，恨不能从头挠到脚……”

惠真扑哧一声笑了。

“每次帮他挠完，他倒是倒头就睡，我就遭罪了，觉得指甲里面脏得不行，一遍遍地洗手……”玉莲说，“天天晚上失眠。”

“那你就不帮他挠呗。”

“有一天我是没帮他挠，他又睡不着了，说是挠了几天，把以前的老习惯挠回来了。他后半夜 2 点钟起来洗淋浴，我好不容易睡个觉被他吵醒了——还说我毛病多。我说，‘老头乐’没毛病，你跟‘老头乐’过去吧。”

惠真等了一会：“然后呢？”

“就回来了呗。”

两个人一时无话，小面团在玉莲的擀面杖下面，三下五下，花一样盛开，被惠真接在掌心，填上馅，捏成果实。

桔梗谣

忠赫放下电话，心脏怦怦怦地跳着，他的手发麻，抽了两下，才把纸巾从盒里抽出来，吸掉眼窝里的泪水。

忠赫到衣橱里找了件新衬衫，拆包装时，手指头被大头针扎出了血，血滴黏稠，像颗红豆。新衬衫折痕明显，浆过的衣领卡着后脖颈，忠赫又脱了下来，换回了平时穿的旧衬衫。弯腰穿鞋的时候他动作有点急，脑子里面忽悠一下，眼前有些发黑。

“慢点，慢点!”他提醒自己，扶着墙壁慢慢直起身。

春吉不在家。退休以后，她跟小区里另外几个女人组成了麻将小组，每天三四个小时，在几家轮番打。在他们家打麻将时，春吉总是留朋友们吃饭，冷面啦，野菜酱汤啦，蔬菜肉丝面片啦，她兴致高昂地让人吃这个吃那个，哪怕是盘炒土豆丝，好像经过她的手之后，就变成了世间难寻的美味。

忠赫想象不出秀茶如今的模样。在朝阳川的时候，他家和秀茶家隔得不远，房前屋后种着几十株梨树，每年梨花盛开的半个月里，他们会被一场阳光晒不化的大雪掩埋住。天黑以后忠赫站在自家窗口朝秀茶的房间望去，她有时是雪国里的仙女，有时则变成灯笼里面的灯心。四十年过去了，他的腰围变过好几个尺寸，头发灰白像黎明的天色。好在，他的腰杆还是挺得直直的，这是几十年如一日，坚持每天走路一个小时的馈赠。

在候车室的门口，在嘈杂的声音、难以形容的味道以及流动的色彩中间，忠赫还没从出租车上下来就看到了秀茶。她穿着紫灰色套装，和以前一样苗条，肤色也仍旧白得像豆腐。皱纹没把她变丑，把她变温柔平实了，像穿旧揉皱了的棉麻布衣服。忠赫胸口闷闷的，像压上了石磨——以前在朝阳川时，他家院子里就有一盘，清晨或者傍晚，他和秀茶常坐在石磨边上做作业。高中毕业以后他们也还保留着在石磨边看书的习惯，大多是从县图书馆借来的小说，里面写些什么他早就忘了，但他记得秀茶边看书边哼的歌：

白色桔梗花啊紫色桔梗花，站在山坡下，花像海洋从天上飞流而来，漫山遍野，凝神细看，白色桔梗花啊紫色桔梗花。

“忠赫——”

秀茶的微笑近在眼前，但转眼就浸到了湖水里面。忠赫抹了一把泪水，秀茶的眼睛里也泛起一片水雾。

秀茶参加了她所在城市的夕阳红艺术团。在第四候车室里，有她二十九个同伴：“我们刚从长白山旅游回来，在这里换乘火车。”

他们只有一个多小时的时间。

忠赫带秀茶去了候车室旁边的咖啡座。那里卖的咖啡是速溶袋装咖啡，忠赫把服务员叫来，又要了两杯铁观音。他还点了牛肉脯、鱿鱼丝、话梅：“这个茶太硬，稍微吃点东西，要不胃会不舒服。”

秀茶笑了：“你还是那么细心。”

“你怎么找到我的？”他问她。

“想找总能找到。”她说。

他很惭愧，他没找过她，但他从没忘记过她。有好几年的时间，每晚临睡前一个小时，他给妈妈按摩手臂和腿脚，老太太翻来覆去地回忆朝阳川的陈年旧事，忠赫能在妈妈提到的每个人身后、每件事中间看到秀茶。

“累了吗？”他离开时，老太太问他。或者是，“天天这么按来按去，还要听我唠叨，烦死了吧？”

“我愿意给妈妈按摩到一百岁。”忠赫真心真意地这么说，这是他跟秀茶相处的时间，怎么会累、会烦呢？

忠赫难得发脾气，但春吉训斥女儿时除外。每次女儿透过责骂眼泪汪汪地朝他转过脸，他都会看见秀茶的委屈，他用更阴沉更难看的脸色回应春吉，拉着女儿出门，带她去饭店吃饭，买礼物给她。

“小时候我很恨你，”儿子有一次对他说，“你对妹妹好得恨不得含到嘴里，而我就像你要吐出去的什么东西。”

“女孩子当然要娇惯一点。”他说。

他从小就习惯了对女孩子好。他跟秀茶上学时，碰上泥泞难走的路，他都是背着她过去的。她伏在他的背上，让他想起一只收拢翅膀的鸟。春天的时候，忠赫给秀茶编蝈蝈笼，为了把干玉米秆破成细条，手指头划出好多道细口子，洗手时疼得龇牙咧嘴的。有一年端午节，他给秀茶采染指甲用的酸浆草时，被蛇咬了，幸亏是草蛇，毒性不大，他妈妈吓得半死，抱着他的腿用嘴往外吮毒液，吮得嘴唇都肿了。秀茶的父母在旁边看着，挓挲着手帮不上忙，被忠赫妈妈的肢体语言羞臊得满脸通红。

忠赫的妈妈二十一岁守寡，独自把忠赫带大，供他读书到高中毕业。忠赫的衣服永远是干干净净的，哪怕只有一套衣服，也是晚上洗好晾干，早晨干净整齐地出门。

老太太一辈子只对忠赫提过一个要求：娶春吉。

“我喜欢她的大脸盘，福相。”老太太说，“屁股也长得好，能生出好孩子来。”

如老太太所言，春吉生了两个好孩子。在孩子长大的过程中，春吉像发面的面团一样越来越浑圆，睡觉时呼噜打得一嘟噜一串的，忠赫常会梦见自己站在秋天的稻田地里，风吹稻浪，像涛声一样响亮，他变成了稻草人，破衣烂衫，伸着胳膊，眼看着秀茶从田埂上走开却叫不出声来。

去年刚退休的那几个月，忠赫着了魔似的想念秀茶家的豆浆。那间老豆腐坊光线昏暗，地面上水渍渍的，刚点出来的豆腐在豆腐包里颤颤巍巍地抖动。豆浆装在粗瓷盆里，他和秀茶往里面撒几粒糖精，每天上学前喝得肚子胀胀的，打嗝时嘴里有一股豆香味。忠赫跑遍了城里所有卖豆浆的地方，发现那股鲜嫩的味道再也找不到了。

“嫂子好吗?”

春吉和忠赫结婚那天，秀茶是以他妹妹的身份，拿着木瓢，隔着喜桌——把一对木头鸳鸯，一对蒸熟的、嘴里叼着整支红辣椒的公鸡母鸡，各种糖果、水果、鲜花，还有十几种糕饼摆得满满登登的——朝新娘子伸过来，春吉把一大捧糖果扔进去。后来忠赫听说，秀茶把糖讨来后钻进树林，一颗不剩地全吃光了。她把糖纸用熨斗熨平，折了个鸳鸯放在家里的窗台上。

秀茶结婚时，忠赫天不亮就起来，跟另外几个小伙子一起在院子里打打糕。刚蒸熟的糯米米粒晶莹剔透，像颗颗泪珠，他们用的木槌三斤半重，要几万槌才能把这些泪珠打成死心的一团。

秀茶嫁的男人姓尹，是部队转业干部，虽然年轻，但自有一股慑人气势。他跟秀茶订婚的时候，忠赫也在酒桌上作陪。男人们在酒桌上喝酒，女人们的饭摆在豆腐坊那边，酒喝到一半时，秀茶被她爸爸叫过来，给客人们敬酒。她低垂着眼睛，睫毛像门帘，敬酒的时候手在发抖。忠赫从来没喝过那么难咽的酒，酒里面带着锯齿，每一杯喝下去，都是一道伤口。

秀茶说，老尹五年前得过脑血栓，治疗得很及时，现在走路什么的，都不影响。儿子给她雇了个全职保姆帮忙照顾。

“他叫万宇。”秀茶说。

“——我去见秀茶了。”

忠赫换了拖鞋，径直走进他的房间——孩子们自立门户后，他们就分房睡了——墙上挂着老太太的照片，是她过六十大寿生日那天拍的。她穿着雪白的朝鲜族服装，领口袖口镶着白色丝缎，胸前的蝴蝶结打得端端正正，头发梳得一丝不乱，别住头发的簪子是忠赫用根木筷子雕刻成的。打磨，上漆，再打磨，花了整整一个星期。

老太太目光幽深地望着忠赫。

老太太去世前的两年，喜欢坐在阳台的藤椅里，眯着眼睛望着远处的长河。黄昏时，阳光像泼洒的蛋黄覆盖在河面上，流淌的河水涌动如大蛇，一口口吸光蛋黄汁，直至把整个太阳都吞下肚去。

忠赫陪着老太太坐着，太阳往下落时，他想起很久以前跟秀茶坐在长满红菰茑的山坡上，她用细草棍把菰茑的筋络和籽粒从小米粒大小的洞里挑出来，把空空的薄如蝉翼的菰茑壳放在舌头上，像小灯笼那样吹满它，又用牙齿把里面的气挤出去，然后再吹满，再挤出去。她给他也弄了一个，那个小小灯笼似的壳，落在他的舌尖上，酸甜味道中夹杂着苦味，为了把它吹满气，他全身所有的力气都用上了。

"——你去见秀荼了?"

春吉还站在门口，忠赫朝她转过头时，她把手里攥着的东西朝他用力地扔过来，但那东西轻飘飘地，隔着老远就落到了地上。

"我以为你出车祸了，要么就是心脏病、脑出血。你去见秀荼了?! 你见秀荼不能打个电话?! 不能留个字条?!"

忠赫看着春吉，她的脸涨得通红，眼泪从眼眶里跌出来，漫漶在脸上。春吉如此愤怒，却连忠赫的衣角都没沾到，像那个飘到地上的布袋子一样。刚才他坐在车里回家时，司机跟他说话他也是反应了好一会才回答。

"——这不是回来了嘛。"他说。

"回来了?"春吉冷笑一声，"魂呢? 跟着秀荼走了吧?"

她说的对。他的魂就像块骨头，被秀荼的话叼走了。

忠赫不想跟春吉吵架。他们之间使用的语言从来没什么暴力，多年来跟妈妈一起生活，忠赫觉得骂了别人，自己会更加难堪。话说回来，春吉也是个温和的女人。他们上次闹不高兴是一个多月前，春吉请朋友们在家里吃烤牛肉，吃完好几个小时以后家里还飘荡着烤肉的味道，忠赫去厨房烧开水时，发现水壶上面覆盖着油腥，他生起气来。

晚上吃饭时，春吉做了油焖带皮小土豆和凉拌黄豆芽，饭是白米里面加上了松仁核桃仁芝麻红豆，用石锅蒸出来的，掀开盖子，清甜气息扑面而来。忠赫一闻到饭香，火气就没了。

孩子们相继打电话回来，春吉明明在客厅，电话仍然响个没完，忠赫只好用分机接——"你去哪里了? 让妈妈担心得要命。"

孩子们跟忠赫说完，要跟妈妈讲话，忠赫去客厅叫春吉，春吉眼睛盯着电视，不接他递过去的电话。

"你妈还生气呢。"忠赫跟孩子们说。

"那你就想办法将功赎罪吧。"孩子们笑着放了电话。

地方台每天晚上播三集韩剧，剧目不同但故事都差不多，不是两兄弟爱上同一个姑娘，就是两姐妹爱上同一个男人，要么就是两兄弟爱上了两姐妹。这些荒唐可笑的故事，动不动就让春吉鼻涕一把泪一把的。

"你多大岁数了还为这些东西哭哭啼啼的?"忠赫笑话她。

"你知道什么!"春吉回敬他。

他知道什么！那她呢？离开朝阳川以后，她偶尔还和镇里的人联系，而他是决意跟所有人都断了联系的。

看完电视剧春吉也不睡，客厅里灯光亮着，在门缝下面透一截进来。

忠赫去卫生间时，看见春吉把前几天别人送的新鲜沙参从冰箱里拿出来，沙参疙疙瘩瘩的厚皮跟鳄鱼皮差不多，要用小刀一点点剥下来才行。他从卫生间出来时，“——秀茶也老了吧？”春吉忽然冒出一句。

“像她那样的眼睛，老了的时候眼皮会耷拉下来把半个眼睛盖住。”

春吉心地不坏，忠赫也知道他顺水推舟地说句话就会让她消气，可他们谈论的是秀茶啊，“她现在也还很漂亮。”忠赫说。

“她就是太漂亮了，”春吉说，“妈妈才不让她当儿媳妇的。妈妈说，三岁看到老，秀茶那个长相身段，不会有好命的。”

“妈妈还说你是个厚道人，心眼好呢。”

“你这是什么腔调啊？”春吉朝他扬起脸，春吉手里的那把刀他几天前刚磨过，锋刃摸起来像冰碴，“我说秀茶坏话了吗？”

“我也没说你说她坏话啊。”

“秀茶本来就过得不好嘛。”春吉说，“她男人老打她，孩子被打流产过，还有一次打折了肋骨，她回娘家养了两个月呢。”

忠赫的胃里面就像刚喝了一大碗热辣椒水，身上却打冷战似的哆嗦着。他盯着春吉，想用目光戳穿她的谎言，让她把说过的话收回去，但他的目光遭到了回敬。

“你不相信？”春吉说，“朝阳川谁都知道。”

谁都知道，但他不知道。但如果他知道，他会怎么样呢？他有勇气去把秀茶从那个人身边带走吗？秀茶在挨打的时候，期待过他的到来吗？既然连春吉都知道秀茶的事，秀茶肯定觉得他知道她的状况。

“他们闹了大半辈子，上了法庭，总算离了婚。那个男人离婚以后天天喝酒，别说当领导，连工作也丢了，还得了脑血栓。不知道秀茶怎么想的，放着清净日子不过，又回去侍候那个男人去了！”

他怀疑春吉和秀茶说的是不是同一个人。今天秀茶说起老尹时，就像说一个乖巧听话的孩子。还说儿子有空的时候，带着他们去动物园、水族馆、游乐场，拿他们当小孩子哄。

“秀茶的儿子，”他嘴里发干，吐出来的字像一颗颗火星，“叫万宇，是吧？”

春吉抬起头，他们对视着，都看到了更多的东西。

“可能是吧。”春吉又埋头剥起沙参来。

忠赫回到房间，直接走上阳台。阳台上面凉飕飕的，大河边上新近开发了好多楼盘，他们刚搬来这里时，河堤是石头垒出来的，石头缝里长着杂草，现在已经被水泥堤坝和成排的丁香树取代了。春末夏初，白色和紫色丁香花开得烟一片雾一片，让他想起朝阳川漫山遍野的桔梗花。但现在什么也看不见，黑黢黢的，一团虚无，风的手时轻时重地在人身上摸索一阵。

“秀茶找你干什么？”春吉跟过来，问他。

他很高兴他们站在黑暗里，这样的光线，话比较容易说出口：“万宇下个月结婚，秀茶邀请我们去参加婚礼。”

“我们的孩子结婚时她没来啊，”春吉说，“她儿子结婚倒要我们去随礼？！”

春吉让女儿挑了一家有名的美发店，花好几百块钱烫了头发，没过几天又剪掉了，只留下些发卷。

“那不是白花钱了？”忠赫问。

春吉说就是这么个过程。她离远了让忠赫看：“这个发型显瘦吧？”

忠赫什么也看不出来，但很肯定地回答：“瘦了不少呢。”

春吉还让女儿买回一摞面膜，每晚看韩剧时敷，白煞煞的面膜覆盖着整张脸，眼睛、鼻孔以及嘴唇抠出几个洞，忠赫第一次看见时吓了一跳。

“你抽什么疯？”

春吉在面膜下面白了他一眼。

春吉买衣服买鞋子，连内衣也买了好几套。“爸，你初恋情人到底有多漂亮，看把我妈折腾的。”女儿进门后把几个纸拎兜扔下，“大”字形扑倒在沙发上，“老妇聊发少女狂啊！”

“我这个月的业绩算泡汤了……”

“陪你妈买买东西就这么不耐烦，”忠赫说，“养育之恩可不是嘴皮子碰碰就报答的啊。”

话是这么说，忠赫也觉得春吉过分。她连饭也不吃了，每天细嚼慢咽一个苹果。自己不吃，给忠赫做饭也对付，一个星期让他吃了三顿泡菜肉丝炒饭。她还建议忠赫跟她一起喝淡盐水，吃苹果。

“胃肠也需要大扫除啊。”春吉说。

出发的前一天，春吉染了头发，染发膏的盒子上面把她染的颜色叫“甜蜜焦糖”。他跟春吉抱怨，她头发上那股蜡烛熔化的味道让他吃不下饭。

“是要见到万宇了，紧张的吧？”春吉说。

春吉经过这些日子的倒腾，像变了个人似的，不光外貌，她说话做事，也变得不大一样了。

“说你的头发，关万宇什么事?!”

“嫌弃我?!”春吉拉下脸来，“我还不去了呢。”

她把门在身后摔上。

“我也没说什么啊。”忠赫推开门，“你发什么脾气?!”

“想想就窝囊，”春吉别扭起来，“你们做的好事，过了四十年拿出来展览，我还要去捧场?!”

忠赫刚要开口，被春吉“没有这么欺负人的！”吼了回去。

忠赫没辙，把儿子女儿叫了回来，两个孩子跟春吉关上门说了两个小时。儿子先出来，压低声音跟忠赫说：“同意去了。”

“明天我开车送你们去。”儿子说。

他们在沙发上坐了一会，儿子忽然笑了，忠赫看了他一眼：“你笑什么?”

“没什么。”

又过了半个多小时，女儿眼睛红红地出来：“明天我也去。”

她跟哥哥一起回家，忠赫送他们出门时，女儿扭头看看他，凑到他耳边低声说：“我都有些等不及要见见这位哥哥了。”

她叫得那么自然，忠赫心里雷一阵雨一阵，眼睛湿了。

第二天他们一早出门，忠赫和儿子坐前面，女儿和春吉坐后面。女儿先是把春吉从头夸到脚，仿佛她是个大明星似的，然后又说他们四个很久没单独在一起了：“就像去春游。”

“秋游。”儿子纠正她。

“管他春夏秋冬的呢。”女儿一路张罗，吃这个，喝那个，说从原野上卷起的晨雾像棉絮似的，突然又指着沐浴在阳光中的枫树尖叫，“看那棵树啊，像烧着了一样!”

“别一惊一乍的。”春吉训她，从昨天晚上孩子们离开，忠赫总算听到她又开口说话了，“你也是当妈的人了。”

他们直接去了酒店。两个男人先下车，女儿在车里帮春吉补了补妆。

“他和我，谁大?”儿子问忠赫。

“——你比他大几个月吧。”

他们坐电梯上楼，连女儿都变沉默了。电梯门一开，忠赫就看见了秀茶，一个女人正拉着她往大厅里走，她用眼角余光看见他们，一下子站住了。春吉也看见了秀茶，脸色发白。

秀茶裙摆阔大，衣带飘飘，像踩着云彩奔过来，老远就冲春吉伸出了双手。两个女人加起来一百二十多岁了，抱着对方，像小孩子一样哭了起来。

刚才拉秀茶进厅里的女人过来，有些摸不着头脑:“怎么哭起来了?时间到了快进去啊。”

秀茶没理她，用纸巾替春吉吸了吸眼泪，目光在忠赫脸上一掠而过，落到他的一双儿女脸上:“你们都这么大了!”

他们一起鞠躬，给她行礼问好。

秀茶把他们拉起来，眼泪又涌出来。

女人拉秀茶一把:“都等着呢。”

“我们一起进去。”秀茶拉住春吉，带着他们往厅里走。在门口遇到手挽手的新郎新娘。

忠赫嘴唇发干，全身微微颤抖。万宇个子挺高的，穿着黑西服白衬衫，胸口别了一朵粉色玫瑰花，他的单眼皮、高鼻梁、略厚的嘴唇跟忠赫一模一样。看到忠赫时，他的表情一凛。

春吉只顾打量万宇，踩到了秀茶的裙子，差点把她绊倒。

“快点快点。”女人不停地催促着，推着他们这一群人先进去。秀茶先把他们送到预留的贵宾席上，才坐到礼堂中间新人家长的位置。忠赫看到老尹，坐在秀茶椅子旁边的轮椅里面，头发剪得短短的，胡子刮得干干净净，黑西服白衬衫，领带很漂亮，半边身子不动，另外半边不停地颤抖。他的眼睛盯着一个固定的方向，嘴唇哆嗦着，忠赫怀疑他还能不能完整地说出话来。

司仪宣布吉时已到，婚礼开始，全体贵宾起立，迎接新人出场。音乐响起，不是通常的婚礼进行曲，而是一组朝鲜族民谣。来宾们和主持人鼓掌，看着新郎新娘款款走过撒了玫瑰花瓣的地毯，一直站到台上。

司仪开始介绍新娘——他身后的大屏幕随着他的介绍，展示出新娘从婴儿直至眼下各个时期的照片。她是艺术学院的舞蹈老师，今年二十八岁，父母的掌上明珠，聪明伶俐，从五岁开始就被人追，为了万宇她至少伤了一万个男人的心。主持人的话引来阵阵掌声，年轻人聚堆的几桌不时传来叫好声。新娘之后介绍新郎，万宇从小聪明过人——忠赫紧盯着大屏幕上的照片，这孩子小时候非常瘦弱，有些惊恐地瞪着镜头；五六岁以后，他好像不那么怕照相了，其中有一张照片活脱脱就是忠赫小时候的模样；七八岁的时候，他一脸忧郁，肯定是个不爱说话的孩子；十几岁的时候，忧伤、内敛变成了他表情里固定的一部分；二十岁左右，他的眼神里面有了冷峻、沉着的东西，长成了男人了——他以优异成绩考入北京纺织大学，十年前创建了自己的企业，现在企业已经有固定的六七百名员工，产品不光在国内销售，在韩国、日本乃至东南亚市场也逐渐打开了局面。“为什么现在才结婚?”主持人把话筒伸向他。

“本来没有结婚的打算，”万宇说，冲新娘笑笑，“一不小心被俘虏了。”

酒宴持续了很长时间。

万宇带着新娘过来给忠赫和春吉敬了酒。新娘近看更漂亮，敬酒的姿态很优美，嗓音甜甜地管忠赫春吉叫“舅舅、舅妈”。秀茶应付了一阵客人后，推着老尹过来，忠赫跟他握了握手，老尹的手比他想象的有力量，然后保姆就带着老尹先回家了。

那些年轻人打开了音响，一边吃饭喝酒，一边唱歌跳舞。

秀茶和春吉说起过世了的忠赫妈妈，两个人眼泪汪汪的。忠赫第一次听说，秀茶当年生万宇时，月子没坐好，差点丢了命，是他妈妈买了熊胆托人送过去的。

“你长得很像你奶奶。”秀茶拉着忠赫女儿的手，感慨地说。

忠赫去了一趟厕所，万宇在洗手，他们的目光在镜子里相遇，忠赫冲他点点头，走进厕所，解裤带时，他的手抖得很厉害，花了平时两倍的时间。

他摸到了裤带里面的信封，除了由春吉带着的三千块钱礼金，他把自己的两万块私房钱全提了出来，他知道万宇不缺钱，但他不知道，除了钱，他还能怎么表达自己的感情。

出来时，万宇用纸擦干了手，还扯出两张递给忠赫。他们一起走出洗手间，万宇掏出烟盒，抽出一支双手递给忠赫，然后又拿出打火机给他点着。

"——对不起。"忠赫抽了口烟，他说话时，刚好咳嗽起来，他怀疑万宇压根没听见他说了什么。

忠赫摸着裤子里的钱，刚要拿出来，有人脸喝得红红地一把抓住万宇，把他拉回大厅，万宇匆忙中回头冲忠赫点了点头。

忠赫回到礼堂，一个女人站在圆桌子上面拿着麦克风在唱歌，桌子周围里三层外三层的是跳舞的人，先是《阿里郎》，然后是《桔梗谣》：

白色桔梗花啊紫色桔梗花，站在山坡下，花像海洋从天上飞流而来，漫山遍野，凝神细看……

忠赫回到桌边，秀茶和春吉脸红扑扑地跟着唱："白色桔梗花啊紫色桔梗花……"唱完后俩人搂在一起，咬着对方耳朵说着什么，春吉边笑边指着酒杯冲女儿叫："倒满倒满。"

女儿给她们倒上酒，扭头冲忠赫做了个鬼脸，说："她们已经约定了五十件事了，要去给奶奶上坟，要回朝阳川豆腐坊做一次豆腐，要摘梨，还要在明年春天的时候去看梨花……"

喷泉

“那些水，”每天下了班，老安要在镇中心街边抽几支烟，看喷泉，“又薄又亮又滑，绸子似的，从水管里面变魔术。”

张龙总是直接回家。被煤尘浸透的帆布工作服硬挺挺的，他就像从盔甲里面钻出来，院子里两个大号洗衣盆里的水晒了一整天，暖洋洋的，有几次他身上的泡沫还没冲干净，吴爱云就从后面把他抱住了。

她的疯劲也跟喷泉似的，不管不顾，变着花样来。有一次她把张龙的脸咬破了，晚上吃饭时连老安都注意到了。

“怎么了？”他倒酒的手停在那儿，“你那脸？”

“真的呀——”往桌上端菜的吴爱云也凑过来看。

“刚才洗澡，”张龙抬起胳膊往外挡她，跟老安解释，“可能搓得狠了……”

“我看，像是女人咬的……”吴爱云哧哧地笑，“有对象了？”

“没有，”张龙举起酒杯转向老安，“谁能看上我？”

老安跟他碰了下杯，两个人把酒喝光。

“那可说不定。好汉无好妻，赖汉娶花枝，”吴爱云扭着腰肢，边往厨房走边回头扔下一句，“我这朵鲜花不就插在牛粪上了嘛。”

“别欺人太甚啊你……”张龙说。

“我欺负你了吗？”吴爱云端着一盘削皮黄瓜和炒鸡蛋酱回来，放到桌子中央，盘腿坐到炕上，问老安，“你娶了我，高不高兴？”

“高兴。”老安当了半辈子矿工，皮肤和皱纹仿佛被墨染过，沟沟坎坎密布于脸上，他笑的时候，仿佛有个网被牵动了。

“女人就是花，”老安跟张龙说，“就得漂亮，不漂亮还叫什么女人?”

“要不是我妈那会生病开刀，急等用钱，我能嫁给矿工?!”吴爱云给自己倒上酒，举杯跟老安碰一下，又跟张龙碰一下，仰脖把酒干了，“不过话又说回来了，那会就是一条狗一头猪给我钱，我都嫁!”

“让女人这么欺负，”张龙看着老安，叹了口气，“你还笑得出来?”

“张龙从小就是好汉，英雄气概。”老安对吴爱云说，“上中学的时候别人欺负我，追到我家门口，把我吓尿了裤子，张龙抄起菜刀冲出去，把他们全砍跑了。他岁数小，那会比我矮半头呢。”

“你还好意思说。”吴爱云哼了一声。

“没出事是英雄，”张龙把酒倒进嘴里，一小团火，从嗓子眼直冲进胃里，“出了事就狗熊了。”

“听说是为了个女孩，”吴爱云问，“谁啊? 我认识吗?”

“连我都不认识。”张龙举起老安刚给他倒满的杯子，“干了?”

“怎么可能……”

“干了!”老安举着酒杯，两个人都不看吴爱云。

“到底是谁啊?”第二天他们钻进被窝时，吴爱云又问。

“我真不认识。”张龙说，“那时候打架也不需要什么理由，就是年轻，没事找事，乱打一气。”

“不爱说算了，”吴爱云哼一声，“满嘴鬼话……”

张龙上中学时天天带着刀，书包是老安替他背着。他有三把刀：一把是用电工刀改装的，刀身窄窄一溜，磨得锋利无比；折叠刀是钢的，银色外壳上面镌刻着双龙戏珠图案，刀子从槽里面弹出来时发出咔嗒的一声；最毒的是把三棱刀，短、窄、立体，刀身是黑褐色，刀刃磨成了三条窄窄的银带子，寒光闪烁，在刀尖处会合。

出事那天晚上张龙把三把刀都带上了，电工刀插在袜筒里面，折叠刀揣进裤兜，三棱刀有刀鞘，他用胶布把它缠在手臂上，用袖管盖住。出门的时候，他妈妈的叫声从后面追上来：“黑灯瞎火的上哪儿找死去?!”

他在老安家门口叫了老安两声，老安没出来。

张龙在巷口跟几个人会合，到了十字街大路口时，人数增加到二十多个。

马路对面，隔着水泥花坛，十来个年纪比他们大两三岁的少年出现了，他们人数少，但个子明显高过他们，体格也更结实。他们三三两两，分成几列从暮色和夜雾交织的背景中晃晃悠悠地走出来时，变成了能自行移动的山岭，而他们身后的阴影，让这些山岭有了双重重量。

张龙感觉到自己的腹部画圈圈似的扭搅起来，热滚滚的液体从身体深处源源不断地涌出，沸腾翻滚，回旋上升着涌向他的四肢和大脑——他的手伸进裤兜里握住折叠刀，打量了一下身侧及身后的伙伴。那天傍晚，天色死暗，所有的星星都落到少年们的眼睛里了。

当对面的人山再次移动，并且迅速变成几条河流朝他们包抄过来时，“你们记住，”张龙一字一顿，齿缝间滋出的咝咝寒气连他自己都感到吃惊，“软的怕硬的，硬的怕不要命的。”

张龙的妹妹大学毕业留在南方，嫁人后把父母接走了，房子留给了张龙。

初见老安时，张龙差点把他当成他爸爸，后来才想起来，二十年过去了，老安早就不是少年了。

不只是老安，当年跟着张龙打拼的伙伴，全都娶妻生子，变得灰头土脸的，他们少年时代具有的某些品质，类似翅膀或者爪子，曾像一层釉质让这些少年闪闪发亮，如今都消失不见了。

老安对张龙，还像当年一样谦恭。吴爱云热情好客，厨艺很拿得出手，后来，张龙发现她别的方面也不错。当然她也有不好的地方，胆子比母豹还大，半夜里溜到张龙家里，摸进他的被窝。

“你疯了?!”

“你怕了?!”

暗夜里，吴爱云的眼睛像两颗黑珍珠。

“——总要给老安留点面子吧。”

“你占了他的里子，还讲什么面子不面子的……”吴爱云手臂又凉又滑，蛇似的缠到张龙腰间，“放心吧，他睡得跟死人似的。”

吴爱云结实、滑溜的身子，在月光中出了水的白鱼般扭动扑腾着，叫声大得让张龙伸手去堵她的嘴，她把他的手指咬住了，咬痕处渗出了血丝。

“你属狗的。”张龙骂她。

“对，”吴爱云在他嘴唇上又咬一口，“啃不够你这根骨头。”

“早晚有一天，”张龙把她推开，“老安拿着菜刀冲进来，把我们剁成肉酱。”

“肉酱就肉酱，”吴爱云慢条斯理地穿衣服，“放点葱姜，加点芹菜，包饺子。”

溜走的时候，她倒挺麻利，一闪就没了踪影。

白天张龙跟老安一起下井，幸亏是井下，光线暗，张龙不必面对他的注视和笑容。张龙无数次地骂自己是混账王八蛋，但有了吴爱云以后，他再也过不了没有女人的日子了。

“你们那儿没合适的吗？”老安问吴爱云，“帮张龙张罗张罗，成个家。”

“倒有一个合适的，”吴爱云说，“不过，跟你结婚了。”

在井下，矿工们的玩笑粗鲁下流，主人公经常是吴爱云，老安软绵绵的反击只会让矿工们觉得那些玩笑越说越有嚼头，张龙努力充耳不闻，但有一天他的动作跑到了思想的前面，他抄起铁锹挥过去，差一寸，就抵到那个家伙的喉咙口，铁锹边缘刃边银亮，寒气森森，那张装满了下流话的嘴巴都来不及合上。

“谁跟老安过不去，”张龙的话说得很慢，带着霜气，“我就对谁不客气。”

“他们是开玩笑，瞎咋呼……”晚上喝酒的时候，老安说，“咬人的狗不叫。”

张龙举着酒杯的手臂僵住了：“你什么意思？”

“没什么意思。”

“我多管闲事了?!”

“你想哪儿去了?!”老安直摆手，他脸上炭黑色的皱纹耷下来，笑容里面带着苦相，“我的意思是，咱们这些煤黑子，脑袋别在腰带上，每天有命下到井下，有没有命上来都说不准呢，还计较个啥？”

“拿女人过嘴瘾，煤就白了？就长命百岁了？”

“喝酒，兄弟！”老安举起酒杯在张龙的酒杯上碰了好几下，“兄弟，喝酒。”

酒喝得别扭，张龙身体里面野火烧不尽，在炕上翻来滚去，期待着吴爱云能摸黑过来。等到半夜，回应他的，除了白冷冷的月光，还是白冷冷的月光。

第二天下井的时候，掌子面就老安和张龙两个人。塌方的时候，轰一声巨响，巷道里面雷声隆隆，煤尘云朵般飞扬起来，激流迸射，决口般地冲过来。张龙张开双臂搂抱住头，蜷成一团，任凭唰唰唰飘落的煤粉把自己掩埋。

不知道过了多久，黑暗里面传来话语声。

前两句他没听见。

声音像从煤尘里面渗出来的，闷闷的，似有似无。

“你想过自己会这么死吗?”老安问。

“想过，”张龙一张嘴，煤粉呛进嘴里，他吐了半天，“——但没认真往里想。”

就像少年时候，张龙想过杀人，但从没真想杀过谁。

“我想过，还经常做这种梦——最早跟我一起下井的弟兄，要么死要么残废，快占一半了。”

张龙没吭声。

“我们死了，吴爱云肯定闲不住，她会再找男人。”

张龙腾身而起，他在人世间走一遭，一半时间在监狱里面度过，出了狱，又有一半时间在地底下，女人他是刚刚尝到滋味，还是占着老安的灶台炒剩菜。他不甘心，不认命。

煤尘仿佛一条河把他们浸在中间，张龙蹚来蹚去，终于，脚踢到了硬物。他把镐头捞起来，辨别了一下方向，去刨把他们封闭起来的那堵墙，他叫老安起来跟他一起干，外面有工人，他们肯定会接应、救援的。

老安沉默了一会，也过来帮忙了。

从井底下升上来时，艳阳当空，阳光金汤般地泼下来。张龙仰头看太阳，直看得两眼发黑，头晕目眩，泪水在他的脸上肆意流淌，井底下被汗水湿透的身体，又被新发出的汗水透湿。

矿主、工长，一大堆人等在井口，看见张龙、老安上来，矿主抓着他们的肩膀，连骂了几句脏话。他冲所有矿工一挥手：“喝酒去，今天谁不喝醉谁是孙子！”

喝酒中间，张龙出去上厕所，看见吴爱云跌跌撞撞地跑来，她的脸色煞白煞白，看见张龙，直扑进他怀里，伸手去摸他的脸：“我刚听说，吓死我了。”

张龙用力抱了抱她，把她从身边扯开，低声说：“人多眼杂的你别闹了。”

他回到饭店时，矿工们喝得脸色浓油赤酱，呼来喝去，声浪此起彼伏。吴爱云占了他的位置，坐在老安身边，吧嗒吧嗒掉眼泪。

“你有完没完？”老安说，“等我死了你再哭也来得及。”

“嫂子先回家吧，”张龙说，“让我们痛痛快快喝一顿。”

吴爱云点点头，抹着眼睛走了。

张龙坐下后，往窗外看了一眼，心里咯噔一声，窗框就像电视机屏幕，什么都看得清清楚楚的。

“咱哥俩喝一杯，”他举起杯子冲着老安，“大难不死，祝贺一下！”

“死了也没啥了不得的！”老安拿着酒杯，朝地上啐一口，“死了死了，一死百了。”

“那哪能？”张龙说，“好死不如赖活。”

他们从中午喝到黄昏，从酒馆出来的时候，喷泉在喷水，老安一屁股坐在马路牙子上，张龙犹豫了一下，也陪着他坐下了。

歌一首接一首地唱，男歌手女歌手，声音都仿佛在糖浆里面浸过，又被拉成丝线，织成了绸缎，从耳朵里钻进来，在人的心头上抚弄、撩拨。喷泉里的水，一会变成蘑菇，一会变成雨伞；有时候像花，有时候像叶片；忽而浪起来，扭搅着跳起舞来，或者豁出去了，放焰火似的直冲上天去。

老安从地上起身，摇摇晃晃地走近喷泉，站在飞溅的水珠中间，引起围观者发出一阵阵的笑声。

张龙过去拉老安，老安一脸的水珠子，眼泪似的淌。

老安对喷泉的兴趣说没就没了。下班后他和张龙一起回家，他们站在自家的院子里冲洗，隔着木板墙障，看不见彼此的表情，但言行举止却看得七七八八。

老安在吴爱云身上动手动脚，他的突然袭击经常让吴爱云受到惊吓。她的叫声和斥骂好像非但没让老安住手，反而越发挑起了他的兴致，喝酒的时候，老安也越来越经常地在吴爱云胸上屁股上摸来蹭去。

“你的狗爪子能不能消停一会?!”吴爱云把菜盘往桌子上面一蹾，菜飞了起来，又落下，她去了厨房。

老安嘿嘿笑，捻捻手指，举杯跟张龙碰一下：“喝酒。”

张龙喝不下去。他的食道仿佛塞满了酒精块，从胃里往上直垒到嗓子眼，哽得难受，他放下酒杯，冲到屋子外面。

“怎么了?”吴爱云跟出来，在他后背上拍打。

塌方以后，他们还没有机会亲近。她的手贴在他后脖颈处，指尖的温热像细钩子，把他身体里散落的委屈一网打上来，刚喝的酒刚咽下去的菜一股脑翻涌奔腾，全吐了出去。

“喷泉啦?”老安跟出来，“没喝多少啊……”

张龙甩开吴爱云的手，直起身子看着老安：“胃里不舒服，我先回去睡了。”

“咋不舒服了呢?酒没烫热?”老安把张龙送到门口，看着他打开自己的家门，“——有事言语一声。”

屋子里面空荡荡的，张龙懒得开灯。月光透过窗户照在炕上，宛若雪白清冷的一床被子。他把被褥铺好，躺下，那床月光一半覆在他身上，另一半空空地笼着。

隔壁叮叮当当地发出声响，两口子好像打起来了。

张龙刚睡着，就被惊醒了。

吴爱云的身体又凉又湿，带着初秋夜寒的气息。

“你怎么……”

吴爱云捂住了张龙的嘴。她全身贴近他，在他身上蹭了蹭，他的身体噼里啪啦地迸起了火星，转瞬间就燃烧起来。他支起胳膊笼她在身下，就仿佛她是只虫子，是只小鸟，是浆汁饱满的嫩玉米。他焐着她，烤着她，让她外酥里嫩，香气四溢。

泪水从吴爱云的睫毛下面渗出来，漫洇在脸上。在灰鸽羽毛般的光线中，她的脸孔仿佛暗影中的镜子。

“怎么了?”张龙问。

吴爱云摇摇头。

“你们在井底下……”离开时，吴爱云穿衣服的动作停顿了下，“出什么事了吗?”

“我们被埋在煤里，”张龙反问，“能出什么事?”

“老安他——”吴爱云话到舌边又咽了回去。她在张龙肩头上咬了一口，叹了口气，“我走了。”

张龙的回笼觉睡到太阳升得老高。他出门的时候，吴爱云在门口跟邻居家的女人边择菜边聊天。

“老安一早叫了你两声，见你没应，先下井去了。”

张龙到井口的时候，正赶上大家吃午饭。

“昨天晚上干什么坏事了，”矿主开张龙玩笑，“现在才来?”

“喝大了。”张龙说。

“——跟我喝的。”老安冲着矿主，补充了一句。

“这多好，”矿主笑笑，“兄弟如手足。”

“兄弟如手足，女人如衣……”说话的家伙目光与张龙遭遇，咳了一声，冲着老安，“——是吧，老安?”

“吴爱云可不是衣服，”有人笑，“是床大棉被……”

没等老安接话，他又补充道，“任你铁汉钢汉，也能让她焐化了，浑身淌汗。”

男人们笑起来。

“放屁!”老安笑骂。

午饭后在掌子面倒堆的时候，老安被装满了煤块的手推车撞了个跟头，他从地上爬起来，嘴唇磕出了血，从煤尘中涌出股黑红来。

“梦游呢你?!”撞他的矿工吓了一跳，“没事吧?”

“死不了。”

老安脸上黑黢黢的，牙齿间漫着红血，笑容把他变成了恶鬼。

下班经过镇中心转盘的时候，张龙让老安先回家：“我有点事。”

张龙打发走老安，坐在马路牙子上看了会喷泉，水柱抽穗似的齐刷刷钻出来，颤动着，像风里的水晶庄稼。

二十年前那个夜晚，就在喷泉这里，好多人受伤，血在暗夜里发出腥气，还有股奇怪的香味。那些血像蚯蚓一样从血管里钻出来，绵绵不绝，粘在皮肤上面，渗进衣服纤维里面。被三棱刀捅过的胸口，血汩汩地涌动，像个小泉眼。那个家伙高出张龙将近一个头，笑着看张龙，“——小兔崽子，还真有种！”

他的笑容恍恍惚惚地，渗进黑夜里去了，在很多个夜晚，这个笑容从张龙梦境深处，浮萍似的荡漾着。

张龙在“老马家的牛肉汤”里吃了碗牛杂汤饭，去澡堂子泡了个热水澡，找人扒皮似的给自己搓了个痛快，换衣服时他站在大镜子前面打量自己，白皮白肉，就连脸都比一般人白，像个书生。

“像个雪人！”吴爱云笑话他。

老安在他家门口抽烟。

“怎么蹲这儿了？”张龙问。

“吴爱云去你那儿了，”老安笑笑，“——不跟我过了。”

张龙进了门，房间里面黑灯瞎火，阒寂无声。他拉了下灯绳，昏黄的灯光像一泼颜料，吧啦泼亮了房间，吴爱云坐在炕沿上。

“你干什么……”张龙压低了声音。

“我要离婚。”

张龙走到吴爱云近前，看到她转开的那侧脸，有些青肿，嘴角破了，带着血丝。吴爱云抬头看他一眼，泪眼汪汪。

“我跟他离婚，你要不要我？！”

张龙转身出了门，老安还在大门外抽烟。

“你他妈的真有种啊！”张龙踢了老安一脚，“别人装枪，你就回家放炮？！”

“今天看我自己回家，饭她也不好好做，我说了她一句，她一大堆话等在那儿。”老安朝地上啐了一口，迎着张龙的眼睛，“刨了一天的煤连口热饭都吃不上，你说她欠不欠揍？”

张龙沉默了片刻：“——那也不能动手啊。”

“她那嘴，我能说得过她？！”

张龙叹了口气：“你说几句软话，哄哄她吧。”

“还是你去吧。”老安把烟头扔在地上，用鞋底踬碎，“让她回来炒菜，咱哥俩喝两盅。”

张龙回家，走到吴爱云身边：“你也有不对的地方，怎么连饭都不做了？”

“你去哪儿吃的饭？”吴爱云看着张龙，“有人给你介绍对象了？”

“你胡扯什么？”张龙苦笑了一下，“我也不能天天跟你们两口子腻歪着啊。”

“我就要你天天跟我们腻歪着，”吴爱云把头埋进他怀里，搂着他的腰，“看不见你人影，我一分钟也活不下去。”

天阴得邪乎，黑云蘸了水，大巴掌似的从天上摁下来，矿工们黑蛆般在山坡煤洞口进进出出，蠕动不休。

吃午饭时，张龙端着饭盒独自走到煤堆顶上坐下，煤洞周围的杂草两个月前还是青葱水嫩，娇滴滴的，现在绿火燃遍山坡，绿色也娇柔不复，变得泼辣，阴气十足。

矿工们在井口的木垛上分散坐着，端着饭盒吃饭，话头三下两下又扯到女人身上。

“女人都一样。”

“那哪能？”

“有啥不能？不都是那一亩三分地。”

“可不是。”

“有啥不是？你们家吴爱云镶了金还是戴了银？”

“反正——”老安嘿嘿一笑，“区别可大了。”

“还区别？你区别过？”

“他没区别，吴爱云有。”

矿工们笑起来。

“放屁！”老安拉下脸来，“吴爱云真敢龇牙，我打不死她！”

“你打吴爱云？你也不怕风大闪了舌头？”

“张龙——”老安扭头朝上面喊，“他们不相信我打了吴爱云。”

矿工们的头向日葵似的，全都仰了起来。

张龙盖上饭盒盖，往下斜睨了他们一眼：“我也不相信。”

“就你个熊样，”矿工哄笑起来，有人把手里的半块馒头朝老安扔过去，“早晚把自己煮了，当供品供你们家吴爱云！”

老安对别人的话充耳不闻，他盯着张龙，目光像条毯子，一直铺到他跟前。

“嘴皮子磨够了吧?”工长看看表，招呼大家开工，“干活！”

张龙从煤堆上走下来，老安紧盯着他的眼睛，“你为什么不说实话?!”

张龙径自下了井，老安没跟上来。

张龙推了几趟煤，出来找老安，发现他已经不在了。

张龙回家时，吴爱云听见门响，从屋里出来，两只手沾满了面粉：“老安呢?”

“没回来?”张龙反问。

“看喷泉去了吧……”吴爱云看看身后，沾着面粉的手在张龙鼻子下面抹了两道，低声说，“给你包饺子呢，洗洗就过来吃吧。”

憋了一天的雨在他们吃饺子时下了起来，鞭子似的抽打着，仿佛十字街镇是个什么疙里疙瘩的脏东西，非得仔细冲刷清洗干净不行。

饺子吃完了老安也没回来，雨势倒是弱下来了。

“我找找他去。”

“死在外面才好呢，”吴爱云拉住张龙，“抱抱我。”

张龙用胳膊圈住吴爱云，被她在脸上拍了一巴掌。

“像饺子皮包饺子馅那样抱！”

后半夜的时候，雨停了一个多小时了，张龙听见隔壁大门门铃叮叮当当地响起来，老安在院子里面走动的声音，仿佛什么巨型动物撞了进来。

“吴爱云——”他声嘶力竭地叫，好像跟她隔着千山万水。

“大半夜你鬼哭狼嚎……”

噗的一声，吴爱云的话没了，被人吞掉了似的。

张龙从炕上弹起来，趿拉着鞋蹿出门，隔着木板障墙，他看到老安手里握着一块砖头，脚底下躺着吴爱云。

张龙不知道老安喝的是什么酒，但这个酒显然跟往日不同，平常的酒像蚂蚁蚀骨，一口口，不只把老安的骨头啃成了渣子，他的目光、笑容、言语，也都被蛀得拿不成个儿。这个夜晚被老安喝下肚去的酒，是硬的，冷的，像把刀揣进了老安的身子。

“老虎不发威，”老安晃晃手里的砖头，斜睨着张龙，随着老安的笑容，刀刃的寒气从他的眼睛、嘴巴、脸上的皱纹，密密麻麻地扩散开来，“你们当我是病猫?!”

“你是不是男人?”吴爱云问，“是男人你现在就去宰了他!”

老安的砖头是对着吴爱云的脸拍下去的。她皮肤细嫩，脸颊处擦破了皮，这其实不算什么，皮肤下面的打击才动了真格的，几个小时之后，她的半边脸会肿成水蜜桃。

“哑巴了? 怕了?”吴爱云盯着张龙，拂开他拿来的冷毛巾，“不用担心，你杀人，我偿命……”

“闭嘴!”张龙把手里的毛巾往地上一摔，他的心、肝、肺瞬间像烧红的煤块，把胸腔里面烘得热辣辣的，“你懂什么叫杀人?! 什么叫偿命?!”

吴爱云怔住了。

“滚回家去吧!”张龙捡起毛巾，离老远朝洗脸盆里一掷，“你们两口子的事，我管不了!”

吴爱云把外衣的纽扣解开，她的手抖得厉害，纽扣解得很费力。

“你干什么?!”

“我检查检查自己，哪出毛病了，这么讨人厌……”吴爱云把衣服脱了下来，扔到地上，伸手去解胸罩后面的挂钩。

“抽什么疯，让邻居看见……”张龙捡起衣服往她身上披，吴爱云在他的手底下挣扎着，把胸罩扯掉了，胸前白嫩的两坨弹跳出来。

张龙的火直蹿上头，扬手给了她一个耳光。

“你打我?!”吴爱云泪水薄冰似的凝结在眼睛里，她的目光从冰后面射出来，“老安打我，你也打我?!”

“你不走我走!”张龙把衣服朝她身上一扔，推门出去。

老安不知道什么时候来的，背倚着张龙家大门，嘴里咬着烟，但火柴盒在他手里变成块湿了水的肥皂。

张龙从他手里抢过火柴盒，擦出火花时，火光映照出老安的脸，皱缩得像个核桃。张龙把火直接塞到了老安的嘴里，他烫得跳了起来，噗噗、噗噗地吐个不停。

“好男不和女斗，”张龙盯着老安的眼睛，“有种你他妈的找男人单挑啊。”

张龙把外衣往身上一搭，去十字街找了个烧烤摊，喝酒喝到半夜，然后去澡堂子洗澡，在那里找了个床睡了。

第二天张龙直接去了井口。

“衣服怎么没换?”工长叫了他一声，追到井口里面，“帽子呢?”

张龙抄起铁锹干活。

工头把安全帽硬塞给他。

老安随后也来了，他去“老马家的牛肉汤”吃的早饭，还喝了酒。他把这两样味道都带进了井下。

“想拉你一起去的……”老安冲张龙打招呼，他的笑容也仿佛经过长时间的炖煮，“一个人喝酒，就像一根筷子夹菜似的。”

张龙没吭声。

老安倒也没像张龙想的，跟其他矿工们吹嘘打老婆如何如何。他把支巷木的工人拉下来，自己站在木桩上面。

“你行吗?”那个矿工问他，“酒气比瓦斯味还大呢。”

“井底下的活，”老安笑起来，“我闭着眼睛都比你们干得好!”

张龙和往常一样在掌子面倒堆，到了吃午饭的钟点，他推完最后一手推车煤，正要上去，“兄弟——”

张龙停下了脚步。整个上午，老安就忙活那几根木桩子了，张龙不想搭理老安，但这会除了他也没别人了。

“你站远点，”老安站在木桩上，手里拎着把斧头，他指了指井口的方向，那儿有光透过来，“——我想看着你的脸说话。”

张龙没动。

“你不敢站在光下面?!”

张龙走过去，竖井上面的光像束追光打在他的头上。

“你跟吴爱云，”老安有些哽咽，“以后好好过日子吧……”

“你说的什么屁话?!”

“你为我坐了二十年的牢，别说老婆，”老安笑得脸上沟壑纵横，手里的斧头画着弧线抡起来，“我的命早就是你的——”

斧头砍下去的声音像深海处的涛声，黑暗如潮，迅疾扑上来，淹没了他们。

老安被救上来，得了什么寒症似的，刚立秋的节气，他把棉袄穿在身上还发抖。棉袄外面，他披麻戴孝。

吴爱云也披麻戴孝。她脸颊的肿胀消了不少，但青紫泛了出来，面相泛出股凄厉。她几天不吃不睡，瘦得脸颊都塌了，嘴角起了一片水泡。

张龙被埋在西山下面的煤洞里面。矿主工长找老安商量了几次，尸体不是不能挖，一是成本太高，二是有没有这个必要。这些钱，还不如省下来给他父母妹妹。最后一次商谈前，矿主和工长替张龙算了一卦，卦上说，张龙已经入土为安了，再挖出来恐怕不吉利。

吴爱云冷笑了一声。

三个男人顿住话头，看向她，她推门出去了。

月亮当空，又大又圆。吴爱云的心也变成了月亮，虚白的一口井，没着没落。

老安夜里睡不踏实。两个月内，连着被埋了两次，他怕黑怕得厉害。

吴爱云半夜醒来，看见老安缩在墙角，用大棉被把自己包得像个馄饨。

“张龙在这……”老安盯着房间里面的暗黑，“我一睡着，他就来，就坐在炕边看着我，要么就站在那儿……”

老安指指窗帘，“一站站半宿，也不说话。”

“来了好啊，”吴爱云笑了，“我去烫壶酒，炒几个菜，咱仨喝几盅。”

“祸水，”老安看着吴爱云，骂了一声，“女人都是祸水。”

“你们在井底下，”吴爱云盯着老安的眼睛，“发生了什么事?”

老安没吭声。

吴爱云拿起枕头砸过去。

“——我们被埋在井底下，”老安把枕头甩到一边，“能发生什么事?!”

吴爱云僵住了：“这日子没法过了。”

他们替张龙卖了房子，加上抚恤金，一起寄给他父母。他们接到通知，也没来认尸。当年张龙坐牢的时候，他父亲就放过话：“就当没这个儿子。”

吴爱云离开的那天，新邻居正好搬进来。人声喧嚷，噼里啪啦放了两阵子鞭炮。

吴爱云只带走了自己的衣服，一个大提包就装下了。出门的时候，隔壁搬家的人都出去吃午饭了。大门外爆竹皮剖肠破肚地堆着，吴爱云往张龙院里面看，房门开着，黑洞洞的一张嘴，房门口同样堆着爆竹皮，一撮红色，像是房子咯出的血。

在敦煌

天亮前，家祥醒过来。他觉得自己的头像瓦罐，裂成了好几块，从床上下来时，他能听见脑浆流动的声音。

“二十岁！”凌晨的时候他和强哥在酒吧露台上喝酒，黑黢黢的鸣沙山变成座糖山，融化在夜色里面。

“二十岁的时候我换过好几个女朋友啦。”强哥说。

室友们的呼吸声清晰可闻，污浊、沉闷的空气像一床浮荡的棉絮，与青灰色的光线编织、纠结在一起。八张床排得很近，每人一个蚊帐，随着每天时间不同，蚊帐有时候像倒置的漏斗，有时候变成舞台追光；做噩梦的时候，它又像无影鬼手的袖子——从房顶直抓下来。

家祥半闭着眼睛去厕所，在洗漱间门口撞上了一个无脸鬼，整个人冰在原地，人一下子清醒了。

那鬼把黑瀑似的头发拢起来，一撩，他才发现是王葵。

“吓了我一跳……”王葵惊魂初定，嗔怪他。

王葵穿着小吊带衫，一手把头发拢在脑顶，一手拎着盆，在模糊的晨光中露出白水水的腰身。

家祥的手摸到她腰上，她肌肤冰凉，玉一样柔滑，他整个人欹身过去，想把王葵压在墙边。

“干什么你！”王葵腰一扭，躲开了他，发梢处甩出一串水珠，落到家祥脸上身上。

“——今天是我生日。”家祥看着她朝女生宿舍方向逃走，无奈地叹了口气。

“关我什么事?!”王葵伸手推门，转过脸来，冲家祥一笑，“生日快乐。”

家祥上完了厕所，没回房间，顺着走廊走到院子里面。夜幕像件淡灰色的丝绸纱巾缓缓地、缓缓地被扯脱下来，古堡似的酒店、酒店的庭院、庭院里的树、树下面的长椅、长椅下面的鹅卵石地面以及院子外面的公路、远处绵延起伏的鸣沙山，凉沁沁、新崭崭地裸露在家祥的眼前。

家祥再醒过来的时候，房间里只剩下他一个人了。他把蚊帐系好，掖到床栏后面，被子叠方正，床单四角拉直抻平。新牛仔裤是他送自己的礼物，紧巴巴的，家祥觉得屁股像被两只手牢牢地握住了。他希望能早点把这条裤子穿松，强哥的那条牛仔裤就既合身又松松垮垮的，颜色暧昧，强哥说那条裤子从他两年前穿上身那天起从来没洗过。

早餐正在被撤掉，家祥往餐厅里进的时候，王葵和另外一个女服务员在收拾剩下的饮料、西点还有果盘。他刚想过去跟王葵说话，听见有人在身后叫，“哎哎——”

昨天在酒吧里面泡到半夜的新婚夫妇坐在靠窗的位置上，面前摆着喝空的酸奶瓶子，新郎冲着家祥招手：“你过来一下。”

家祥走过去。在上午的阳光中，新郎新娘虽然仍旧穿着色彩鲜艳的情侣装，但不像昨天夜里那么漂亮抢眼了。新娘的皮肤有些黑，还有些小红痘痘，妆化得太浓，人看上去假假的。

“我们起来晚了，没赶上观光的大巴。”新郎说。

“我非投诉旅游公司不可，”新娘恨恨地说，“飞机还得等拿了登机牌的乘客呢。”

昨天夜里他们说起今天要去雅丹魔鬼城，途经玉门关，新郎摇头晃脑地吟咏，“羌笛何须怨杨柳，春风不度玉门关。”

俩人还梦想着，能在玉门关捡到块玉什么的。

“在地下埋了一两千年，”新郎说，“刚好在我们经过的时候，被一股风吹出了地面。”

“没错没错，”新娘咯咯笑，“千年等一回，有缘千里来相会。”

“找玉?!”强哥用鼻子哼一声，“找屎差不多。”

“除了雅丹魔鬼城，”新郎安抚了一下新娘，问家祥，“现在这个时间，我们还能上哪儿去玩?”

家祥想了下，“可以去鸣沙山看月牙泉。”

“那是我们明天的旅游项目。”新娘说。

“别的地方呢?”新郎问，“没写到旅游手册上，又好看又好玩的地方，有吗?”

“我不是本地人，”家祥说，“我不知道。”

“都是你，”新娘打了新郎一巴掌，“我说去丽江你非来敦煌!”

“说喜欢飞天喜欢佛的不也是你嘛。”

“有个韩国艺术家，”家祥说，“她也住在咱们酒店，她今天在鸣沙山月牙泉那儿搞行为艺术。”

郑真永来了一个星期了，每天晚上都来酒吧喝酒，跟家祥和强哥混得像老朋友。她烟抽得很凶，数码相机很高级，镜头一圈套一圈，能拉出老长，像个新型武器或者玩具什么的。她要么抽烟，要么咔嚓咔嚓按着快门，有时候，她同时做这两件事。

她去雅丹魔鬼城那天，清早出发，傍晚才回来。走的时候皮肤还像牛奶一样白，回来就变成了咖啡色。她的身体里吸饱了阳光，从里往外散发着热量。她给家祥看相机里的照片，一张接一张，像放小电影。

那些石头很动人，各种各样的形状。像金字塔的，像狮身人面像的，像布达拉宫的，像教堂的，像茅屋的，还有几十个连成一片，组成一个石化的“小镇”，有一只“孔雀”，更是形神兼备。

“在那里还是一片大水的时候，这只‘孔雀’在水下，水草在它身上像绸带一样飘舞，各种各样的贝壳类生物寄生在它的翅膀上面，五颜六色的游鱼从它身边来来去去……”这位韩国女郎读大学时在中国待了五年，汉语说得比中国人还好，“你能想象吗?”

郑真永眼睛细长，单眼皮，长得像孔雀。她的身体从吧台上面朝他倾斜着，家祥可以从她 T 恤衫的领口处瞥见她的乳沟。

“确实是……”家祥口干舌燥地说，“很美!”

强哥在吧台那边喝啤酒打量着他们，听见家祥的话，他笑出了声。

“你们在敦煌多幸福，莫高窟啊，魔鬼城啊，”郑真永感慨，举起相机对着家祥噼啪、噼啪拍了一阵子，“——我们走了就不容易再来了。”

她低头看了看相机里面，示意家祥过去看。

家祥不敢相信那是他自己。

“靓仔哦！”连强哥看了都夸。

“她看上你啰。”郑真永离开酒吧的时候，强哥打量着她的背影，对家祥说，“小白脸就是讨女人喜欢。”

“哪有。”家祥笑笑。

“不过这种女人瘦巴巴的，没什么啃头，”强哥从冰箱里拎两瓶啤酒出来，一拧一扳，瓶盖就启开了，把两瓶啤酒兑到一起，“玩艺术？早晚让艺术玩死。”

“还是王葵好，”强哥把一瓶酒递给家祥，“这里那里鼓鼓的，像装得满满的荷包，随便你掏！”

强哥这样说王葵，让家祥有点恼火，不过跟老板他也是想怎么说话就怎么说话。

强哥是老板从香港带来的调酒师，他来敦煌这个“闷死人”的地方，是讲义气，给老板“撑场面”的。再说了，难得强哥看家祥顺眼，把他从厨房调到酒吧里来，还教他调酒。

家祥跟新婚夫妇说完话，回头再找王葵，她已经走了。家祥看了眼墙上的钟，他不想像往常一样去员工食堂吃饭，几十个人围着几张长桌子密密麻麻地坐着，强哥说活像监狱里的囚犯。

吃的东西也单调，无外乎米饭馒头、土豆白菜。

家祥正犹豫着要不要打电话给王葵，王葵上楼找他来了：“经理叫你。”

“干吗？”

“我哪知道！”

他们顺着楼梯下楼，家祥紧走两步，蹭到王葵身边，试图牵她的手：“早晨见到你之后，我睡回笼觉时梦见你了……”

从楼梯上来几个人，扛着行李，嘻嘻哈哈说话，脚步轰隆隆响，他们像一股上流的河水，把家祥和王葵分开，一直走到大堂，家祥再也没找到给王葵讲梦的机会。

大堂里面挤着更多的人，天南海北的口音，有人在说笑打闹，有人手里拿着一大把房卡，边叫名字边往下分。

“哪来这么多人?”家祥问。

“都是大学生，”王葵停下脚步，说，“好像有个重走‘丝绸之路’的活动。”

“什么‘丝绸之路’，不就是戈壁滩从中间豁条路嘛。”家祥顺口说道。

强哥整天发牢骚，他都背下来了。

“吃饱了撑的。”

王葵斜睨了他一眼：“你跟老板说去啊。”

“哎，说正事，”家祥在厨房门口拉住王葵，说，“过十分钟，我在门口等你，我们出去吃饭。”

王葵犹豫了一下。

“就这么定了。”家祥说着，推开门，经理迎面过来。

“家祥——”

“你开到门口，我马上就来。”家祥把藤编的箱子嘭地放到车上，跟司机大明打了声招呼，朝大门跑去。

敦煌山庄大门旁边，有个铜铸的飞天雕像，王葵站在飞天前面，飞天身上衣带飘飘，仿佛王葵生了翅膀。

“没法出去吃饭了，”家祥叹口气，“经理让我去给那几个韩国人送饭。”

“是那个女人点名要你去的吧?”

“你说什么呢，”家祥笑了，“人家干吗点我的名?”

“你自己心里清楚。”王葵笑了。

“我们晚上出去吃饭吧?”

“恐怕不行啊，”王葵扭头朝酒店大堂那边看了一眼，“一下子来了这么多学生，经理说，中午自助餐的菜要做平时的三倍……”

家祥骂了句脏话。

王葵往家祥手里塞了个东西，转身回去了。

家祥跑到面包车前面，坐到副驾驶的位置上，打开盒子，里面有一个钥匙链一个手机链，黄铜的，铸出骆驼图案。

大明看到里面的卡片："你生日?"

"哦。"

家祥把东西塞到牛仔裤里，硌得屁股不舒服，他又掏了出来。

"过生日还这么蔫不拉叽的?"大明搡了他一把。

大明车开得飞快，绕过旅游品市场，直接进入鸣沙山月牙泉景区。一对骑着骆驼的游客从面包车边上经过，驼铃叮当，女人们把脸捂得像巴基斯坦人。家祥没见过巴基斯坦人，但他见过一些印度人。有两个印度女孩子让人印象深刻，她们披着沙丽，皮肤黝黑，在角落里悄言细语，研究敦煌英文版的地图。家祥送啤酒过去时，她们收敛笑容，头一抬，黑白分明的大眼睛，眼波如雾如烟。

在一个沙坡上面，九十九朵莲花摆成了一个莲花形状。郑真永在酒店后院做这个模具的时候，家祥被派去给她帮忙，起初，她没找到趁手的工具，让家祥从餐厅找来几个大小不一的汤勺。那些汤勺一落到她手里，就有了十八般武艺，让家祥大开眼界。

泥塑做完之后，郑真永指挥家祥调石膏浆往泥塑上面一层层泼洒。过了一天，石膏模具从泥塑上取下来，她又修理调整了大半天，家祥看着她直接用手在模具上磨来磨去，也不怕皮肤会变粗糙。这些沙子莲花就是用石膏模具翻制出来的。

"从早晨到现在，拉了几十桶水上去，"大明在山下跟家祥说，"我懒得再上去了，在这里等你。"

家祥提着藤箱往上走。他白天在餐厅里工作，往窗外一抬眼就是鸣沙山。每天晚上回宿舍睡觉前，他跟强哥在露台上喝瓶啤酒，闲聊几句，面对的，也是鸣沙山。他早就听熟了风吹流沙的声音，但跟鸣沙山亲密接触，这还是第一次。

登山的木梯嵌在沙里，远看像一排锯齿。家祥在半山腰往敦煌山庄的方向看，只看见连绵的沙山，以及沙山形成的光影。在峡谷底部，月牙泉如一块弧形碧玉，温润地镶在金色沙漠中间。

郑真永坐在遮阳伞下面抽烟，身上的衣服被汗水洇得湿答答的，她脸涨得通红，头发拢到脑后面胡乱绾成个发髻。

“全是你一个人翻制的?”家祥问。

“当然了,”郑真永说，夹着烟的手朝前一指，“一举一动都要拍下来的啊。”

两个摄影师举着摄像机对着那朵大“莲花”拍摄，从中心处往边缘，小“莲花”的颜色逐渐加深。

郑真永用韩语叫他们过来吃饭，他们的脸也都晒得红通通的，冲家祥笑着点头，说了几句话。家祥听不懂，但知道他们在跟他客气。

郑真永跟摄影师一样，狼吞虎咽地吃盒饭，咕咚咕咚地喝矿泉水。她对家祥说，她和他们会一直待在山上，共同记录这些莲花产生，在阳光下面暴晒变干，最后被流沙吹散，直至掩埋的全过程。

“我们这么可怜,”她调皮地说,“请厨师们多给做点美食吧!”

回去的时候，大明拉着家祥去了莫高窟，他要顺便把几个游客接回敦煌山庄。

莫高窟前面游人密密匝匝，各种肤色，各种发式，各种口音。

大明没想到家祥居然没来过莫高窟，他找了个认识的导游把家祥带进去参观。

“我接到那几个游客后给你打手机,”大明在门口嘱咐家祥,“你看见我的号码，直接出来就行了。”

家祥混在一群游客中间，导游向游客们强调，为了保护壁画和雕塑，洞窟内禁止拍照。进入洞窟以后，他们发现，洞窟里面连灯都没有，导游边讲解边用小手电筒照着某幅壁画或者某个塑像，示意大家注意观看。

“这么鬼鬼祟祟的，像看艳照。”有人感慨。

大家笑起来，跟着导游往下一个洞窟走。

家祥独自留下，在一尊苦修佛像前站了一会，这尊佛比其他的佛像清瘦一些，锁骨突出，四肢修长。洞窟里面光线很暗，佛低眉垂眼，沉吟着，仿佛一直看到了家祥的内心深处。

家祥觉得自己的灵魂变成一缕烟，佛手指一动，会像挑起一缕细丝那样把他的灵魂从身体里面挑出去。

他跟佛对视着，他们的目光是活的，纠结在一起，无声胜有声，可这时另外一队游客在导游的引领下走进来，佛还是佛，又变成了泥塑木雕。

其他的洞窟也大同小异。无非是塑像、壁画。壁画上面的内容也无非是佛，观世音菩萨啦、飞天、伎乐天、胡旋舞、反弹琵琶什么的。有一些像镶着金边，被偷走的金丝引起大家的感慨；依旧留在壁画上面的金丝也让人唏嘘。几拨游客经常混成一片，挤在同一个洞窟里面，导游们的讲解此起彼伏。随着讲解结束，游客们像游鱼习惯了固定口味的鱼饵，跟着各自的导游继续前行。

家祥觉得索然无味。敦煌山庄里面有好几尊青铜塑像，壁画挂得哪哪都是，内容跟这些洞窟里面的一样，图画倒比这里更加鲜艳、清晰。酒吧的墙上就挂着好几幅佛像，海报大小，装裱在玻璃镜框里面。

有个南方女人眯着眼睛看家祥身后的镜框，好半天一动不动，“佛好美哦——”她对老公说。

那个男人抬眼看了一眼墙上，没说话。

“那些一两千年前的人从五湖四海跑到敦煌来，挖了那些洞窟，住在里面，就是因为佛太美了，他们天天看也看不够，日思夜想也想不够。他们全都爱上了佛。”

那个男人笑笑，仍旧没什么话。

南方女人先离开酒吧回了房间。她一走，她老公变了个人似的，神气活现起来，他跟三个刚走进酒吧的女孩子很快就打成了一片，他请她们喝酒，几个人有说有笑，闹到半夜，他还亲了其中的一个。

厨房里面乱成一团，下午 3 点钟了，几个厨师还在灶上煎炒烹炸。王葵和另外几个服务生坐在厨房外面的走廊里，面前摆着案板和竹筐，她们把洗好的青菜切成段。

“有吃的东西吗?”家祥问，“我饿瘪了。”

“喏——”有个女孩子下巴朝旁边点了点，那两个筐里分别是剥了皮的洋葱和一些切好的茄子条。

“我们也都是匆匆忙忙对付了一口，”王葵说，“午饭早就收了，你去买方便面吃吧。”

“你陪我去。”

“你没见我忙着呢吗?”

“什么伟大事业啊?”当着那几个女孩子被拒绝，家祥面子有些下不来，“没有你敦煌山庄还玩不转了?!”

“哪有你伟大?”王葵抬起头，脸也拉了下来，“你是艺术家嘛，还跟韩国人一起‘行为’，你多了不起!”

几个女孩子笑起来。

“你吃醋啊?”

“吃醋?”王葵哼一声，“我还喝酱油呢。”

女孩子们笑得更厉害了，有人拿刚切好的柿子椒朝王葵扔过来。

家祥把脚前的一个等着剥皮的土豆踢飞，动作很响地转身，穿过厨房烟雾水雾和浓重的煎炸气息，回到了前台大堂。

几个大学生清清爽爽地迎面过来，他们穿着一样的T恤，上面印着“丝绸之路”四个字。

“家祥——”大明站在门口抽烟，冲他招手，“去不去市里喝酒?你今天不生日吗?”

露天地摊一个接一个，紧挨着敦煌夜市场，一直延伸到T形路口，呈Y形再向两边街蔓延。每天从黄昏开始，这里是敦煌最热闹的地方。

家祥找厕所的时候，被兜售旅游纪念品的小贩拉住了。

“葡萄美酒夜光杯，”小贩说，“就是讲这个杯的。”

他还了一半的价，买下了那个夜光杯。

家祥回到小摊前面，大明约的两个女导游过来了，她们不像大明吹得那么漂亮，比王葵还差一截呢。不过她们态度友好，落落大方，什么玩笑都敢开，还跟大明拼酒。

家祥跟着他们笑，他们把酒喝光，他就替他们再倒满酒。

“你好乖啊。”一个女导游说家祥。

“长得也很帅呢。”另外一个说。

他们喝了好多酒，喝到夜空变成黑蓝色天鹅绒，星星像银色胸针钉在上面。夜市已经散了，各种飞虫迎着灯光飞。

家祥去买单，将近两百块钱，又不是跟王葵一起，他很心疼。

两个女孩子提议去她们那儿打扑克，醒醒酒。

“好啊。”大明意味深长地看了家祥一眼。

“我不行，”家祥说，“我得回去上班了。”

“家祥在酒吧里工作，是上夜班的，”大明跟两个女孩子解释，“改天我们去酒吧找家祥喝酒。”

她们笑着跟家祥摆手道别，跟大明走了。

家祥舍不得再花钱，步行回敦煌山庄。

街道上没什么人，家祥有点后悔。女孩子们的笑声像一件花边过多的外衣，刚才让他觉得燥热、俗气，甚至有点危险。分开后，似乎又不乏温暖和俏皮。

一辆出租车停在他身边。

“外地来的吧?”司机探出身子问他，“想找旅馆我给你介绍个好地方?”

在酒店大堂，家祥看见几百件行李蒙着沙尘，拥堆在一起，被一个渔网似的东西罩着。白天他走了两个来回，居然没注意到。

他往楼上走的时候，几个跟他差不多年纪的男生正下楼，这次家祥注意到，他们T恤衫上别了小牌子，写着某某大学。

“欢迎光——”王葵冲酒吧门口招呼，发现是家祥，她咬断了话头。

家祥在酒吧的玻璃门上照了照自己，他的新牛仔裤脏了些，T恤衫汗湿后，揉皱了，他喝了酒，脸色发红。

客人出奇地少，三个大学生都凑在吧台旁边。

他们拿出相机，挨个跟王葵合影。她穿着白衬衫、黑色小马甲，头发在脑袋后面吊了个马尾辫。王葵在酒吧的工作算是加班，敦煌山庄的人都知道她为了供弟弟上大学，赚钱不要命。

“我今天就把照片放到博客里。”其中一个人照完，对她说。

“敦煌美女。”另一个冲王葵挤眉弄眼的。

“敦煌美女，”他们离开后，家祥移到吧台前面坐下，“给我来瓶冰啤酒。”

王葵从冰柜里面拿出酒，启开盖子，放到他面前：“三十块。”

家祥掏出一百块钱放到吧台上。

王葵瞥了他一眼，把钱推还给他：“他们请我客，酒钱已经付过了。”

“你去过莫高窟吗?”家祥喝了口酒，问王葵。

“没有。”王葵把几个大学生刚用过的杯子洗了，说，“——好看吗?”

“没有你好看。”家祥说。

“别的没长进，”王葵笑了，“先学会油嘴滑舌了。”

“我们来了三个多月了吧?”家祥想了想，“强哥说，如果我学会调酒，他带我们去香港混。”

王葵没吭声，把杯子放进消毒柜里。

“你不想去香港?”家祥问。

“香港了不起啊?”王葵说，“古代的时候，敦煌不也是特区，不也是香港?”

“对啊，我怎么没想到?!”家祥笑了，“敦煌特区的时候，香港连个鬼影还没有呢。”

王葵笑了。

“有没有人跟你说过，”家祥朝王葵身后的镜框里面瞥了一眼，“你长得有点像佛啊?”

“你觉得我是佛?”王葵扭头回去看了看，“那还不赶快跪拜我?”

“好啊。”家祥把酒瓶往吧台上一放，啤酒花咕嘟嘟蹿上来，直漫溢到吧台上面。王葵埋怨了一声，家祥径直从侧门绕进吧台里面，在王葵脚前扑通跪下了。

她吓得跳起了脚：“干吗?!”

“你不是让我拜你吗?”

“快起来，”王葵往外面看了一眼，咯咯笑，“神经病!”

家祥伸出手臂抱住了她的双腿，脸依偎过去。

“别闹了，快起来——”王葵想抬腿，但被家祥抱得死死的，他像个章鱼吸附在王葵身上，她越挣扎，他越抱得紧。

“快松手啊你，让人看见……”

他的手臂勒住她，一只手扳住她的身子，另一只手拉开了她裙子的拉链。

王葵弯腰过来按住家祥的手，被他用力一拽，整个人跌进他的怀里。他的手撩起她的衬衫钻了进去，在她身上游走，她拉住他的手腕，他们较劲时，她衬衫的扣子崩脱了。

“你发什么疯！”她挥拳打过来，力道很重。

家祥放开了王葵，捂着眼睛坐到了地上。他的头晕晕的，同时又很清醒。

“你活该！”王葵嗔骂了一句。

家祥没吭声。

“——疼吗？”过了一会，王葵问。

不太疼，但家祥不想起来，他坐的位置黑乎乎的，灯光很暗，跟他现在的心情很配。他这么坐着，很舒服。

“哎——”王葵用脚尖踢了踢他。

他不动。

“强哥说，他的房间空着，他2点钟才回来……”王葵越说声音越低。

家祥抬起头看着王葵，黑裙白衫，吊灯灯光把她笼罩在一片光明中间，她轮廓美丽，光彩照人。

“我们现在就走。”家祥跳起来。

“哪能一起走？”王葵瞪了他一眼，她的纽扣崩飞了，用手捏着衬衫，“我先去缝扣子，你过十五分钟再来。”

“哎，”家祥看一眼王葵留下的房卡，“那你怎么开门？”

“我还有一个房卡。”

家祥飞快地把酒吧里面打扫了一下。他看了眼墙上的挂钟，再有几分钟，他的生日就过去了。他没想到临末会收到这样的大礼，简直想高歌一曲。

他把杯子擦好挂上，刚要关灯，一群人拥进了酒吧。

“家祥——”老板招了招手。

“老板好。”家祥的心沉了下去。

“我正愁没人打下手呢，”强哥走进吧台，抻颈向外，问，“老板喝什么？”

“你随便搞点什么给我们喝喝就好了。”

强哥拿酒时，看见吧台上的房卡，他冲家祥挤了下眼睛：“我的生日礼物不错吧？”

“谢谢强哥。”家祥苦笑。他拿起房卡，房卡一面印着“敦煌山庄”几个字，另一面，观世音菩萨脚踩莲花，身上披戴着众多璎珞配饰，双眉弯弯如月，衣带飘飘临风，两眼微微下视……

“家祥，”强哥一边开酒一边吩咐，“去取两桶冰块，再拿个柠檬过来！”

沿着吧台，家祥把房卡推向强哥那边，观世音菩萨的叹息声就像一朵白云，从九天之外，正缓缓地、缓缓地飘来。

桃花

夏蕙有一副冷灶肠。

季莲心跟夏蕙外婆说。夏蕙十二岁以前，季莲心偶尔带着她回外婆家过年。那会外婆家做饭还烧柴，大铁锅锅盖一掀开来，一厨房的雾气，她们背对着夏蕙，季莲心往灶里添柴，外婆则往覆盖了白纱布的竹帘子上面贴馒头。

外婆说了句什么，夏蕙没听见。

夏蕙一直记得这句话。倒不是记恨什么，季莲心十二岁开始唱戏，是跟着戏曲故事长大的，春恨秋愁，对什么都有点怨怨的。从小到大，季莲心说夏蕙的地方多了，嫌她什么什么都随了老夏，个子虽然高，但骨头架子太大，身体老是硬邦邦的，一副抻不开揉不烂的呆板相；性情又格涩，不爱说不爱笑，门帘子偶尔还摘下来换洗呢，她的脸一年到头挂足三百六十五天。有一次季莲心以为夏蕙不在家，跟老夏发脾气，一下子把话扯远了，说也难怪女儿跟自己这么隔阂，她根本就是个阴谋的产物，是老夏用强力种下的一粒种子，虽说也在季莲心的身子里发芽长大了，但夏蕙每个细胞都体会了当母亲的悔意恨意，所以她完全是逆着季莲心的心思长大的。一样是怀胎十月生出的女儿，人家得了个贴身小棉袄，她却生出块石头来。

“石头好啊，”季莲心一数落夏蕙，老夏就打哈哈掺沙子，“《红楼梦》就是由一块石头写出来的，所以叫《石头记》。”

夏蕙长相随了父亲，性情也随父亲。季莲心天天发牢骚，她和老夏权当她在家闷出了毛病，闲得发了戏瘾，骂也由她骂，闹也任她闹，权当身边在上演一出戏，热闹激烈都是季莲心自己的事。

夏蕙上了高中以后，季莲心把对她的不高兴从嘴皮子上一并收进眼睛里去了。一是女儿大了，本来跟她就不亲，如今更是一句话听不顺耳，就跟她装聋作哑，十天半个月别指望她开口；二来，社会上各种生意各种老板各种机会越来越多，季莲心在家的时间越来越少了。夏蕙早晨去学校，下了晚自习回来，有一半时候，见不到季莲心的人影。老夏倒是天天在家，抽烟看球赛，守着厨房里的两个砂锅，一个是给季莲心的，一个是给夏蕙的。

“高考可不得了，千军万马过独木桥，”老夏一见夏蕙进门就起身整理饭桌，把砂锅像宝贝似的端到她面前，“多吃多喝，有体力才能把别人挤下去。”

喝着老夏煲的汤，吃着老夏做的饭菜，夏蕙经常在心里琢磨季莲心说她的那句“冷灶肠”，这是个病词，季莲心可以说她是冷灶，或者冷心肠，但她把这两个比方捏到一起了，弄得半生不熟的。

夏蕙在大学里读最后一年时，老夏出了车祸。她毕业留校后，住进了教师单身宿舍，条件一般，厕所和水房是公共的。对季莲心，她解释说要一边教课一边读硕士，回家住的话时间太紧张了。还有一层夏蕙没说出来，老夏一死，家里原来的热烈气氛也跟着走了。这回可真是冷锅冷灶了，要是再加上母女二人无言时对视的冷眼，更应了“寒天饮冻水”那句话了。

对夏蕙住校的事，季莲心连一句“我老了，遭人嫌弃了”的调侃都没有，好像夏蕙不自己识相提出来的话，她没准还要劝她继续在学校里待着呢。老夏死了不到三个月，季莲心就把原来的三室一厅卖了，在黄金地段最好的小区里买了个一室一厅，装修得像五星级酒店套房，同时兼有五星级酒店套房没有的女人味和文化气息。老房子里的东西季莲心一件也没带过来，就连她的衣服，也好像从里到外都是新买的。季莲心还换了发型，后面烫成波浪，额前留着刘海，像《罗马假日》里的赫本。这种俏皮要是搁在一般中年女人的身上，肯定无法忍受，但季莲心就没问题，优雅文静，婉转古典。

夏蕙每个周五回家看季莲心。季莲心这半辈子都是由老夏侍候着过来的，不爱做饭，她们就出去吃。到后来，两个人干脆约在饭店见面，一起吃饭，聊聊天气、健康等话题。

吃过饭，她们还有其他的娱乐节目。季莲心喜欢舞台表演，每天在报纸上搜罗演出的消息，话剧歌剧舞剧京剧以及其他剧种，都是她喜欢的，她们还看过马戏表演和魔术比赛。从夏蕙那方面说，跟季莲心在一起度过一些时间就像遵守某项法律，是必要而且也是重要的，至于具体以什么方式来遵守，倒无关紧要。和季莲心在剧院里消磨的那些时光，她怀着既来之、则安之的心理，时间长了，倒也慢慢体会出演出的各种妙处，加上季莲心时不时地对她品评、感慨几句，这些感受和评论，变成了她跟朋友、同事，以及学生们相处时的谈资。夏蕙一向话少，偶尔来上几句“似这般姹紫嫣红开遍，都付与断瓦残垣”之类的唱词也好，斯坦尼斯拉夫斯基的舞台美学也好，宛若绿锦缎的被子翻出一截猩红里子，让人惊艳。在夏蕙任教的外语学院，她的修养和品位是令人推崇的，她对母亲的孝心也被人传颂。

没有演出看的日子，季莲心带夏蕙去喝咖啡。她总是能找到新开的咖啡馆。有五星级咖啡馆，有会员俱乐部，也有几次是在小巷里头，开车左拐右绕地折腾了半天，最后在黑暗中看到一串闪烁的霓虹灯，廉价的彩色珠子似的，在夜色里欢快地跳跃着。

咖啡馆里面也不怎么样，钻进鼻子里的不是浓郁醇厚的咖啡香气，而是空气清新剂的味道。灯光昏暗，每张桌子上都点着水漂烛，要有特别好的眼力，才能看清其他顾客的脸。

夏蕙想不出季莲心是怎么找到这些地方的，是谁带她到这样的地方喝咖啡的?

疑问是疑问，她却是一贯随遇而安的样子，跟着季莲心在一个座位上坐下来。

“这里有个歌手，很会唱蔡琴的歌。”

要么就是：“这里的沙发坐着蛮舒服的。”

沙发确实很舒服，像一个怀抱，让人留恋的理由是你随时可以离开，而且肯定会离开。

那个唱歌的女孩子也真唱得好，并没有一味模仿蔡琴，而是另辟蹊径，有一些地方她随机做了改变，低的地方挑高，高的地方她却唱得模糊，中年的沧桑味道因此而改变，变成了青春的寂寞。

一瞬间，夏蕙想起老夏煲的汤，泪盈于睫，那些汤水之于肠胃，也是浪花的手，也是某种温柔。

喝咖啡的时候，季莲心会问一些和男人有关的问题。

“最近有没有人给你介绍男朋友?”

“没有。”

“有没有人对你感兴趣?”

“好像没有。”

“那有没有认识有可能性的人?”

夏蕙笑了。

“你还笑?”季莲心盯着夏蕙的脸，淡淡地说，“眼角都有细纹了。还有你的皮肤，最近熬夜多了吧? 脸色怎么那么黯淡? 油脂分泌得太多，皮肤又缺少水分，眼袋都出来了。你这个样子怎么会吸引男人注意呢?”她一边说一边从包里摸出一面镜子，让夏蕙自己看。

夏蕙扫了一眼镜子，吓了一跳，镜子有放大功能，皮肤毛孔像一个解析图，确实有点问题。

“那就不吸引呗，我又不靠色相吃饭。”

季莲心从鼻子里笑了一声：“你靠什么吃饭是你自己的事，男人却是从色相上给女人分门别类的，不同类别区别可大着呢。”

“那就守身如玉。”

“能守身成玉倒也罢了，”季莲心慢条斯理地说，“怕只怕，守不成玉，倒变成一截枯木。”

“形状好的枯木还能当艺术品呢。”夏蕙说，“比起跟一个不爱的人将就着过日子，锅碗瓢盆乌烟瘴气好得多。”

“锅碗瓢盆有锅碗瓢盆的好处，乌烟瘴气有乌烟瘴气的道理，生活离不开这些东西。”

夏蕙想起老夏，他大学毕业时，大学生还相当金贵呢，他是学生会主席，毕业时顺利进了机关，前程似锦，又娶了个美若天仙的演员老婆。谁能想到，十分红处便化灰，老夏的生活就此定格，在机关，是个唯唯诺诺的小公务员；在家里，是混杂着汗味、油烟气、酒气、臭脚味、烟味的长工。从夏蕙记事开始，家里的主卧室就由季莲心独霸着，老夏冬天睡客厅里的沙发，夏天在地板上铺一个凉席，肚子上搭条毛巾被就对付了。

“你对自己的婚姻生活满意吗？”夏蕙问。

“说不上满意，也说不上不满意。”季莲心说，“你爸是个好人。”

“你爸”？听季莲心的语气，仿佛老夏只是夏蕙的什么人，跟她一点关系也没有似的。从血缘上来讲，确实如此。但是，夏蕙打量着季莲心，她的青春是怎么留住的，还不是老夏煲汤煲出来的？三十年啊，一万一千多天，那些汤汇流一处也该成条河了吧？可这么多的热汤热水也没把她的胃肠暖过来。夏蕙又伤感又气愤，还说我是冷灶肠，你季莲心才是冷灶肠，连心、连血、连骨头渣子都掺着冰碴。

“恋爱一定要谈。”季莲心说，“人这一辈子也是分春夏秋冬的，恋爱是日暖风和的 4 月天，是人生最好的一段日子。虚度了好年华，你会后悔的。”

夏蕙读硕士的时候，带她的导师同时带着另外几个硕士生和博士生，在博士生中间，有一个叫章怀恒的男生，寡言少语，很自恋的样子。硕士生和博士生的课不同时上，只是偶尔有外来的教授开座谈会时，他们才会遇见。章怀恒孤傲，夏蕙清高，认识半年了，他们还没说过话。

第二个学期开始没多久，有一个周末，从下午开始下雨，先是毛毛雨，然后是小雨，等夏蕙走到校门口打车时，雨点已经变成黄豆大了。校门口等活的出租车全都被人打走了，夏蕙站在一家鲜花店门外，衣服被雨打湿了一半，抻着脖子四下看的时候，章怀恒开车停在了她的身边。

他替她打开车门：“去哪儿？我送你。”

夏蕙早就听说章怀恒的家庭颇有点背景，但没想到他连私家车都有了，还是奥迪 A6。

夏蕙上了章怀恒的车，车里的空间其实不小，但章怀恒也是长臂长腿的高个子，两个人并排坐着，有些局促，尤其是刚刚在外面等车时，头发上身上淋了雨，在逼仄的空间里，散发出淡淡的腥气，更让夏蕙觉得窘迫。车开出去好长一段，还是章怀恒先笑着开口：“我的话够少了，你倒比我还沉默。”

夏蕙笑了笑。

“她们都坐过我的车，”章怀恒接着说，“一坐进来就像麻雀似的，问东问西，叽叽喳喳地闹人。”

她们？夏蕙想，她们是谁呢？

那天的雨是个急脾气，到后来，真是像用盆泼过来似的，视线非常差。好容易把车开到夏蕙跟季莲心约好的饭店，夏蕙跟章怀恒说，“你进来坐坐吧，这么大的雨，开车太危险了。”

章怀恒犹豫了一下，说，好吧。

季莲心已经到了，坐在二楼最里边靠窗的位置上，头发拢在脑后绾成一个发髻，穿一件彩色条纹的无袖旗袍。阴天雨地的，季莲心脸容皎洁，托腮望着窗外，活生生是一幅油画，饭店里的广东音乐像是专为了配合她才播放的。

章怀恒问了夏蕙两遍，“她是你妈妈？”

季莲心真是年轻啊，皮肤瓷白瓷白的，说她不到三十岁，也不算过分。别说章怀恒吃惊不小，就连夏蕙，那一刻也觉得季莲心相当陌生。

他们三个人一起吃的饭。出乎夏蕙的意料，饭吃得很热烈。季莲心说话并不多，但她总能引出章怀恒的话来。同样让夏蕙没想到的是，章怀恒是个很幽默的人，他的话没什么特别，很认真，很一本正经，但就是让人忍不住要笑。夏蕙想起老夏，他天天说笑话逗老婆女儿开心，但他的笑话没一个好笑的，经常弄得季莲心不耐烦。

季莲心对章怀恒很耐烦，很买账，每次笑，都像花苞似的，先抿着，然后含着，直到最后含不住了，扑哧一声，笑得春光烂漫。她又不是无知少女那种傻笑，而是深谙其味、心领神会的那种笑容。有她坐在对面，不幽默也幽默了，不深刻也深刻了，酒不醉人人自醉了。

那以后，周末时，章怀恒总是载夏蕙去市里。有时候，他跟她们母女一起吃饭，他花钱很大方，又不张扬，借口去卫生间就把单买了。有时候，他只把夏蕙放到要去的地方，说声“再见”就离开。夏蕙细细地观察，但终究看不出章怀恒的心思，他是因为她才跟她们母女一起的呢？还是因为季莲心而走近自己的呢？或者什么都不为，只是兴之所至？又或者他自己也无法确定什么。

在学校里，关于他们的闲话早就传出来了。女生们看夏蕙的目光颇有些微妙，好像她使了什么手段，给章怀恒下了绊才让他一头栽进她的怀抱似的。

季莲心这边虽然没明确说什么，但要是章怀恒不跟她们母女一起吃饭，她也会问夏蕙一句，章怀恒怎么没来？

有的时候夏蕙也迷惑了，她和章怀恒到底是什么关系呢？

几个月以后，章怀恒在电影厂的内部放映厅里请季莲心看了一部电影。事后他跟夏蕙解释说，他觉得那部电影很古典，很适合季莲心看。而季莲心的解释是，她以为章怀恒找她，是要跟她谈夏蕙的事情。两个解释都很简短扼要，两个人都很光明磊落，但夏蕙却无法释怀。她满脑子都是电影院里放电影时暧昧的光线，在那样的光线里面，章怀恒会显得老成深刻，而季莲心则年轻优雅，暧昧的光线会淹没掉他们之间的年龄差距。他们在电影院里肩并肩坐着，胳膊偶尔会碰到，肌肤的短暂接触会在两个人的心里造成怎样的战栗？他们交谈的时候要凑近对方的耳朵才行吧？季莲心的香水用得很高级很女人，幽香阵阵，不信章怀恒不意乱情迷。其实他们根本都不用交谈，光是那种尽在不言中的意境，就把什么都表达了。夏蕙还注意到他们都跟她说了看电影的事情，但谁也没告诉她，他们看的是什么电影，什么时间看的电影。夏蕙同样没被告知的是，他们是什么时候交换了电话号码的，他们是第一次联系还是第 N 次联系，只不过，这次凑巧被夏蕙的大学同学撞见了。

连着几个星期，夏蕙躲着章怀恒，她不搭他的车，也不接他的电话。实际上，电话章怀恒也只打了两次。他并不是那种死乞白赖的人。或者说，夏蕙不值得他死乞白赖。寒假过后，再开学时，夏蕙听说章怀恒去广州了，在一个公司里当副总。

夏蕙照常跟季莲心见面，她不能不见，她们是母女，脐带能剪掉，血管里的血能抽光吗？还别说 DNA 了。

她们谁也不提章怀恒。就像一首诗里说的，章怀恒就像一片云影，偶尔投映在她们周末生活的波心，很快又飘走了。

夏蕙二十八岁时，读博士读到第二年，季莲心对她的恋爱生活是真的操心起来了，她开始挑剔她吃饭拿筷子、喝茶端杯子的动作，给咖啡加糖加奶的手势。走路时要挺胸收腹，眼睛要直视前方，落脚点要大致沿着一条直线。站要站成一棵树，不是松树，而是想象自己是一棵开花的树；坐下的时候腰板要挺直，脸孔要略略抬起来；高兴时，笑声不要太响亮；生气时不能皱眉头，诸如此类，拉里拉杂的一大堆。连续五六个周末，季莲心不上剧院也不喝咖啡，拉着夏蕙逛商场。商场如今关得都晚，夜里九十点钟才关门，她们吃完饭，还可以逛两三个小时。

季莲心挑衣服的眼光很准，在夏蕙看来眼花缭乱的一堆衣服里面，季莲心一眼就能挑出适合她的。而她常常是在试过衣服后，季莲心跟服务员讲价钱，或者拿着购物小票去付款时，她一件一件打量其他的衣服，才会比较出自己这一套的好来。

季莲心给夏蕙挑了十几套衣服，还有配套的鞋子，几种颜色的内衣，一打一打的丝袜。夏蕙的卡刷得快要空了，衣橱里面却前所未有地丰富起来，都满园春色关不住了。

季莲心还带她去做头发，专找一个叫小丁的人。

小丁以前是最有名的“蓝屋”发廊里的首席大工，后来自立门户，当了老板。他的店面虽然不是很大，但收拾得整洁舒服，见到季莲心，服务员们都很热情地打招呼，叫她莲心姐姐。

小丁三十多岁，个子不高不矮，有点水蛇腰，脑袋后面梳着小马扎，冲季莲心很灿烂地一笑。

“这个弄完就给你做。”

其他几个坐在长沙发上等的女人怒形于色：“没有先来后到啦?”

小丁扭头冲她们一笑，“莲心姐姐是昨天就预约好的。”他对这些女人的笑容和对季莲心可截然不同，听起来更像是威胁。

那几个女人眼睛里面还是愤怒的，但嘴巴闭上了。

“莲心姐姐以前是评剧皇后。”小丁跟那几个女人说，“20 世纪 80 年代那会，我妈是她的粉丝呢。”

长沙发上所有的眼光都朝季莲心看了过来。

20 世纪 80 年代的评剧皇后？还姐姐？

夏蕙打量那些眼光，想笑。

“那些陈芝麻烂谷子的事，你说它干吗?”季莲心嗔怪了一句，“今天想让你给夏蕙设计个发型。”

小丁扫了夏蕙一眼，叫来一个女孩子：“给她洗头。”

夏蕙洗好头发回来，小丁已经虚席以待了。刚做完头发的女人觉得自己被匆匆打发了，对着镜子左照右照，问小丁："这样行吗?"

"怎么不行? 哪儿不行?"小丁懒洋洋的，话说得软，听着硬。他让夏蕙在椅子上坐好，用两条干毛巾把她的肩上围紧，然后往她身上披罩布，用夹子夹好，一只手伸进她的头发里面，撩着，挑着，揉搓着，他的手指像女人似的修长滑腻，夏蕙脸都快烧着了。小丁抄起吹风机，把一咕噜冷风冲着她吹过去，一边淡淡地解释一句："这样的风不伤头发。"

那个女人照了半天，没挑出哪儿不行。女人走时跟小丁打招呼，他过了半分钟才答了一声。

小丁把夏蕙的头发吹成七分干，两手托住夏蕙的脸，从镜子里面打量她。小丁是单眼皮，眼睛长得细长，盯着人看时，像两个钩子。夏蕙浑身的汗毛都被他盯得竖起来了，她觉得再待一分钟她就要发作了，让这一切都滚蛋吧，她才不想受这份洋罪呢。

小丁松开了手，抄起剪刀，一边跟季莲心聊天，一边给夏蕙剪头发。他们说起一个算命的女人，是个烟仙，请她算命时，要带上烟，好坏不拘，给她点上烟后，把问题提出来，她可以通过烟雾的形状看见过去及未来的事情。

小丁说他前几天刚去算过，很准。

长沙发上面坐着的几个女人原本看杂志发短信，还有一个偷偷研究季莲心的发型，听见他们的对话，注意力都被吸引过来，他们的谈话刚停顿一下，一大串问题就插了进来：那个女人住在哪里啊? 什么事情都能算吗? 真有那么准? 她怎么个收费法?

"那可是个奇人，不给陌生人算，"小丁笑着说，"要不是莲心姐姐先给引见了一下，我连门都进不去的。"

"乱讲。"季莲心说，"是她觉得跟你有缘，要不然，才不会让你给她点烟。"

做完头发从发廊出来，夏蕙问季莲心："那个算命的女人真有那么神吗?"

"谁知道呢，"季莲心说，"我从来没给自己算过。"

季莲心对夏蕙的改造还是相当成功的，每天都有人对夏蕙说她最近变漂亮了，打听她的衣服从哪儿买的头发在哪儿弄的，连教授也注意到她的变化，夸她越来越清新了。9 月份教授去一个海边城市开研讨会时，本来是带另外两个博士生，其中一个人患了流感，他就让夏蕙补了缺。

夏蕙在飞机上，认识了西蒙。

那天她穿了一件白色连衣裙，纯棉的质地，一眼看过去，不过是一条很淑女的裙子，仔细打量才会发现，在棉布上面用白线绣着大朵的牡丹花和龙凤图案，古色古香，手工非常考究。当时打完五折还花了一千八，是季莲心一再坚持，夏蕙才买下来的。

坐在夏蕙身边的西蒙说："你的衣服真漂亮。"

夏蕙的脸一下就红了，她说："谢谢。"

西蒙指着她胸前的玉坠说："玉?"

夏蕙点点头。跟外国人用英语闲聊，和平时在课堂上讲课的感觉完全不同，尤其是西蒙的英语远不及她，夏蕙变得自信起来。她对西蒙说：玉贴着皮肤挂在身上，可以因为每个人不同的血气而变得不同，好的玉挂在适合它的人身上，会变得温润，剔透，晶莹。玉有思想，有灵魂。这块玉原本是她外婆的，她觉得外孙女比女儿更适合它，就留给了自己。

西蒙听得连连点头，管夏蕙叫"玉女郎"。

他介绍自己是巴黎人，喜欢东方文化，现在是艺术学院的交换学者，一边学中文，一边学国画。他这次去海边，是和几个朋友一起度假。

西蒙给夏蕙留了电话号码，还要了她的手机号码。

下飞机时，西蒙亦步亦趋，跟夏蕙说了好几遍"我会给你打电话的"，他在机场出口处打了辆出租车，坐上去后，冲夏蕙挥手再挥手。

"那个美国帅哥对你一见钟情了?"跟夏蕙同行的博士生逗她。

"他是法国人。"夏蕙不好意思地解释说，"他是对我衣服上的图案感兴趣。"

教授仔细打量了一下龙凤呈祥牡丹吐艳，目光落到玉坠上头，感慨了一声："民族的就是世界的。"

有车来接他们。往市里去的路上，夏蕙一直望着窗外，好像被城市的景色迷住了。实际上，她的眼睛里面，晃荡的全是西蒙的音容笑貌，她有点不敢相信在自己的身上会发生这种事情。法国人的审美观点与中国人差距很大吗?还是他们一贯的绅士风度导致他们对女人不管美丑都极尽恭维之能事?又或者他只是兴之所至，跟她逢场作戏?西蒙真的会如他所言给她打电话吗?

如果他打了电话呢？她接招还是躲开？夏蕙的身体里面有一团热辣辣的气，像武侠小说里面形容的真气，四处乱窜，不受她的控制。

西蒙的搭讪只是一个开始。在会议上，夏蕙除了待在房间和去洗手间，她再也找不到形单影只的机会。

与会的教授们调侃夏蕙的教授，说他带来个秘密武器。开会的时候，电视台的记者用摄像机对准夏蕙的时间比某些教授时间还长。学报上刊登关于这次会议的消息时，有夏蕙一张很大的照片，她被称为“美女学者”。会议结束后，大家去一个风景区玩，夏蕙几乎成了景点，不时有人过来要求合影。

有一天夜里，夏蕙洗完澡对着镜子打量自己，她看到了一个陌生的身体，光滑、修长、红润、饱满，如此青春，如此健康，充满了生机和活力，适合所有美妙事情的光临。夏蕙忘了上一次认真照镜子是什么时候的事了，显然，她的相貌在最近一段时间内有了变化。眉眼依旧，鼻子嘴巴也都是二十多年来看惯的，但在熟悉中间，如今多了一点通常保留在季莲心身上的东西——风情。小荷才露尖尖角，还没多到可以卖弄的程度，也还保持着陌生感、新鲜感，不过，跟夏蕙现在的年纪、状态非常吻合，因此就像一盏灯笼一样，让她从里往外地焕发出光彩来。夏蕙从来不知道自己身上竟然还暗藏着这样的宝藏，就仿佛在他乡异地见到最亲的人那样，眼睛里面充满了泪水。

开会回来的飞机上，同行的博士生先是拐弯抹角地打听她现在跟章怀恒还有没有联系，得到否定的答案后，他约她周末吃饭：“有很多话想跟你说。”

“不行啊，”夏蕙发现，连自己的声音也变得软滑柔顺了，“周末我得陪妈妈吃饭看戏。我爸过世以后，这是我们家雷打不动的规矩。”

雷打不动的规矩因为西蒙而改变。黄金周后的第一个周末，她接到了西蒙的电话，他刚度假回来。

“嗨，我是西蒙，”夏蕙一听到这个歪七扭八的汉语，脑袋立刻变成个万花筒，转个不停，她的心跳得那么厉害，舌头简直变成了风中的纸片，抖啊抖的。他约她吃饭，她深呼吸了一下，才说：“好吧。”

接完电话夏蕙在图书馆里就坐不住了，匆匆赶回宿舍，挑衣服挑了一个小时，把衣橱里的衣服试了个遍。她很庆幸前一段时间不惜血本地大量购入。

姜还是老的辣啊。看季莲心多有远见，栽好梧桐树，引来金凤凰。舍不得孩子套不来狼，夏蕙胡思乱想着。挑来挑去，最后还是觉得季莲心帮她搭配的一套衣服最合适——通身上下的黑色，坎袖，棉加丝的质地，上衣短而窄，领口和袖口绲着明黄色的边，扣子是手工盘制而成的，小巧的“S”形，下面配阔脚裤，底下一双米黄色的高跟鞋。唯一被她弃置不用的是丝绸手袋，袋口不是拉链，而是用丝绳抽起来的。好看是好看，但她觉得刻意得过分了。

她给季莲心打了个电话，说晚上要跟教授谈事情，不能见面了。然后冒着跟她狭路相逢的危险，去找小丁做头发。

小丁看见她，愣了愣，她自己解释说是季莲心的女儿。他想起来了，点点头。

弄完头发赶到约定地点，时间有些紧，夏蕙在街上跑了几步。她感觉自己的头发像洗发水广告女郎那样飞舞起来，吸引了很多目光。西蒙已经到了，带着一副惊艳的表情，看着夏蕙朝自己奔过来，伸开双臂抱住了她：“玉女郎。”

夏蕙很不习惯这种亲热，瞬间，全身都僵硬了，也弄不清楚西蒙是真心的呢，还是出于礼貌。不过，她想，管他呢，整个人跟着放松下来。

在海边待了半个月，西蒙晒黑了，皮肤变成了金棕色，似乎还在散发着热烘烘的气息。他指着她衣服上的盘扣，笑着说：“蕙，你是草本植物，初夏开花，花朵是黄色的，有香气。”

连字典都查过了。夏蕙被西蒙盯着，脑细胞就像煮沸的水，咕嘟咕嘟地冒泡。

“你害羞的时候，”西蒙故作神秘地问，“你的玉也会害羞吗?”

“你猜呢?”夏蕙反问，“玉有没有喜怒哀乐?”

在餐馆里，夏蕙主动提出：“我们 AA 制吧?”

“在中国，AA 制意味着距离，是不是?”西蒙的眼珠是蓝灰色的，像两块宝石，执意要嵌进夏蕙的眼睛里面去，“如果你允许我来付账，我会觉得很荣幸。”

来得太快了，也来得太猛烈了，像一场暴风雨，夏蕙心里嘀咕着，不知道说什么才好，便躲开西蒙的目光低头喝汤。手里的汤勺叮一声，不像敲在瓷碗边，倒像敲在心坎上。

夏蕙跟西蒙交往了两个多月，才带他见季莲心。

季莲心在电话里冷冷地甩出一句："终于舍得让我看了?"

因为和西蒙谈恋爱，夏蕙推掉了好几次季莲心的周末之约，她们见面提起这个话题时，除了两个人怎么认识的，关于西蒙，夏蕙对季莲心无话可说。她自己也说不清为什么不能像别的女儿那样，亲昵自然地跟妈妈谈论男朋友，数落他的缺点，感慨他的优点，甚至可以像同谋似的讨论讨论男人的隐私。她就是做不到。不过季莲心也不是一般的母亲，如果说女儿是花朵的话，别的母亲是花旁边的一丛草，息息相通，啰里巴唆，蓬头垢面；季莲心不是，根抓在地下，身子却跳了起来，蹿了出去，变成一棵树。对夏蕙而言，她的母爱是一片树荫，有形有状却没有热度，触摸不到，近在咫尺又远隔千里万里。

吃饭的地方是季莲心定的，不知道是不是赌气，餐馆名叫"老妈菜馆"。店新开张，披红挂彩的没度完蜜月呢，优惠多多，人气很旺，有股"所有的人都来吧，让我喂饱你们"的气息。

季莲心已经把位置订好了，是大厅里最好的座位，靠着窗边，两边是盆栽，闹中取静。

服务生说，季小姐打过电话，说晚一会到。她给他们沏了茶，茶也是"季小姐"存在吧台的，上好的龙井。

夏蕙说那我们先点菜吧。

服务生说菜也不用点，"季小姐"早都安排好了，只等她一到，就起菜。

夏蕙冲西蒙笑笑，心里疑惑，不知道季莲心耍什么花枪，人不在，但处处锋芒。

"你妈妈是什么样的人?"服务生离开后，西蒙问。

"美人。"夏蕙想了想，说。

西蒙轻轻地吹了一声口哨。

从来守时的季莲心那天迟到了二十分钟，还是穿着牛仔裤来的，裤脚塞进一双棕色矮筒皮靴里，上身是米色羊绒衫，V 字领，镶同色透明花边，头发先梳成一根辫子，然后在脑后绾成一个发髻，背了一个棕色双肩包。季莲心弄得跟女学生似的。更让人跌镜的是，连妆都没怎么化，眼角处有一些皱纹，说来也怪了，倒让她变得更好看了，一张有阅历、有经历的脸，给她的从容大方提供了明确的注脚。

夏蕙下意识地看了一眼自己身上刚买的“木真了”，虽然主体还是黑色，但袖口领口，绿肥红艳，非常热闹，单独看还颇有点陈逸飞“浔阳遗韵”的味道。但眼下坐在“老妈菜馆”里面，到处挂着红气球红灯笼，身前是绿油油的盆栽，加上满屋子走动着穿红色锦缎、领口袖口绲金边旗袍的女服务员，她的衣服显得既隆重又俗伧，还有些老气。

季莲心跟西蒙为自己的迟到道歉，然后跟夏蕙解释说，评剧团最近要把《花为媒》重新搬上舞台，这阵子正忙着排练呢，剧团租的排练厅就在菜馆隔壁，所以她就近约了这个地方。

“蕙说你是美人，”西蒙说着大舌头汉语，拍季莲心马屁，“果然名不虚传。”

“是美人，也迟暮了，”季莲心笑了，斜睨了夏蕙一眼，“连自己的女儿都不待见了。”

西蒙没听懂“迟暮”，扭头问夏蕙“慈母”是什么意思。

夏蕙说是好妈妈的意思。

西蒙连连点头。

季莲心噗地笑出来：“你倒会解释。”

“你们不像母女，”西蒙看看季莲心又看看夏蕙，“像姐妹。”

夏蕙假装没听见西蒙的话，问季莲心：“怎么又排戏了?”

“有钱了就排呗。”季莲心说，“团长一天打八十个电话，并不是非我不可，主要是让我带带新人。”

西蒙示意她们，他也和她们是一伙的，谈话时不要把他排除在外。

夏蕙解释了几句。

“你们在排练中国古代歌剧?”西蒙眼睛发亮，看着季莲心，“我们可不可以参观?”

小时候，夏蕙看过季莲心演戏。满头珠簪，颤颤悠悠地在灯光下面闪着夺目的光彩，绣花裙子外面垂着几十条绣花裙带，走动起来，钗环叮当，风摆杨柳。她跟书生在后花园里谈恋爱，亦娇亦嗔，卖弄风情，夏蕙听不大懂唱词，但季莲心嗲声嗲气的唱腔却听得真切。她非常难为情，唯恐别人知道自己是季莲心的女儿，偏偏全世界的人好像都知道她就是季莲心的女儿，在她背后指手画脚，说她们的坏话呢。

不过，在半个足球场大的排练厅里看不见正式演出时的盛况，这里冷冷清清的，木头地板踩上去会发出回音。他们在排练厅中间铺了红色的地毯，脏兮兮的，有舞台大小，地毯上面摆着几把椅子，开始时，他们以为那是给演员们休息时用的，后来发现，椅子的用处远不止此，房间是它，假山是它，花丛是它，大树是它，镜子是它，花轿、喜床、红烛，都是它。

季莲心在腰上系了一条红绸带，有时当水袖，有时当裙摆，有时当罗帕。她穿得那么休闲现代，跟那个男女相悦的古代故事毫不沾边，可这根绸带往她的腰间一系，她跟这个红地毯象征的舞台关系一下子变得协调了，人也跟着摇身一变，变得亦古亦今、一脚戏里一脚戏外了。

季莲心袅袅娜娜，拧着腰肢迈着碎步在前面走，一个二十刚出头的小姑娘一招一式地跟在后面学。

“爱花的人，惜花护花把花养，恨花的人，压花骂花把花伤……”季莲心的嗓子仍然清亮，姿态也漂亮。比夏蕙小时候在舞台上看到的季莲心，更加漂亮。那时候她小，觉得戏曲五彩缤纷，光芒万丈，又咿咿呀呀，无病呻吟。戏文内容全是男女相悦，很让人羞耻的。这几年夏蕙跟着季莲心看了几十场戏，对舞台艺术的欣赏能力大为提升，就像吃菜一样，不仅吃出了味道，还吃出了奥妙。在新的眼光下，夏蕙发现季莲心是个好演员，一招一式、一颦一笑，非常生动。

“太棒了！”西蒙不见得懂戏，但仿佛小孩子进入了糖果世界，欢呼雀跃，好不开心。他亦步亦趋地跟着季莲心，举着数码相机不停地拍照。

夏蕙觉得西蒙的好奇无礼而粗暴，打扰了剧团的排练。但季莲心却没有任何表示，就仿佛她是个大明星，早就习惯了狗仔队无孔不入的追逐，非但不生气，还很享受这种干扰。其他人开始时有些不大习惯，用各种眼光打量着这个侵入者，但过了一会他们好像就都适应了。这个外国小伙子是冲着季莲心来的，季莲心不觉得别扭，别人又何必多事？导演是个年轻人，一口一个“季老师”，谦逊得不得了。跟季莲心学戏的年轻女孩，眼睛更是只盯着

"季老师"，仔细看她做分解动作，或者听她分析某一句唱腔。女孩子穿了一件棒针毛衣，松松垮垮的，腰上没有绸带，做动作时，有点笨笨磕磕的，不像古代小姐，十足一个当代小保姆。

"你妈妈像蛇一样美。"西蒙汗津津地走到夏蕙旁边，从她身后的窗台上拿起自己的饮料喝了一大口。

夏蕙倚在窗台上，望着外面。夕阳就在眼前，一小团，很鲜艳，在淡青转灰的天空上，就像古典爱情故事中，痴情的女子失恋后吐在罗帕上的一口血。听见西蒙的话，她回头看了一眼季莲心，她先是走了一个连环步，然后定住，摆了个姿势，再全身放松下来，示意着那个跟她学戏的年轻女孩子跟着她做。女孩子重复了一遍，季莲心才接着刚才的动作，且唱且动。她扭动腰肢，整个身体慢慢翻转，手臂的动作像生长中的藤蔓，确实"蛇里蛇气"的。

"很多男人都爱她，对不对?"西蒙的眼睛没离开季莲心。

夏蕙觉得那不是个问句，而是个陈述句。

这时轮到年轻的女演员唱，想不到那么美妙的声音竟是活在那样一个身体里面的，字正腔圆，婉转真切，清亮如山中流泉。虽不如季莲心那么韵味浓郁，但夏蕙觉得她天真烂漫，更适合剧情里的怀春的女主角。季莲心年纪太大，和男主角调情调得黏黏糊糊的，风尘味太重。

西蒙喝了半瓶水，待女演员唱完，他又回到季莲心的身边。跟夏蕙，连句话都没有。

夏蕙想，如果这会她走开，没有人会注意到的。

可是去哪儿呢?

在冷清的排练厅里，外面街道上人声车声仍然能隐约传进来。季莲心、西蒙、导演、演员以及几位琴师，对这些声音都充耳不闻，于是这些声音一股脑地涌进了夏蕙的耳朵里面，积少成多，越来越响，先是变成一辆醉鬼驾驶的车，横冲直撞，再接下来，十个一百个一千个无数个醉鬼，都驾车在夏蕙的脑袋里面转，还不停地按喇叭，她的脑血管快被这些声音弄炸了。

他们离开排练厅时，天早就黑透了。"老妈菜馆"仍然灯火辉煌，从窗子望进去，还有几桌客人推杯换盏，言笑晏晏。

西蒙要送季莲心回家，她说不麻烦他了，评剧团有个小面包车接送排练的演员，他只要把夏蕙送回学校就行了。

“要不要喝咖啡?”西蒙依依不舍的劲头就像当初在机场跟夏蕙分开时一样。

“改天吧。”季莲心冲西蒙摆了摆手，用手指碰了碰夏蕙的脸颊，道了声再见，上车走了。

他们看着车子开走，车尾灯从红灯笼变成两个火柴头大小的红点，消失在夜晚的车河里。夏蕙觉得，西蒙就像一块燃烧充分的木炭，随着季莲心的离去，他的热情一点点地冷却下来，她身边站着的，不再是那个热爱中国文化的巴黎青年，而是一柱炭灰。

“我送你回学校?”西蒙问。

“不用了，你先回去吧。”夏蕙走上人行道。道路两边是一家接一家的店铺，餐馆占了一半，另外还有特色经营的服饰店、小咖啡馆、音像商店、席殊书屋，等等。从店铺里铺洒出来不同颜色和形状的灯光，照在路上，一块一块，补丁似的。夏蕙在光影中间打量自己身上的衣服，既华丽又阴沉，怎么看怎么像丧服。

西蒙跟着她走了一会，快到十字街口了，终于忍不住问:“怎么了，蕙?”

“没怎么。”夏蕙没看西蒙，盯着十字路口，车如流水马如龙。

“我不知道哪儿出了问题，”西蒙看出她不高兴了，犹犹豫豫地说，“这不是一个美好的夜晚吗?”

这是一个美好的夜晚吗?夏蕙鼻子发酸。去吃饭之前一切还好好的，西蒙搂着她，一刻不愿放松，惹来好多好奇的目光，弄得她相当尴尬，现在她希望他对她亲热了，他却把手抄进了裤兜里。

夏蕙看见不远处有一家咖啡馆时，说:“我想自己待一会。”

西蒙沉默了一会，说:“好吧。”他伸手打了一辆出租车，坐了上去。

“再见。”他冲夏蕙招了招手。

门是木头的，很沉，像棺材板。咖啡馆里面暖烘烘的，在晦暗不明的光线中，煮咖啡和烤面包的香味、烟草的气息、客人身上的香水味杂糅在一起，在纠缠不清中各自比拼。

“或许是自己太敏感了，”加了足量砂糖和牛奶的热咖啡，在口腔和胃肠里面给夏蕙做了一次按摩，她的情绪像个攥紧的拳头，慢慢地松开来。对于西蒙所迷恋的东方文化，季莲心是一个活化石。他并不是对她本人感兴趣，而是对她身上所负载的文化感兴趣。

“太沉不住气了，”夏蕙有些后悔，如果西蒙发现她跟自己的妈妈争风吃醋，会怎么想？她看见服务员送了一瓶红酒到旁边桌上，那里是一对情侣。

“我要不要也来一瓶红酒呢？”夏蕙看了一眼自己的衣服，这套衣服真是太不对劲了，午夜时分拎着红酒去找男朋友的女郎应该穿吊带裙，或者，像季莲心穿的那身衣服，随意而亲切。

夏蕙望着那对浅酌低语、眉目传情的情侣，思绪无法从那瓶红酒上面离开：就这么去又怎么了？西蒙喜欢的不就是她身上的东方气质吗？如果刚才她的头脑够冷静的话，她就该邀请西蒙一起进来，喝杯咖啡，再喝瓶红酒，聊聊季莲心的戏曲和那块破红地毯象征的舞台，聊聊在后花园里眉目传情的书生小姐，再聊聊他们自己，这不是一个美好的夜晚吗？西蒙问她，她说，当然，这是一个美好的夜晚。

西蒙住在外国专家公寓。这个公寓还是“文革”前政府部门为援华的苏联专家盖的，建筑上面动了些心思：东西两栋四层楼是俄罗斯风格，庭院却是中国古典样式，有月亮门，有树有花有凉亭，一棵银杏树下面有一个特别大的缸，里面养着金鱼。冷眼一看不伦不类的，但看熟了，又觉得舒服。

公寓里住的人员早就杂了，现在大部分是教师住在这里。各种国籍，不同肤色，像小联合国。西蒙的左边房间住着一个日本男人，头发白了一半，总是彬彬有礼，右边房间是个和他年龄相仿的巴西小伙子，走路也像在跳舞。西蒙说他是派对动物，他在家的时候，派对也跟着他在家，他不在家的话，一定在某个派对里。

夏蕙听见巴西小伙子房间里的音乐声，热情，欢快，她的心情也变得愉快起来，敲门时用了很大的力量。西蒙好像刚洗过澡，打开门时，一股暖湿的气息夹杂着洗浴用品的香味扑面而来。他的眼珠，像北方秋季傍晚时分的天色，这时也仿佛雨后似的，湿漉漉的，一阵柔情涌上了夏蕙的心头，她凑过去在他嘴唇上亲了一下，还把手里的红酒举起来。

“周末的夜晚才刚刚开始呢。”夏蕙说。

西蒙的脸上现出灿烂的笑容，将她拉进了房间里。看见她又变得开心起来，他好像也很开心。

“看我在干吗。”他拉着她的手，把她带到电脑前面。

西蒙说了句什么，但夏蕙没听清楚，她坐在电脑椅上，眼睛盯着荧幕。那上面有季莲心的一个面部特写，身体向前，头朝后扭过来，媚眼如丝。夏蕙抓住鼠标，转到下一页，季莲心的正面，直视着夏蕙；再往后，是季莲心的全身，两手拎着绸带，一手拧在腰上，另一只手斜伸了出去；这个动作是连续拍下来的，七八张照片，体现出她走一个碎步的过程；再往下，是季莲心手部的特写，手指纤细修长，像伸出去要求什么，又仿佛要拒绝什么。

夏蕙觉得自己被带到了南极，刚刚弥漫在眼底的温暖、咸湿，转眼变成冰霜，变成了冰块。

原来季莲心并没有上车离开，她躲藏在照相机里，跟着西蒙回到了公寓，比夏蕙更早一步，也以更亲密无间的方式在跟他交流。

西蒙见她久久不动，替她翻到下一页，是季莲心在纠正学戏的女孩子的手势。夏蕙把鼠标拿过来，又翻回到那个手部的特写：细嫩的手，比她的手还要年轻，像花朵一样娇美。食指上戴了个钻戒，不小的一块钻石呢，镶在一个托上，没有一点点花哨，更突出了那颗钻石的价值。

她哪来这么多钱？男人送的，还是老夏的抚恤金？

“很美是吗？”西蒙一边说，一边又往下面翻去。

“很美，但是——”

“什么？”

夏蕙盯着屏幕上面不断变换的季莲心，各种各样的季莲心，沉默了一会：“她是个不幸的女人。”

“不幸？”西蒙看着夏蕙，“为什么？”

“因为所有和她有关的男人，都会变得不幸。”夏蕙说，“没有人说得清那是为什么，就像一个咒语。我父亲几年前死于一场车祸。在我父亲死亡以前，一个男人因为无望的爱情为她自杀过；在我父亲死后，还有一个男人，原本好好的，跟她交往了不到半年，得了肺癌，死的时候就剩下一把骨头。中国有一句话，叫红颜祸水，意思是说，美貌是和灾难联系在一起的。不是所有的女人都如此，但有一部分女人，总难免会给爱上她们的男人带来不幸。”

"上帝啊——"西蒙怔怔地看着夏蕙，蓝灰色的眼珠在电脑屏幕的光影中闪闪发亮。

连着三天，西蒙一个电话也没有。夏蕙怕错过他的电话，时时注意保持自己的手机处于开机状态。第四天，夏蕙给西蒙打了个电话。

电话接起来的速度非常快，西蒙用中文说："你好！"

夏蕙沉默了一下，用英语问他："怎么一下子改说汉语了？"

"这是在中国啊，"西蒙说，"讲中文不是更合适吗？"

"可你以前跟我一直说英语的。"夏蕙强调。

"那是因为，"西蒙笑着说，"你不肯教我汉语啊。"

"你的意思是，现在有人教你汉语吗？"

"蕙，"西蒙笑了，"你说话像玉一样硬。"

"玉并不硬。"夏蕙想说，"玉是有血肉的石头，玉很容易被伤害。"

"你有时间吗？"夏蕙问，"我们一起吃晚餐？"

"有个派对，"西蒙犹豫了一下，说，"你想参加吗？"

"好啊。"夏蕙说。

西蒙说了时间、地点。放下电话，夏蕙才发现自己忘了问他派对的主题，但也许这是个没有主题的派对呢，只是聚聚，聊聊，天南海北的人，天南海北的话题。夏蕙翻柜子把牛仔裤翻了出来，黑色的，裤脚有点小喇叭，上面配黑毛衣，黑底有银色条纹的运动鞋是内增高的，把她的腿衬得格外长。她背的是一个人人的银色的包，既提亮了那一身黑色，又显得很潇洒。为了让眉眼醒目些，夏蕙还照着《时尚》杂志上面的美容模特给自己化了个淡妆。

夏蕙故意去得稍晚了些，时间不长，也就迟到了十来分钟。还是季莲心以前闲聊时说过的，派对这东西，就像某件奢侈品，太当回事，人会显得傻兮兮的；也不能太不当回事，态度轻慢的结果会被看成是暴发户。

她进门后先看到墙上的投影电影，有小剧场银幕那么大，影像相当清晰，放的是王家卫的《花样年华》。

一只手从后面搂过来，挡在了夏蕙的眼前，西蒙的口腔里散发着葡萄酒醇厚甜美的气息："给你个惊喜！"

夏蕙笑了，她的身体在西蒙的怀抱里像出壳的蜗牛，柔软、娇嗲、慵懒，她任由他领着，在人群中穿过去，来到一个角落。她猜想他会把她当成一瓶红酒，把自己变成一个瓶塞堵住她的嘴，就像以前曾经发生过的那样。虽然夏蕙的情感阅历乏善可陈，但仍然能体会出西蒙是个接吻高手。

“准备好了吗?”西蒙低声问。

夏蕙从嗓子眼里咕哝了一声。

西蒙拿掉了挡在夏蕙面前的手，季莲心穿了一件露臂的黑丝绒旗袍，身上披着一条黑色中夹金线的披巾，头发绾在脑后面，插了一根古色古香的金簪，似笑非笑地看着他们。

夏蕙有一阵恍惚，她觉得那不是季莲心，而是一幅油画，或者那不是油画，是《花样年华》里的张曼玉，再或者，这是一个梦，她只要掐自己一把，季莲心就会消失。

“西蒙一定要我来，”季莲心微笑着说，“一次次地去找我，弄得我们都无法排练了。”

西蒙笑眯眯地看着她们，夏蕙不知道他是听懂了，还是听不懂。后来他去为她们取饮料，“你们相处得怎么样?”季莲心问。

“你们呢?”夏蕙反问。

“我压根听不懂他叽里呱啦地说些什么。”季莲心说，“他非常烦人。”

她称西蒙为“他”，还说他“非常烦人”，那么自然而然，那么理直气壮。从她嘴里吐出来的字就像病菌，被夏蕙吸进了肺里，迅速地蔓延起来，全身发起高烧，身体热得要命，头却是冷的，嘴巴里面泛出苦味，吐不出又咽不下。她们站在窗户旁边，天一黑，窗户就变成了镜子，夏蕙在家里左照右照怎么看怎么顺眼的打扮，到了季莲心身边就变了，又土气又便宜，扭捏做作，粗枝大叶，连带着她这个人，也变得笨拙粗糙起来。

一个男人过来，做了个邀舞的动作。季莲心笑笑，跟着他走了。

西蒙手里握着两杯橘子汁，往她们这边走时被一个金发女人拦住说话，季莲心和那个男人一进入舞池，他的眼光立刻跟了过去。那个金发女人顺着他的目光，也转头看着季莲心。夏蕙往周围看看，发现很多人都注视着季莲心，在《花样年华》的背景下面，她比张曼玉还张曼玉。

夏蕙离开派对时，西蒙正拥着季莲心跳慢舞。灯光被调暗了，即使灯光明亮，她想也没有人注意到或者关心到她是走是留。从楼里出来，有一段路被高大的围墙完全遮蔽了，墨黑墨黑。夏蕙走在路上，觉得自己浑身上下、里里外外都被这墨黑浸透了，只有心是红的，像个戴红色拳击手套的拳头，一下一下，把她往死里打。

钥匙是几年前季莲心刚搬家时给她的，当时还挺郑重其事的，好像这个新家跟夏蕙有什么关系似的。

把钥匙插进锁孔的瞬间，夏蕙最后一次试图劝服自己，为了一个男人，值得吗?

不是为了一个男人。夏蕙听见身体里有个小声音说，这也是你的家啊，谁也没有权利阻止你回家。

她扭动钥匙，锁咔的一声打开了。

屋里很静，窗子是朝西的，阳光从窗子射进来，照在客厅的茶几上面，一只细颈玻璃瓶里面，插着三枝鸢尾花。这是从形状上看起来，像在咿咿呀呀唱戏的花。丝绒面料的长沙发颜色和鸢尾花的紫色有些相近，后面的白墙上面，挂着十几个大小不一的镜框，都是季莲心的演出剧照。

沙发对面是一个矮柜，上面有电视、音响、几十本书以及几件工艺品。

厨房和客厅是连着的，料理台上面摆着很大的果盘，里面装满了水果，苹果、奇异果、梨、山楂、脐橙，色彩缤纷，不像买来吃的，倒像专门为了装饰房间的摆设。果盘后面摆着十几瓶酒，高矮胖瘦，各种瓶子各种酒。一打高脚杯洋派地吊在一个架子上面。

厨房连着一个不小的阳台，被设计成了小会客室，和客厅长沙发配套的两个单人沙发被摆在这里，中间隔着个小茶几。阳台左边角落里面摆着一个瓷缸，里面种着一株很大的滴水观音。右边正对着窗口的地方，吊着一个风铃，十几个木片，上面画着京剧脸谱。夏蕙在沙发上坐下，伸了伸腰，不难想象天黑后这里发生的事情，喝酒，赏月，听风铃，谈谈“今宵酒醒何处”。

季莲心的床很大，窗帘和床罩也是丝绒的，和沙发一样的紫色。床头柜上面摆着一束香水百合，香气浓得让人打喷嚏，和夕阳融为暧昧的一团。转过一个画着水描金黑框、图案是龙凤呈祥的大屏风，里面黑乎乎的，地软得差点让夏蕙跌了一跤。她在墙上摸了半天，摸到电灯开关，打开灯，吓了一跳。除了屏风以外，四面都是架子，里面挂满了衣服：套装、衬衣、裙子、长裤、针织衫、风衣、大衣、旗袍，牛仔裤最少，也有十几条。鞋子差不多有五六十双，皮包足有一百多个，把一个三层架子塞得满满的。丝巾帽子之类的也有上百件，内衣全是成套的，密密麻麻地挂在一起。这些东西已经不是“衣橱”能装得下的，而是“仓库”。几面架子中间，除了两个立式的穿衣镜，还有个大梳妆台，上面摆着梳妆镜和各种护肤品、化妆品。

原来老夏的抚恤金没放在银行，放在这里了。

夏蕙跟老夏的最后一面是在尸体中心见的。老夏躺在一个抽屉里面，穿着他结婚时买的一套灰色中山装，衣服瘦了，紧紧地绷在他身上，看起来有点滑稽。他的脸被整理过，但头部的伤口仍然能看出来。要是活着，老夏会试图把自己的伤口讲成一个笑话，但现在他无能为力了，只能拉着脸任人摆布，看上去既悲哀又沮丧，还很无助。

夏蕙从尸体中心出来，看见季莲心在跟老夏单位的领导说话。她穿了一身黑套装，戴了一顶黑帽子，很合体，很漂亮，很有气质，她的忧伤就这么简洁高效地被这套装扮概括、归纳了。那位领导似乎是个很心疼女人的男人，一个劲地劝季莲心节哀顺变，在夏蕙看来，就好像他在劝她把衣服脱掉一样。

夏蕙是让钥匙在锁孔里转动时发出的咔嚓嚓咔嚓嚓的声音惊醒的，她不知道自己怎么竟会坐在梳妆台前面的椅子上睡着了。她跳起来，到屏风后面关掉灯。地毯非常厚，人走在上面，一点声音也没有。

进来的是两个人。在门后面缠绵了一会，才挪到卧室里来。

西蒙说了几句法语，开了床头灯，灯光很暗，是淡淡的粉色，季莲心的脸孔在这种光线里面显得分外娇嫩，宛若香水百合的花瓣。

灯光也把屏风后面变得更黑暗，夏蕙站在那里，脚开始长出根须，穿透地毯和地板，在下面的水泥地里纵横蔓延。她的眼睛没瞎，但她看不清那两个人的面目；她的耳朵也没聋，但听不清他们嘴里喃喃低语些什么；她的鼻腔被香水百合的香气毒死了，再也闻不到其他的气息。

夏蕙变成了一个植物人，慢慢地，又变成了一个死人。浑身冰凉，像躺在抽屉里面的老夏。对啊，老夏，他肯定也有过这种经历吧，怪不得这么多年来，他从来没有任何朋友。谁会和他做朋友呢？他的男朋友谁能抵挡住季莲心的魅力，他的女朋友里谁能比得上季莲心哪怕一个手指头？

红颜祸水，真是一点不错。

老夏不是被车撞死的，是被季莲心这潭祸水淹死的。

夏蕙坐在阳台的沙发上，从厨房里拿了一瓶葡萄酒，一只高脚杯。

夜色如铁，冰冷，坚硬，像一副盔甲套在身上。从一扇打开的窗子吹进来的风，拳打脚踢地往夏蕙身上招呼，弄得风铃惊叫着抖成一团。不过，夏蕙才不在乎，酒像一柱温热的血从口腔流进她的胃里，又随着胃的蠕动，渗透进血液，酒和血融为一体，酒像火，让血温暖起来，进而，燃烧起来。

她曾经带西蒙去一家餐馆吃过一道菜，说白了，就是拔丝雪糕，但餐馆给起了个特别的名字——世态。她觉得自己现在也像一道菜，只不过，跟“世态”刚好相反。

夏蕙喝完了一瓶，又拿了一瓶。酒启子不像启上一瓶时那么好用，有些滑手，她费了好大的劲才把塞子嘭的一声拔出来。

“西蒙?”从卧室里传出季莲心丝带一般的声音。

夏蕙把酒倒进杯里，洒了一些，淋淋漓漓地洒在茶几上。

“西蒙?”季莲心穿了一件睡衣，走了过来，见到夏蕙，一下子停住脚步。

夏蕙笑：“他走了半天了。”

季莲心沉默了一会，说：“你对风那么坐着，会感冒的。”

夏蕙咯咯咯地笑起来，笑得浑身发抖，像抽筋似的。

季莲心走过去要关窗子，她抓住了她的手：“别关。”

季莲心看了她一眼，停下手，把自己睡衣带子系紧了。

“喝一杯吗?”夏蕙问，“很暖和。”

季莲心自己拿了个杯子，倒了半杯酒。

“不好意思，”夏蕙举起自己的杯子喝了一口，笑嘻嘻地说，“我看见你们上床了。”

季莲心没说话。

“你身材真好，技术就更不用说了。看你们俩，”夏蕙比画了一下，“比看那种片子还过瘾呢。”

“西蒙不是结婚的对象。”季莲心不动声色，就像在说别人的事情，“他看上去真诚热情，骨子里却是个花花公子。”

“跟你很配是不是?”夏蕙说，“你看上去像大家闺秀，骨子里其实是个妓女。”

季莲心转身要走，被夏蕙拦住了。你看，夏蕙想，从老夏身上继承的粗大骨架并非没有用处。

“怎么了?做都做了，怕人说?”夏蕙发觉她控制不住自己，就是想笑，“你跟章怀恒也有一腿吧?他和西蒙比谁更出色?东邪还是西毒?”

“夏蕙，”季莲心温和地说，“你喝太多了，有话我们明天讲，好不好?”

“不好。”夏蕙说，“你跟多少男人睡过?我爸有多少次像我今天这样，大饱眼福?”

季莲心给了夏蕙一耳光。

夏蕙愣怔了一会，转了个方向凑过去，“还有这边脸呢。”

“给你一点教训也是应该的，”季莲心老实不客气地扬手又打了一巴掌，“不是我抢了你的男人，而是你的男人抛弃了你。你要找原因，不是到别人家里当小偷，而是应该回家照镜子。”

夏蕙把另一边脸又转向季莲心。眼泪从她的眼睛里面流出来，她却一直笑着，朝季莲心挨挤过去，她的脑子被两个人的思想占据着，一个是她自己，另一个是老夏。

“你闹够了没——”季莲心的声音还努力保持平静，但脸色突然变了。

多有意思。夏蕙想，季莲心终于发现她跟老夏在一起了。从夏蕙的五官、身材、表情里面，老夏活回来了。一反往常的窝囊相，变得锋利、尖锐了，就像二十八年前的某个夜晚，这天夜里，老夏再一次变成侵略者，不过，这次不是身体，而是一把刀。

季莲心嘴唇、指尖、全身，都在哆嗦着，她过了差不多一分钟才低头朝自己的腰部看去，那把漂亮的水果刀原本摆在操作台上。血像一朵花苞，沿着刀口缓慢地开放。

夏蕙摇摇晃晃地往门口走，手握着门把手，她觉得自己应该再说点什么，想了半天，她问季莲心：

“你不，换件衣服吗?”

芬芳

我和芬芳成为朋友，是因为她在一个傍晚敲开了我家的门。

那时候我和阿怀住在一幢旧楼里，与另一户三口之家共用厨房和厕所。在我们所住这幢楼的旁边，有一幢新楼，它建成不久，一楼就被专营化妆品的“雅芳”公司买下来了。1994年，直销还是新鲜事物，正处于蓬勃发展的时期。在我楼下住着一个寡妇，性情很开朗，有一阵子阿怀迷恋卡拉OK，她上楼来找我谈过一次。

那之后不久，有一天我听见敲门声，打开一看，门口站着一个似曾相识的女孩子。我问她找谁，她说找谁谁谁，我说你找错了，临到关门时我犹豫了，我打量着站在门口的女孩子，她也用疑惑的眼睛望着我。我说我们是不是在哪儿见过？她笑了，说我也觉得以前见过你。我问她高中在哪儿读的，她说了，我们同时想起了对方。

我们在一个高中读书，但不是一个年级，那时候芬芳总穿着一套和年龄不太相称的灰色套装，给与我在一个宿舍住的女生送东西。端午节送粽子，中秋节送月饼，平时也是鸡蛋香肠之类的，这是她身为班长关心同学的方式。我不喜欢那个女孩子，自然也懒得费心去管她的班长，还有，我觉得这种帮助人的方式也未免太具体了，如果有谁给我用饭盒带菜来，我会非常小人之心地首先担心这是不是别人吃剩下的东西。

芬芳想找的人是楼下的寡妇，多上了一层楼，结果敲门敲出一个老校友来。我把芬芳让进房间来，和她聊了一会。有意思的是，上大学时，她曾在一家广告公司兼职了一年多，而我的一个很要好的朋友也在这家广告公司兼职。我说世界可真小啊。

后来我们的话题转到了化妆品上。芬芳说话轻声细语的，但没有一句废话，这让我觉得很惊奇。芬芳头头是道地给我介绍了一大堆雅芳产品，我问她怎么记得住那么多东西。她笑了，她说她只用了一夜的时间就把所有的产品背下来了。当时我对芬芳的话心存怀疑，但很快我就知道她说的是真话。

那时候我整天租带子看，睡眠很少，眼睛下面都黑了，芬芳警告我不要在三十岁以前就有眼袋，让我好好睡觉，同时给我推荐了两款眼霜。

我们很快又见面了。芬芳给我送眼霜的同时还给我带来了公司配送的小礼物，东西不贵重，但表达着诚意。我把高中时住在同一宿舍的兰淇叫来，她和芬芳一眼就认出了彼此，大家有种他乡遇故知的开心。我们聊天时芬芳的呼机一直响着，她的下线很多，而下线们又发展了更多的下线。芬芳的情绪很高涨，给我们讲直销经验，比如说一个营销员到一个地方推销，产品卖出去后，一定要在最短时间内离开，以免买者反悔退货。芬芳把推销过程讲得像冒险故事一样，我和兰淇都很兴奋。兰淇还动了心思想亲自去试试。

那一个月芬芳赚了一万多块钱的奖金，这在当时是很大一笔钱。她说她背着包去找她的男朋友老孟，拿出一沓钱给老孟看。芬芳给我们讲这些时，脸上带着孩子气的喜悦，让我们不由得觉得，钱真是好东西啊。这期间我也曾帮芬芳介绍过几个想买化妆品的朋友，因为是替朋友做事，我的心态十分坦然，说起产品的好处也是头头是道。芬芳说我的条件很好，不做销售太可惜了。我说我心理素质不好，如果是为我自己推销产品的话，我就什么也说不出来了。那以后，芬芳再也没劝过我。

直销逐渐风行起来了，大家对此各抒己见。如果我不认识芬芳，我肯定会对直销产生特别抵触的心理。广告虽然也有很多水分，但那是摆在明处的，而直销面对面，手拉手，难免会产生某种类似催眠的效果。

有一天晚上芬芳忽然带两个人来找我，进门后她先向我道歉随即解释说，之所以到我这儿来，是因为离公司近。我看她们身负重任的样子，说没关系，你们请便吧。

她们说起事情后，我很快听出个大概。她们三个人是目前公司里业绩最好的营销人员，但公司的主管却是一个脑筋不太清楚的女人，做了很多让人忍无可忍的事情，引起了公司员工的公愤。我对她们讲的事情不感兴趣，令我吃惊的是芬芳带来的这两个人。我原本以为别的直销人员也和芬芳一样，举止沉稳大方，言谈细致周密，态度体贴周到，她们能把东西卖出去总得先让人对她们有好感吧。但这两位显然不是这样，说话大大咧咧，作风泼辣，衣服也穿得不像样子，偶尔嘴里还出脏字。相对于化妆品公司，我觉得把她们放在菜市场卖鱼卖肉倒更合适些。

她们三个人起草了一份意见书，预备让其他员工签上名后，提交给公司。我在旁边翻杂志，任她们你一言我一语地去商量，后来看她们的文字实在差得不像话，便起身替她们写了。当时我想，也许我的做法会让一个并未得罪我的女人失业呢，转而又想到，这事情和我无关，我只是帮她们理顺一下文字而已。

意见书写好后，她们准备离开时，芬芳很严肃地提醒她们两个人，说我代她们写意见书这件事无论如何不能让别人知道，以防将来出了麻烦把我牵连进去。她们俩连忙做了保证，其中一个女人还大大咧咧地说："我什么都不怕，这意见书你们就说是我写的好了。"

总公司对意见书的反馈很快就下来了，原来的公司主管被撤职。芬芳告诉我这个消息的时候，我问她想不想当公司主管。无论是遥遥领先的销售业绩，还是待人接物方面表现出来的得体大方，都使得芬芳具备了竞选主管的资格。但芬芳却说对这个位置不感兴趣。主管虽然算得上是白领阶层，但每个月的工资却是固定的几千块钱，而她目前做销售，每个月的收入都在万元以上，而且将来的业绩还会随着下线队伍的发展壮大不断提高。

我想起她那天晚上带来的那两个人，她们已经是公司里的骨干分子了，却粗俗得像个家庭妇女。我很奇怪芬芳她怎么能忍受每天跟这样的人打交道，她笑了，一边赞同着我的看法，一边说："直销原本就是家庭妇女们走街串巷发展起来的一种营销模式。"我说："如果我不认识你的话，我是绝对不会让任何人带着任何产品走进我的家门的。比如说楼下的女人，她就是把舌头说成一朵花，我也不会买她的东西。"芬芳笑了，她说："你会买的，这里面有很多微妙的东西，我没法一一解释给你听，但直销能这么红火，不是没有道理的。”我想了想，觉得她说的很对。我问她最初怎么干上这一行的，她说想赚钱，赚很多很多钱。

早在芬芳读书到公司兼职时，就有了这样的想法，毕业后她被分配到一家不错的单位，干了不到一年就辞职下海了。刚开始她做的是一个不太有名的小品牌化妆品，后来“雅芳”被大张旗鼓地推广起来，她就转到这边来做了。她对“雅芳”公司的前景和实力充满信心。后来在一个更为推心置腹的氛围里，芬芳对我说，她曾经参加过一个营销培训班，是交几千元学费封闭式授课的那种，她在那个班里学到了很多营销方面的诀窍。芬芳说这些的时候似乎还有很多不便于启齿的东西，那种训练班听上去很诡秘。

有了芬芳的提醒，我对她的举止言谈留意起来。我发现她从不拒绝别人，无论对方提出的是怎样的一个难题，她都能笑脸相迎，而且似乎还总能给予对方合适的答复。芬芳看上去神通广大，一件事情从她嘴里说出来时，总是被赋予诚意和亲切感。每次有新产品推出时，她会给我们讲一讲，她的话从不让人觉得她在怂恿你，但每次我们都成了新产品的尝试者。对于一个陌生的环境，芬芳融入其中的速度也超出了我的想象。不知道从什么时候起，她开始和阿怀开起亲昵的玩笑来。每次打电话，如果是他接，他们俩会在电话里先开上一会玩笑，而我也越来越经常地从他们之间的玩笑里听出哪个电话是芬芳打来的。

无论和谁打交道，芬芳都会成为一个能帮你解决生活难题的人。有一次我们所在的楼停水，当时芬芳在离我不远的地方租用一间两居室的房子，我们通电话时提到了停水的事情，放下电话后我发现水已经来了，等我把家里的水接满时，芬芳拎着半桶水来敲我的门。我想象她拎着水桶下楼、穿过马路、再拎上楼的过程，非常的感动。

还有一次我生病，她带我去找老孟的大哥看病，他是一家医院的神经外科医生。老孟的大哥对芬芳很好，像对待自己妹妹般地宠爱，而且对她经常带朋友给他添麻烦的事情也好像早就习以为常了。可我却不习惯于用这样的事情来麻烦别人。

芬芳的业绩像滚雪球似的越做越大，与此同时，她还开始往周边的城市跑，去开拓新的市场，我们见面的次数不像以前那么多了。后来她需要一个人手帮她管理日益膨胀起来的队伍，她对我说要把高中时候的同学李宇叫来帮忙，李宇当时没有工作，过来在芬芳的手下干，每个月能有几千块钱的收入，应该算是很好的事情。

“要帮助朋友。”芬芳反复强调说。

李宇高中时候与我和兰淇都是住校生，但我们不在一个寝室。高中时我只和有限的几个同学有来往，对李宇这样的同学感到很陌生，印象自然也说不上好坏了。我对芬芳说帮助朋友也有很多方式，在高中时你和李宇关系那么亲近，如今一下子成了上下级，搞不好也许会破坏原来的友谊呢。芬芳沉吟了半天，说我说的很有道理。

但没过几天，芬芳打电话给我，说李宇来了，让我过去见个面。我约了兰淇一起过去，那也是我们第一次到芬芳租的房子里去，以往我们见面都是在我家里。我没想到房子里面会那么简单，几乎可以用简陋来形容。当时是冬天，很冷。芬芳租住的楼是一幢老日本楼，外形上看还是漂亮的，但里面就显得寒碜了些。那幢楼后来着火了，而且着火的那部分房子里，恰好包括芬芳当年租过的房子。那场火没有人员伤亡，又过了不长时间，整幢楼都被拆了。

芬芳的钱赚得很多，光是她亲口提供给我们的数额已经不少了，但她的生活水准却始终与我和兰淇不相上下，有时甚至还要低一点。这倒无所谓，芬芳与我们不同，她志在创业，钱赚多少姑且不说，花销上与我们肯定是不同的。

芬芳是在对我和兰淇介绍“新活”产品时，首先提起她出过的一次事故。当时她刚从供销学校毕业，有一天骑着自行车从离我们就读的高中不远的地方经过，那条路很长，而且有一个相当陡的坡。芬芳根本没有明白怎么一回事，人就从车上一头栽下来了，她在那个陡坡上滚出好几米，差点被一辆“大解放”碾在轮下。后来她被送进医院，休养了半年才恢复健康，但脸颊上受过伤的地方，肌肉里的神经好像已经死去了似的，在她有表情的时候便会显得很僵硬，直到她用了“新活”，这种状况才开始改善。

我和兰淇盯着她的脸看，她不说的话我们一点也看不出她脸上的异常，但她这么一说，就真的觉出她的表情有些不对劲了。

老孟第一次被芬芳带到我家里时，兰淇和她的男朋友长江以及阿怀都在，屋子里坐得满满的。大家开玩笑时，老孟用脚在芬芳脚上碰了碰。我们全都注意到了这个细节，芬芳虽然也注意到了我们的注意，但她对老孟仍然很和善。

芬芳的业绩很快就到了可以出去旅游的阶段了。但她没去，是老孟替她去的。不光是那一次，芬芳把很多出去玩的机会都给了老孟。

随着芬芳业绩的发展，她在直销行业的知名度也不断增加。越来越多的人主动找她，请她讲课，或者请她推广某个产品。芬芳在省内其他几个城市设立了直销分店，一时之间，有种朋友遍布五湖四海的感觉。其中给我印象最深的是一个叫小蔡的朝鲜族女孩，被一个韩国商人包养着，每次来我们这个城市，都住在芬芳那里。好几次芬芳在我家里时，接到小蔡一遍又一遍的传呼，小蔡是那种深更半夜了还跑出去泡吧的女孩子。

当“雅芳”方面的销售稳定下来后，芬芳又介入了“仙妮蕾德”的直销。她退了原来租的房子，改租了一个三室一厅的大房子。房子是我托朋友帮她找的。

芬芳对“仙妮蕾德”寄予厚望，决心要大干一场，她的大姐和大姐夫都过来帮她了。老孟则另外负责去做一个摇摆机的直销。所有的资金都是芬芳出的。他们那段时间忙得要命，精神头十足，我常常觉得芬芳就在我身边，给我提供了一个白手起家的神话。

有一天芬芳特意把我叫到她的住处，让我感受摇摆机的好处。

芬芳的房子像一个大宿舍，外地有朋友来时，也大多留宿在她这儿。她们的床都是上下铺的，房间里面堆满了货箱，“雅芳”的，“仙妮蕾德”的，还有摇摆机的。这次因为租的房子比较大，她在客厅里布置出了一间现代化的办公室，很大的台桌，高背的转椅，电话传真之类的东西也一应俱全。这间一本正经的办公室在当时的环境里显得有些不伦不类，透露出一种舞台背景似的虚假。

我进门时老孟正坐在转椅上，双脚搭在桌边，看上去十分享受，对目前的生活很心满意足的样子。我再次明确了自己对这个人的厌恶。也因为他，我忍不住要重新看待芬芳，难道一个人的恋人不是她品位的最好证明吗？而芬芳一直对我强调，当年她出事故时，老孟对她有多么多么好。

我和芬芳在一间屋子里说了会话，芬芳就打开了铺在地板上的摇摆机，她先上去躺着为我做示范，摇摆了半天，我看她像一条鱼一样地摆动，直想笑。我还发现她虽然脸孔长得小巧，身上倒很丰满。后来她让我上去摇一摇，我拒绝了。

我没买摇摆机，虽然我的睡眠一直不好，也虽然我缺乏必要的运动。我对那个机器有排斥感。在我们单位，三个月前也有人在大力推销摇摆机，一个普通的摇摆机卖到三千九百块钱，营销中的第一轮回扣就有五百块钱，现在芬芳推销同样的机器却只卖三百五十块钱，我猜测这里面仍然包含着百分数不低的回扣。这样的产品如何能让人信任?

老孟做摇摆机的直销，一是为时已晚，二是经营不善，他在销售方面的能力与芬芳不可同日而语，那次投资芬芳说她至少损失五万。但她并不沮丧，她说想提供给老孟证实自己能力的机会，如果他能因此赚了钱的话，她也就放心地离开他了。

那一段时间芬芳处于亢奋状态，全身心投入在直销“仙妮蕾德”的工作上。每天傍晚她拎着“仙妮蕾德”带把的塑料杯子，穿过几条街来我家里聊天。她一杯接一杯地喝水，冲的当然是“仙妮蕾德”的茶，芬芳说她常常通宵达旦地熬夜，如果没有“仙妮蕾德”产品的支持，早就撑不住了。芬芳在提到她眼下推销的产品时，仿佛那是刚刚结识的情人，眼睛里面闪着光，语气里流露着惊喜，她说很后悔没有早一点发现“仙妮蕾德”。

那时候，关于直销的负面报道一天天多了起来，但我从来没把芬芳以及她所做的产品与那些负面的东西联系起来，面对芬芳的脸，我做不到。

但实际上，直销价格问题即使是对像我这种金钱概念多少有些模糊的人，也变成了一个无法忽视的问题。比如说，“仙妮蕾德”最普通的柠檬茶也要卖到六十块钱一盒，一盒里面不过是十个茶袋而已。用来泡茶的塑料杯子卖到八十五块钱一个，而数月后，这种杯子满大街都是，五块钱就能买下来。当然，直销人员要赋予产品非同一般的意义，他们会反复对顾客讲解，此茶与彼茶是不同的，一个茶包除了可以泡水喝，还可以浇花，可以治皮肤病，可以治痔疮，可以治脚气等。有一天我去芬芳那儿，看见芬芳大姐的眼睛红红的，我问怎么了，芬芳说她的眼睛这一段时间有些不舒服，她让她用喝剩的柠檬茶水洗眼睛，看是不是有效。我问芬芳大姐："有效吗?"她说："当然，眼睛洗过之后，清爽了很多。"

我和她们开玩笑，说她们是神农尝百草。

芬芳说我气色不好，送了我两包五宝粉，让我调理身体，我觉得过意不去，又买了几包柠檬茶，喝了一段时间，也没觉得特别。

我的一个从小一起长大的朋友艳子到一家医院进修，想办法找到了我。我去看她，虽然生过孩子，艳子的身材仍然漂亮挺拔。和艳子同宿舍有一个胖乎乎的女孩子，想减肥想得快出毛病了。我对她说，我有个朋友是做"仙妮蕾德"的，有不少人正用她们的减肥产品呢。那女孩子很感兴趣，我就让芬芳抽时间去一趟。芬芳那一阵子忙着到外地开发市场，她让她大姐跟我去了艳子宿舍。

芬芳大姐很详细地为那个渴望苗条的女孩子讲解了半天减肥产品的好处，还以身作则地为她做健美操的示范。我和艳子在一边看得目瞪口呆，我也是第一次亲眼看到她们向顾客推销产品。那天那个女孩子买了几百块钱的减肥茶。

李宇一直帮芬芳做"雅芳"方面的工作，为了让她尽快接手，独当一面，芬芳把自己的一部分下线拆下来补充到她为李宇建立的直销网络中。李宇做"雅芳"时，我和兰淇已经对这个牌子的化妆品产生了厌倦的心理，除非是打折打得多时我才会买一些，而且大都是用来送给朋友和家里的姐妹们的。

我跟李宇的关系也相对疏远一些，她不像芬芳，总是下意识地考虑说话的环境，考虑别人的立场和感受。李宇呈现出来的就是一个普通营销员的样子，而芬芳在推销时，几乎可以称得上是艺术家。

我不知道芬芳和李宇之间发生了什么事情，使得李宇突然离开了"雅芳"，回老家去参加公务员的考试。说"突然"，其实只是给我们的感觉罢了，李宇在离开之前还是做了长时间的准备工作，不只是账目上出现了问题，而且还把当初芬芳费尽心机为她建立起来的网络拆开，转给了"雅芳"其他的营销人员，当然一切都是与利益挂钩的。

从局外人的角度，我认为她们之间有矛盾是很自然的，近一年多来，芬芳忙于开展新产品的工作，“雅芳”方面差不多全由李宇负责。而李宇做实际工作的收入与芬芳吃网络回扣的收入是无法相提并论的，加上李宇整天泡在公司那个家庭妇女扎堆的环境里，产生不平衡心理再正常不过。

芬芳被出卖，自然气愤异常，她专门回去找过李宇一次，对她们之间的谈话内容我一无所知，但那显然是一次失败的沟通。李宇拿走的钱也不可能再追回。等到芬芳能够心平气和地对我讲述这些时，早已时过境迁了。

一个新词被频繁地在直销界使用起来：分享。

芬芳第一次跟我说到“分享”时，我大惑不解，我问她分享什么？她说主要是感受。芬芳给我现身说法举了一个例子。说她很小的时候，曾经为自己家里穷，没有钱买漂亮衣服而苦恼。那时候不懂事，在同学们面前没面子，难免会在心里怨恨父母，怪他们不能让自己过锦衣玉食的生活。但许多年过去，到了今天，她非但已经能够完全体会出父母抚养自己的艰辛，而且还深为当初自己的那些想法感到羞愧。她决定用自己的努力建立一个美好的未来，自己的，还有家人的。

也许是当时的情境使然，也许是芬芳诉说时的语气，我为她的诉说掉了泪。我觉得那的的确确是芬芳倾吐心曲的一次，虽然其中也不乏包装的成分，但话语的内核是真实的。

我决定去参加一次她们的分享。

芬芳在一个学校租了一个教室做会场，提前到会场做了准备，把桌子椅子围成一个圆圈，那天的分享有二三十个人参加。芬芳是主要的讲解人。

平时我们在一起时，芬芳是一个细声细气的人，几乎每一句话都伴随着微笑，如果不是她从一开始就有那么出色的业绩在身后，我会把她划归到“小女人”之列。但是在分享会场上，我知道我错得多么离谱了。芬芳的声音非常亮，在众人面前毫不怯场，相反，众多的注视反倒激发了她讲演的欲望似的。她侃侃而谈，自信，确定，一副大局在握的笃定神态。这下子我明白为什么有那么多的人请她去讲课了。

芬芳下来后，悄悄地问：“我怎么样？”我说：“真是刮目相看啊。”

老孟的大哥也是那天分享的主讲人之一。他好像不是第一次做这样的事情了，很从容的样子，慢条斯理地从医生的角度给大家讲了如今的人们有多么不健康，而人们在不健康的状态下又有可能引发出多少种疾病，有多少年轻人死于心血管方面的疾病，多少看似强壮的中年人实际上处于危险状态，而服用“仙妮蕾德”的很多产品正是缓解这些症状、减少发病的有效手段之一。

在座的人听得很认真，毕竟是正儿八经医院的正儿八经的神经外科医生援引了那么多的病例说出来的话，不由得人不信。

老孟的大哥做完报告就走了，说是有手术，把解答产品的任务留给了芬芳。大家纷纷提问，有一个女人说她来这里是因为她年仅十二岁的侄子得了糖尿病，她是抱着为自己的侄子寻找治病良药的目的而来的，她追问芬芳，是不是服用了“仙妮蕾德”产品就能治好孩子的病。芬芳讲解了五六种产品的性能，建议她用一段时间试试。那个女人却不理会芬芳的产品介绍，只是一味地盯住芬芳，让她保证说“仙妮蕾德”能治好孩子的病。如果能保证治好，她就会买产品，价钱高不高都无所谓，买多少也无所谓。芬芳又强调了一遍产品的优异性能，让那个女人相信吃产品的好处，那个女人说如果你能给我保证，我自然会相信它们的好处。芬芳被缠得一时解脱不了。那个女人便在众人面前诉起苦来，她说家里人为了给那个孩子治病，什么方法都用过了，但效果始终不尽如人意，但他们并不打算放弃。现在，既然你们把“仙妮蕾德”说得这么好，我也深受感动，所以我要你给我一个保证。我在旁边插了一句，我说:“既然你那么多方法都试过了，又不打算放弃，那么多试这一种又有什么关系呢?”那个女人没料到我会插话，愣了愣。

事后芬芳对我的行为大加赞赏，她认为我的应对能力非常出色，她建议我像老孟的大哥那样上台主讲一次，只要谈谈自己对产品的认识就可以。我说我做不了这事。

几天以后，从外地来了一个据说级别特别高的女人来讲课，芬芳提前给我打了两次电话让我去听，我觉得她的热心难以拒绝，就去了。会场很大，差不多有一千多人参加，芬芳是会场里面很重要的一个人物，不停地有人过来找她说话。我隔着人群看着她，她觉察到我的目光，对我笑了笑。

那个女人果然很能说，而且介绍产品之外着重讲了直销“仙妮蕾德”的奖金制度。在她的讲演中，豪宅名车似乎唾手可得，而她的现身说法是，豪宅名车她非但早已拥有，就算到世界各地走一走看一看也是家常便饭。会场上的气氛热烈起来，从很多人的眼睛里发现光芒。大厅还是那个大厅，但现在看起来，似乎埋了一些宝物。

那个女人讲到最后，一边让听众们传送着她在世界各地的照片，一边放起了音乐，是成龙的那首《真心英雄》，当唱到“把握生命里的每一分钟，不经历风雨，怎么见彩虹，没有人能随随便便成功”时，许多人都跟着唱起来。

“课”结束以后我们好几个人一起往外走，一个开着私家车的年轻女人过来和芬芳说了几句话，她们好像是生意上的合作伙伴。芬芳在和她打交道时气度雍容。她确实具备旁人不及的长处，在营销才能上，无论从哪个角度要求，她都是出类拔萃的。我在车站等了一会，芬芳从后面赶了上来。她总是处于要同时应付好几个人的情形中，上了公共汽车后才有机会和我说上几句。

芬芳问：“你感觉怎么样?”我说：“听起来挺玄的，名车豪宅，哪会是这么容易的事情。”“怎么不会呢?”芬芳反驳我，给我又讲解了一遍奖金制度，最后她说，按她现在的发展，三个月后她就会有一套一百多平方米的房子。六个月以后，开上一辆本田或者奔驰轿车也毫不奇怪。她再一次感慨，她要是早一点认识到“仙妮蕾德”产品的可贵之处就好了。

接下来的一段时间我忙了起来，和芬芳联系得比较少。我知道她还带着一堆人在风风火火地干着，并且等待着三个月后见到她所说的那套房子。

很多事情都发生了变化。

先是芬芳去新马泰以及香港转了一圈，这仍然得益于她在“雅芳”的业绩。现在替她打理“雅芳”方面事务的是一个叫朝阳的女孩子，她是芬芳父亲一个朋友的女儿。朝阳年纪不大，但一脸聪明的样子，这个县城女孩在很短的时间内就完全适应了城市生活。

她在利润方面也有独到见解，即使对我们这样的朋友，也是明里笑脸相迎，暗里毫不含糊。在“雅芳”的折扣问题上，从芬芳到李宇，我和兰淇也经历了一个过程，先是八折，然后是七五折，再然后是打到底线的六七折，这件事情按说也让人心里不舒服，但毕竟和芬芳做朋友那么久了，权当是吃饭时多埋了两次单，何况芬芳待人接物有另外的体贴方式，这也是不单单能用折扣就遮蔽的。朝阳年纪比我们小很多，她没上学，进入社会的时间却比我们提前了很多。她接手“雅芳”后，把折扣又提回到七折，解释的理由当然也很充分，但这已经无所谓了，我和兰淇早都已经彻底告别“雅芳”产品了。

三个月过去了，“仙妮蕾德”这边并没带来房子和车子。芬芳给我们说了一些客观条件，但她的信念仍然是坚定的，至少她是这样对我和兰淇表现的。但问题是显而易见的。有一批价值十万的货物在深圳损失掉了，负责发货的人与芬芳家里关系很近，对这件事情的合理解释只能归结到两方面：一是发货人监守自盗，二是货物从香港那边走私过来时遇到了麻烦。

全国上下都开始声讨直销了。新闻联播、焦点访谈每天都推出一些事例教育广大消费者要提高警惕。这种时候只要是做直销的，在常人眼中都必然会带有欺骗的色彩。我替芬芳担心，虽然她对媒体的宣传导向还保留着自己的看法，但在当下的情形中再图发展，显然是不现实的。

老孟家里建议他们结婚，而芬芳家里则旗帜鲜明地表示不接受老孟。

那段日子芬芳过得很艰难，她从来不向我们诉说事业上的困难，如果表达苦恼心情，大多是谈论感情上的问题。老孟的爱情成为芬芳的“鸡肋”，毕竟两个人也相处好几年了。有一次我们谈到这事，芬芳问我该怎么办，我说：“你问我还不如问你自己，你是揣着明白装糊涂，只要自己把事情想清楚，做出决定就行了，何必征求别人的意见?”

芬芳苦笑。那一时刻，我觉得作为朋友，我还有兰淇，可能过于想当然了。爱情是两个人的事情，他们之间的感情如何不是我们所能体会的。我们可以不喜欢老孟，但我们没权教唆芬芳与老孟分手。

芬芳和老孟到底还是分手了。

直销虽然江河日下，但芬芳以往的努力并非没有意义，在她休整的阶段，不时有人来找她做产品，也有一些地方请她过去工作。她选择了到一家医药公司做一个部门的主管，但只做了三个月就退出来了。芬芳的解释是每个月三四千块钱，无法让她满足。

其后她代理了法国一个名叫“丑妞”的化妆品，这种化妆品主要在美容院里推广，和以往做市场不太一样。“丑妞”做了一段时间，芬芳又放弃了，因为“丑妞”这个品牌最好的产品是童装，而不是化妆品。

祸不单行，这一年的冬天，芬芳大姐出车祸摔伤了腰。

芬芳把手里所有的事情都放下了，专心处理大姐养伤、评残等诸多事宜。她回家待了一段时间，回来后问我记不记得高中时候的校友力东。

力东这个名字我是记得的，知道他是美术生，但长什么样我却没印象了。当时他们美术生干什么事情都拉帮结伙的，我只知道在这些人当中，力东的专业是很出色的。

芬芳的语气里没有说出来的东西引起我的兴趣，我问她和力东之间是不是有一些什么了。她笑了，承认他们正在交往。但力东毕业后一直在北京发展，他们天各一方的，每天晚上靠热线电话谈情说爱呢。

我说："不如去北京专心谈场恋爱吧，换换环境，看看书充充电，在你下一个机会来临之前做些准备不是很好吗？再说像力东这样的男人也是值得争取的，光靠电话终究有些不踏实吧。"

芬芳很用心地发展她与力东的关系，与老孟不同，她面对力东是有紧张感的。她真的去了北京，过了一段闲散的日子。每个月芬芳都要回来一趟，处理"雅芳"方面的事务和一些其他琐事。朋友们见面的机会少了一些，但感觉上，她并未走得太远。芬芳在这段时间读了一些书，她对销售方面的兴趣仍然不减，有一次她对我谈起美国的一个品牌，希望将来能有机会进入到那样的大公司里锻炼锻炼。

半年的时间过去了，芬芳大姐的身体慢慢地有所恢复，养病的同时也能帮她做一点事情了。就好像是命运对芬芳不断地进行考验似的，"雅芳"那边又出了问题，朝阳的账目不清已经不是一天两天了，芬芳以前闲聊时也跟我说起过，几次都说等到她大姐的身体基本恢复后，就让她大姐和朝阳对账。但这天真的来到时，却为时已晚了。

朝阳在毁掉了账本后，卷带着一万多块钱现金回老家去了。

芬芳和我说起这事的时候，一直在谴责自己。这毕竟不是第一次了，李宇的前车之鉴教训还不够惨重吗？

我不知道该说些什么，我担心事情并不单纯，也许里面有一些我所不能了解的微妙，但无论如何，我不能认同朝阳这种卷款一走了之的方式。芬芳这一次也像上一次那样回去见了朝阳一面，她向朝阳父亲讲了朝阳的所作所为，但收效甚微，朝阳已经先给了他们更有力的解释。

芬芳说她彻底伤心了。

我说：“人是会变化的，李宇也好，朝阳也好。不管你给她们的收入如何，当她面对你能挣到更多的钱时，产生不平衡心理是必然的。”

这一次芬芳让她的大姐夫接管了“雅芳”方面的事务，经历了两次震荡，加上“雅芳”方面经营方式的转换，芬芳离彻底脱离“雅芳”的日子也不远了。

芬芳专心地为她大姐跑了一段时间评残的事情，评残结束后，她又回到北京待了一段时间。

我们中断了联络，有一天我在电信局办事，竟然与芬芳不期而遇了。她看上去很有精神，头发剪得短短的，穿着打扮是典型的白领。

芬芳满脸喜色，对我说刚刚换了一个手机号码。我说：“换号码干吗？不打算回北京了？”她说：“暂时不回去了，有事情要做。”她拉着我陪她去银行里存钱，一边走一边给我讲她要在东北地区为一家名叫“丝昂”的化妆品做代理。我说：“到处都是化妆品，能做得起来吗？现在已经不是‘雅芳’时代了。”芬芳很有信心地说：“没问题。你知道我一向是最擅长做销售的。”我说：“你有劳碌的瘾啊？在北京过谈情说爱的日子不好吗？”芬芳像小女孩一样笑了，她说：“没办法，闲起来更难受。”我问她和力东相处得怎么样，她说很好。他们每天晚上在网上聊天。我说：“你们还真是紧跟时代步伐。”芬芳笑着说：“长途电话费太贵了。”

我们走进银行，芬芳从包里掏出几沓人民币，差不多三四万的样子，存进银行做备用金。我说：“你总是这么信心十足，真服了你。”芬芳点点头说：“我一想到要做事情，就觉得全身充满了力量。”

芬芳带着她大姐开始了新一轮的创业。我们不常见面，但我知道她创业的方式与当年做“雅芳”时，手法大同小异。她很多时间都在外地，忙于建立分店，偶尔我们约到一起吃顿饭。每次吃饭，她都有好消息通告我：产品如何如何过硬，市场如何如何正在打开局面，公司对她的业绩如何如何满意等。看着她眉飞色舞的样子，我笑着问她：“你是喜欢做销售的吧？赚不赚钱倒在其次。”想起销售，我的脑子里就像有很多轮子在飞快地旋转。芬芳一边说一边用手指头在太阳穴附近画圈圈，不过，我也很想赚钱，赚很多钱。

有几次我到公司去找芬芳，看着公司里的员工们做销售。她们轮番到大街上挑选年龄适合的女人介绍产品，如果她表现出了对产品有兴趣，哪怕只是一点点，也会被她们及时捕捉到，销售员会想尽办法把她请进专卖店来，给她做免费的护肤。她们在为顾客做护肤的同时，好言好语地介绍产品。如果顾客对她们介绍的产品不打算购买的话，她们的护肤就会无休无止地做下去，所以落到她们手底下的人最终难免都会做出妥协，哪怕只是为了能离开这里也会掏钱买上一两件东西。

我跟芬芳说：“你们的销售手段太吓人了吧？哪里是促销，分明是绑架嘛。”芬芳笑着说：“她们的方式是不太好，我会提醒她们的，但是我们的产品确实很好，是很过得硬的。最近我们刚刚推出了一款夜用保养霜，产品拿到撒哈拉沙漠里做过实验，傍晚时分放到沙漠里，清晨去看时，产品表面凝聚了一层水珠。”芬芳的手在我的眼前比画了一下，“这款保养霜能把空气里的水分抓过来。”

我有理由相信芬芳的业绩做得很出色，公司很快就把她个人最初垫付的资金抽出来还给她了。现在，全部的资金都由总公司方面出，他们对东北市场寄予厚望。芬芳每天下班后比员工们晚两个小时离开，她和总公司方面相对熟悉的同事打打电话，沟通感情。公司的人际关系很复杂，像东北这么山高水远的地方，光靠每个月一次的例会，交流得不够。一旦有风吹草动，就容易成为众矢之的。芬芳的愿望是将来有机会调入北京，那是一个更广阔的市场，而且能和力东在一起。每个月芬芳把四天假期攒到一起，飞去北京与力东相聚。他们的这场恋爱从一开始就来得格外昂贵，但这种浪漫也很让人羡慕。力东偶尔也会过来，有一次芬芳突然打电话给我，让力东跟我说话。

原来是有人请力东为杂志做设计，他问我收费的情况。我们聊了几句，我极力想从他的声音里想象出他的形象，但不成，一想就是一人堆美术生呼啦啦来去的样子。力东讲话时和芬芳一样，语气温和，很有礼貌。

过了差不多一个月，芬芳有一天中午找我一起吃饭。她刚从北京回来，穿职业装，很白领的样子，她想跟我了解刊物发行的情况。起因也仍然是力东为杂志搞设计引起的。那家杂志社与力东所工作的公司在同一个写字楼里，芬芳白天去公司陪着力东，力东做设计时，她与杂志社的主编闲聊了几句，得知他们在东北还没有太好的发行网络，芬芳便想在这方面做一下试试。我说你怎么做得了呢？现在的工作已经忙得团团转了吧？她说要从一家很熟的广告公司里选两个人跑市场，她只在宏观上调控一下。

我说："别忘了李宇和朝阳的前车之鉴啊。"她说不会的，她会想办法控制的。我说："看你文文静静的，怎么野心那么大?"听了我的话，芬芳露出惯常的笑容，温柔而调皮。

没过几天我办事时经过芬芳的公司，上楼去看了看她。她每个休息日都像正常上班一样待在公司里，没有工作就抽空补习外语。我们只聊了几句就被人打断了，是两个看上去很朴实的女孩子。我告辞出门时，芬芳低声说了一句："她们就是我从广告公司里选出来的发行人员。"我问她："已经定下来了吗?"芬芳说差不多了。

等电梯时我想，也许哪一天芬芳会指着一个几十层的写字楼告诉我，这楼是属于她的。

有一天晚上芬芳打电话来，说想给她大姐买个按揭的房子。如果说芬芳还能依赖谁的话，我想就是她的大姐了。我建议她买有房产证的旧房，以她大姐目前的经济状况，每月近两千块钱的按揭，压力太大了。芬芳笑笑说："我再好好考虑一下吧。"她接着问："我们有多久没见面了?"我说："一个多月了吧?"她说："改天见个面吧，秋天转眼就过去了，现在已经初冬了。"我说："再见面时我们吃火锅好了。"

两天以后，我在夜里接到芬芳大姐的电话，她问我认不认识脑外科医生。我说："找兰淇呀，她老公不正是脑外科的医生嘛。"我把兰淇的电话号码给了她，她说谢谢。我说谢什么。收线后我看了一眼表，已经是凌晨2点钟了。

从我们认识的那天起，芬芳就是一副乐于助人的形象，她像个蜘蛛一样罗织了一张网，随时准备把陷入困境的朋友打捞出来。

第二天一早我接到兰淇的电话，约我去医院。我说："好端端的去医院干吗?"她很奇怪地问我："芬芳把头摔破了你不知道吗?"我想起昨夜的电话，我说难道是芬芳摔了头吗？兰淇说：“可不就是她嘛，昨天夜里芬芳大姐打电话给我，说到一半就哭了。偏偏长江昨天值夜班，他这人就是这样，有事时从来指望不上。”

我们约在医院门口见面，除了兰淇长江，姚那也来了。姚那早几年就下来做了医药代表，和医院里的人熟络得很。我们进神经外科时被拦住了，姚那笑嘻嘻地说了两个医生的名字，说我们是来找他们谈事情的，把门的人上下看了看我们，放我们进去了。

神经外科的走廊乱成一团。一个男人躺在担架上，人事不省的样子。兰淇和姚那让我等着，转眼就不见了，最先进去的长江也没影了。我孤零零地站在走廊，不知该往哪间病房走。两个护士来到担架旁，给那个男人剃头，估计是要上手术台了。家属们围在身边，走路的人得擦着他们后背才能过去。

我觉得有点头晕，医院里混浊不清的气味让我恶心。长江突然又出现了，他把我拉到窗口，虽然是冬天了，可有个小窗子还开着。他说我脸色很难看。

冷风吹得我清爽了一些，但仍旧很不舒服。兰淇和姚那从医生办公室出来，朝我们走过来。我问芬芳在哪个病房，兰淇说了一个名字，我没听懂。她就向我解释，是危重病房。没等我追问，她自己先说道：“芬芳怎么会进危重病房呢？不就是摔了一下吗？”

我们刚走进病房，芬芳大姐就扑过来紧紧地抱住了我：“天啊，芬芳如果有个三长两短，我可怎么办啊?!”我往病床上看，芬芳躺在上面，七八种仪器的管子加在她身上。她甚至连呼吸也没有了，嘴里插着一个呼吸器，胸部的一起一伏全靠着它。

“医生已经下病危通知了，让我们准备后事。你说我该怎么办啊？没有芬芳我还能活吗？”芬芳大姐说着，她的身体异常紧张，似乎随时能抽搐起来。

兰淇抽出芬芳的片子，拉着长江出去了。姚那也出去找熟悉的医生打听情况。值班医生把芬芳大姐叫走了，一时之间又剩下我一个人。我看着躺在床上的那个人，是芬芳没错，但又分明不是她。在印象里我好像连芬芳感冒的样子都没见过，在朋友面前，她连疲倦的神态都很少流露。

前一天晚上，芬芳跟她的几个同学一起吃饭，那是一家很有名的火锅店。他们喝酒喝到12点钟，芬芳和另外一个男生是最后走出来的，当时服务生不在，他们沿着走廊的另一个方向，顺着为员工提供的楼梯走下去。下楼时经过一个三米高的平台，没有灯光照明，也没有人为他们指路，两个人一起踏空了。芬芳的同学只擦破了点皮，而芬芳当时就失去了知觉。半个小时后她被送到就近的医院，她的一个瞳孔已经放大了，医生先给她插上了呼吸机和氧气机，然后才上手术台。芬芳受伤的部位是脑干，是神经外科的手术禁区。

芬芳大姐回来了，拉着我的手说："昨天下午我在专卖店里呢，芬芳忽然来看我，她说晚上要和同学一起吃饭。我说那就去吧，早点回来。她说好，临出门前，她扭回头来看我，冲我笑笑。店里关门后我回到家，心里觉得空落落的。以前，芬芳整天飞来飞去的，留我一个人在家里，我从来没有觉得家里空，但昨天晚上不知道为什么，我心里空得不行。我给她打电话，可她的移动电话欠费停机了，我只能等。越等越心慌，后来，下半夜1点多了，终于等来芬芳同学的电话，他们说芬芳摔了一下，现在在医院里。我赶到医院，他们对我说对不起，我往走廊上一看，天啊，我当时就昏过去了。"芬芳大姐紧咬着嘴唇，身子哆嗦着。我抱住了她，她随时都能再晕倒。

我看着血压计上的数字，芬芳高压才二三十，我对那些数字变得没感觉了，它们和芬芳完全没有关系似的。芬芳公司里的主管在旁边听到芬芳大姐的话，她也说："昨天夜里我心烦得要命，完全没有理由的心烦，想发脾气，想砸东西。我不知道为什么会这样，根本没有人、也没有什么事情惹着了我呀。后来我接到了电话，说芬芳出事了。"

"你们别说这种话了好吗?"我对她们两个说。我觉得她们所说的这些话比血压计上面的数字，比插在芬芳嘴里的呼吸机更让我害怕。

兰淇冲我使了个眼色，让我到走廊里去。长江和姚那也都在。他们三个都是学医的，当过医生，还能够处变不惊。"没有救了。"长江说。"不能把受伤的神经接起来吗?"我问。长江叹了口气，他说："脑干就像豆腐脑，神经像豆腐脑上面撒了一些胡椒面，它们不是像线头一样的东西想接就能接的。"我呆呆地站着，过了半天我说："也许会有奇迹呢，芬芳的意志力一向很强，我们这些人当中如果有谁能够创造奇迹的话，那一定就是芬芳了!"他们三个人都望着我，他们的眼神一模一样，那是医生打量着病人或者病人家属的眼神。我闭上了嘴，我知道无论我现在说什么听起来都是愚蠢的。

芬芳大姐出来找我，说："医生让赶快料理后事。"

"我们去给芬芳买衣服吧，不买寿衣店里的衣服，买她喜欢穿的衣服。"芬芳大姐边说边流泪。我叫兰淇和我们一起去，万一芬芳大姐有什么状况，她还能帮上一把。

我们在商场里逛，芬芳大姐一直在流泪。她的样子引得很多人扭头看她。衣架上面的衣服看上去非常奇怪，似乎我们不是在买衣服，而是有几件衣服特意地在那里等着我们去挑。我指了几件衣服，芬芳大姐都摇头说不，款式、面料、肥瘦，我们变得前所未有的挑剔。我看到一款浅米色的风衣，指给芬芳大姐看，她竟然一下子就相中了。兰淇付款时，我扶着芬芳大姐在为顾客预备的沙发上面休息，我盯着衣服上的商标——思凡，心里感到万分绝望。

第一件买下来，其他的就变得容易了。我们买了套套装，买了两套纯棉的内衣，不知道该不该买羊毛衫羊毛裤，办这类衣服，民间是有很多说法的。买鞋时，兰淇的手机响了，是医院打来的。兰淇接电话时泪水忽然夺眶而出。芬芳大姐朝她扑过去，问她芬芳是不是已经……兰淇说不是，是芬芳的血压上升了，她是因为一时高兴才流泪的。芬芳大姐不相信，一下子瘫在地上，她说："你们不要这样安慰我，虽然你们是好心，可是，你们不能这样骗我。我要去找芬芳！"她忽然跳起来，朝外边冲去。我跑过去抓住她，我说："兰淇不会骗人的，我们到医院只不过需要十分钟，她没有理由骗你。"但芬芳大姐已经昏倒在我怀里了。兰淇拎着一大堆购物袋出来，我们扶着芬芳大姐上了车。到医院后，芬芳大姐扔下我们就往楼上跑，我站在楼梯上感到头晕目眩，好像几个小时以来不是我扶着芬芳大姐而是芬芳大姐扶着我似的。兰淇拉了我一把，问我你还行吗，我说行。我们又上了一层，我站住了，我问兰淇："你没骗我们吧？真的是芬芳的血压上来了吗？"兰淇说是，电话里是这么说的。

血压真的上来了，现在高压到了七八十。我的眼泪一下子涌出来，拉着兰淇的手说："我说过有奇迹的吧？我说过的吧？"兰淇的眼睛也红了，她点着头说："是，我也相信会有奇迹的。"

芬芳的情况稳定了些，我们回了趟家。晚上我和阿怀还有兰淇长江一起吃饭，我们谁也吃不进去，对着桌子上的东西发呆。"怎么会这样呢？"阿怀不停地问。我们谁也不回答他。

吃完饭我们去医院，力东已经赶来了。他坐在床边，拉着芬芳的手，尽管他在我的记忆里一点印象也没有，但我一下子就知道他是力东。我告诉他我是谁，他恍然大悟地看着我。我说："我们有很多次机会差一点就见面了，但都没见上。想不到终于见面了，却是在这样的情境下。"力东的眼睛一直是湿的。他说："昨天夜里我看了一则笑话，特别特别好笑，我想讲给芬芳听，给她打了好几通电话，她的手机不通，很晚了也没回家。快 2 点钟时我想睡觉，但怎么也睡不着，后来我索性就起来了，放音乐听。快天亮的时候，我接到大姐打来的电话，她说芬芳摔坏了。我订了飞机票，剩下的三个小时里我把家里里里外外地收拾了一下，我要带芬芳回北京，进家门的时候希望她能夸赞我。"力东冲我笑笑，眼泪顺着脸颊淌下来，他也没伸手去擦。

阿怀待了一会就到走廊站着去了，他是我们当中身体素质最好的，但生病打针看见针头都能晕过去。长江检查了一下输的液体，发现护士给挂错了一瓶，连忙去找值班医生。后来，他和兰淇又发现芬芳的一条胳膊骨折了。

我们待了两个小时，不时有听到消息的人来探望芬芳。临走时，力东问长江会不会有奇迹。长江说当然有奇迹，如果你们都坚持不放弃的话，也许会有奇迹。力东说我决不放弃。长江嘱咐了一些夜间护理需要注意的事情，然后我们离开了。在出租车里我问长江，芬芳身上的奇迹是什么，长江说以目前的状况看，最好的结果是变成植物人。

第二天上班前我先去医院。走在楼梯时，心里觉得很空虚，没有兰淇他们在身边，万一结果出乎想象的话，我不知道我能不能应付得来。

芬芳的情况很稳定，血压在七八十左右。我长长地松了口气。芬芳的家人全都来了，老人的悲伤不言而喻。力东家也来了好几个人，在她的病榻前面支了一张折叠床，给护理人员休息用的。

我赶去上班，单位的人看我气色不对问我是不是有什么事情。我犹豫了一会，对他们讲了芬芳的事情。不是说"说破"吗？也许多说说，就能把坏运气"破"掉了。

下班后我直接去医院，见到芬芳的父亲。芬芳以前总是和我提起他，他们父女的感情非常亲密。他的确如芬芳所说，是个很坚强、识大体的人，他从来没在众人面前失态过，但我能感觉出他是最悲伤的人。

我跑去看血压计，这是我唯一会看的仪器。血压升到了一百二十左右，我高兴极了，芬芳父亲也很高兴。不断有人进来，我就先出去了。在外面，看到芬芳大姐和兰淇，我笑着问她们："你们看见血压上升了吧?"芬芳大姐拉着我的手哭了。我问兰淇怎么了，兰淇叹了口气说："医生宣布脑死亡了。""怎么会呢？刚才我在里面看见芬芳好好的，连血压都上来了。"兰淇又用医生的目光看着我了，我就把嘴闭上了。姚那也来了。

"我们是不是和芬芳的父母谈一谈?"从医院出来时，兰淇和姚那对我说，"这样下去是没有意义的，每天几千块钱的费用，和打水漂是一样的。"我说别谈了，至少别现在谈。我不相信没有希望，她们说的话和我所看到的情景是有分别的。

"会不会有奇迹?"坐上出租车后我又追问他们。他们说也许会有。

临睡觉前我和阿怀聊天。我说："芬芳一直那么努力，如果早知道人生会是这样的，何必那么拼命呢?"阿怀说你不能这么想问题。我也知道我很愚蠢，但没办法不这么想。什么叫瞬息万变？什么叫旦夕祸福？很多事情只有真正走到眼前才能让人明白。

我问阿怀："为什么芬芳出事时我毫无感觉呢？甚至连芬芳大姐打电话给我时，我也压根没想过出事的人是芬芳呢？而别人却是有感觉的。"阿怀说："这是意外事件。"

我们沉默了一会，我让阿怀关灯睡觉。

当黑暗来临时，我的悲伤突然变得无法抑制。刚刚过去的两天就像一场噩梦，现在我才明白发生了什么事。我使劲咬着嘴唇，尽量不发出声音。但阿怀还是感觉到了，他伸出手朝我的脸上摸了一把，说："想哭就哭吧。"

我坐了起来，把头整个埋进被子里，放声痛哭。

我终于知道芬芳走了，再也不会回来。

太阳出来以后，希望又跟着回来了。我约了兰淇一起去医院。

芬芳还是老样子，但并未恶化。

在她的病床前站着一个穿黑大衣的女孩子，神情高傲，眼睛只看着芬芳一个人。后来一个男人进来找她，她对芬芳父亲说一会再来，就离开了。力东跟我说她叫小蔡。我点点头。以前我接过几次她打给芬芳的电话，她的声音也是傲慢的。

我们从病房里出来，天气变得一天天冷起来了。正是一年之中最让人感觉凄凉的季节，我和兰淇在路上走。“刚才我去找医生了，让他们帮芬芳把骨头接上。那医生觉得我的要求很可笑，人都这样了，还想着接骨?”兰淇对我说。我说:“你当医生的时候也这么对待病人吗?”她说没有，随即又强调说，“道理是一样的，这种治疗毫无意义。”我说:“芬芳也许真会变成植物人呢，你看现在她的血压一直很稳定。”兰淇说:“芬芳一直注射着升压药呢。她的脑干受损伤，但身体还是健康的。可即使事情出现了最好的结果，芬芳真的变成植物人又怎么样呢?维持一个植物人的费用是很高的。”我看着兰淇，我知道她所说的都是对的，但我还是希望芬芳变成植物人，这个愿望与其说是为了芬芳，还不如说是为了我自己的感受。

我再去医院的时候，芬芳大姐悄悄告诉我:“给医生塞了红包，从今儿开始给芬芳用好药了。”力东贴着芬芳的耳边给她唱歌，试图唤醒她。他的乐感非常好，会唱很新的歌，有一些歌在唱之前他会对芬芳说上几句话，比如说，这首歌是你最喜欢听的，或者是，这首歌我教了你一半，不知道你现在学没学会?他一直唱一直唱，连个招呼也没和我打。

我和芬芳大姐站在旁边看着他，芬芳大姐对芬芳变成植物人已经很有把握了。她说她会照顾芬芳的，以前芬芳老是跟她说，离不开大姐，走到哪里都要大姐陪着才行。芬芳大姐说:“你看，芬芳可能自己也意识到她需要我照顾，所以才这么说的。”

力东忽然跳了起来，指着芬芳的脸对我们说:“你们看看，芬芳是不是流泪了?”我们一下子全都凑过去，朝芬芳的眼睛看。她做完手术后，眼睛一直是半睁半闭。力东这么一说，我们也都觉得芬芳的眼睛有那么一点不易觉察的湿润。大家兴奋起来，力东抓起歌本说:“我再接着唱。”他说完就又凑近芬芳的耳边唱了起来。

从出事的那天开始，芬芳的家人就一直在找算命先生算卦，卦是空卦，算命先生的解释是人不在家。还有一个郊区的女人，据说极有功力的，千辛万苦地把她请了来。她围着芬芳看了看，说早点找她就好了，她说芬芳的魂已经走得很远了。芬芳大姐问有没有办法，那女人说，如果她能动一动，哪怕是手指头脚指头能动一动的话，就再去接她吧。

我说：“废话，如果能动就说明芬芳恢复了知觉，有了知觉还用得着她?”芬芳大姐说：“事情到了这一步，只能见佛就拜了。”医院催着她去交款。她说前天刚刚交过两万，当时她还对收款的人嘱咐，说万一钱不够了没来得及通知她，也千万别停药，她很快会把钱续上的。我说你从哪儿弄来这么多钱呢？她说：“已经找好亲戚贷款了，就是砸锅卖铁，我也要把芬芳这条命抢回来。”

出门后兰淇说：“芬芳大姐的想法太幼稚了。按目前的状况，卖了房子也不过能顶个三五天，砸锅卖铁又有什么用呢?”我说：“这能解决心理问题，所有的努力都不放弃，做到极限以后，自然就有结论了。”

三天以后，我和兰淇本来约好下午去看芬芳，但中午忽然接到她的电话，我的心一沉。果然兰淇对我说：“芬芳大姐刚刚打电话让大家都过去，芬芳要走了。”我好半天说不出话来，兰淇说：“芬芳手术时缝的线一直没有愈合，其他的器官也逐渐坏死了，实际上，她早就走了，拖下去毫无意义。”

那天恰好是入冬以来的第一场寒流，天冷得不像话。我们赶到医院时，芬芳还躺在床上，但已经换好了我们为她买的衣服，身上被一条被子蒙着。曾经我以为那些衣服白买了，可没想到最终还是派上了用场。

“十六天。”有人说道。

从出事到结束，芬芳在医院里躺了十六天。我们期待着芬芳为我们创造奇迹，就像她以往那样，但她没有。也许她也有很多无力的时刻吧，她从不在我们面前流露，我们就忽略了。我们在停尸间的门口给芬芳烧纸，力东买了很多很多纸，堆得像座小山。那么冷的天，他只穿了一件毛衣，浑身都在颤抖。有人往他嘴里塞了一支香烟，他的嘴唇哆嗦着，连烟都咬不住了。有人把自己的夹克脱下来，硬穿到他的身上。

老孟也来了，神情萧索地站在人群外面。

火苗像绸子一样飘荡着，偶尔会借着风势突然蹿起来，朝围成一圈的某个人扑过去。芬芳早就和我们告别过了，现在，是我们在和她告别。我们轮着说话，说了很多话，也不知道芬芳已经走得那么远了，还听不听得到?

恰同学少年

一

葛乐穿着他妈李枝子的衬裤上学，每隔几分钟就低头打量一下自己的裤脚，看是不是有花布从裤脚里面露出来。他的步子走得很拘谨，就像在娘胎里似的拽不开腿。

快到学校的时候，葛乐钻进了一个建在菜园子里的厕所，把李枝子的衬裤脱下来塞进书包夹层。他踩在两块木板上，顺便拉了屎。

阳光挺让人高兴，葛乐的大肠和裤管都变得空空荡荡的，这也让他高兴。在操场上有人从后面叫了他一声，他回头时，看见他的同桌从后面赶了上来，书包带从丁当当的身前斜挂到后面，书包随着步伐在他的屁股上拍打着。葛乐发现丁当当的鼻孔处没有血迹，衣服也整齐体面。

“四大天王今天没打你?”葛乐问丁当当。

四大天王是四个染了头发的小子，比他们大几岁，不上学不工作，整天靠欺负丁当当这样个头小的男生混日子。有一次他们在操场撒腿追丁当当，活像四只猫追一只老鼠。一大群男生站在一边看，没人敢惹四大天王，也没人能惹得起。

“你们听丁当当的叫声，活像一口猪。”

“丁当当他爸爸每天早晨在院子里宰猪时，猪都像他现在这么叫。”

男生们哧哧地笑起来。

几个女生也在操场上，班里长得最漂亮的贾雁儿说：“你们真没骨气，看着自己班的同学这么遭人欺负不帮忙不说，还冷嘲热讽!”

男生让贾雁儿说得脸色白一阵红一阵：“站着说话不腰疼，你有本事你去呀!”

“再说我们也不是体育老师。”

贾雁儿生气了，她一生气，脸就变得像纸一样白。“去就去。”她从人群中出来，朝四大天王走去。

四大天王已经把丁当当围住了：“跑哇，小兔崽子。”他们用脚踢丁当当，丁当当蹲在他们中间，用手臂护住了头，从远处听不出他是在叫还是在哭。

葛乐飞快地朝他们冲了过去，他越过了贾雁儿，先到了四大天王跟前：“你们放开丁当当。”葛乐觉得自己的胸腔里灌满了风，而风里生出一股冲天的豪气来。

“有人路见不平，拔刀相助了。”四大天王嘻嘻地笑起来，然后有两个人同时挥起了拳头。

葛乐的两边脸都肿了起来，但他没动，还瞪着眼睛对四大天王说：“四个欺负一个，不算好汉。”

四大天王这时看见走过来的贾雁儿：“呀，又来一个帮忙的!”

有人在丁当当的屁股上踢了一脚：“你今天走了狗屎运还是给了别人什么好处了，有人来帮你忙，其实你把好处给我们，我们也会帮你忙的。”

“今天先玩到这儿吧。”四大天王拍了拍丁当当的头，晃着膀子走了。

丁当当蹲在地上，仰起脸看着葛乐和贾雁儿，咧着嘴，哭得 塌糊涂：“你们对我太好了，我太感动了。”

贾雁儿问葛乐：“你没事吧?”

葛乐笑了笑，贾雁儿惊叫了一声，葛乐的嘴里全是血沫，他朝地上啐了几口，最后把一颗牙吐了出来。

从那以后，丁当当把葛乐视为知己，还把座位调到葛乐的身边。

“四大天王以后再也不会打我了，我每个月交给他们三十块保护费。”丁当当说。

“你哪来的钱?”

“偷我爸的。他卖肉的钱没数儿。”丁当当把两个肩膀耸起来，脸上笑得很坏。

“你爸卖肉总短斤少两。昨天放学我看见有两个女人拿着一块肉和你爸吵架，一个女的问你爸，有你这么卖肉的吗？你爸笑着说，不这么卖怎么卖，要不，你卖一个给我看看？那个女的骂你爸狗嘴里吐不出象牙来，另一个女的抄起刀在猪肉上剁了一大块，两个人拿着肉走了。”

“那老家伙嘴里是吐不出象牙来，整天站在大街上丢人现眼。”丁当当用肩头顶了葛乐一下，脸上浮现出神秘的笑容，“录像厅里来了一个南方女人，说话舌头老绊牙，胸脯这么高。”他画了一道弧线。

“就像米桶那样?”

“比米桶的胸脯高出两倍，腰也比米桶的细上一半。”

他们走进教室的时候，王九朵拿着点名册，正站在讲台上准备画迟到。她见到葛乐就把脸仰起来，抻着一截很长的脖子，眼皮使劲地向上一挑，翻出个白眼。她的动作向葛乐表明，她在记他的仇。

两个月前，从城里来了个体育老师——一个脸上长着粉刺，总穿着牛仔裤的师范大学实习生。女生们一见到他，就再也不会说别的话了。

“他的眉毛像姜文。”

“他的眼睛像梁朝伟。”

“他的嘴唇像刘德华。”

“他的鼻子像成龙。”

“他的下巴像葛优。”

“他的个头像王志文。”

“体育老师是一个杂种。”最后这话是李枝子说的。葛乐把班里关于体育老师的议论告诉她以后，她总结说，“说那么多废话，就形容了一个杂种。”然后她就在牌桌上自摸和了。

“体育老师让我们交钱买篮球。”葛乐看着她收钱，提醒了一句。

“我不能在赌桌上给你钱，”李枝子说，“等我打完麻将再给你。”

“要是你把钱都输了怎么办?”

“那你就不交钱，别人打篮球时你不打，坐在一边看。篮球和录像厅里的小姐一样，看不花钱，摸就得花钱了。”

上体育课时，体育老师手里拿着一个篮球在前面比画，他的手指尖勾着篮球，也勾去了女生的魂。他的脚后跟像有松紧带似的，一弹一收，篮球就投进筐里去了。站在前排的女生们发出大惊小怪的叫声，王九朵站在葛乐的前面，黑纱衬衫里面透出两根黑色的胸罩吊带。

本来葛乐是想站到贾雁儿身后的，可排队时王九朵为了站在一个显眼的地方，和贾雁儿换了位置。贾雁儿的爸爸在王九朵的爸爸手下干活，王九朵平时总对贾雁儿指手画脚的，好像她也是她的老板似的。

葛乐的袖子里面藏着小青。小青是他在松树林里捉的，颜色青不青黄不黄的，就一尺来长。他给小青拔了牙，白天笼在袖子里，夜晚放在被窝里。他们俩肌肤相亲，处得很亲密。有一天早晨，葛乐带着小青在大雾弥漫的山坡上采蒿，小青从他的袖管里窜出来，就像听到亲人的召唤似的，在草尖上身子那么一蜿蜒，就不见了。

上体育课那天，小青还在。它绕在葛乐的胳膊上，像一个冰凉的手镯。王九朵扭扭捏捏的背影晃得葛乐发烦，她捏细了嗓子说“好棒哦”的叫声也让葛乐发烦。他把胳膊伸了出去，差一点点就能贴上王九朵的衣服。小青爬到了王九朵的身上，她的上身摇晃了起来，但她并不知道发生了什么事。后来，勇敢的小青从她的腋窝里钻到了她的前面，抻直了上身打量她，王九朵就傻眼了，她张大了嘴，不会喊，也不会说话了。

女生们和体育老师全都躲到一边去了，她们尽可能地往体育老师身上挤，将他挤在了中心。只有贾雁儿在一边站着，朝男生这边看。

“这位同学，你往这边靠一靠吧！”体育老师向贾雁儿招手。

“我不怕蛇。”贾雁儿说。

“贾雁儿不怕蛇，我们可怕得要死。”女生们向体育老师解释，那么多身子贴在一起，汗味一会就散发到空气中来了。

紧闭双眼的王九朵成了男生们的中心，她簌簌发抖，牙齿咔嗒响。男生们围着她，眼睛瞪得比平时大两倍，随着小青的行踪很仔细地观察了王九朵身上的起伏。葛乐在王九朵的身上摸了好几把，才把小青又收回到袖子里面。王九朵再睁开眼睛时，打量葛乐的目光，就像古文课里讲的那样，差点把眼眶子都瞪裂了。

“葛乐，你不得好死！”她刚恢复说话的功能，就指着葛乐骂了一声。然后她的泪瓣子噼里啪啦地从眼睛里跌了出来，在脸上碎成一道道水流。

二

班主任米桶找葛乐谈话。教师办公室里有十八张桌子，米桶坐在最里面的办公桌前面。她也怕蛇，就让葛乐站在门口回答问题，两个人得互相喊着，才能听清楚对方的话。

“你哪来的蛇?”

“松树林里。”

“带到学校里干吗?”

“我要是放在家里，我妈肯定会拿它炖蛇汤。”

“蛇肉好吃吗?”

“都说好吃，但我没吃过。”

米桶发现自己跑题了，脸就沉下来。但她随即意识到隔着这么多张桌子，葛乐看不见自己的表情，就把声音沉了下去。

“在学校里不能带蛇，这是干扰教学秩序的行为。你还在女同学身上摸来摸去，像什么话?!”

“我没在女同学身上摸来摸去。”

“你摸了王九朵。”

“我没摸王九朵，我摸的是小青。”

老师们这时已经下课了，他们在米桶和葛乐的谈话中间，陆续走进办公室。他们的举动和谈话，让米桶和葛乐的声音提高了又提高。

“小青是谁?”

“小青是蛇。一条青蛇。”一个男老师笑嘻嘻地接了话茬，他不知道米桶在教育学生，以为他们俩一个门里一个门外闲聊呢。

“小青是蛇，”葛乐也说，“但不是全青的，还有点发黄。”

“我说的不是蛇，是王九朵。”米桶瞪了男老师一眼，声音隔着越来越多的人，好不容易传到门口。

“……”葛乐说。

“我听不见，大点声。”

葛乐用两手在嘴上做了个喇叭，一个字一个字地喊话，他的声音在米桶听到以前，让另外十七个老师先听到了。“因为小青趴在王九朵的衣服上，我去抓小青，碰到了王九朵的衣服，所以我摸的是王九朵的衣服，不是王九朵本人。”

办公室里安静下来，老师们目光闪闪地来回望着米桶老师和葛乐同学。

“事情先说到这儿，你回去上课去吧。”米桶冲葛乐挥挥手。

葛乐的两手又圈住嘴唇，冲着办公室喊：“反正我没在女同学身上摸来摸去。”

王九朵点名点了一半，贾雁儿才进教室，她的名字在点名册后面，所以不算迟到。贾雁儿的脸白得像梨花似的，害羞的时候就像桃花。葛乐觉得杨朔在课文里写了这个赋那个赋，都没有贾雁儿生动。贾雁儿的文具盒或者书包里总是塞着男生写的字条，全校的男生差不多都给她写过字条，连四大天王见了她都打口哨，连体育老师对她说话都客客气气的。这事把王九朵气得半死，到处说贾雁儿的坏话。可全世界都知道的事情，贾雁儿好像偏偏不知道似的，她不像别的女生，为芝麻大点的事就能指着对方的鼻子，拿人家父母的私生活说三道四。

贾雁儿每天都得找葛乐说一次话：“葛乐，你又把我的钢笔藏起来了吧？”

“我没有。”

贾雁儿把手放在葛乐的书桌上：“拿我的钢笔来。”

葛乐仰着脸，很真诚地说：“我真没藏你的钢笔。我就是借用了一下，然后就放到我的文具盒里了，不是藏。”

贾雁儿打开葛乐的文具盒，把钢笔拿走了。

葛乐把头凑到贾雁儿刚刚放手的地方，用力地抽了抽鼻子。

“闻出什么味来了？”丁当当斜着眼睛看葛乐。

“香味。”葛乐说。他想了一下后加强语气又说道：“沁人心脾的香味。”

“得了吧你。公猪和母猪一个味，男人和女人也一个味。女人就不拉屎撒尿了？”

“女人和女人不一样。”

丁当当张了张嘴，忽然笑了：“那倒也是。比如说那个南方女人和米桶，她们高的地方和细的地方都不一样。米桶胖得皮都快包不住肉了，男人要是往她身上使劲一压，她的肉没准能像猪板油那样淌出来。”

四周听见丁当当说话的男生哄了起来，葛乐一边笑一边抻着脖子看贾雁儿，她的手里摆弄着钢笔。

“我们班就像一个流氓窝。”王九朵气恨地说。

贾雁儿拧开了钢笔，从里面拽出一张小字条。

“贾雁儿，放学后我在录像厅等你，不见不散。”

南方女人站在录像厅门口，她的胸脯确实比米桶高出两倍，腰也确实比米桶细上一半。和她比起来，米桶的胸脯和腰之间显得太直来直去了。

有好几个男人凑到她身前，和她悄悄说话。葛乐一眼就能看出他们是在井下干活的，他们的眼窝和鼻子根里总留着点煤黑洗不下去。南方女人的脸在光线昏暗的录像厅里像一个白面包，男人们和她说话像闻味似的，一凑就凑到她的脸上去了。南方女人就往外退，她虽然丰满，但动作还是灵巧的。她一边往外躲，一边说："我只是陪人看看电影的，你们找错人了。"她的声音软软的，把那些男人的腰都说直了。

“看电影就看电影。”

南方女人谈价钱的口气像撒娇，谈妥了，就由男人拥着到角落里的包厢坐下。葛乐抻着脖子往包厢里看，见男人的头埋在南方女人的胸前，脸来回蹭着。南方女人的手压在男人的身子下面，男人得了病似的叫声也不知是不是她捏出来的。

贾雁儿直到天色变暗了，才来到录像厅。看门人认出了她，他咧着嘴冲她笑，牙齿上面沾了厚厚一层让人恶心的东西。

贾雁儿以前和体育老师来过几次录像厅。他喜欢带着她来看爱情电影，而且只看前半部分。

“后半部分就不浪漫了，不浪漫就没什么意思了。”看完一半电影，体育老师带着贾雁儿在树林里散步。山里面空气清新，野花遍地，天色在一点一点地变暗。体育老师拉着贾雁儿的手，两个人的手指张开，像两把梳子叉在一起。

“外面的世界很精彩。就像电影里，不，比电影里演的更加精彩。贾雁儿，你真应该到外面去走一走看一看。”

“我从小就待在这里，习惯了。”

“当然，田园生活也是很浪漫的。”体育老师说，“你们这里的女孩子也很浪漫。王九朵，”他停顿了一下，然后才下定决心似的说道，“王九朵就是个很浪漫热烈的女孩子，她昨天找过我，扑到我的怀里说爱我。但我拒绝了她。”

“很多老师都喜欢王九朵。”贾雁儿想从体育老师的手指间抽出手去，但他夹住了她。

“我小时候和女孩子们玩过一个游戏，你肯定也玩过，‘我们都是木头人儿，不许说话不许动’。”体育老师把贾雁儿按到了一棵树上，两个人一动不动地对视着。

过了好长时间，贾雁儿才发现体育老师的一只手放在了她的胸上，她的身子就动了起来。

“你输了。”

“是你的手……”

“我的手没动，是你的身子动了，所以是你输了。”

“就算是我输了，你先把手放下来。”

体育老师把手放下了，直接放到贾雁儿的大腿上，摸起她的腿来了。

贾雁儿没有地方退，她的身后是一棵树，树后面还是树。

体育老师的眼睛像被水洗过似的，发出亮光来，他贴着贾雁儿说话时，刚刷过牙的口腔里飘出薄荷的清香味·“你的腿长得很漂亮，你的脸长得也很漂亮，你的胸脯也长得很漂亮，你哪个地方都漂亮，长大以后，你还会越长越漂亮。你这么漂亮，男人看见你，就会忍不住……”

“你干什么，老师?”

体育老师的气喘得像火车头上的蒸汽机。他用一条手臂压住贾雁儿，另一只手摸到贾雁儿裙子里面，把她的内裤撕破了：“这不能怪我，你这么水灵灵的，真让人受不了。”

贾雁儿尖叫了起来：“疼死我了……”

体育老师用手捂住她的嘴，气喘吁吁地说：“不要叫，一会就不疼了。”他的屁股一耸一耸，最后两手像掐小鸡那样死死地掐住贾雁儿的肩膀，狼似的号了两声。

贾雁儿和葛乐在一起，电影也只看了一半。他们往外走时，先是看见了南方女人，她被另一个男人缠上了。接着是看门人咧着嘴对他们笑，葛乐也冲他笑了笑，但贾雁儿连头都没朝他扭一下。

往山坡上走的时候，葛乐拉了贾雁儿一把，两个人的手先是握住，然后五指张开，像两把梳子叉在一起。那个树林以前贾雁儿和体育老师去过几次。

快中秋了，山风灌在葛乐的裤腿里，鼓鼓的。他的胸腔里，也像灌进了风，吹得一颗少年的心七上八下，没有着落。

“你写了那么多字条，说了那么多肉麻的话，约了我那么多次，现在怎么哑巴了?”贾雁儿背靠着一棵树，站住了，“葛乐你哆嗦什么? 你冷吗?”

“不冷，可能是我太紧张了。”

“你紧张什么? 平时你不是挺能开玩笑的吗，连王九朵的玩笑你都敢开!”

“我跟别人能开玩笑，跟你不行。我一看见你就紧张。”

贾雁儿笑了：“你怕我吗?”

葛乐也咧开嘴笑，他的两排牙齿咔咔嗒嗒地打起架来了：“我我我喜欢你。”

“你为什么喜欢我? 全学校的人都在说我和体育老师的坏话，你还喜欢我?”

“全世界的人都说你的坏话，我也照样喜欢你。”

贾雁儿的眼睛里泪花一闪一闪的：“如果别人说的坏话都是真的呢?”

葛乐想了想，那些闲言碎语就像正从天空中消失的夕阳，离他又远又无足轻重：“是真的我也喜欢你。”

贾雁儿说不出话来，过了一会，她伸手抱住了葛乐的腰：“你还是别喜欢我了吧，我这个人不太好。”

葛乐一下子变得热血沸腾了，他强忍着，才没掉下眼泪：“我没法不喜欢你，你怎么样我都喜欢你。”

三

有四大天王撑腰，丁当当一天天神气起来了，在人多的场合，他越来越喜欢发表自己的意见了。他每次发表意见，都喜欢拿米桶做例子。有一天上完语文课，丁当当被米桶单独叫到教室外面去了。

米桶没把他领到办公室，而是领到了校园里最僻静的一排教室的拐角处。

“听说你整天议论我，还说得很不像话?”米桶笑容可掬地问。

“造谣。”

“谁造谣? 是你造我的谣还是别人造了你的谣?”

“别人造谣。”

米桶在丁当当的脸上抽了一巴掌：“你还不老实交代?”

丁当当的眼泪唰地流下来了：“老师你打人!”

“打你怎么了? 不打你你不说实话。”米桶又抽了丁当当一巴掌，丁当当想躲，没躲开。

“你给我起外号叫米桶? 还说我胖得皮包不住肉? 还说人一压我，我的肉就会像油一样淌出来?”米桶问一句，抽一下，丁当当咧开了嘴，哭出了声。

“不许大声哭，制造噪声影响别人上课。用手指把嘴塞上!”

丁当当用三根手指塞上嘴，米桶接着问话，还是问一句，抽一巴掌。

下课时，丁当当回到教室，许多学生都看出他的变化。

“丁当当，你的脸怎么变胖了?”

“丁当当，你是不是想打肿脸充胖子呀?”

“早晚有一天，”丁当当红着眼睛对葛乐说，“我要给米桶一点颜色看看。”

四大天王的头发染成红绿黄紫，黑天也戴着墨镜，两只手永远抄在兜里。他们把这作为校园霸王的标志。丁当当和他们一起靠在学校围墙上晒太阳。丁当当没染头发也没戴墨镜，两只手拍在围墙上，眼睛四下看着，希望能有人注意到他同谁待在一起。

“你是说米桶把你给打了?”

“对，她问一句打我一巴掌，还不让我叫，让我咬自己的手指头。最后把我的脸打肿了，牙也打活动了，吐唾沫的时候都带着血星。这事你们得给我做主。”

“我们又不是你爸，凭什么给你做主?”

“你们收了我的保护费，就得保护我。”

“当时可没说包括老师在内。”

“当时你们说只要我交了钱，就没有人敢碰我。现在米桶把我打成这样了，你们得守信誉；如果你们不守信誉，以后就没人愿意再交保护费了。”

“你敢吓唬我们?”

“我不敢。”

四大天王凑到一起商量了两句，丁当当抻着脖子四处看，这是中午吃饭的时候，学校里连个鬼影都没有。只有校门口一个卖炒瓜子的老太太，老得牙都没了，一边用手扒着瓜子仁往嘴里塞，一边朝他们几个这边看。

“我们替你摆平米桶，你得格外加三十块钱。以后凡是涉及老师，都得格外加钱。”

“加了钱，你们打算把米桶怎么办?”

“你想怎么办?”

“我想让你们狠狠地吓唬她一回，就像强奸那么狠地吓唬她一回，我从我爸那儿偷四十块钱给你们。”

他们达成了协议，四大天王两手抄兜耸着肩膀晃着红绿黄紫的头发走了。丁当当蹲在瓜子口袋边上，从里面抓瓜子吃。

“作死呀，你们这些小杂种，早晚得把自己作死。”老太太口齿含混地说。

“我们是作死，你是老不死，咱俩也算同学了。”丁当当抓着一把瓜子笑着跑开了。

四

下午刚上课没一会，有人来给贾雁儿报信。

“贾雁儿，贾雁儿，你爸被埋到井下去了，你赶快到井口去看看吧。”报信的人整张脸孔都贴到了玻璃上面，鼻子都歪了，两手拍着玻璃冲教室里面喊。

班里乱套了，除了贾雁儿，所有的人都动了起来，桌子椅子也都动了起来。王九朵第一个冲到外面，抓住报信的人：“井口怎么了？出什么事了？那是我爸爸的井口。”

“井口塌方了，贾雁儿的爸爸给砸到下面去了。”

老师点了几个高个男生送贾雁儿去井口，让其余同学放学。丁当当也主动要求去井口。

贾雁儿坐在椅子上，快被教室里的声音淹死了，她觉得是自己被人扔到了井里，她喘不过气来，还冷得不行。

王九朵最先到了井口，在人群中找了一会她爸王老虎，没找着。她下山的时候，葛乐和另外几个男生才把贾雁儿送到井口来。王九朵看不顺眼男生们对贾雁儿左拥右抱的样子，翻着白眼从他们身边走过去了。

“小婊子。”男生骂王九朵。

“因为她家有钱，所以为富不仁。”

“等到他们家破产，王老虎就该把她卖到录像厅里去了。”

男生们骂骂咧咧地陪着贾雁儿和她妈刘丽英。井口边上聚集了不少人。井长嗓子都喊哑了，汗水从他脸上淌下来，是黑色的。他手里捏着一沓钱，指挥工人清理出事的坑道。

有工人拄着铁锹把跟井长讲价：“一个小时四十行不行?”

井长冲他屁股上踹了一脚：“这个时候还讲价，就三十，不干你就滚犊子。”

丁当当的爸爸也在井口上，他手里握着一个大酒壶，仰着脖子往嘴里灌酒，离老远就能闻到浓烈的酒气。

“别人都上来了，老贾想起他的保温饭盒落到井下了，非要回去取，结果赶上塌方了，一条腿夹在坑木中间，拔不出来。人暂时是没事，刚塌方时听见他还说话来着，等巷道清出来后，让卖肉的老丁下去。腿要是实在拔不出来，就得用斧头把腿剁断。”井长抽空和刘丽英匆匆交代了几句。

同学们都往一个方向看，确实有一把斧子，在两个小伙子手里，摁在一块磨石上，正磨着呢。

“哎，这真不算犯法吗?”丁当当的爸爸不放心地问别人。

“跟你说多少遍了，不算犯法！救人一命，胜造七级浮屠。”

“妈的，剁猪腿和剁人腿，那可不是一回事！我手心现在就冒冷汗了。”丁当当的爸爸搓了搓手，又把酒举起来，“干这活离了酒可不行，喝少了根本下不了手。”

“砍了他的腿和砍了他的脖子有什么两样? 老贾人是完了。”刘丽英哭得脸皱成一团。

贾雁儿一直盯着那把斧子看，斧头很大，黑的铁，又冷又沉，锋刃处是一条反着光的白。她哆哆嗦嗦地说："我冷。"

葛乐把衣服脱下来披在她身上，其他几个男生也把衣服脱下来披在她身上。贾雁儿的身子变得臃肿不堪，她的头在一堆衣服上面，显得特别小。

几个男生跑过去看斧子，丁当当拉了他爸一把："爸，你别去砍人家的大腿，那是犯法。"

丁当当的爸爸光顾着往嘴里倒酒了，没理他。几个男生一边看人磨斧子一边劝丁当当："不砍不行，要救贾雁儿她爸的命，就得砍大腿。"

坑道那边发出轰隆一声大响，煤尘和灰土向上扬起好几米高，井下又塌方了一次。

"这回完了，人是彻底没救了。"井长先清点了一下清理巷道的工人人数，确定了一个不少，这才走到贾雁儿母女俩身边。他的脸被煤灰罩住了，看不出表情。"就是清理出巷道来，人也不一定还活着，现在这一塌方，人是肯定没救了。"

刘丽英放声哭了起来："老贾呀，你在井下不上来，我们娘俩可怎么办?"

丁当当的爸爸这时已经喝醉了，不知道又塌方了一次，拽着磨斧子的小伙子不撒手："你说砍就砍，你说不砍就不砍? 告诉你，今天我都他妈喝成这样了，你是砍也得砍不砍也得砍。"

"人都死了你还砍个屁!"

"人活着砍活的，人死了砍死的，不砍不行。"

几个男生哏哏笑，葛乐招了半天手嗓音都喊走调了，他们才发现。

"贾雁儿昏过去了，赶紧送她去医院。"

几个男生送贾雁儿到医院去，声势浩大，吸引了不少人看他们。男生们就跟商量好了似的，把腰都挺得笔直。丁当当插不上手，就在前面开路。明明没有人挡路，他也扯着嗓子喊："让一让，让一让。"

贾雁儿在医院门口醒过来了，她死活不进医院："我没病，不去医院。"

"管他有病没病，既然到了医院了，就进去看看吧。"

"我说了不去。"

"你连说话的力气都没有，不去怎么行呢?"

几个男生想把贾雁儿硬架进医院里面去，贾雁儿就叫了起来，她的叫声好像是男生们做什么见不得人的事情时，女人发出的那种叫声似的。

“你们把我放下来。”贾雁儿在男生们同时举起来的十几只手掌上挣扎着，手臂和腿脚像游泳似的摆动着。

男生们不好意思起来，就把贾雁儿放下来了。

“你们全都给我滚，立刻滚。”贾雁儿哭了。

本来男生们是想做好人好事的，但贾雁儿一哭，他们的行为就显得十分可疑了。贾雁儿一边哭，一边从身上脱衣服，脱一件扔一件。

“你们都滚开。”

男生们一个一个地捡起衣服，走了。

“算了算了，好心没好报。”

“贾雁儿平时不是这样对人的，今天她心情不好。”

“贾雁儿爸爸死了，心情当然不好，发脾气也很正常。”

“又不是我们把井口弄塌方的，再说，我们也没磨刀去剁她爸爸的腿。”

丁当当叫了起来：“谁磨刀去剁贾雁儿她爸爸的腿了？谁愿意去剁她爸的腿了？我爸也是为了救人才准备去剁她爸的腿的，结果不也没剁成吗？”

有人咻咻地笑：“丁当当，你爸刚才喝多了，非要剁人腿。你回家得小心点，当心你爸剁不了别人的腿，结果剁了你的腿。”

“剁你妈的腿。”丁当当脸红脖子粗地喊。

那个男生脸上的笑容挂不住了：“你再说一句，操你妈的我剁了你的腿！”

“就剁你妈的腿，像平时剁猪腿那么剁。”

几个男生把他们架开了。他们俩就隔着同学的身体，跳着脚指着对方骂。

“我宰了你，就像宰猪那么宰。”

“我阉了你，就像阉猪那么阉。”

没人注意葛乐，葛乐又回到贾雁儿身边去了。她身上披着的那些衣服都还给男同学了，整个人看上去很瘦，很可怜。葛乐把自己的衣服脱下来，披到贾雁儿的身上。

贾雁儿的眼睛都哭红了：“我爸死了，我怀孕了，你说我该怎么办？葛乐，是不是我也得死了？”

贾雁儿的话把葛乐一下子冻住了，他浑身发麻，半天说不出话来。

当天晚上，葛乐失眠了。他把班里流传的坏话和贾雁儿自己说的话结合起来，发现了一个可怕的事实。这个事实把他的心变成了一块石头，跳一下打一下，他的心碎了，五脏六腑也都碎了。葛乐像死过一回似的睡了一小会，醒过来以后，贾雁儿小树苗般的身影活动起来，贾雁儿在树林里讲过的话也活动起来。葛乐想其实贾雁儿是一个很诚实的人，她没欺骗他，甚至还劝他不要喜欢她。倒是他自己说过的，无论贾雁儿怎么样，他都喜欢她。现在她真的“怎么样”了，他就应该像自己当时说的那样去做。事情在葛乐眼前，就像天色一样，慢慢变得亮堂起来了。

五

医院总是在星期天的时候才最像医院，医院平时你来我往，人声喧哗，如果闭着眼睛听，医院里的声音和街对面露天市场的声音，很容易混成一团。

葛乐顺着医院唯一的一条走廊走了两个来回，站到挂着“急诊”牌子的办公室门口，里面有说话声，还有笑声。他敲了敲门，有人喊：“进来。”

葛乐推开门，看见两男两女围着一个方桌，手里握着扑克牌。有一个男人的脸上还用橡皮胶粘着一个被拉长的避孕套。

“什么事?”

“看病……”

“星期天不看病。”

葛乐站了一会，转身刚要走，脸上贴着东西的男人叫住了他。

“你等一会，顺着走廊你一直朝前走，看见有个牌子上面写着‘妇科’你就敲门，那个屋里有医生看病。”

其他人也如梦方醒似的，全都转过脸来对着葛乐。

“对了，你去那屋吧，那屋什么病都看。”

“你去敲门，使劲敲才能把医生敲出来。”

“记住啊，敲门要使劲。”

葛乐关了“急诊”的门，顺着走廊朝前走，他站到了“妇科”的门口。刚才他在这儿站了一会了，但没有敲门。他把耳朵贴在门上，听见里面有一些声音。走廊那边急诊室的门打开了，一个女的探头出来，冲葛乐做了个手势，让他敲门。

葛乐就敲门，没怎么使劲，门就开了。出来的不是医生，而是录像厅那个南方女人。急诊室那面传来零星的笑声，门重重地关上了。

南方女人一条手臂背在身后关上了门，没和葛乐说话，高跟鞋在水泥地面上，像往水泥地上钉钉子似的，一路响着走出去了。

葛乐又敲起了门，但这回没人理他了。他知道屋里有人，但那人任他怎么敲，就是不开门。

葛乐刚走出医院大门，就被人一把搂住了。南方女人的身子软软的，但手臂很有劲，葛乐和她拉扯了半天，才挣脱身子。她扯断了他的书包带子，里面的书本撒了一地。

“你干什么你?”

“你叫葛乐呀?”南方女人捡起一本书，她的话听上去很磨牙，“我见过你，你在录像厅里偷偷摸摸的，和一个女同学谈恋爱。”

葛乐从她手里抢过书，连同别的一起塞到书包里面。

“你来医院干什么?”

“你管不着。”

南方女人在葛乐裤裆处摸了一把：“呀，人小脾气倒不小嘛。”

葛乐气得脸都红了：“你离我远点，真不要脸。”

“你装什么正经啊? 你一个小男人，跑到医院里来看妇科? 怎么啦，女朋友怀孕啦?”

葛乐说不出话来，呆呆地看着南方女人。

“让我猜着了是不是? 小子，看不出你还挺有种。”她往葛乐的身边凑了凑。

“你别过来啊，要不然，我对你不客气。”

“嘴还挺硬，你别的地方是不是也这么硬啊?”南方女人哧哧地笑着，“怎么样，有麻烦我帮你解决吧，我和医生的关系熟得很呢。你拿一千块钱给我，所有的事情我全都替你料理好。”

“我只有一百块钱。”

“你开玩笑? 好歹也是一条人命，一百块钱亏你能讲得出口。”

“我确实没有那么多钱。”

“那你去想办法吧。我给你几天时间，但不能太久，女人的肚子是不能等的。知道啵?”

六

王老虎带着井长，请刘丽英、贾雁儿还有贾雁儿的叔叔贾庆在矿上最大的饭店吃饭。一大桌子的菜，没人动筷子。

“没别的意思，我刚从外面发煤回来，把大伙拢到一起吃顿饭，也谈谈老贾的后事。”王老虎看了井长一眼。

井长对刘丽英说：“嫂子，我就不拐弯抹角了。人死如灯灭。像现在这么挖下去，日子没头，钱也没数。当时老贾回去取饭盒，最后他到底在哪个位置，谁也说不准，这么挖着找……”

“人活不了，死再不见尸，老贾那个脾气，做鬼也得折腾我呀。”刘丽英鼻涕眼泪一起流。

贾雁儿从桌上拿起两张餐巾纸递给她。

“这都是活人心思。到了现在这个份上，真把人抠出来，不也得弄个棺材装上，再埋回到地底下去吗?”

“你放屁都放不出个臭味。人生下来谁没死的那天？你生了儿子怎么不立马掐死埋地底下去呢?”贾庆眉毛眼睛一起横着，恶声恶气地说。

“你这么说话就不对了，现在事不是赶到这一步了嘛。”

“赶到这一步你就可以不说人话了?”

王老虎用拇指和食指把雪茄从嘴上拿开，清了清嗓子：“如果大嫂一定要挖，我没意见，死要见尸咱就抠到底。什么时候把人挖出来了，办好了后事，咱们再谈抚恤金的事。井口一塌方，要说损失，我的损失比谁都大，你们哭还能找着我，我想哭都找不着人。”他话一说完，就用雪茄塞上了嘴。

“王老板这话什么意思?”

“我的意思是，一切照大嫂的意见办。在矿上哪有不死人的，哪年少死人了？我开井口开了十来年了，这样的事也摊上过七回八回的，你出去打听打听，王老虎是不是不讲究的人？但话又说回来，做人讲究，做事也得讲理。不能人一死，理也跟着死了。把老贾从地底下抠出来，花多少钱我都认，但最后谈到给大嫂抚恤金的时候，多点少点，得参考着给。我把丑话说到前面，到时候你们可别说我不通情达理。”

桌面上正中央放着一个大盘子，里面几十只蛤蟆，被炖得四腿僵直。贾雁儿盯着蛤蟆看了一会，往后用力一推椅子，跑到外面吐起来了。

王九朵星期一一上课，就伸出手指给同学看她手上的戒指。

“昨天是我十五岁生日，我爸给我买的生日礼物。这是真钻石，纯天然的，贵得吓死人，这样一个小东西花了两千多块钱呢。”

女生们都聚拢过来，摸她手上的钻石：“王九朵，你爸是咱们矿上最有钱的人吧？你们家有小楼，有汽车，天天吃烧鸡，你的生日礼物都值两千多块钱。”

“有钱也有有钱的烦恼，你们不会明白的。”

“如果有钱，我们宁愿有烦恼。”

“王九朵，贾雁儿的爸爸是在你爸爸的井口干活的，她爸爸死了，你们家得赔给她们家多少钱？”

王九朵把手从桌面上抽回去了，有些不耐烦地说：“这是大人的事，跟我没关系。贾雁儿她爸也真是的，为个破保温饭盒给埋到井底下去了，那么大岁数的人了，连个饭盒都放不好，出了事又给别人添了这么多麻烦。”

“如果你现在问我最烦谁，那就是王九朵。如果你问我最恨谁，那也是王九朵。全世界就剩下我们两个人了，我也不会和她说话的；她要是掉到水里了，我就是眼看着她淹死我也不会救她的。我妈说的对，有钱人都是黑心人。鲁迅在课文里也说的对，人一阔，脸就变。”

丁当当一边说一边用胳膊肘撞葛乐：“我跟你说话呢你没听见？看你眼神都散架了。”

“丁当当，你说现在干什么能挣来钱？”

“你要钱干什么？出什么事了吗？”

“如果卖血有没有人买？”

“有人买也不买你的，你还不算是大人呢，买你的血是犯法的。”

“那我去下井。”

“下井也没人要你，我爸天天在市场上卖肉，他说现在地上面的工人比地底下的煤还多呢。”

葛乐叹了一口气。

“你遇到麻烦了吧？”

“是的。”

“本来我可以从我爸那儿偷点钱，可最近被他发现了，老家伙看钱看得比平时紧，我没有机会下手。”

“我也想偷家里的钱，我也没有机会下手。”

“要不，你跟王九朵借点钱吧，她是咱们班最有钱的人了。”

葛乐笑了：“如果是毒药，她没准能借给我。”

丁当当也笑了：“那倒也是。”他拿出一根烟递给葛乐，“抽一口吧，心情不好的时候，抽上几口烟就好多了。”

“我不抽。我妈老抽烟，现在脸变得跟黄泥一个色。”

丁当当笑得像抽筋似的：“你妈是个黄脸婆。”

七

放了学，葛乐去看贾雁儿。贾雁儿家里堆满了彩纸扎的各种花、马、纸人，还有电视机冰箱什么的。葛乐走进去时，扎花的女人都望着他。有一个人说：“咦，这不是李枝子的儿子吗？”

“你妈现在还像以前那样，一天能抽一盒烟吗？”有人问葛乐。

“你妈还天天打麻将吗？”

“你爸打你妈的时候，还用鞭子蘸上盐水，往死里抽吗？”

葛乐没抬眼皮，敲了贾雁儿的门，听到“请进”就把女人们的目光和谈话关到身后去了。

贾雁儿懒洋洋的，和那些扎好的纸花一样没有生气。大白天的，她还用被裹着自己，葛乐站在一边看着她：“贾雁儿你好点了吗？”

“除了身上一阵一阵地发冷，别的还行。”

葛乐一直放在衣服下面的一只手掏了出来，拿出一把野花。

贾雁儿笑了：“葛乐你为什么对我这么好？”

葛乐低着头，用脚在水泥地上蹭了蹭：“我答应过你，你怎么样我都喜欢你的。我说话算数。”

“你不用那样，葛乐。”贾雁儿的脸色变了，她咬了咬嘴唇，“我可不想让别人可怜我。”

“我没可怜你。”葛乐抬头望着贾雁儿，表情变得严肃起来了。

贾雁儿望着葛乐，忽然笑了。

“你过来。”

葛乐往前走了两步，贾雁儿用手蒙住了他的眼睛，把嘴唇贴在葛乐的嘴唇上，两个人一动不动。后来贾雁儿好像笑了一下，舌头伸进了葛乐的嘴里，冰凉的，像又软又滑的一条小鱼，葛乐用舌头舔着贾雁儿的舌头，笑了。

“你笑什么？”

“你的舌头像小青。”

“小青是谁？”

“是我春天捉住的一条小蛇。”

“就是你在王九朵身上抓的那条？”

“就是那条。”

葛乐从贾雁儿家里出来，经过露天市场时，南方女人在人群中非常亲热地拉住了他的手臂。两个人站在人群里说话时，她一直这么拉着他的手臂。

“你不是说来找我的吗，怎么没来？”

“我没有钱。”

“没有钱你还不赶紧想办法，都告诉你了，孩子不能等。时间要是太长了的话，连我也帮不上忙了。”

“你先帮忙，完事以后我一点一点把钱还给你行不行？”

南方女人歪着头，眯了眼打量葛乐：“你年纪不大，心眼蛮多的嘛。”她用一条手臂勾住葛乐的脖子，把胸脯贴到他的胳膊上蹭了蹭，声音一点也不小地说：“要不你陪我睡觉吧，睡一次我给你一百块钱。”

葛乐被南方女人的话吓坏了，把她的胳膊甩开，跳到一边去了。

南方女人拉住了他的书包带，哏哏笑：“你要是不干，就赶紧想办法弄钱。”

“王九朵，你看见葛乐和那个南方女人了吧？”

“我早就看见了，那个南方女人穿着那么红的衣服，胸前像塞了两个大西红柿。还穿着那么绿的裤子，把屁股兜得像一个圆椒切成两瓣。平时在录像厅里，好多男人花钱让她陪着看录像，那些男人根本不往屏幕上看，就是为了摸她那两个地方。葛乐肯定也是在录像厅里和她勾搭上的。"

"她那两个地方长得那么大，是不是因为被男人摸得太多了?"

"肯定是。"

"哎呀不能往下想了，越想越恶心。"

"让人恶心的是葛乐。他是一个不折不扣的流氓，上体育课时我就知道了。"

"可是葛乐后来对米桶说，他没摸你，只是摸了那条蛇。"

"他当然没摸我，他要是真摸了我，我爸早就让人剁掉他的手了。"

消息就像春天的草似的，几天之间，就长得绊脚了。葛乐在操场上走路时，丁当当伸着舌头，像条狗呼哧呼哧地从后面跑过来，用膀子撞他："哥们，行啊，真有种。"

"什么意思?"

"装什么呀，跟我还装? 说说，南方女人的感觉怎么样?"

葛乐的脸色变了："你胡说八道什么?"

丁当当鬼鬼祟祟地笑："你还来劲了是不是? 跟南方女人一搞上你就来劲了是不是? 跟哥们还装什么? 哎，我问你，她真的像别人说的那样是用嘴干的吗? 就像外国录像里的女人那样?"

"滚你妈蛋……"葛乐想甩开丁当当。

丁当当拉着他的胳膊不放："哎，交流交流嘛……"

"交流你妈!"葛乐喊了起来。

丁当当的动作僵住了。

葛乐把他的手甩开，脸像中了毒似的变得又青又紫："谁他妈给我造谣吃饭让他噎死，睡觉让他睡死，走路让车轧死，上山掉悬崖摔死。让我逮着了我弄雷管炸了他全家。"

米桶又找葛乐谈话。这一次，她把他们之间的距离拉得很近。

"你最近在社会上结交了一些不三不四的朋友吧?"

"没有啊。"

"你要跟老师说实话，老师这么问你，是关心你。"

“真没有。”

“你们这个年龄段是比较特殊的，什么事情都有可能发生，发生了也不要紧，你把事情原原本本地讲出来，让老师替你分析一下情况，这样才能更好地帮助你解决问题。”

米桶的笑容让葛乐警觉起来：“我没发生什么问题。”

“你不要有心理压力。你和那个南方女人来往多长时间了？你们一共做了几次？是你主动还是她主动？她做完事情和你要多少钱？你给她钱了吗？”

“这事是谁说的？”

“都这么说，丁当当，还有别的同学，都说了。你也说了吧，到底怎么回事？”

葛乐犹犹豫豫地看着米桶。

米桶在葛乐的肩头拍了拍：“你放心说吧，老师喜欢坦率、诚实的学生。”

“那我真说了？”

“说吧。”

“放暑假前的周六，就是你给我们留暑假作业那次。留完作业你让我们放学，那天我闲着没事，别人走了我还四处转悠呢。我转到老师办公室后面，从窗子里看见你了。过了一会，又看见校长。办公室里当时就你们俩。校长一走到你的办公桌边上，你就站起来了，校长先是摸了你的屁股，接着解开了你的……”

米桶浑身哆嗦：“你住口，你信口雌黄，敢造老师和校长的谣?！我找校长开除了你。”

葛乐毫不畏惧地瞪着米桶：“你要是开除了我，我就写大字报，一天一张贴在校门口的黑板报上。”

“你这个小流氓敢威胁老师？”

“是你让我坦率、诚实的。”

“你给我滚。”

葛乐回到教室，他站在门口，冲丁当当招手：“丁当当你来。”

丁当当从教室里出来，跟着葛乐走了一段：“有事吗？”

“有篇课文你背了吗？”葛乐回过头来，一拳打在丁当当的鼻子上，“《鲁提辖拳打镇关西》！”

“邻居说你跟一个南方婊子勾搭上了。”李枝子问葛乐。

“他们造谣。”

“我看也是。你毛儿还没长全呢，再说又没钱。”

“我想跟你要点钱。”

“要钱干什么?”

“买书，再买一条新衬裤。我穿的这条衬裤裤裆都磨破了。”

“书不是已经在学校里买了吗? 你的聪明劲像我，不用看课外书也能学好。衬裤你先对付着穿吧，反正破了别人也看不见。过几天我手气好了，赢了钱再给你买。”

“我的毛衣也太小了，今年穿不上了。”

“先穿我的那件吧。最近我手气不好，总给人点炮。”

“你的那件太鲜亮了。”

“在衣服里面穿怕什么，就露个领子。”

八

王老虎、井长、刘丽英、贾庆坐在一张方桌上谈话，桌上堆满了纸花纸人。刘丽英手里拿着几根针，一边听人说话一边把针弯成个心形，然后用线钉到纸人身上。这是上了岁数的女人让她干的：“你得让老贾明白，你的心是针（真）的。”

贾雁儿被贾庆拉进了屋，王老虎的眼睛粘在她紧身毛衣和牛仔裤上，随着她的身体转圈，贾雁儿被他看得浑身难受。

井长没注意贾雁儿，他愁眉苦脸地对刘丽英说：“人到底是抠还是不抠，你们家属得赶紧拿主意。井口雇的那些工人都等着呢。”

刘丽英抹起了眼泪：“我们孤儿寡母，命苦啊……”

“抠不抠人先不说，我哥死了，赔偿的事怎么算?”

“赔偿的事和抠人的事是一码事。”王老虎把脸扭过来，“如果人就这么地了，三万四万的抚恤金咱们再细商量；如果大嫂非得死要见尸，这费用就得另算。说老实话，我承担不了两头的花销，给大嫂的抚恤金数额得看挖人的费用是多少再定。可能一万五千，也可能一分没有。”

“姓王的你这话是什么意思? 我大哥死在你的井口里，我们没让你偿命，收个全尸你还跟我们讲五讲六的？按你的话说，要人就没钱，要钱就没人了？”

“你别跟我拍桌子，那没用。你哥当初从国矿上下来，想到我的矿上来干，正式上工前我们是立过生死状子的。嫂子，有这回事吧？状子现在还在我手上呢，老贾自己按的手印。偿命不偿命的话，和我搭不上边。贾庆你不服气，可以去法院告我，法院要是判我死，皱皱眉头我王老虎算石头缝里蹦出来的。”

井长打个圆场：“有话好好说，有话好好说。”

“人命关天，我哥抛下这孤儿寡母的可都在你眼前，总得说得过去吧？”

“人命关天这话也得看怎么个讲法。现在外面一条人命一万块钱，有出钱的就有卖命的，这事不稀罕。但老贾是在我矿上死的，留下嫂子和雁儿，我拿钱抚恤是应该应分的，该掏的钱，砸锅卖铁我一分也不少掏。但是，你们也得让我过得去，咱们两下就乎着，我拿四万块钱给你们娘俩就算完事。在咱们这地方，换谁也拿不出这个数。”

“那我哥人呢？”

“我拿四万，条件是不往外挖人。如果你们坚持要人，肯定不会是现在这个数。要我说，哪里的青山不埋人，用钱把人挖出来了，送火里烧成灰再埋一遍，劳民伤财费那劲给谁看？”

“雁儿，你说几句吧。”贾庆提示了一声。

贾雁儿一直靠门坐着，脸白得像光，没有个虚实。屋子里的大人都把目光放到她身上。她垂着眼睛看地面，泪珠圆溜溜的，一个接一个地掉到水泥地上碎了。

“爸已经死了，多少钱也买不回来。”贾雁儿推门出去了。

屋子里静下来，刘丽英的针斜了一下，扎着手指头出了点血，她把手指头含到嘴里。贾庆也不言语了。

“这事就这么定了，明天我把钱送来。”王老虎边起身边说。

他和井长起身刚一迈步，贾庆抬起头说话了：“王老板，办丧事的钱怎么算？”

王老虎愣一下，又笑一下：“兄弟，太计较了吧？”

贾庆也笑：“人是死的，钱可是活的。”

王老虎犹豫了一下：“好歹我和老贾兄弟一场，我再加三千块钱丧葬费。”话刚说完他就用雪茄塞上了嘴，沉着脸跨出了门。

出殡的那天，班里有几个女生来家里看贾雁儿。在贾雁儿家院子里，摆了二十多桌酒席。女生们从酒气中拐来拐去才进了贾雁儿的房间。喝酒的男人中，贾庆的嗓门最响亮。他一条腿蹬着凳子，左手拿着酒瓶子，右手比画着和人划拳。

“哥俩好哇，六六顺哪，八匹马呀。”

贾雁儿的胳膊上缠着黑纱，她拿了一堆炸干果给同学吃。

“事都办完了吗，贾雁儿?”

“都办完了。”

“听说，棺材里放的是木头人?”

“是，但穿的是我爸的毛料西服。”

“你知道录像厅里那个南方女人的事吗?”

“胖身子瘦长脸，长了一对狐狸眼睛的那个女人。她平时待在录像厅里陪男人看录像。”

“葛乐去了录像厅，而且一下子就和南方女人勾搭上了。”

“学校现在没有人不知道这件事的。米桶开班会说要对学生加强道德教育，她说的道德教育，就是指葛乐。”

“不会吧，葛乐不是那样的人。”

“知人知面不知心。”

九

过了中秋，山里的黑天把白天从两头对着咬，越咬越短。米丽梅给学生开完班会，学生们走在操场上已经显得影影绰绰的了。米丽梅收拾好东西，又去了一趟厕所。厕所很长，为学生准备了三十个坑位。米丽梅在离门最近的地方，站着换好了卫生巾。她从厕所里出来，穿过操场，等走出学校大门时，天就完全暗了下来。

米丽梅是在离家最近的一个胡同里被打倒的。她觉得脑后面有风声，转了一下头，看见一个身影，还借着从窗户里透出来的一点光，看见一块红色。

然后她就被一个木棒打晕了头。

米丽梅被人发现时，她的上半身连纽扣也没解开一个，下半身却一丝不挂地暴露了出来。事后的调查说，可能是她的月经挽救了她的清白，使她没有被强奸。两个男邻居发现她后没有轻举妄动，商量了一下，一个去派出所报案，另一个去她家里叫她丈夫。等她的丈夫和警察赶到现场时，她的身边已经围上了一圈人，人们怕破坏现场，没有一个人为她盖上件衣服什么的。

警察在校长室挨个找班里的学生谈话，让他们提供线索。

王九朵是班长，第一个被叫出来谈，她回答："你说的那个人个头像葛乐，这几天他穿了一件新毛衣，露出一块红领子，整个人都怪里怪气的。"

第二个同学进来后，没说出什么。警察就提问他："葛乐这个人怎么样?"

"葛乐平时挺能胡闹的，有一次在操场上他摸过女同学的上身，还经常偷另一个女同学的钢笔。他和米老师在办公室里吵过架。最近，他好像还和录像厅里的一个南方女人搞到一起去了，那个南方女人在市场上就敢搂他的脖子。"

丁当当引起了警察的注意，他在椅子上来回地动，犹犹豫豫地说："葛乐以前为了我挨了四大天王的揍，被人打掉了一颗牙。但是他后来又揍了我，也打掉了我一颗牙。"

"你的意思是说葛乐喜欢打架?"

"就算是吧。"

葛乐在班里坐着，看着身边的同学一个一个被叫走，他起初没往心里去，但后来，越来越觉得不对劲。那些同学和警察谈完话回来，没有一个人看他，也没有一个人和他说话。

贾雁儿是最后一个被叫去谈话的，她说："葛乐没摸王九朵，他只是为了抓小青。小青是一条蛇，小青蛇爬到了王九朵的身上，葛乐为了抓小青，才抓到了王九朵的身上。"

"和他同排的男生看见，是葛乐故意把蛇放到王九朵的身上去的。"

贾雁儿愣住了："当时我站在前排，放蛇的事情我没看见。"

"葛乐还偷东西?"

"葛乐偷的钢笔是我的。他不是偷，他拿我的钢笔是为了在里面藏字条给我看。”

“字条上写的是什么?”

贾雁儿的声音低下去了:“是一些挺肉麻的话。”

“你的意思是说葛乐流氓成性?”

“当然不是。葛乐不是坏人，葛乐也不是流氓。”

警察不再听贾雁儿说话了，他们挥挥手，让她走。

从校长办公室出来的时候，贾雁儿被门槛绊了一下，她摔倒在地上，过了好一会才爬起来，她的肚子里面像闹鬼似的，疼得她觉得自己快要死了。血从她的下身流了出来，起初她还弄不清楚是怎么回事，过一会她闻到血腥味，她才明白了。

贾雁儿下身流着血，脸上淌着泪水，扶着墙一步一步地往家走。天色越来越黑，但她的心里越走越亮。她知道身上流的血是一种代价，流完了血，她就会变得完好如初了。

教室里空空荡荡的，葛乐脸孔煞白，毛衣领子红得刺眼。他望着警察，恨不得把身子缩到书桌下面去:“我没有强奸米桶。我吃饱了撑的，强奸米桶?”

“你放老实点。坦白从宽，抗拒从严。”

“我确实没强奸米桶。”

“你是没强奸成，是想强奸没强奸成。”

“我吃饱了撑的……”

“告诉你放老实点!”

葛乐呻吟了一声:“你把我的牙打掉了。”

“你再不老实，不光牙得掉，连嘴都得歪。”

“嘴歪了我也没强奸。”

“你和录像厅那个南方女人是什么关系?”

“什么关系都不是，是丁当当给我造的谣。”

“为什么偏偏给你造谣，怎么不造别人的谣?”

“反正我们什么关系都没有，不信你问南方女人去。”

“她昨天就走了，你明明知道还让我们去问她。”

葛乐又呻吟了一声："你又打掉了我一颗牙。"

"你不老实我就把你的牙全打掉。你偷贾雁儿的钢笔了吧？"

"没有，那不是偷，是拿。"

"我又打你了，这回你怎么不叫唤了？你说你拿了贾雁儿的钢笔，那她知道吗？"

"不知道。"

"不知道就是偷。"

"我没偷，我只是想给她写字条。"

"字条上写什么？"

"字条上写，"葛乐翻着眼睛望着天棚，然后像背课文似的背诵着，"你是世界上最美丽的女孩子，贾雁儿；你的脸蛋像红苹果，像黑葡萄，贾雁儿；你站着的时候像一棵小白杨，跑起来的时候像一只梅花鹿，贾雁儿；你是我心口永远的痛，贾雁儿；我可以为你去死，贾雁儿；我爱你，贾雁儿……"

"够了，不用再往下说了，你还是老实交代你的罪行吧。"

葛乐呆呆地坐着，还没从背诵中醒过神来。

"你一个人干的，还是有人指使你干的？"

葛乐的肚子像鸽子那样叫起来："说完了就可以回家吗？"

"说完了就让你回家。是你一个人干的，还是有人指使你干的？"

葛乐看了警察一眼："有人，有人指使我干的。"

"谁？谁指使你干的？"

葛乐的目光在教室里的空桌子空椅子上转悠，最后落到了警察的身上。警察坐在丁当当的桌子上。

"是丁当当，他指使我干的。以前米桶，不是，是米丽梅打过他，他就指使我强奸她。"

"你是怎么干的？你说说过程。"

葛乐四下里看了看，外面天是黑的，像墨一样黑："我在学校大门口等着，等米桶，不是，等米丽梅一出来，就用砖头把她打昏了。然后，然后我把她的衣服脱光了，再然后，再然后我就走了。"

"你等在学校门口？"

"对。"

“你把她的衣服全脱了?”

“全脱了。”

“你没强奸她?”

“没有。”

“为什么没强奸？你不是说丁当当指使你强奸她，而你又把她的衣服全脱光了，为什么又没强奸?”

“再怎么说她也是我们的老师，我不能强奸老师。”

“没别的原因?”

“没别的原因。”

第二天上学的时候，大家很惊奇地看到葛乐没被抓起来，还坐在他的座位上。上第二节课时，警察出现在门口，让丁当当出来谈话。

丁当当的脸色一下子变了：“为什么又找我谈话?”

警察站在门口，从外面进来的阳光全照到了他的身上，他笑眯眯地说：“我认为你有话想对我说。”

葛乐从座位上站了起来。

“我没叫你。”警察冲他摆了摆手。

“可是，我和丁当当是同学。”

“我知道你们是同学，”警察不耐烦地挥了一下手，全班同学都挥在他的手势里了，“你们不都是同学吗?”

城春草木深

一

金意安来到白梨宫，已经有两个宫女站在门口等候着了。她们带着他穿过庭院，又沿着木廊台走了一段，在一间房门前停下了脚步。金意安也跟着停下来。门前还有另外四个宫女，见他们过去，有人把门拉开，双手交叉在身前低头行礼："公主正等着呢。"

金意安跟她们点了一下头，走进房去。

房间里面光线明亮，春美公主独自坐在靠窗的桌前，看着他走到近前。

"我是新来的礼宾侍尹。"金意安发现自己声音干涩，仿佛被烟呛了。

金意安第一次见到公主。她是王太后亲生的骨肉。据说前任的礼宾侍尹就是因为被她折腾得苦不堪言，才辞官不做，告老还乡的。金意安没参加科考却填补了礼宾侍尹的空缺，是官场中的一件新鲜事。

"你就是金意麟的兄弟?"春美公主问道。

"是。"

"你们长得很相像啊。"春美公主有些惊奇，端详了一阵子又说，"不过只是眉眼相似罢了，神情举止就完全不同了。"

她面对男人时落落大方的举止令人惊异。不像深居简出的公主，但又和花阁里的女子不同：花阁里的女子眼神是带着钩子的，越是重要的话越是用眼睛来讲，一眼一眼地瞟，三瞟两瞟，男人的心思就花了，乱了。春美公主的目光无遮无拦的，自己不害羞，别人便也没理由害羞似的。

金意安把棋盘在两人中间的桌上摆好，教她下棋。

“你的兄长为人傲慢，私下里却被很多女人倾慕。我总是想不清楚，他是因为被女人倾慕才变得傲慢呢，还是因为傲慢才被女人倾慕呢?”春美公主不待金意安开口讲解，顺手拈起一枚棋子放到棋盘上面，自顾自地说话，“不过，连太子妃也对他有情有义呢。你见过太子妃吗?”

金意安摇了摇头，他也拈起一枚棋子放下。

“大家都说太子妃是世间最美的女子，就像母后年轻的时候。连从来不正眼看女人的王太子见到太子妃时都感慨，说想不到世间竟有如此绝色。”春美公主似乎很替金意安没见过太子妃感到遗憾，同情地望着他，脸上的笑容难以捉摸，“绝色的太子妃倾慕你的兄长，进宫以后变得一天比一天奇怪。王太子非但没有怪罪，反而成了金意麟的至交。你肯定听人说过王太子是全汉城府的笑柄之类的话吧……如今，金意麟的兄弟又成了礼宾侍尹。你是如何当上礼宾侍尹的?”

金意安垂着眼睛打量着棋盘。

“我在问你呢!”春美公主把声调拔高了一些。

“除了礼部的任命，我并不知道其他的事情。”

“你当然不知道了。”春美公主放棋子的速度很快，比金意安下得还要快，“你坐享其成，就算是心知肚明，嘴上也要装糊涂了。”

“倘若公主不满意下官，可以换人啊。”金意安正襟危坐，第一次抬眼迎视着春美公主。

春美公主显然没料到金意安会说出这样的话来，怔怔地看着他，眼睛黑是黑白是白，一派天真。

金意安胸中的怒火扑腾了几下，熄灭了。

“你这副样子倒挺像金意麟的。”春美公主展颜一笑，示意金意安往棋盘上落子，“换人就不必了。前任礼宾侍尹大人身上有狐臭，与他共处一室令人晕头转向。你身上没有难闻的气味，又长着金意麟的脸，说不定，他会到这里来看你呢。”

春美公主的直率让金意安吃惊。她即将与宰相的长子举行大婚，故而才有礼宾侍尹来教她关于婚典方面的礼仪，以及棋艺茶道之类能为婚后生活增添情趣的一些东西。金意安不知道她对上一任礼宾侍尹大人是不是也这么直言不讳。或者她敢如此放言，只是因为他是金意麟的弟弟。她希望他传话给金意麟？

“你说，”春美公主问，“金意麟会不会来这里看你？”

“我想不会。”金意安回答。

“倘若我邀请他来呢？”

“您是未婚待嫁的公主，这样做未免有失体统。”金意安不客气地回了一句。

“你的意思是，女人一旦出嫁就可以为所欲为了？”春美公主飞快地接过话头，脸上现出促狭的笑容。

金意安不再看她，拈着一枚棋子盯着棋盘找落点，却是吓了一大跳：春美公主顺手下的棋竟是相当绝妙的布局。

“你认识那个家伙吗？”

“谁？”金意安抬头看了春美公主一眼。

“就是我要嫁的那个人。见过吗？”

“没有。”

“上个月宰相大人来宫里请期的时候，我倒是很荣幸地在屏风后面瞧见了，那家伙好像有半个月没睡过觉了，眼睛肿得像个烂杏，人瘦得像副撑衣架子，打呵欠时都没用袖子遮一遮嘴。”春美公主一边说话，一边从棋罐里往外掏棋子。她的动作就像从糖匣子里往外掏糖果似的，噼里啪啦地往棋盘上面摆，几乎没有停顿。

“你也讲点有趣的事情给我听听吧。待在宫里很寂寞，大家都养成了说长道短的习惯。”

金意安想了半天：“……早上来的时候，马车在街上被一个疯子拦住了，他说马车是金子打制的，拼命想弄下一块来带走。”

春美咯咯咯地笑起来：“有这样的事？”

“是的。”金意安低头打量棋盘上的局势，“春美公主的棋艺如此精湛，根本无须别人教授啊。”

春美公主也低头看棋盘，“我赢了吗？”

“倒也没有。”金意安说。

“那你怎么还夸我棋艺精湛?”

“在我看来，能下得过公主的，成均馆里也找不出十个人来。”

“那你岂不成了天下第一?!”春美公主讥讽地问道，“你这么说是想讨好我，还是变相地自夸?”

金意安离开时，走到白梨宫门口，回头看了一眼，宫殿的屋顶像鸟的翅膀一样张开，把和房间连成一体的木廊台遮蔽得昏暗幽深。春美公主站在木廊台上朝他这边望着，看不清她的表情，着白衣的身影却很醒目。

“像一枚白子。”金意安心想，转回头来的时候，宫门口的一株木槿树上，木槿花伴着一阵晚风飘飘洒洒地从空中飞落，新任礼宾侍尹的头上、脸上、衣襟上面沾满了轻薄的花瓣。兜头而来的这么一下子，让他的心狂跳起来，仿佛自己变成一枚黑子，被无数的白子包围了。

二

王太子过来喝茶的那天，雨从清晨就开始下了，雨丝绵密，倘若有双妙手，仿佛可以用雨丝织布。金意安想起春美公主的指尖，片刻后思绪又从她的指尖转到竹叶的叶尖上，院子里种着一片苦竹，竹叶本来就绿得新鲜，淋了雨，那绿色更像是活了，翠生生的，让人心惊。

金意安的身前摊着书，却一页也没翻过，思来思去都是春美公主。她黑漆漆的眸子待在他身体的某个角落里，一眨不眨地盯着他。他有些心慌意乱。

“白梨宫那边怎么样?”从宫里回来后金意麟问了他一声，“春美公主的刁钻任性可是出了名的。”

“还好。”金意安笑笑，想了想又说，“她棋艺精湛。”

“是吗?”金意麟用细细的银筷把青花鱼的鱼肉剔下来。每次吃完鱼，他的盘子里总是整整齐齐地摆着鱼头、鱼骨和鱼尾，好像它端上桌时就是那样。

“有一次在王太子那里，我见到春美公主，她对太子妃的美貌很不服气，说话专挑她的刺。”金意麟把吃完的鱼盘摆好，对金意安说道。

“快嫁人了，还像个小孩子。”

“她棋下得很好。”金意安说。

金意麟看了他一眼，好像有很难听的话涌到他的嘴边，他犹豫再三，还是把话又咽回了肚子里。金意麟对琴棋书画这类东西颇不以为然，好几次骂金意安“玩物丧志”。

金意安识相地闭上了嘴，心里却想，这次如若不是他棋艺超众，也不能那么容易地得到礼宾侍尹的职位。

三

雨天天黑得早，黄昏时候，不慌不忙地下了一天的雨变得急了，滴滴答答的，落到竹叶上的声音清晰可闻。仆人把木廊台上挂着的灯笼点着了。

有风，灯笼微微摇晃着。

天黑透了，有脚步声从东院过来。仆人打着灯笼走在前面，金意麟的身影金意安是认得出来的，走在两人中间的那位却无从猜想。

“忽然想喝你的茶，就过来了。”金意麟的身上带着湿气，沿着木廊台走过来，冲金意安笑道，“没打扰你吧?”

“当然没有。刚好有新的莲花香片。”

跟在金意麟后面的人摘了连头罩住的斗篷，在灯笼光下，眉目如洗，笑容清新，金意安的心立时就不会跳了。

“还不给王太子施礼?”金意麟说。

金意安这才回过神来，后退半步要跪倒。

“不必了。”王太子伸手扶了金意安一把，他的声音也和春美公主很像，但语气更重，语速也慢得多了，说的每句话都像深思熟虑过，“深夜打扰，希望意安君不要介意。”

“哪里的话!”金意安鞠躬施礼，把他们请进书房。火炉是白天就生着的，屋子里面暖意融融，“您的到来令陋室蓬荜增辉。”

心跳得很快，手有些抖，但等到摆好茶台，洗过手，烧上水，开始冲洗茶具时，金意安变得平静下来，动作也从容多了。他只在上朝时看到过王太子，他在高处坐着，俯视着文武百官。金意安想，所谓高贵，就是如王太子那样面如白瓷、少有表情吧。

王太子和金意麟有一搭没一搭地说着话，王太子对金意安娴熟的动作大为惊讶。

“大家只知道意安棋术高明，其实，被他深藏起来的本事到底有多少，连我这个做兄长的也不清楚呢。”金意麟和王太子并排坐在一张花纹席上，笑微微地望着自己的弟弟。

金意安准备的莲花香片是今年宝城地区出产的新茶，用纸封好茶包后，在府邸后面的池塘中，挑刚开的莲花把它们夹在花瓣中间，然后用细线把莲花花苞包扎起来，待香气将茶熏染透了，再把茶包取出来。每年，金意安都要请金意麟品品香片，没想到这次王太子也一起来了。

到底是新茶新花，水一冲进茶碗，室内清香四溢，犹如无数朵莲花拂面而开，让人精神一爽。王太子和金意麟的坐姿变得端庄起来，金意安简单地介绍了一下茶的来由，然后把茶碗分别送到他们面前。

“我在王宫里太孤陋了，不知世间竟有如此佳茗！”王太子端起茶碗喝了一口，惊异地说。

“茶好，水也特别。是日出前，意安从莲叶上采集下来的露水。”金意麟补充了一句。

“是舌头好。”金意安说，“茶在舌头上，水也在舌头上。”

王太子的目光从茶碗碗沿上掠起，瞟了金意安一眼。

金氏兄弟的眉眼原本十分相像，但却因为性格上的差异，给人留下了截然不同的印象：一个火炽如金，一个婉顺如银。

喝完头碗茶，金意安又帮他们把茶水添满。

“倘若不客气地承认我们兄弟还有些才能的话，我是冲茶时的那股茶香，水一冲入，顷刻间流香盎然。”金意麟举起手中的“德宁府”粉青印花纹碗给王太子看，“意安的才能却似这茶碗，第一遍茶不动声色，非得第二遍茶冲过以后，到第三遍茶时，才会慢慢渗出玉色的光泽来。”

金意安抬头望着金意麟，兄长的话令他十分震惊。在他的印象里，金意麟的眼睛一直是向上、向远处望去的，对于身边琐碎不屑一顾。父母在世时，全家人能数得出来的几次闲话家常也都围绕着如何光大金氏门楣的主题。金意安总是坐在他们热烈的语言、美好的憧憬的外面，冷眼打量他们的表情，无法与其他三个人进入同样的氛围。

他不知道金意麟是在什么时候、什么样的心情下面，开始了解、研究自己的。而且如此出语惊人——

“德宁府”的粉青印花纹碗！

“与意麟兄饮酒，与意安兄品茶，”王太子轻声喟叹，“都是赏心乐事啊。”

四

金意安六岁开始到东堂读书。第一天上学时，比他早两年去了东堂的金意麟被先生点名，站起来背诵《论语》。八岁的金意麟身上已经具有了飞扬的神采，如同他用细鞭子在陀螺上抽了那么一下子，让它飞转起来，古老的中国语录在金意麟的嘴里变成了活泼动人的咏唱。从他身上焕发出来的光彩是如此强烈，金意安认为自己一辈子也做不到兄长的样子。

从那时起，所有金意麟喜欢的，都令金意安厌烦。他的四书五经学得一团糟，也不是没努力过，但那些治国安邦的语句一到了他的身体里总是滑溜溜地能自己溜走似的，反倒是琴棋书画这类闲情逸致，金意安得心应手，不费什么劲就能成为其中的佼佼者。好在父母把全部希望都放在长子身上，对次子的不求进取并不过分苛求。

父母谢世后，金意麟专心在成均馆里读书习武，十几天才回家一次。

金意安白日里在家写几首时调，画几笔水墨，下下棋喝喝茶，夜里去花阁寻欢作乐。“无花”阁里的一个舞伎让金意安神魂颠倒，她的身子似乎被老天爷拎在手上，拧湿衣服那样在中间拧过，腰肢比面筋还要柔软。

有一天金意安在“无花”阁里过夜，清晨回到家，发现金意麟坐在他的书房里。他的身前摆放着一个冬天在房间里烧炭取暖用的铜盆，铜盆里斜插着一把很大的、镶着木柄把手的铜镊子。金意麟的脸色也显现出金属的色调和质地，他的日光让金意安想起他平时练武时，从骨缝里发出的咯吱咯吱声。

金意安发现一大捆卷轴画从自己的箱柜里转移到了金意麟的身边。

他们在书房里度过了整个上午。红蓝火苗在画上起舞，和画面上舞伎的舞蹈一样妖娆。铜盆里的灰越积越高，最后浮到了盆沿上，又枯叶似的飘落到花纹席上。

金意安觉得自己的心也被夹在铜镊子里，放在炉火中烧成了灰。他一动不动地蜷腿坐着，先是双脚，然后是双腿、身体、胳膊，最后连大脑都麻木了。

“父母在九泉之下，你就用这种东西来告慰他们的亡灵吗?”烧完画，金意麟拂袖而去。

五

他不知道金意麟是怎么知道他的事情的。成均馆里的少年出入花阁并不是什么稀罕事，人不风流枉少年。遭到嘲笑的是那些从来没去过花阁的家伙。金意安激动的心情慢慢平复下来，对金意麟的行为大不以为然，名利场和温柔乡，他们各安天命，他这么小题大做，无非也是想在弟弟面前耍长兄为父的威风罢了。

告慰亡灵?

那关他什么事呢?

父母生前，父亲一只眼睛盯着酒坛一只眼睛盯着金意麟，母亲则是一只眼睛盯着父亲一只眼睛盯着金意麟。不用说九泉之下了，他们踏上黄泉路以前已经把他们的次子忘到九霄云外了。双亲过世，金意安内心也十分悲伤，但不至于绝望。所有和“激烈”相关的感情，都与他无关。

在葬礼上，他穿着丧服，沉着脸，站在兄长后面，看他迎来送往，答对亲朋。闲着无聊，他冷眼打量金意麟，觉得他好像悲伤不足喜悦有余。要面子胜过要命的金意麟再也不用为父亲酗酒后的举动不安了，府邸开支上的负担也相应地缓解……最重要的是，如今他成了金氏府邸的顶梁柱，所有过府来吊唁慰问的人，无不用赞许的目光打量着他:“有你这样的儿子，你父亲死了也是安心的。”

“不安心的还是死人吗?!”金意安几乎要冷笑出声。

金意安揉揉麻木的腿脚，站起身来把衣服上面落的纸灰抖落掉。心里暗自庆幸，比较起与金意麟眼对眼地谈论人生理想、家族责任，他倒情愿金意麟把画烧掉。

从那以后，金意安还是经常去“无花”阁。他对舞伎的热情不知怎么却一天天地淡了下来，表面上他仍然对她宠爱有加，她跟别的男人卖弄风情时，他还和往常一样一笑置之。但他在心里与她隔膜起来，仿佛他真心喜欢过的女人已经被烧成灰了，眼前活生生的这个反而是个赝品。他知道自己的想法很奇怪，但思路却不听使唤地径直往这个方向走。舞伎觉察到金意安的变化，哭哭啼啼地埋怨了几次，可能自己先觉得无趣，也跟他疏远起来。她是“无花”阁里的红牌，不缺少男人的爱。金意安虽然也有个贵族身份，但除了相貌俊美这一条，并不比其他人出色。

六

金意安好久不再踏足花阁，他的时间大多花在钻研棋谱上。他的棋艺越来越有名，经常约高手对弈，也有人找上门来和他较量。他十八岁那一年，金意麟春天时文榜及第，秋天时武榜又及第，成为汉城府的传奇人物。两年以后，他在司谏院里官拜三品按察使。这是近六十年来，金氏家族被赐封得到的最高官位。

金意麟仕途顺利，对金意安的要求反而不像从前那么严厉苛刻。或者就是彻底丧失了信心，金意安自己这么猜想。

金意麟穿着紫红色的官袍，神采奕奕。他是引人瞩目的官场新贵，每日都有请帖送上门来。相形之下，金意安就像被打入冷宫的妃子，连仆人也暗中冷落他。他和兄长难得见面。他起床吃早饭时，金意麟已经上早朝了，晚上他是从来不回家吃饭的。

金意安也乐得如此。他犯愁的是越来越难找到对手了，他开始往离汉城府三百里远的离俗寺写信。寺里的水心大师棋艺精湛，据说还没有人能在他面前走上三百步呢。水心大师有信必复，素白的纸笺，字体沉稳洒脱，每句话都平常，每句话又都玄机重重。

金意安住的西院俨然成了金氏府邸里的离俗寺，他总是家里最后一个发现变化的人。屋瓦换过了，瓦当也变成了最新的式样，围墙粉刷过，家具重新油漆过不说，还增添了金制的画角。府邸的大门是什么时候拆掉、什么时候又换成新的他也浑然不觉。有一天金意安出门回来，凑巧抬头，还以为自己走错了门——

府邸正门比原来大了两倍，门框还散发着木料的香气。

金氏府邸就像一件蒙尘的宝贝，被擦拭，被打磨，加上新置办的各种各样的东西，越来越光鲜了。偶尔，金意麟也在家里设宴招待官场同僚了。

七

第二次见到春美公主时，金意安仔细地观察春美公主——当然不能像她那么无所顾忌——看她和王太子相像到什么程度。

“今天见到那个疯子了吗?”春美公主一见面就问他，“那个想从你的马车上面，弄下一块金子来的家伙?”

“没有。”倘若她不提起，金意安连那个人也忘了。

“我知道他是为什么疯的。”春美公主表情神秘，故意停顿了一下才又说，“和你有关。”

“和我有关?”金意安笑了。

“和金氏府邸有关，算不算是和你有关?”

金意安的笑容收敛了。

“他是一个古董商的儿子。和王宫里的人一样，喜欢打探别人的秘密。在你们府邸的门外，经常停着一辆马车，从上到下罩着青布罩子，捂得严严实实的，总是在夜幕降临后到来，第二天天明前离开。按察使金大人是相貌英俊、风度翩翩的官场新贵，马车里面坐着什么样的人，自然是让人好奇的。”

他发觉她对说故事有一种迷恋，眼睛紧紧地盯着自己的听众，语调貌似平静，里面却有着压抑不住的喜悦激动。金意安得控制着自己，才能把注意力放到她说的事情上面。

“我从来没见过你说的这辆马车。”

“倘若你见过他见过大家都见过，那这件事情还有什么秘密可言?”春美公主瞪了他一眼，很不高兴自己的话被打断。

金意安缄口不语。

春美公主自己气了一会，忍不住又说起来:“这位古董商的儿子和别人打赌，彻夜守候在你们府邸的门外。第二天早晨客人从府邸里出来后，他跟踪着马车绕遍了半个汉城府，累得像狗一样把舌头都吐出来了……这句话是我加的。我猜他会累成那样。他再也跑不动了，偏偏马车也停下来了。你猜猜看，马车停在哪里?”

金意安摇了摇头。

春美公主有点失望，瞪了金意安一眼:“马车停在离王宫不远的一个树林里。几个黑衣人扯下了罩在马车上面的青布车罩。太阳刚好出来，那辆马车在古董商儿子的眼里，呼啦一下子，光芒万丈，变成了用金子打制而成的。马车大摇大摆地进了王宫，无人拦阻过问。

“他把事情跟别人讲了，谣言传得满天飞，但是真是假就难说了，因为古董商的儿子变成了你见到的那副模样。”

“您是怎么知道这些事的?”金意安问。

“王宫里到处都是黑衣侍卫，随便打发两个出去，想知道什么都行。”春美公主意犹未尽，叹了口气，“可惜不知道马车里坐着的人是谁。会是太子妃吗?”

喝茶的那个雨夜一下子被拉到眼前来。王太子摘下斗篷的一瞬间，自己不是把他误认为是春美公主了吗?他望着金意麟的眼神似乎与一个男子的身份不符，更别说是尊贵的王太子殿下了，他熏衣的香气也邪门得很……金意安的心怦怦地跳起来，他的房间里过了好几天才散去的香气忽然之间又变得浓烈起来，像一只手从春美公主的衣服里面伸出来，扼住了他的喉咙……

男人会迷恋男人吗?!

“你怎么了?”春美公主问。

“……没怎么。”

“没怎么?”春美公主的目光不离他的脸，“你的脸比纸还白。”

“是吗?”金意安尴尬地笑笑。

春美公主皱着眉头，好像被他的笑容弄得很别扭似的。

“你知道马车里面的人是谁?”

“不。”他很坚决地回答。思绪的碎末沿着一个他看不见的漏斗又漏回到脑子里，“那个古董商的儿子怎么变疯的?”

“这正是这件事玄妙的所在。”春美公主一个字一个字地说道，“大家只知道他疯了，却不知道他是什么时候疯的，如何疯的。自然也就没有人能确定，他到底是因为说了那样的话才变疯了的呢，还是他原本疯了才说那样的话呢?”

八

离春美公主大婚只差十天了，驸马暴病猝死的消息突然传出来。

事发第二天，宰相大人手托着官帽上朝，大家发现他的头发一夜之间全白了。宰相大人在朝堂之上长跪不起，磕头太用力，把额角撞裂了，血弄得满脸都是。他声泪俱下地向国王提出辞官归隐的想法，在场的人无不动容。

国王动了恻隐之心，准了他的辞呈，也不再追究驸马的死因了。

空出的宰相之位和春美公主的新驸马人选，让整个朝廷都震动起来。金意安隔岸观火，都能感觉到惊涛拍岸。金意麟野心勃勃早已不是什么秘密，加上他与王太子非同寻常的关系，不可避免地引起众人瞩目。

一天夜里金意麟又和王太子到金意安的书房喝茶。庭院里的苦竹在夜风中发出细密的声响。

“王宫里太多脂粉气了。”王太子深吸了几口空气后，微微一笑，“贵府里的清新气息真是沁人心脾啊。”

王太子跟别人交谈时喜欢垂着眼睛，偶尔抬眼瞟一瞟说话的人。上朝时金意安离王太子很远，他在人群中站着，有时觉得王太子像佛殿里的泥塑。

“王宫内多奇花异卉，有九位艳压群芳的公主，还有比所有公主更加亮人眼目的太子妃，再加上国王身边的三百佳丽，身在众芳国天香府，您所说的‘清新’，只怕是穷酸的隐喻吧?”金意麟好像心情不错，笑声爽朗。

“什么众芳国天香府，”王太子不抬眼皮，轻声反驳，“女人就是女人，像蛇一样难缠。”

“有美人纠缠，岂不正是男人的风光?”

“女人如花香，太浓烈了会让人窒息的。”

“这么说也对。美人恩重，一向是最难消受的。”

王太子慢悠悠地说道：“所以驸马才死在歌伎的身上。”

金意安的手哆嗦了一下，热水洒在手背上。王太子和金意麟停止交谈，看着他。

“对不起……”烫到的地方像有几万根针同时刺进去，金意安顾不上疼痛，低头道歉。

“没关系吧?”王太子盯着金意安的手。

“没关系。”金意安鞠躬致歉，“真对不起。手忙脚乱的……”

“意安还不知道这件事呢……”金意麟看着他抓起布巾，把溅在手背上的水擦掉，转头向王太子解释。

“真的没关系吗?”王太子打断他，冲着金意安问。

“真的。对不起。”

金意麟沉默下来。

“在汉城府竟然还有人不知道驸马是如何死的，这倒是桩新鲜事呢。”王太子转头冲着金意麟说，“昨天夜里在白梨宫，春美把她预备举行大婚时穿的礼服挂在衣撑上面，在花园里点火烧着了。火光和烟气引来了黑衣侍卫，连父王和母后都被惊动了。”

“春美公主算得上是王宫里性格最鲜明的人物了吧?”金意麟笑了。

“仗着是母后亲生的，为所欲为罢了。她还扬言要自己挑选新驸马呢。”王太子端起金意安刚放到他面前的茶碗，斜睨了金意麟一眼，“春美好像对意麟君情有独钟啊!”

“情有独钟?”金意麟笑了，“这倒是新鲜的话题。”

“意麟君被人倾慕惯了，难免会视别人的真心如敝屣。”

“王太子这话可真令人惶恐，”金意麟嘴上说“惶恐”，动作却很从容，伸手把茶碗端起来，闻着茶的香气，“倘若是我哪个地方失礼了，您只管责备就是。”

王太子不看金意麟，沉默了片刻，重又开口说道：“一品二品官员中与王室有着亲密关系的家族，条件优秀的年轻人，早已和其他的公主订了婚约；四品以下的官员，根本不在考虑之列。数来数去，眼下意麟君的条件倒是新驸马最适合的人选。王后也跟我打听你的家世背景呢。”

金意安垂下目光盯着坐在火炉上面的水壶。

“早知道王太子要谈这件事，今天晚上应该喝酒的。”金意麟笑了，“风流事在半醉的时候讲最有趣了。”

“您认为这是风流事吗?”王太子转头看着金意麟。

“和女人有关，不是风流事是什么事?”金意麟没喝酒却有酒醉之态，言语放肆起来。

金意安的心提到了嗓子眼里。

“对啊，我差一点忘了意麟君是汉城府最有名的风流才子了。”王太子脸色发青，笑容也是冰冷的。

“赢得青楼薄幸名?”金意麟笑了，对王太子的不悦全无察觉似的。

“那我们就喝酒好了。”王太子把茶碗放到桌上。

“我去取酒来。”不待他们开口，金意安起身便往外走。

九

仆人去酒窖里取酒，金意安在厨房里耽搁了一会，回来时，他被眼前的景象吓呆了：一个书架被踢倒了，水壶的支架歪在倒了的书架旁边，从壶嘴里流出来的水把花纹席和席子上面的书弄湿了，火炉上浇了水，发出烟气和火炭混合在一起后呛人的气味。

金意麟表情僵硬。他的模样让金意安想起他们的父亲。在他们年幼、而他也尚未把生活完全沉溺于美酒带来的愉悦中时，他偶尔会为一些事情烦恼，那时，他就是这么一副表情。

王太子背倚着墙，脸色煞白煞白，眼圈却是粉红的。

金意麟看见抱着酒坛的金意安，伸手把酒坛从他的怀里抢了出来，拍开泥封，嘴对着酒坛口咕咚咕咚地喝起来。未来得及进口的酒洒出来，弄湿了他的衣服。

金意安逃到院子里，心怦怦地跳个不停。

他在花园里待了半个时辰，回来时，金意麟和王太子已经离开了。两个仆人在收拾房间，把洒了水和酒的花纹席换掉。但酒气是不会那么快消散的，房间里弥漫着米酒香甜醇厚的气息。

金意安在书房隔壁的房间睡下后，还能闻到酒气，他睡得很不踏实，夜里醒了好几次。

第二天金意安在东院看见金意麟，和他想象中的一脸沮丧完全不同，金意麟刚练过拳脚，身上热气腾腾的，穿着宽松的衣裤精神焕发地坐在木廊台上，手里捧着一杯热茶，看见金意安走过去，冲他笑笑。

“你今天进宫吗?”

“是的。”金意安点点头。

宫里来的信使跟着一个仆人进门，朝这边走过来。金意麟从信使手中接过信，朝金意安摆摆手。

十

“里面的衣服和我身上的面料差不多少，但绣工很讲究，裙摆上面用银丝线绣着九凤朝阳，短衣的系带上面用金银丝线分别绣了桂花和桂叶。最讲究的要数外面那件风衣了，是龙凤呈祥的图案。”春美公主用指尖在桌面上画了几道弧线，“宫里最好的九个绣工忙活了大半年，你真该看看她们一起干活时的排场，去年王太子妃嫁进王宫时，她的礼服差点让我们笑掉下巴。不过她人长得美，大家只顾盯着她的脸，很少有人像我们那样关心她穿了什么戴了什么。”

春美公主穿着白色的短衣绿色的裙子站在窗前，刚洗过的头发宛若两匹黑缎，沿着脸颊两边垂下来。几天没见，她瘦了一些，下巴更尖，眼睛更大了。

“火是我亲自点着的。衣服烧起来的一瞬间，真是灿烂啊。我猜想那个家伙在舞伎身上快活的时候，肯定也灿烂了那么一下子，然后就一命呜呼……”

“春美公主……”金意安脸孔发热，向外面望了一眼，站在木廊台上的宫女们，身影投映在糊在门窗的苔纸上，像一棵棵摇曳的树。

“礼宾侍尹大人脸红了。”春美公主到桌边坐下，双臂撑在桌面上，手托着下巴看金意安。

“请您不要……”

在近处，她头发里面菖蒲花汁的香气变得浓郁了。他的心扭搅起来，抗拒着想要把手指插进她头发里面的欲望。

“你害羞的样子像女人一样。”她说话时的轻佻样子也颇像男人到花阁里寻欢，与女人调笑，话朝着人的脸上说，语声细细的，嘴里的呼气犹如草尖撩拨着他的面颊。

金意安有些恼怒，他是礼宾侍尹，却成了她无理取闹的对象。他不知道她是怎么回事，这么热衷于把自己扮成风月老手。

“驸马死在歌伎身上，让您觉得灿烂吗？”他冷冷地问。

春美公主的脸色变了，身子慢慢地朝后，坐直。

“您要是能听到市井里的流言，就不会这么说了。”金意安好像在讲一个与春美公主全无关系的人，“驸马大婚在即，却忙着去花阁偷欢，别人会怎么议论您呢？在那些不干不净的流言中，您以为自己还是冰清玉洁的公主吗？您甚至连那个歌伎都不如。我敢打赌那个歌伎现在一定是车马如龙，客如流水，对于把公主都比下去的女人，谁能不好奇呢？老实说，连我都想去看一看她呢。要说灿烂，那个歌伎眼下的心情才叫灿烂呢。”

春美公主把嘴唇咬得失去了血色。

“你为什么不去?”

“一想到驸马，就没兴致了。”

春美公主扬起手来，金意安来不及反应，脸上就挨了一耳光。

“你竟敢如此放肆?!”

“人必自辱，而后人辱之。”金意安说。

春美公主扬起另一只手，在他的另一侧脸颊上又打了一巴掌。

金意安的脸上露出微笑。

“您现在的举止虽然粗鲁，却比刚才的轻佻更符合您的身份。”

“你说我轻佻?”

“你是轻佻。”

春美公主又扬手打了过来，手臂扬起来时，带动着头发也飘动起来：“你敢用‘你’来称呼我?!”

“是的。”

春美公主的手在半空中顿住了，她的眼圈红了，泪水在眼睛里面先是轻轻抖动着，然后越抖越厉害，最后变成滚圆的一颗，噗的一下碎裂在脸颊上面。她把举起的手臂转了方向，用手背擦了一下眼睛。

更多的眼泪从她的眼睛里面流下来，直到泡软了他的心。

他喜欢她恼羞成怒的样子。更喜欢她泪水在脸上缓缓流淌的模样。这才是待嫁的少女，像虞美人花一样柔弱，让人心疼。他强忍着，才没把他们中间的桌子抽走，把她抱在怀里安慰。

十一

夜里睡不着。金意安点亮灯，燃起龙脑香片，把棋子从白瓷罐里一个个拿出来，用绸缎细细地擦拭之后再放回去。金意麟是什么时候站到门外木廊台上的，他都没有觉察到。

“我看见你这边有灯光，就过来了。”站在灯下的金意麟如同沐浴在细雨中。

金意安连忙起身：“请进来坐吧。”

“来杯茶吧，”金意麟撩起衣摆坐下来，“不用太讲究，随便一些就行了。”

金意安麻利地洗了茶杯烧了热水，先把热水冲入茶杯，然后用茶匙把雀舌茶放入杯中。水在阴纹白瓷里，看上去波纹迭起，茶叶入水后，一长一短的两片嫩绿缓缓绽开，果然形如其名。

“刚才宫里来了信使。”金意麟端起茶杯喝了一口，“和驸马相好的歌伎让人杀了。”

金意安手里拎着水壶呆住了。

“是春美公主假传王后之命派黑衣侍卫干的。黑衣侍卫用木盒盛了人头呈送王后，王后当场被吓晕了。国王震怒，把春美公主囚禁在宫中，不许她外出。”金意麟望着金意安，“你今天跟春美公主说什么了？”

金意安一句话也说不出来。

“宫女说礼宾侍尹大人离开后，公主怒气冲冲，召来了黑衣侍卫。”

“……”

“幸亏有王太子打圆场，否则……”金意麟双目如炬，语气也严厉起来，“身为礼宾侍尹，在王宫里出出进进，像谨言慎行这样的事情，还用得着别人提醒吗？”

“对不起……”金意安低下头。

金意麟叹了口气。

“我自己无能，让您也跟着丢脸。”

“无论如何自责也于事无补，”金意麟瞪了金意安一眼，“你老拎那个壶干什么？”

金意安把壶坐到炉子上面。

“下不为例。”金意麟说，“好在春美公主是王后亲生的骨肉，她不会难为她的。”

“……我很抱歉。”

“早点睡吧。”金意麟喝完茶，回到东院去了。

十二

金意安第二天一早去白梨宫。他一夜未睡，走路时头重脚轻，坐在车上斜靠着车窗窗框，在马匹跑动起来嘚嘚的声音中，迷迷糊糊地打了个盹。

春美公主坐在木廊台上，抱着双膝，歪头枕着自己的膝盖。她的眼睛跟着走到近前的金意安转。

“昨天夜里我见到她了。”春美公主仰脸望着金意安，神情有些恍惚地笑了笑，“她站在我的床头，眼睛一眨不眨地看着我。”

金意安没接话，挨着春美公主坐下。视线所及之处，一个宫女也没有，估计是被春美公主发脾气打发走了。

“你说世上真的有鬼吗?”

“当然没有。”

“可我看见她了，她的脸和木盒里的人头一模一样。”春美公主用手在脖子上划了一下，“这地方还有条红线，好像是割头时留下来的。”

“是你自己胡思乱想的。”

“我没有胡思乱想。”春美公主恼了，恨恨地望着金意安，“倘若我伸出手去，我肯定可以抓到她。”

“那只是你的想象罢了。”金意安更坚决地反驳，“倘若你真的伸出手，就会发现，什么也没有。”

“我可不敢伸手。”春美公主脸色苍白，眼睛下面发青，双臂抱着膝盖，“我一伸手她就会抓住我的，把我带到阴曹地府。”

“她不会带你走的，不是你杀的人。”

“是我。是我让黑衣侍卫干的。”

“不是你。”金意安说，“是我。我说的那些话激怒了你，你才做了蠢事。”

“你竟敢不用敬语跟我说话……”春美公主定定地望着金意安，过了半晌，她笑了笑，捂住嘴打了个呵欠，“你爱怎么称呼就怎么称呼吧。”

他笑了。

他们望着白梨宫门口的木槿。

“这里叫白梨宫，怎么种着一株木槿?”

“可能是因为‘梨’字不大好吧，其实我倒是喜欢梨花的。朵朵清爽，不染俗气，盛开时宛若霜雪压枝，也有气势。木槿花也是白的，却流于细碎，开得密时，紧紧地巴结在枝干上面，看上去那么辛苦，拼了老命似的，黄昏落花时分倒是美丽夺目，但又难免会让人惆怅。”

金意安眼睛望着木槿，心里对春美公主刮目相看。他一直很迷惑她棋艺的出处，那种高超不只是天分能够解释的。她的从容、镇定，对局面的把握，非一般人能及。王太子第一次到金意安那里喝茶时，在金意麟的提议下，两个人也下了一盘棋。王太子出手时手面很大，一看就是受过名师指导的，但走上一阵就捉襟见肘了。他若是和春美公主下，五十步以内就会输掉。金意安略微用了点心，在两百步后才赢了王太子。

“我很困。”春美公主用袖子遮住脸打了个呵欠，泪眼汪汪地看着金意安，“天黑以后我不敢合眼。”

“你去睡吧，我在这儿守着。”金意安在她的头发上面摸了一下，她的头发软软的，光滑如丝，“倘若她来了，我会告诉她她找错人了。”

“让她坐着马车去金氏府邸找你?”春美公主促狭地问。

“对。”

“你进房里来陪我吧。”春美公主站起来，犹犹豫豫地看着金意安，“你坐在这里，根本挡不住她。”

金意安仰起脸来看着春美公主，她已经转身进了房。

金意安坐了一会，跟着她进了房里。

十三

春美公主躺下来，也不看他，用手拍了拍身边的位置，示意他躺下。金意安脱掉鞋，躺到她身边。她像一只猫，飞快地凑近过来，把脸埋进他的怀里，一手搂着他的脖子，另一只手的手指和他的手指叉在一起。他的下巴抵着她的头，菖蒲花的香气从头发中间丝丝缕缕地飘出来，他觉得自己被水草缠绕住了。

金意安的心跳得很快很急，和春美公主交叉在一起的手指，能感觉得到血管里血液流动的突突声。她也和他一样紧张，身子紧紧地蜷着。他一动不动，想象自己是棉花地，或者是一片巨大的叶子。慢慢地，春美公主放松开来，身体变得越来越轻，似乎要从金意安的怀抱中飘走。

他向后仰了仰头，垂下眼睛打量她——

她睡着了。

金意安对自己的平静感到惊奇。他的内心里流动着前所未有的温柔情绪，仿佛对弈处于胶着状态时，心境渐渐澄明……

他看见了那个女人，脖子上果然有条红线，站在床边，脸上挂着怨毒的笑容……金意安吓出一身冷汗，突然醒了过来，怀里的春美公主睡得正香，他一动，她下意识地抓紧了他。

金意安抬起头，窗子是支开的，能看见庭院中的一部分景色，也能看见站在窗前望着他们的王太子和金意麟。

金意安觉得自己眼花了，再定睛看时，窗前已经没有人了。似乎，有明黄色的衣角闪了一下。

肯定是眼花了，或者是做梦。他们和那个女鬼一样，不过是他的想象罢了，根本就没有人站在窗前过。金意安安慰自己，劝自己把注意力集中到春美公主的睫毛有多少根上面。

黄昏时分金意安走出白梨宫时，宫门口的内官讨好地凑上前来："我还以为礼宾侍尹大人能和王太子、按察使大人一起离开呢。"

金意安一声不吭地上了车。马车动起来，他把头斜倚着车窗，心绪随着越来越浓的暮色，变得越来越苍茫。

十四

金意麟站在木廊台上，看着金意安从门口走到近前。

"我回来了。"金意安微微躬身。他担心自己身上带着特别的气味，没敢朝金意麟走得太近。

"啊。"金意麟淡淡地接了一句。

两人沉默了一会。

"在王宫里待了一天，辛苦了。"

金意安抬眼看了看金意麟，他脸上没有表情。

"休息一下吃晚饭吧。"

"是。"

金意安往西院走时，觉得金意麟的目光让他后背发热。他忍不住回过头去，和他想象的不同，金意麟负手背对着他，盯着自己的鞋。他的身材高大挺拔，头一垂下去，背影有种说不出的落寞。金意安呆怔了片刻，才转身离去。

回到房里，金意安脱下外衣，把头埋进衣服里去，用力地嗅了嗅，他不知道是自己的想象，还是真的闻到了一股香气。他又想起春美公主蜷着身体紧紧地偎在自己怀里的模样，虽然不合时宜，但一阵狂喜像雷击贯穿了身体，让他颤抖起来。

十五

他不知道春美公主是什么时候醒过来的，当时他满脑子想着王太子和金意麟，他们怎么会突然来白梨宫呢？来找他，还是，金意麟与春美公主的婚事有了定论？倘若是那样，金意麟看见了他与春美公主这样的情景，会怎么……

"你在想什么?"

金意安低头看见春美公主黑白分明的大眼睛，吓了一跳。

"醒了?"

"嗯。"春美公主点点头，坐了起来，盯着随即也坐起来的金意安，"你那么入迷，在想什么?"

金意安有些啼笑皆非。春美公主睡了一个时辰，好像把可怕的事情忘掉了，又变成对什么都好奇的公主，神情也活泼起来。

"……想女人?"

金意安想起梦到的那个女人："是啊。"

"真的在想女人?"

"是。"

"你竟敢……"春美公主扬手打了他一耳光，眼睛因为恼怒睁得圆溜溜的，"你怎么敢?!"

"我在想你。"金意安说。

春美公主愣住了，表情飞快地变了几变。

"你好大的胆子，"她嘴还是硬的，但脸红得像熟透的苹果，"想我？想我什么?"

金意安不说话，也不动。他的欲望像一条蛇从杂乱的思绪中探出头来，试图从他的身体中挣脱出去，扑向对面这个温软芳香的身体。

"我该走了……"金意安听见自己沙哑的声音。

春美公主不说话。

他的太阳穴突突地跳着，口干舌燥的。

“你怎么不走啊?”

春美公主的威胁听起来更像是鼓励。金意安昏了头，好像怕她说出更可怕的话似的，凑过去含住了她的嘴唇。她的嘴唇软软的，像两片花瓣，和她平时说话那股硬邦邦的劲头完全不同。他心里想，春美公主虽然嘴硬，却是纯净如一块冰。

她的裙子有好几层，他的手绕来绕去的，费了好大的劲才找到想要找的地方。她的肌肤又滑又凉，中间浸润了太多的水分，他恍惚间觉得自己的指头又缠绕进另一匹绸缎里……

十六

金意安不想和金意麟一起吃晚饭，但又想不出什么好的托词。等他洗了澡换好衣服去餐室时，金意麟早已坐好，餐桌也早就摆好了。

“对不起，来晚了……”金意安打了声招呼坐下来。

金意麟点点头，吩咐仆人倒酒，“我们今天好好喝一杯。”

金意安酒量不如金意麟，以前父亲活着时，也只要长子陪着他喝酒。

仆人把酒杯倒满。

“干杯。”金意麟举杯示意，一口喝掉。

“干杯。”金意安也只好举起杯来喝掉。

仆人又把酒杯斟满。

连喝了三杯，金意安觉得酒劲在胃里浮动着，整个身体都变得轻飘飘的。

“我不行了。”他冲金意麟摆摆手，“我的酒量一向不好。”

“你行的。”金意麟笑着，又举起杯来示意，“谁说你不行?”

金意安明知道再喝下去要醉倒，也只能勉强再把酒杯端起来。用袖子遮住脸时，他想把酒偷偷倒掉，但只是一闪念，还是把接下来的三杯酒又喝进了肚子里。金意麟让仆人离开了，铺着五铺花纹席的餐室里只剩下他们兄弟两个，气氛一下子冷清起来，晕头晕脑的金意安也有一些清醒。

“今日我去王宫见了王后，”金意麟说，“是关于我和春美公主的婚事。”

金意麟的话仿佛兜头泼过来的一瓢凉水，金意安清醒了不少。

“我是她的新驸马。”

“春美公主会很乐意嫁给您的，”金意安说，“她倾慕您很久了。”

金意麟看着他的样子就好像他在撒谎。

“第一次去白梨宫时，她亲口跟我讲的。”金意安迎着金意麟的目光，硬着头皮往下说，“她说她留下我这个礼宾侍尹，是因为我长着意麟君的脸。他还希望你能去白梨宫看她。”

“有这样的事?”金意麟笑了笑，“你怎么不早说?”

“那时候驸马……我是说前任宰相大人的儿子与春美公主有婚约约束，虽然春美公主身份尊贵，但也不能为所欲为。”

“说的对。”金意麟说，“谁都不能为所欲为。王太子，春美公主，我，还有你。”

金意安头皮发麻，忽然间竟想起了当初与那个舞伎情深意笃时，两人曾经海誓山盟：如若背弃，“溅血三升，吞针千根”。眼下，他真的恨不能溅血三升，吞针千根。

“今天在白梨宫，吓了你一跳吧?”金意麟问道，“不过，你也把我吓得不轻……我没想到你和春美公主会这么亲近。”

亲近? 金意安心中暗暗叹息，虽然有了肌肤之亲，但他仍然拿不准春美公主是怎么看他的。她喜欢金意麟，却又半推半就地接纳了自己。她拿自己当什么呢? 金意麟的替身吗?

“你相信世间有鬼吗?”金意安问。

“鬼?!”金意麟疑惑地望着金意安。

“就是那个与宰相大人的公子相好的歌伎。”金意安说，“春美公主说她整夜睡不着，老梦见歌伎站在床边盯着她看。”

“那只是她的想象罢了。”

“我也是这么说的，但我也梦见那个女人了，和春美公主说的一样，脖子上面有一条红线，好像割头时留下的痕迹。”

“真荒唐。”金意麟笑了。

“很荒唐，但是真的。”金意安望着金意麟，“我被吓醒了，然后就看见您和王太子。”

金意麟没说话。

“我不相信世上有鬼。心里有鬼，才能看见鬼。”金意麟笑笑，“不说这些事情了，喝酒吧。”

金意安把酒干掉，热辣辣的一团，咕咚一声落到胃里。

十七

雨季说来就来了。

眼下是夏末秋初，地气积聚了整个夏季的烈日炙烤，憋足了一股劲，散发出热烘烘的气息。这时候的雨，性情暴烈乖戾，风也急骤，雨丝扫在青石板上面发出的声音听上去令人心惊。在雨水的湿气中间，夹杂着一股阴冷之气。

每一场雨后，都有一批竹叶被打落在地上，几场雨过去，地上便铺了厚厚的一层。与此同时，新生出来的竹枝疯长着，飞快地从根部蹿起来，犹如借助风势扬起的火焰。

金意安觉得自己也像一根竹子，心是空的，但思绪却如那些疯长的竹枝，因为找不到重点，更加急迫地飞蹿着。

春美公主派内官招过他几次，都被他以染了风寒为由推托掉了。

他不是不想见她，而是不敢见。私心里，还有种用不与春美公主见面来表达对兄长的歉疚的心理。每次内官到来和离去，他都会想起金意麟。金意麟出入王宫，来去自如，他很明白内官是为什么而来的。但金意安从金意麟的表情上看不出什么特别来，他不大在家里吃饭，夜里很晚才回来。

金氏府邸里仿佛有一条看不见的河，他在河的这边，金意麟在河的那边。

金意安倒情愿这时候下雨。

至少庭院不那么空落落的了。

十八

浑浑噩噩地过了许多日子，一天傍晚当春美公主出现在金意安的面前时，他还以为自己在做梦。

送她过来的两个仆人施过礼后正在离去，他们目光里的疑问让金意安意识到眼前发生了多么怪异的事。

“外面传说意安君得了极重的风寒，性命危在旦夕。”春美公主脸绷得紧紧的，“我倒不相信，非得亲眼来见识一下不可。”

“您怎么……出宫的?”金意安腿都软了，一时站不起来。

“我让意麟君带我出来的。”春美公主把斗篷脱下来，“你们府邸的仆人认错人了，刚才尊称我为王太子殿下呢。我像吗?”

金意安的心像一只鸡蛋磕在石头上，碎得心汁四溅。他打量她身上的男装，不知道这时候该哭还是该笑。

“你呆呆地看着我是什么意思?!”春美公主见金意安不说话，发起脾气来，“你真的生病了吗?神情这么奇怪?!”

“请进来喝杯茶吧。”金意安叹息一声，起身往房间里让春美公主。

春美公主面色不悦，但走进房里，四下看看，脸色也开朗了，“你的房间像间僧房。”

金意安没说话。

“他们说要打仗了，清国在边疆囤积兵力呢。王宫里人心惶惶的，父王身体欠安，”春美公主叹息一声，“现在所有的事情都仰仗着母后。”

“……”

“你怎么一声不吭?”春美公主问，“你知道我费了多大的周折才能出宫!”

“听说，您要嫁给我的兄长了，是吗?”

“我就猜出来了，”春美公主看着金意安，脸渐渐地红了，“你的风寒是从哪里得上的。”

“我应该恭喜你，你一直很喜欢我的兄长。”

“我是很喜欢意麟君，但我也很喜欢意安君。我想跟意麟君在一起，也想跟意安君在一起。”春美公主气咻咻的，赌气似的说道。

金意安没说话。

“你又要骂我轻佻了吧?”

“你是很轻佻。”金意安叹了口气，说道。

春美公主恼怒地瞪着他。他朝她伸过手去，被她打开了。他的手又伸过去，她又打开了。

“轻佻的女人不是很让人讨厌吗?”她瞪圆了眼睛。

“我是很讨厌你轻佻。”金意安说，“你这么轻佻，又是我兄长未过门的妻子，我不知道该如何对你才好。”

春美公主脸色发白，霍地起身往外走去。

金意安想也不想地伸出手去，她的一只脚刚好抬起来，他用力一拉，她站立不稳，朝着他的怀中歪倒了。

金意安在急切之间，找不到春美公主衣服上的系带，把她的一件内衣撕坏了。她叫唤了一声。金意安浑身发抖，身体里面的河流冲破堤坝，四处蔓延……他在春美公主的身体里恣肆奔跑时想起金意麟……

“你会遭报应的。”他对自己说。

第二天金意安趁着仆人未起床时，收拾了几样简单的东西离家出走。空气沁凉，雾很大。他在集市上等了半天才见到人影。他雇了马车后立刻上路，在官道上奔波了一天半，又花了半天的时间爬山。到达离俗寺时，他长长地出了口气，回头看身后，夕阳宛若一件华丽的大氅，飞扬在西天上。

红尘万丈啊。泪水模糊了金意安的视线。

十九

水心大师是个枯瘦的老人，和颜悦色，穿一身洗得发白的僧服。每天吃过午饭，他在桌上铺开纸，用细细的笔勾画棋谱，勾着腰埋着头的样子像一只虾。金意安纵然心情低落，也忍不住露出微笑。他在寺院待了快一个月，水心大师还从未与他对弈过。

金意安耐不住寂寞，追问过几次，水心大师微微一笑：“再等等不迟。”

水心大师身上所有的东西非老即旧，但眼睛却极有神采，清澈、锐利，不像上了年纪的人。金意安觉得自己一眼就被水心大师看穿了。

离俗寺的院中有一株罕见的朱槿，据说已有三百多年了。如今花期已过，黄昏时分金意安打量着朱槿，想象整个夏季，每天黄昏时分朱槿花飘落时艳如血滴的情景，那该多么令人惆怅啊！

二十

战争的消息过了很久才传到离俗寺里来。

又过了一段时间，王宫里的黑衣侍卫天兵天将似的，突然出现在离俗寺。

金意安跟着他们踏上归途，没有人告诉他他们是如何找到他的，也没有人告诉他战争的情况，黑衣侍卫们惜言如金。

事情是金意安后来陆陆续续听说的。

关于即将到来的战争，按察使金意麟是最早，也是最坚定的主战派代表。金意安能想象出自己的兄长挥舞语言的枪戟所向披靡的风采，他在文武两班官员中间走动，话语从他的嘴里迸发出来，变成了发热、并且能熠熠闪光的东西。

“有两个问题不容回避。一个是，我们为什么而战斗；另一个是，什么东西比失败更可怕。”金意麟把问题像爆竹扔到文武官员的面前，挨个审视着大臣们的眼睛，仿佛在判断谁有种把它们点燃，“失败并不可耻，不战而败才是最可耻的。”

他声称要放弃自己的按察使身份，以普通武官的身份为民请命。

金意麟的做法很出人意料，他已是新驸马，何苦去疆场自讨苦吃?

或者只是做做样子讨国王的欢心吧? 有人猜测。

金意麟慷慨激昂地试图唤醒众人的民族气节时，王太子表现得很失态，脸色白得像蜡，头随着金意麟的走动转来转去，像鸽子啄食般地捕捉着从金意麟口中吐露的每一句话。他后来向国王请求要去前线督阵鼓舞士气时，着实让很多人意外。

金意安听说那一段时间，金氏府邸里灯火辉煌。门前的车马排成了一条河。主张迎战的武官和文官们聚集一堂，高声的议论常常随风传到围墙外面。

王太子每夜必到金氏府邸，许多官员是冲着他才变成金意麟的拥护者。管家说进出府邸的官员们目光炯炯有神，谈笑风生。他有种错觉，即将到来的似乎不是战争，而是一个盛况空前的节日。

主战派的势力逐渐扩大，国王终于被说服，决定反击入侵。金意麟如愿获得武官身份，官拜前锋兵马节度使。好几个人用不同的感情色彩向金意安形容，金意麟把银盔银甲披挂上身后，是如何英姿勃发、神采飞扬的。

金意安自然也听说了，将近一半的士兵是临时招募的。在半个月内，他们还未学会像使用趁手的农具那样把武器运用自如，就尾随在官兵后面奔赴战场了。

二十一

战争失败了，比预想的更加惨烈。

中秋过后不久，金意麟从江华岛被运回到汉城府。

金意安被黑衣侍卫带回府邸，被告知躺在担架上被白布罩着的人就是金意麟。所有人的目光都聚集在他身上，他们一直在等着他回来。金意安鼓足勇气把白布揭开。场面一下子乱了，有人发出尖叫；有人突然抱在一起；有人一时控制不住，跪在地上呕吐；有人转身跑了。只有黑衣侍卫还和往常一样没有表情地站着。

金意麟已经不是金意麟了，说他是一截烧焦的木桩更恰当些。

金意安很希望自己也能和别人一样，尖叫，呕吐，随便抱住什么，甚至索性一跑了之。他浑身颤抖，但脑子里异常清醒，他哪儿也不能去，待在这里是他的职责所在。

金意麟不是金意麟了，但金意麟还是金意麟。金意麟这么横在眼前，战争和死亡也一下子从遥远的地方拉到近处，横在眼前，变得有血有肉，变得轰轰烈烈。金意安听到哭声，像雨声，落在四周。

王太子这一次没能跟金意麟在一起，他作为质子，和一部分随行的官员，被羁押在沈阳的驿馆。

每隔三五日，便有使节出发去驿馆看望王太子。据带回来的消息说，王太子目前的状态令人忧虑。

王宫内形势复杂，王后为了能尽快让王太子回国，对清国的议和条件全部接受。并且任命自己的表兄为新任宰相。任命颁布的第二天，宰相大人穿着新官服来金氏府邸拜祭亡灵。

二十二

有了宰相大人的拜访，金氏府邸经过多日的沉寂又变得热闹起来，吊唁的人络绎不绝。和出征前官员们的慷慨激昂不同，走进灵堂来的人们一脸肃穆，除了走动时身上的丝绸官服发出摩擦声响，连掉根针的声音都听得到。

“节哀顺变。”大家安慰金意安。

“万分感谢您的到来。”金意安低下头鞠躬时想起金意麟在父母灵堂前的姿态，他不知道自己的动作看上去是否能像兄长那样谦恭，但确信自己的语调听上去相当诚恳。金意安对自己眼下的身份还不能完全适应，就如同他无法相信躺在灵堂前的那段烧焦的身体——据说是被炮轰的——就是金意麟一样。

金意麟一死，慑人的锋芒终于盖棺，如同宝剑入鞘，让很多人定下心来，他们流露出的悲伤倒不乏真心实意。

国王为表彰前锋兵马节度使为国捐躯的壮举，为金意麟追加谥号、封赏。以前未露过面的官员们也陆续来府邸里吊唁。

丧事持续了一个月，选了黄道吉日让金意麟入土为安。他的坟墓建在父母的后面，由于官位的区别，金意麟的坟墓修得比父母的那两座大，也气派得多了。

葬礼结束后，金意安独自在坟前坐了一会，他看着三座坟，前面两座后面一座，形成稳固的三角形，金意安想了半天，也没给自己将来的坟想出合适的位置。

回到府邸的时候，天已经黑下来了。房子黑沉沉的，犹如一只会喘息的巨兽。金意安在东院转了转，走上木廊台，顺着敞开的窗子往书房里面一望，不觉毛骨悚然——书房里有人身着白衣坐着喝茶，不正是金意麟?

他的手在哆嗦，拉了好几下才把拉门拉开。房间里哪里有人，只有一簇白菊开得正旺。这种在晚秋开放的菊花花枝高挑，花盘很大。金意安过去掐了几枝，放到鼻子下面，没闻到香气，也没闻到与艾蒿相近的略带辛辣的气息。

金意安把菊花带回房里，插在花瓶中，点燃桧木香片睡下了。过了半晌他爬起来，凑近到香片燃着处用力吸气，却什么也闻不到。

他这才知道自己已经失去了嗅觉。

二十三

几位王子放下架子，频繁与文武官员联络感情。金意安也接待了其中的两位，他们相貌俊朗，态度谦和，言语谨慎，唯恐别人察觉到他们的野心，又唯恐别人不了解他们的特别用心。

金意安想向他们打听春美公主的消息。几次话到嘴边，又咽了回去。接连两位驸马的死去，春美公主的日子肯定不会好过。金意安想起他第一次从白梨宫离开时，她站在木廊台上面默默看着他的模样，小小的着白衣的身影，要被那个巨大的有着翅膀般屋顶的房子碾碎了。

国王一息尚存，但已经朽如枯木，连早朝都上不了了。王后垂帘听政。几位王子表情微妙，文武百官各揣心事。

中秋节过后不久，金意安忽然被任命为按察使。他跪在地上谢恩的时候，听见四周的窃窃私语，像水波一样起伏。他双手接过放着官印、官帽、官袍和官靴的托盘，心中暗喜，紫红色官袍不就是春美公主邀请他进宫的书信?

当天夜里宰相大人设宴相请，他们都是新官上任，任重道远。但席间却没谈论什么国家大事，宰相大人说的都是体己话，摆明了是先建立亲近关系，再说其他的意思。提起金意麟，他由衷地感慨："真是个人物啊!"

金意安不明白宰相大人的话是从何说起，但附和地点点头。

回到府邸时已经夜深人静了。马蹄踏在青石板路上，嘚嘚嘚地响。金意安喝了酒，头晕沉沉的，和宰相大人的一席谈话化作遍地月光，只有那一句"真是个人物啊"，清晰地根植在他的脑海中。

府邸的管家在门口等候，金意安扶着他的手下车时，忍不住问了一句："你的手怎么这么凉?"

"有贵客到了。"管家凑近耳边轻声说道。

金意安一激灵，酒立刻全醒了。回身一望，果然有一辆马车隐在围墙的阴影中。

"在东院。"管家在前面引路。

金意安疾步跟在管家后面，腹部有一股热量喷发出来，像燃放的烟花喷洒在体内的每个角落。

在东院门口，管家识趣地站住了。

"有什么吩咐，您只管叫一声。"

金意安点点头，看着他转身离开，朝点着灯的房间跑去："春美公主……"

王太子坐在书房里。经过战火的洗礼，他的脸晒成了古铜色，这种肤色使他看上去增添了往日难得一见的热情。他听见金意安的叫声回过头来，从下到上瞟了他一眼，目光最后落在他新换的官袍上面。

金意安动弹不得，紫红色的官服犹如一簇火焰，包围了他。

绿茶

一

咖啡馆叫“燃情岁月”，名字有些好笑。

对面的男人一直在抽烟，烟雾模糊了他的脸。他的话也说得有些含糊，吴芳没听清楚他的名字，不过，从他第一眼看见她时流露出来的表情看，记不记住他的名字都没什么关系。

和以往那些男人一样，他们在一起的时间不会超过一个小时。

他的话很少，沉默有时是金，但金子有时也会让人厌烦。

吴芳在脑子里思忖着金子的物理性质：金子是很沉的金属，给人压迫感。这个男人也给人压迫感。

他是那种自视过高的人。她一眼就能看出来。

吴芳总是等着男人先开口。他不说话，她也沉默着。和陌生男人见面最难过的就是互相介绍完身份后的头十分钟，很快就会过去。吴芳已经想到他们分开后的情况了，只消几分钟她就会忘记他，就仿佛他们从来没见过。

吴芳朝窗外望着，玻璃上面影影绰绰地反射出她自己的样子来，她的眼镜有些反光，占了脸孔差不多三分之一的部分；头发规规矩矩地用皮筋在脑后绑着。她的衣服也很难让男人喜欢，式样很老，可吴芳自己很喜欢，式样老旧的衣服下面，她能感到自己的心安安静静的。

服务生托着托盘走过来，把咖啡放到男人面前，一杯绿茶放到吴芳面前。

他坐直了身子，把糖和奶加入咖啡里。吴芳看着茶杯，里面的叶子慢慢地舒展开来，像是会说话。

他喝了一口咖啡，脸上流露出一些愉快的情绪，看了一眼吴芳："这里的咖啡味道不错呢，你要不要来一杯？"

"不用了，谢谢。我不太喝咖啡……"

"你是硕士？"他打断了她。

"正在读。"

"学什么专业？"

"比较文学。"

"比较文学……比较什么文学？"

吴芳笑了一下，没回答。

气氛有些冷场。

吴芳端起杯子喝了一口茶，她的舌尖品味着茶叶鲜嫩的气味。

男人慢慢地喝着咖啡，不易觉察地朝手腕上的表瞟了一眼。

"我有个朋友，她特别喜欢喝咖啡，而且，还喜欢在家里自己煮，弄得满屋子都是咖啡的味道。"吴芳盯着男人的咖啡杯，慢慢地说道。

他抬眼看着她。

"她专门有个煮咖啡的壶，形状是这样的，底下是这样的，"吴芳的表情渐渐开朗，原本艰涩的语言突然变得顺畅起来，手势也加上了，"说老实话，我没觉得好看，可那壶的价钱，说出来你可能不相信，我两个月的助学金加起来也不够呢。"

男人对她的话题多少有些兴趣，目光也专注起来。

年轻的女孩子哪来那么多钱，这个问题讨论起来很有趣。让吴芳犹豫的是，跟这个家伙谈那么多话有没有必要。

二

吴芳看着男人走出咖啡馆，她不知道他在门口会不会抬头，再看一眼那几个用铁铸出来的字：燃情岁月。他经过窗前时，手里在打电话，遮挡住了自己的脸。

她在他兴致正好的时候，把话题结束了，就像掐掉一朵花。

他生气了。脸色很不好，她猜他在心里骂她。

她暗暗地笑。

她独自坐在桌边，轻轻地转动着玻璃杯，玻璃杯里，茶叶慢慢地扭搅起来，整杯水沁出碧绿碧绿的颜色……

对她而言，这才是最美妙的时刻。

三

吴芳第一次见陈明亮，就记住了他的名字。他让她很高兴，但他自己不知道，于是她的高兴便加了倍。

有一个女孩子也和吴芳一样在等人，她有股不显山露水的性感劲，她从杂志架上往下抽杂志时吴芳就注意到她了，她却没朝吴芳看，自顾自地把杂志摊在桌子上面翻着。陈明亮从外面走进来后，四下看了看，目光落在吴芳身上，又很快移开了。他径直走到翻杂志的女孩子身边，清了清嗓音自我介绍说，“你好，我是陈明亮。”

女孩子愣住了，抬头望着他。

吴芳也朝他看着，轻轻地“哎”了一声。

陈明亮没听见，又跟那个女孩子重复了一遍：“我是陈明亮。”

女孩子还是不明白。

吴芳走过来，拉了陈明亮一下：“你好，我是吴芳。”

陈明亮转回身来，看着吴芳，他的吃惊模样让吴芳露出了笑容。

“我是吴芳。”

女孩子反应过来，她飞快地上下打量了一下吴芳，吴芳的姿色当然不敢恭维，她抬头看了陈明亮一眼，揶揄地笑了。

陈明亮垂头丧气地跟着吴芳坐到靠窗的位置上。

坐下后，吴芳正式介绍了一下自己：“你好，我是吴芳。”

陈明亮点点头：“唔，你好。”

“你……你喝什么？”

“随便。”陈明亮四下看了看，目光扫到女孩子身上，她笑笑。陈明亮冲着服务生举起胳膊，吴芳注意到他的手臂很长，手指像要投篮似的虚握着。

服务生走过来：“请问喝点什么？”

“咖啡?”陈明亮询问地看了吴芳一眼。

吴芳指了指桌上的茶杯：“我要了绿茶。”

“请稍等。”服务生微微点头示意，转身离去。

两个人对坐着，无话可说。陈明亮想了想，刚要开口，手机响了，他低头把手机掏出来。隔桌的女孩子已经接起了电话，声音甜美地“喂”了一声。

吴芳和陈明亮看了她一眼，又陷入沉默之中。

女孩子打完电话，招手叫服务生过来埋单。她把杂志整理好，收拾了东西离开，经过陈明亮和吴芳身边时，冲他们笑笑。

陈明亮的视线尾随着她的背影，直到她从门口消失。二十几秒之后，她又出现在他们面前，隔着落地玻璃，她朝他们——确切地说是朝着陈明亮——笑笑。

陈明亮并不掩饰自己的沮丧情绪。

服务生把咖啡送上来。

陈明亮一边喝咖啡，一边看着吴芳，他的身体完全放松下来，两条腿很舒服地对着另一个方向伸着。咖啡馆的百叶窗把光线隔成一条一条的。

他和别人不大一样，他打量吴芳时，好像在为她的长相犯愁，而不像别的男人那样，先是失望，然后蔑视。

吴芳的目光从陈明亮身上转到桌上。

绿茶放在面前，在阳光下面，碧绿碧绿的。

“我有一个朋友，她会用茶叶算命。”吴芳像是自言自语地开口说道。

陈明亮看了她一眼。

“她和人第一次见面时，能说出很多人大致的性格特征，还有大致的命运。”

陈明亮嘲弄地笑了，但身体却下意识地坐起来，摆出倾听的姿态。

“其实我也不太相信。”吴芳好像能看见他的心理活动似的，笑了笑，“我们认识有十多年了，初中高中都是同学，熟得不能再熟了，她忽然添了这个本事，让我吃惊不小呢。不过她从来不给我算，都是给别人算，尤其是第一次见面的人。很多人都说她算得准，还有不少人后来带着家人和朋友回头找她来算命呢。”

陈明亮的表情飞快地变化着，最后强调：“我不信。”

吴芳宽容地笑了，好像陈明亮说了天真的话。

“随便你怎么想吧。”

“我从来不信这种事，”陈明亮想了想，“要不你现在把你朋友找来，如果她算准了，晚上我请你们吃饭。”

吴芳学着陈明亮刚刚叫服务生的样子伸了伸胳膊：“你以为人家是服务生，你一挥胳膊她就过来了?”

“是不敢过来吧? 怕动真格的吧?”

吴芳笑笑：“你怎么想是你的自由。”

“不是我怎么想的问题。”陈明亮的身子又坐下去了，嘲弄地说道，“我最讨厌骗子。”

“她不是骗子，”吴芳心平气和地说，“她只是会算命。”

“那你让她来算啊!”陈明亮把电话啪地放到吴芳的面前，“你给她打电话。”

“她确实来不了，”吴芳笑笑，“眼下她在外地呢。”

陈明亮得意地笑了：“还说不是骗子!”

吴芳温和地退让：“好吧，你就当她是骗子吧。”

陈明亮一时有些索然无味，他的身子又懒洋洋地陷落进椅子中间：“你为什么来相亲?”

吴芳没听明白似的看着他：“什么为什么?”

“你相亲的目的是什么?”陈明亮把音调加重了一点，“你想结婚?”

“你不想?”吴芳反问。

陈明亮用无聊的表情回答了她的问题。

俩人沉默了一会。

吴芳扬手叫服务生过来：“埋单。”

陈明亮看着她，不说话，也不动。

吴芳从椅子上面摘下包，从包里掏出钱包，从钱包里往外抽钱时，陈明亮伸手把她的钱包打落到包里。

“我来。”

“我……”

陈明亮掏出钱来，放到账单上面，又把咖啡端起来，喝了一口。

四

俩人一前一后从咖啡馆里出来。

陈明亮点了一支烟，抬眼看了看吴芳。

“那就……再见吧。谢谢你请我喝茶。”吴芳客气了一句。

“别客气。”陈明亮吐了一口烟，他斜睨了吴芳一眼，一副欲言又止的模样。

吴芳见他不说话，转身要走。

“哎……”陈明亮叫了一声。

吴芳停下脚步：“还有事?”

陈明亮指了指身后的一间酒店，吴芳扭头顺着他的手臂看过去。

“开个房怎么样?”

吴芳一时没反应过来：“嗯?”

陈明亮表情微妙地看着她。

吴芳明白过来，脸一下子沉下来，她没生气。心里还在犹豫着，手臂已经扬了起来，甩在他脸上的耳光很响亮。

陈明亮有些傻眼，愣住了。

吴芳转身走了。她的手指还有些激动，那上面残存着暴力的味道。

“这样你就纯洁了？就处女了?”陈明亮在她身后喊。

吴芳转过身时，他把手里的烟扔掉，掉头向另一个方向走去。

吴芳追了上去。

“你怎么知道我不纯洁？我不处女?”吴芳的反问一直问到陈明亮的脸上去了，陈明亮被她问得愣眉愣眼的。

吴芳打开包，动作性很强地拿出钱包，从里面抽出五十块钱，啪地搡到陈明亮的怀里。

“别以为你付了钱就可以胡说八道！”吴芳向前走去。

陈明亮几步就追上了她，拉住她的胳膊：“生气了？我没恶意。”

吴芳用力一甩，把他的手甩掉。她的手臂扬起来时，在陈明亮的脖颈处划了一下。

陈明亮借机笑着说：“哎，就算你是处女也得讲道理对不对？我怎么你了？你动手动脚的……”

吴芳不理他，叫住一辆出租车上去。

陈明亮想把钱塞回到吴芳的手里。

吴芳用力关上车门，把陈明亮的手臂和钱拒之门外。

吴芳对司机说了自己要去的地方，让司机开车。

“哎，你是处女了不起呀！”陈明亮在后面喊。

吴芳从镜子里看着他挥舞手臂的样子，笑了。

司机从镜子里看了吴芳一眼。

五

陈明亮把自己和吴芳见面的事全讲给张昊听了。

他们大学时是同学，毕业后又一起留校当老师。

张昊听见陈明亮挨打，乐坏了。

“你活该！欺负人家是处女老实巴交，结果怎么样，遭到反抗了吧？我倒觉得这人挺好。你不就想找一个和柳颖不一样的嘛。”

他提到的名字像尖利的东西扎了陈明亮一下，他的眼睛立刻瞪圆了：“都跟你说了，少提她。”

“提都不能提了？你也太脆弱了吧！”张昊不以为然。

陈明亮拉着脸：“别站着说话不腰疼。”

“谁站着说话了？你说这话才不嫌腰疼呢！”张昊嬉皮笑脸地说，看着远处在操场上训练的学生，“上大学那会我就跟你说过柳颖这人不行。你记不记得有一次我跟你开玩笑说她轻浮，还特别黏人，干脆别叫柳颖了，改柳絮吧。你听了吗你，真是忠言逆耳啊！你不但不听，当时还把啤酒瓶子抄起来了，要给我点颜色看看。那次我就发现，你没救了你。柳颖是你的一个大陷阱，你迟早这么扑通一声，栽进去。”

陈明亮沉默了一会，扭头看着张昊：“她和那小子的事你以前知道吗？”

“我不奇怪。”

陈明亮瞪着他，他认真的时候特别像小孩子。

“我不知道。”张昊又进一步解释，“但知道了我也不奇怪，柳颖这种女人做出这样的事来，特别正常。”

一个足球朝他们飞过来，陈明亮反应极快地伸出脚，踩住了滚动过来的足球。

一个学生跑了几步，朝陈明亮挥挥手。

陈明亮飞起一脚，把球踢给他。

“鞋带松了。”张昊的目光落到他脚上后，没有随着球飞出去。

陈明亮低头看了一眼，真松了，他蹲下身来系鞋带。

“女人就像鞋，穿着穿着不跟脚了，那就随她去。”张昊又扮出哲学家的嘴脸，但他的幽默这次却长出了枪头。

陈明亮被他的话刺痛了。

他有时像小男孩一样容易被激怒。

“你什么意思？女人都有两只脚，照你这么说踩两只鞋还合理合法了？”

“我这不是打个比方嘛。”张昊又好气又好笑，语气里带着明显的妥协，“你干吗呀，把数学扯出来了。”

“你会比方比方，不会比方瞎比方什么！”

张昊眼睛一眨不眨地望着陈明亮。

陈明亮看了他一眼：“有病啊你，眼睛瞪得跟牛眼似的。”

“你看见我眼睛瞪得跟牛眼似的还说我瞎比方！”张昊故作深沉地叹了口气，“你就是太较真了，那……”

陈明亮警惕地看着他。

张昊突然笑了：“你怎么一下子想起开房的？”

“长得又不好看，还有什么可骄傲的。”陈明亮嘟囔了一句。

张昊乐不可支。

“长得好看就可以骄傲了？柳……”

陈明亮攥起拳头在张昊脸前比画了一下。他不想再去谈柳颖的事了，张昊的比方挺好的，就让她像柳絮一样，让风吹干净算了。

张昊把两手举起来。

陈明亮笑了笑。他想起刚相过亲的那个女人，表情本来就呆板，又戴着那么可笑的眼镜，像苏联电影《办公室里的故事》里那个女干部，眼神也像。可那个女干部后来变得风情万种……

他想起这个女人有什么东西与别人不一样了。

她身上有神秘感。

“哎，”陈明亮用胳膊捅了捅张昊，“找介绍人再安排我见见那个女的。”

“你不是对她没兴趣吗?”

“她的钱在我这儿呢。”陈明亮说。他知道这理由很勉强，但张昊并没多问。他知道陈明亮现在闲得发慌，他已经被他纠缠得快疯了，很高兴他能偶尔把目标转向别人。

六

吴芳早就发现，相亲的美妙之处在于能遇到很多意外。

这个男人看上去并不是很有钱的样子，点菜的水准也很一般，但却全然是富豪的做派，大有指点江山的意思。

“你怎么不吃啊? 多吃点。”他劝吴芳。

吴芳客气地点点头。

“你们知识分子，是不是都挺不在乎物质，只注重精神的?”

吴芳笑了笑：“这要看从哪个角度说了。”

他微笑着看她，似乎很为自己能提供这么一桌丰盛的晚餐而得意。

“……你干吗那么看着我?”吴芳问。

他不回答，指着桌面：“你吃东西啊!”

吴芳应了一声，随便夹了一根青菜吃起来。

“我以前认识的女人，都挺爱钱的。”他的表情总是那么扬扬得意的，说到钱的时候，得意得快要叹息了。

吴芳看着他。

“我觉得这样挺好。女人爱钱，让我心里挺踏实的。”他笑笑。

吴芳也微微笑了笑。

他把这微笑当成了鼓励，他用眼神向她传递这个意思，而他接下来的侃侃而谈也顺理成章地变得好像是出于对她的礼貌才说出来的．“对人也好，做事也好，我喜欢有标准。比如说我那家店，虽然员工不多，三五个人，七八条枪，可大事小情也是有标准的。有些事虽然不像规章制度那么一是一、二是二，也是……怎么说呢? 有个约定俗成，这样才能……有的放矢。你明白我的意思吗?”

吴芳笑了一下，点点头。

他对她的反应很满意。

“你是聪明女人，这我一眼就看出来了。”

“你不喜欢聪明女人。”

“你看你看，你果然聪明。”他咧着嘴笑了，好像她的话是在夸他有品位似的，“不过不是你不好，而是……问题是不好确定标准，你明白吗?”

吴芳点点头。

他们沉默了一会。

“吃东西啊，你怎么不吃?”

吴芳又夹了一根青菜。

“别老吃青菜啊，吃这个……”他把盘子往吴芳跟前换了换。

吴芳笑了笑。

“我们以后可以做个朋友。你有什么困难，可以来找我，我会尽力而为的。如果经济上有困难……”

“你不用这么客气。”吴芳打断了他，她尽量用看上去很真诚的目光望着这个土包子，“男人有钱多好啊！我有个朋友，长得很漂亮，她就总说，男人不能穷，太穷就酸了，又穷又酸，越穷越酸，最难相处了。”

他的脸上露出愉快的表情。

吴芳也笑得很愉快：“她只和有钱的男人打交道，那些男人都有钱得吓死人。开的车都是奔驰宝马，开口说话就是几百上千万，比你还要有钱，但和你一样有……啊，标准。你们成功的男人都很有标准。”

他的表情有些讪讪的，她是看着他开捷达车来的。

“我对钱倒没那么热爱。就像衣服似的，多一件少一件，其实差不到哪去。我那个朋友即使穿二十块钱买的牛仔裤，也能让很多男人眼睛发直。她长得实在太漂亮了。而我呢，就算穿两万块钱买的衣服，也没有人会多看我一眼。”

“话也不能这么说……”他吭哧了半天，才吐出一句话。

她原本还以为他又会让她吃菜呢。

七

吴芳接到介绍人的电话时，对她的问题多少有些惊异。介绍人问她对陈明亮的印象怎么样。

她说就那样。

介绍人说陈明亮对你印象很好。

“是吗？这我倒没想到。”吴芳打车去书店，她一边接电话一边让司机在书店门口停下来，她付车钱时对介绍人说，“我得进书店了，书店里打电话不方便，改天再聊吧。”

介绍人好像意犹未尽似的，问她在哪家书店。

吴芳说了名字，跟她道了再见，就把手机关了。

一个多小时后她拎着一兜书出来时，陈明亮手里拿着几张报纸在门口等着。吴芳没注意那个戴墨镜的男人，她从他身边走过去，他叫了她一声。

“吴芳……”

吴芳停下来，回头看了看，目光最后落在陈明亮的身上。

陈明亮把墨镜摘下来：“我是陈明亮。”

“唔，你好。”

“我帮你拿吧。”陈明亮态度自然地从吴芳手里拎过书，仿佛他们是很熟的朋友，“呀，挺沉的呢。”

“你怎么知道我在这里？”问题出口，吴芳已想清楚是怎么回事了。

陈明亮伸手在吴芳面前比画：“掐指一算就算出来了。”

“我自己来。”

吴芳伸手想把书拿回来，但陈明亮躲开了她的手。

“你买这么多书什么时候能看完？”

“不关你的事。”

“你看你，怎么这么不友好，我费了好大的劲才找到你。”

吴芳板起脸来：“你找我干吗？还想和我开房？”

“你看你，怎么开口就说这个，这哪像是有文化的女人说的话。”

“那你让我怎么说？说什么？”

“你看你……”陈明亮的笑容在脸上凝结了，清了清嗓子。

“你把书还给我……”

陈明亮把书藏到身后，吴芳扑了个空。

“你到底要干吗？”吴芳看着他。

“你后来又去相亲了吗?”

“是啊。”

“有合适的吗?”

“关你什么事?”

“是不关我的事。”陈明亮四处看了看，“咱们找个地方喝咖啡吧，喝茶也行。对了，你不是还有个会用茶叶算命的朋友吗，没教你两招? 要不你给我算算。”

“原来你是为这个来的，”吴芳的脸上露出会意的笑容，“想见我那个朋友?”

“不是不是不是……”陈明亮摆摆手，“当然认识一下也无所谓。哎，你千万别误会啊! 你看你，又用这种眼神看人了……我主要是想跟你解释一下……”

吴芳看着他。

“那天，我是不太礼貌，可你不是也打了我一耳光吗，咱们也算扯平了吧?”陈明亮有些尴尬地说。

吴芳笑了。

“你笑了，你笑了咱们可就扯平了。”

“谁跟你扯平了!”

“我请你喝咖啡，啊不是，是你请我喝咖啡，用你上次扔下的那五十块钱。”

吴芳沉吟着。

“我在这里等了你一个多小时，你不会这么冷酷无情吧?”

“谁要你等了?”

陈明亮摆摆手:“行了，求你请我喝杯咖啡吧!”

吴芳笑了，她四下看了看，指了指前面的酒店:“去那儿吧，有咖啡厅。”

八

他们往贵都酒店走，人行道旁边的铁栅栏上面缠绕着的藤蔓植物叶子开始变红，那种颜色细究起来很像一种铁锈。

“你一共相过几次亲啊?”陈明亮问吴芳。

“记不清了。”

“记不清了是什么意思？五十次，还是……”

吴芳笑了：“你呢？”

“就跟你这一次。”

“你条件这么好，”吴芳看了他一眼，“用不着相亲。”

“我条件好？”陈明亮苦笑了一下，过了一会忍不住又开口说道，“我以前有女朋友，处了好几年，结婚的房子都装修好了，分手了。”

“为什么？”

陈明亮犹豫了一下，下定决心似的开了口：“她把我蹬了。”

吴芳很识相地闭上了嘴。

“除了我她还有个人。我骂她脚踩两只船，她还理直气壮的，说她自己才是船，我们……我和那个人……我们不过是桨，她用两只桨划了一阵子，挑了个顺手的，这有什么说不过去的。”

吴芳笑了。

陈明亮看着她，她努力收住了笑。

“现在觉得好笑，当时气得我简直……”陈明亮用手比画了一下，“搁谁谁都得生气。我们在一起五年多了，我不过就是一只桨？我说不过她，我就给她来了一下子。就像你对我那样。”

“那哪能一样，你多有劲呀！”吴芳看了一眼他的拳头。

“那倒也是。”陈明亮笑笑，“当时她就趴下了，呜呜地哭。我说你还委屈了，你偷着乐去吧。你拿我当桨我才抡了你一巴掌，你要是拿我当成刀，现在你命都没了。”

“不管怎么说，男人跟女人动手，是最恶劣的行为。”

“我恶劣，那她呢，她恶劣不恶劣？”

俩人此时已经站在酒店门口了，在旋转门前，吴芳退后一步，看着陈明亮被几扇门页搅进去。她站着没动。

门转动着。

陈明亮见她没跟上来，又转出来：“怎么了？”

“我不想喝咖啡。”吴芳笑笑。

“不想喝咖啡，想喝茶？”

吴芳没笑，表情认真地看着陈明亮："也不怎么想喝茶。"

两人沉默了一会，门在他们身边旋转着。

"怎么了？我哪句话又说错了？"陈明亮看着她问。

吴芳笑了笑。

"你别笑，你这么笑我心里没底。"

吴芳笑了一会："……你干吗又回来找我？"

陈明亮想了想："你打了我。从小到大，还没谁打过我呢。"

"那你还来找我，欠揍？"

"欠揍，"陈明亮点点头，"还欠你钱。"

"我晚上约人了。"吴芳说。

陈明亮品味了一下她话里的意思："……你有男朋友了？"

吴芳笑了笑："还不知道呢。"

"不知道？"

"要相过亲才知道合不合适。"

陈明亮一时语塞。

"那么……"吴芳找不到合适的话，冲陈明亮摆摆手，"再见了。"

她转身欲走。

陈明亮突然叫住了她："哎，我跟你去行不行？"

"你跟我去？"

"我闲着也没事，跟你去凑个热闹行不行？顺便帮你把把关。"

吴芳啼笑皆非："你别开玩笑了。"

"我没开玩笑，真的。到时候我离你远点，保证不会打扰你的。"

九

相亲的地方约在茶馆。地点是她定的，她喜欢茶馆，明亮，清爽，透彻。很多时候，她真的相信茶叶能说话，相信自己听见了茶叶说的话。那些神奇而又神秘的绿叶子，既简单，又复杂。

可这次来茶馆她有些心不在焉，陈明亮坐在茶馆靠近门口的一个位置，她只要一抬头就看得见。她产生了可笑的想法，仿佛是和两个男人在相亲。

这次见的男人很和善，也很殷勤。

吴芳透过他的肩头望过去，与陈明亮饶有兴味的目光相遇在一起，他冲她笑，她别转了脸。

吴芳把目光从窗外的风景上转了回来，对男人微笑了一下："今天天气特别好。"

他朝吴芳扣得紧紧的领口扫了一眼："有点热吧?"

"还行。"

静场了一会。

"你整天读书上课，不觉得枯燥吗?"

"还行。"

"唔……现在像你这么内向的女人可不多见了。"

"我有个朋友说，"吴芳笑笑，"我这个人的优点是保守，缺点是太保守。"

他的问题让她略微吃了一惊："男朋友，还是女朋友?"

"女朋友。"

他对她的回答露出满意的笑容。

"她长得很漂亮，男朋友换得比天气还快呢。"

吴芳看着他，他的脸像吃了很苦的东西那样皱紧了。

"是吗?"

陈明亮做了个手势，吴芳仰脸看着他。

他注意到吴芳的眼光，也转回头去。

两个刚来不久的女孩子恰好占据了他们望向陈明亮时的视线，她们的茶还没上来，坐下后先各自点上了一支烟。

"女人抽烟实在是太不优雅了。"

"是吗? 可我不这么觉得。我的那个朋友也抽烟，样子很迷人，她说现在的女士烟味道清淡，抽完烟后即使接吻也不会让男人觉得讨厌。"

他被她最后那句话吓着了，警觉地看着她。

吴芳神色自若，好像在和他探讨学术上的事情。

"你的朋友是做什么的?"

"她也是研究生。"

陈明亮晃晃悠悠地朝他们这边走过来，假装刚认出吴芳的样子，一脸惊奇地："吴芳！真是你啊！刚才我就觉得挺面熟的，没想到真的是你！"

吴芳抬头看着陈明亮。

陈明亮盯着坐在吴芳对面的男人，他看看陈明亮，又看看吴芳。

吴芳一言不发，也没有表情。

他只好开口："遇上熟人了?"

吴芳这才淡淡地接了一句："我高中同学。"

十

那个男人被气走后，吴芳一直沉着脸。

陈明亮小心地打量着她。

"我是替你着想才把那家伙弄走的。"

吴芳冷脸看着他，不说话。

陈明亮经过几个小时的观察，越来越觉得她像《办公室里的故事》里那个女干部，发型和衣服很可笑，但她们并不乏聪明之处。

"哎，你这是什么态度！"陈明亮笑嘻嘻地。他假扮她的同学把相亲的男人气走了，此时兴致勃勃的，快活劲溢于言表，"好歹我们也同学一场啊！"

"今天的事情到此为止。以后我们桥归桥路归路，老死不相往来。"吴芳并不是在乎刚刚走掉的男人，陈明亮眼睛里的光彩让她担心。

"你看你，长得文文静静的，还戴着眼镜，怎么说话这么绝啊！"

吴芳不说话。

陈明亮打量她："你就这么着急嫁人啊？太不现代了。"

"我就这样。像我那朋友说的，吴芳，你这人的优点是保守，缺点是太保守。"

陈明亮笑了："你的朋友很有趣。"

"你认为那是有趣？我倒觉得，她玩世不恭。她是她妈妈一手带大的，她妈妈的一些经历影响了她，你绝对猜不出来她妈妈是干什么工……"吴芳意识到自己的失言，及时地闭了嘴。

"总之，有一种女孩子表面上总是多么多么坚强，实际上，那是脆弱的表现。"

陈明亮并没有忽略她的口误："她妈妈怎么了？是做什么的?"

“没什么。”

“你别说半截话呀！”陈明亮把脸凑了过来。

“真没什么，”吴芳犹豫了一下，“她妈妈是化妆师。”

陈明亮没说话，脸上一副“你耍我?”的表情。

“是给死人整形化妆的。”

陈明亮慢慢嘘出一口气。

“结婚的时候，她没说实话。她说她是护士。过了好几年，孩子都生下来了，她老公才知道她是化妆师。他们家发生的那些事，比电影还要离奇，是最好的作家都虚构不出来的故事。”吴芳看了一眼手表，“我得走了，晚上还有课呢。”

“你看你，正说到有意思的地方……”

“我真得走了。”吴芳站了起来，她看了一眼桌上点的东西，“你埋单吧，这下我们两不相欠了。”

陈明亮伸手拉住了她：“明天我们见面吧?”

吴芳扭头看了陈明亮一眼：“你还有什么事?”

“没事也可以聊聊天嘛，就像今天这样。”

“不行，我明天很忙。”吴芳不等陈明亮回答，匆匆走了。

十一

张昊本来以为自己会度过一个无聊的夜晚。见面的同学是他们大学同学，他只上了两年就提前退学了，几年不见，才不惊人貌不出众的家伙发了财了，发了财以后他很喜欢和当年住过一个宿舍的同学见见面什么的，又不喝酒，只喝咖啡。

他们的老同学让他们很难办，他要是特别讨人厌就好了，但他不那么讨厌，当然，他也不讨人喜欢。每天晚上花几百块钱喝咖啡，而他们是体育系毕业的。

简直可笑之极。

今天下午他在电话里跟张昊说晚上有惊喜，张昊并不相信。他觉得那是约他出去的诱饵而已。

两个，或者几个男人在一起喝咖啡忆旧，这可真是让人难受的事。

张昊本来想拉着陈明亮一起的，多一张嘴多些话题，气氛还能好点，但陈明亮不知道跑到哪儿去了。

“我给明亮打过电话，他手机没开。”同学跟张昊说，谁都知道他和陈明亮是铁杆搭档。

“他这不刚和柳颖分手嘛，他妈总给他打电话，他嫌烦，最近经常关机。”

“谈恋爱闹别扭是常有的事，怎么闹得连婚都不结了？都多大了，还耍孩子脾气！”

“这事不怨明亮，都是柳颖的错。整天在这样的地方弹琴，林子大了什么样的鸟没有？不定有多少鸟在她的那棵破柳树上筑过巢呢，分了更好。真要是结了婚，就像一口臭豆腐突然塞到口里，咽也难受，不咽也难受，那不更遭罪！”

同学意味深长地笑了，他跟张昊说了“惊喜”的事。

张昊抬头朝弹钢琴的男生看了一眼：“真的假的？”

同学责备地：“我什么时候骗过你？”

张昊的眼睛在灯光下面闪烁着。

一个服务生从他们身边经过，同学叫住了他。

“朗朗怎么还没来啊？”

服务生解释：“她的演奏时间是每晚八点到十点。”

“谢谢。”

“不客气。”服务生微微鞠了一躬走开。

“怎么样，要不要探险？”

张昊犹犹豫豫地望着同学，暧昧地笑笑。

陈明亮啊陈明亮，你不知道你错过了什么。张昊在心里感慨。

十二

这个晚上过得真让人难以形容。

张昊有些云里雾里的，她身上的香味在人离开后反倒变得真实起来，不是普通女孩子那种熏得人恨不能晕过去的香味，而是……怎么说呢？张昊很为自己的想象力苦恼。

当张昊看见陈明亮屁股下面垫着报纸，手里握着啤酒，倚着自己的宿舍门时，他的心情一下子明朗起来。他跑到陈明亮身边时，踩到几个喝空的啤酒罐，声音在走廊里响成一片。从某个门后面传来骂声："大半夜的，想死啊！"

张昊边开门边压低声音问陈明亮："晚上打好几个电话找不着你，你怎么跑这儿来了？"

"闲着没事就过来了呗。"

陈明亮本来以为能和吴芳聊天打发打发时间的，她长得不好看，也并不善解人意，她的相亲之路看来还很漫长。

"我今天晚上可是干了一件从来没干过的事，太刺激了！"张昊有些兴奋。"我见到一个特神的女孩……"

陈明亮一头栽倒在张昊的床上。他喝了多少酒自己也记不得了，头晕。

张昊以为他睡着了，过去搡了他一把："哎……"

陈明亮不耐烦地："听着呢，你今天晚上见到了一个女神。"

"女神？"张昊扑哧笑了，"还神女呢！"

十三

张昊有些描述不清那个叫朗朗的女孩子。

她在贵都酒店弹钢琴。她年纪很轻，但不是小女孩了。她的头发中分后披下来，上面缀饰了数不清的小小串珠，灯光打在她头发上后，那些串珠发出耀目的光彩。她穿了一件银色的裙子，腰身收得很紧，呈现出动人的线条。手臂裸露着，手腕处也戴着和头发上的串珠相配的饰物。

她是一个有光泽的女孩子，不是光彩照人，而是白银在夜里闪光的那种光泽。细致的，温婉的，柔软的。

在钢琴上面，放着一个很大的、可以称作是玻璃鱼缸类的东西，里面塞满了各种面额的钱。有一银色的小夹子是格外放置的，张昊走过去在小夹子里放上两张百元钞票时，她抬头看了他一眼，她的眼波像电流一样击中了他。

朗朗的身影被一束光打着，白色的肤色、银色的衣服仿佛有着正被流水洇过去的感觉。

她弹奏的曲子是《水边的阿狄丽娜》。

以前柳颖也总是弹这类曲子。

她的手指在键盘上面弹着……对了，不能不提她的手指，以前以为柳颖的手指就是人间最美的手指，现在才知道天外有天，她的手指有魔力，是十个精灵的组合体。

在咖啡馆里喝咖啡时，张昊把她的手指握在手里的时候，就是这么想的。

“如果我没有女朋友就好了。”

张昊以为陈明亮会把话头接过去，但他没有。

他已经睡着了。

“这只猪……”张昊在陈明亮的身上踢了一脚。

十四

陈明亮又把吴芳约出来见面。他到约定地点时，她已经到了，捧着一本书在看。他发现她身上有一种时下女孩子身上很少见的优雅，和柳颖是完全不同的类型。柳颖是靓丽的女孩子，走到哪里都光彩熠熠，吴芳不是。吴芳仿佛暗处的一株植物，常常被人忽略，但如果注目的话，她也能让人欣喜。

陈明亮走过去。

“对不起，来晚了。”

吴芳把书放在一边：“没关系。”

陈明亮看了一眼桌上的绿茶，招手叫服务生，要了一杯咖啡。

“你的那个朋友，她爸爸知道她妈妈是给死人化妆的以后，怎么样了?”

“你说找我有特别重要的事，”吴芳正襟危坐地看着他，“就是这个?!”

陈明亮嬉皮笑脸地：“对啊!”

“你正经点行不行啊!”

“我怎么不正经了?”

“这是重要的事吗?”

“当然重要了，这两天我吃不香睡不好，光想着你讲的这事了，它已经干扰了我正常的生活，你说重要不重要?”

吴芳板起了脸，连表情也变得有棱有角的：“我知道你刚刚失恋心情不好，但我没有时间天天陪你开玩笑……”

“你怎么没有时间?”他的讥讽未经过大脑就脱口而出了，“你天天相亲，时间充裕得很呢。”

吴芳冷眼看着陈明亮。

“对不起对不起，不是故意要惹你生气的。你说你与其跟那些人干巴巴地坐着，还不如跟我聊聊天讲讲故事呢，是吧？晚上我请你吃饭。”

“我晚上有课。”

“哎，反正都出来了，就别把脸绷得跟鼓似的了。”

吴芳不说话。

陈明亮冲服务生喊：“赶紧给我们这位小姐上茶。上最好的绿茶。”

“我已经有茶了。”

“那就添水，赶紧给我们这位小姐最好的绿茶添上水。”

吴芳笑了。

十五

“……我见过她爸几次，那会我还上初中呢。他的脸色很特别，很难形容……白菜帮子见过吧？就是那种感觉，白里透着绿，皮肤好像透明似的。头发特别长，很乱。说话阴阳怪气的。有一次去我这个朋友家，正好是中午吃饭的时候，她妈把菜端到桌子上，她爸皮笑肉不笑地看着她妈，问她妈：‘里面放毒药了吗？’当时吓了我一大跳，心想怎么做菜还放毒药呢？她妈也不说话，低着头。她爸又说：‘少在我面前板着死人脸，倒了八辈子霉了，娶了你这个丧门星，天天带着死人味回家不说，还见天板着死人脸给我看。’然后用筷子使劲敲盘子边，‘到底放没放毒药？放没放毒药?!’她妈低声说没放。她爸扬手就把菜拂到地上去了，‘不放毒药让我吃个屁！’刚说完这句话，表情转眼就变了，马上就能哭出来似的，手这么拍着桌子，声音嘶哑地说：‘我求求你，发点善心给我来盘毒药吧。除了毒药我什么也不想吃。’我当时完全傻了，从来没见过这样的人。后来在上学的路上，我朋友跟我说，她爸是精神病，我立刻就相信了。”

陈明亮听得入了神：“他是精神病吗？”

“不是。他是故意那样的，折磨人让他有快感。”

“够变态的。”

“她爸总说自己瞎了眼娶了她妈什么什么的，其实，她妈才冤呢。她妈妈是个特别漂亮、特别温柔的女人，手长得也特别好看。我也是上大学以后才知道她妈妈是给死人化妆的，可我觉得那也无所谓啊！”

“你和你朋友的爸爸角度不同，”陈明亮笑了，“人家是夫妻，有些事情比较敏感。”

吴芳盯着陈明亮。

“你这种目光可不好啊，好像我多么多么那个似的。”

“我最看不起这种男人，自己没本事，找女人撒气。他不光打老婆，喝醉酒以后连孩子也打呢！”吴芳伸着胳膊给陈明亮比画，“有的时候，这胳膊上面的瘀伤袖子都遮不住。”

陈明亮的注意力从故事中间跳了出来，他很认真地看着吴芳的胳膊：“你可真瘦啊，不过，皮肤挺好的。”

吴芳一下子把手收回去，双臂交叉抱在胸前。

陈明亮笑了：“又怎么了？”

吴芳没说话，她的脸红了。

“我已经很久没看见过女人害羞了。”陈明亮感慨了一句。

“你又来了……”吴芳叹了口气，她看陈明亮的目光就仿佛他是什么什么病的晚期患者似的。她把书往包里装，“我时间差不多了，要回学校了。”

“你又……”陈明亮又妥协地把语气放低了，“明天我们还在这里见面好不好？”

吴芳横了他一眼：“你别得寸进尺……”

陈明亮笑了，他强忍着才没把玩笑话说出口：得什么寸进什么尺了？

吴芳好像读懂了他的微妙心理，瞪了他一眼。

他想起她是读比较文学的，她应该学心理学才对。

“你要是不答应，我就只能到学校去找你了。”陈明亮说。

吴芳的动作慢下来，看着陈明亮。

陈明亮提出自己感到困惑的问题。

“你为什么相亲？”

“因为我要结婚。”

“那你为什么要结婚？”

吴芳没说话。

“因为你很寂寞，就像我一样。”陈明亮笑了，“所以说，我们这样喝杯咖啡聊聊天不是很好吗?"

吴芳看着陈明亮:"第一次见你时,我就猜出来了,你是个无赖。"

"别说得那么肯定,一锤定音。"陈明亮笑了,"其实我这个人,怎么说呢?就像你这杯绿茶,一遍根本冲不出味来,得续水,越泡滋味越好,颜色越绿。"

吴芳被他的比喻弄得失笑:"还挺会往自己脸上贴金的。"

"这哪是贴金,只是想让你更深地了解了解我。"

"我早就了解你了。"她淡淡地说。

"那就让我了解了解你。"

吴芳的笑容变得微妙了,把包背上:"再见。"

"那明天就算说好了,不见不散啊!"陈明亮跟着吴芳嘱咐。

"明天不行,后天吧。"

十六

陈明亮不相信张昊的话。

"开始时我也不相信,但事实就是事实。"张昊说。

陈明亮朝弹钢琴的朗朗看。他们所在的角落可以看见她的一个侧面。

朗朗换了一种发式,但发间仍然有很多饰物。衣服也换过。

她弹琴的样子,似乎世间所有的事情都与她无关。

张昊用胳膊捅了陈明亮一下:"要不要试试?"

陈明亮看了张昊一眼,他的心怦怦跳起来。

一个男人好像成心和他们作对似的,从他们身前经过一直走到朗朗那边,从鱼缸里掏出一个银色的夹子,把两张钞票放进去,把夹子放到钢琴上。

朗朗抬头看了他一眼。

张昊 直盯着他看,叹了口气:"完了,你今晚没机会了。"

陈明亮抬头看了一眼走回来的男人。

"这种事情就得当机立断,不能犹豫。"张昊很不高兴。

"那就下次吧。"

张昊有些失望,端起酒杯喝了口酒。

陈明亮望着朗朗："我好像在哪儿见过她……"

"这特性我也有。天底下所有的美女，我全都似曾相识。"张昊笑着拍拍陈明亮，"我们不愧是兄弟啊！"

陈明亮笑了："滚蛋！"

"看见她你明白了吧，柳颖就是这么一步一步走向深渊的……"

陈明亮的脸色变得难看起来。

张昊见状，很识相地转了话题："不提了不提了，你跟那个研究生研究得怎么样了?"

"你怎么跟更年期的女人似的，啰里巴嗦的。"

张昊一时气结："狗咬吕洞宾！"

十七

《水边的阿狄丽娜》终于响起来了。

张昊和陈明亮都不说话了，专心听她弹奏。

这支曲子听起来很神秘，在音符讲述的故事里，阿狄丽娜在水边撩起的不是水波，而是轻纱。

一曲终了。

灯光熄掉。朗朗站起身朝外走去。

一个男人尾随着走出去。

陈明亮有些难过。这感觉很奇怪，怎么会对一个陌生女孩子产生这样的想法呢?

十八

吴芳在讲朋友的故事。

"上初中那会，她跟谁都不太说话。她有个外号叫小笼包，因为有一次语文老师开玩笑，说她小小的年纪，脸天天皱得跟包子褶似的，外号从那以后就叫起来了。"她看了陈明亮一眼，"你们班里有这样天天苦瓜脸的小孩子吗?"

"我们队员个个壮得像牛，扯块红布他们立刻弯腰冲过来。"

吴芳笑了。

陈明亮的幽默感和他这个人很相近，有股勇往直前的劲头。

“后来呢？”

“后来？”吴芳想了想，“她爸爸越来越变本加厉，天天打她妈妈。说受不了她妈妈的手，让她妈无论干什么，都得戴着手套，睡觉时都得戴着。他们家有一面墙，扯了一条特别长的塑料绳，上面挂了几十双手套。再后来，戴手套也不能让她爸爸满意了，他说死人味还能从手套里渗出来，而他只要一闻到那味，就恨不得立刻去死。”

陈明亮真的生气了：“那就赶快让他死吧！”

吴芳笑了：“你是阎王爷呀，说让人死就让人死。”

“不死就离婚。”

“她妈还真提出离婚了，可她爸又不答应。他说是她妈双手扼杀了他一生的幸福，她妈离婚可以，两只手得剁下来。”

陈明亮看着吴芳，沉默了一会，凑近到她面前问：“你不是在编故事耍我吧？哪有这样的事。”

吴芳看着陈明亮，过了一会，笑了：“我哪儿露出破绽了，让你听出来我是在编故事？”

陈明亮很近地看着吴芳，笑了：“我相信你讲的都是真的。”

“为什么？”

“我以前的女朋友属于不撒谎不说话的主，我知道女人撒谎时是什么样。”

吴芳笑了：“你的经验倒挺与众不同的。”

十九

张昊坚持认为陈明亮应该和朗朗约会一次，这是一种特别的人生。他劝陈明亮，不能不体验。

张昊在这件事情上的坚持有些奇怪。他一向为自己的冷静理智而自夸，但这个朗朗把他弄得有点神魂颠倒的。虽然随着时间一天天过去，他已经不像前几天那么容易冲动了，但还是不断地怂恿陈明亮去找一次朗朗。

“你绝对不会后悔的。”

陈明亮看着张昊的笑容，并不认为这是一个好主意。但他也很好奇。那个像银子一样的朗朗身上散发出来的神秘气息的确很吸引人。

他们坐下以后，张昊不停地提醒陈明亮。

“今天别再失手了，她只要往钢琴前面一坐，你就冲上去。”

陈明亮没说话。

“听见没有?”

“听见了。”

两人坐了一会。

张昊突然捅了陈明亮一下，他的脸一下子变亮了似的：“来了。”

陈明亮扭头，看见朗朗款款而来。很多男人的目光都滑过来，像聚光灯一样集中在她身上。她对这一切却视而不见似的，径直走到钢琴前面坐下。她在黑暗中坐了一会，然后把手轻轻地放在键盘上面。

琴声响起来时，灯光也随即点亮，好像是灯光受了琴声的惊吓似的。

张昊拍了拍陈明亮的肩，示意他过去。

“其实，我也没那么好奇……”

张昊瞪着陈明亮：“你是不是男人啊？难怪柳颖会甩了你。”

“跟你说过多少回了，”陈明亮也不高兴了，“少提她。”

“你这人就是这样，死钻牛角尖。”张昊指了指朗朗，“你跟她约会，谈谈，就会明白为什么柳颖会变成那样。”

陈明亮要说话，张昊用手势制止他，不让他开口：“你和柳颖好了五年了吧？一件衣服穿五年也得长成身上的一层皮了，何况感情。这又不是什么坏事，这两百块钱权当是洗衣费，把旧衣服的本色再洗出来，洗成一件新衣服，白的，上面可以画最新最美的图画，这多好！”

陈明亮看着张昊：“你这种人怎么当了教练了呢，你应该当作家呀！”

“我的才华到底有多少，咱们以后再讨论，当务之急，先把这事办了。”张昊把陈明亮从座位上拉起来，拍了他一下。

陈明亮朝朗朗看了一眼，朗朗目不斜视地在弹琴，长发上面波光荡漾。

陈明亮走过去，从鱼缸里掏出一个银色的夹子，把两百块钱夹进去，放到钢琴上面。

朗朗抬头看了他一眼。她在灯光下面，让人目眩神迷。

陈明亮一下子呆住了。

朗朗很快又把目光放到钢琴键盘上面。

陈明亮自己也为脑子里突然涌现出来的想法吃惊，但她们实在是……

"吴芳?"

朗朗没说话，自顾自地弹琴。

服务生过来请陈明亮回去。

陈明亮一边不住地回头，一边走回自己的桌前。

"你刚才跟人家说什么?"

简直难以置信。

"我早就说过看着她眼熟的对不对? 我认识她。"陈明亮没意识到自己的激动，说话的声音有些高。

张昊朝四周看了一眼："小点声。"

"她是吴芳。"

张昊没听明白。

"她是吴芳，"陈明亮朝朗朗看了一眼，"就是跟我见面的那个研究生。"

张昊笑了："你是太紧张花眼了吧?"

"不可能。"

"什么不可能?"张昊朝四周看了一眼，压低声音跟陈明亮说，"这里的男人百分之百地想泡她，这样的女人还用得着到处去相亲?"

陈明亮一时糊涂了。他扭头看朗朗，她被光笼罩着，琴声如诉，从她的手指下面流淌出来。

等到她弹《水边的阿狄丽娜》时，陈明亮的心跳也碎成粉末了。

"弹完这支曲子，你就可以跟她 起走了。"张昊对陈明亮耳语说，他已经说了好多遍了。

在大庭广众之下跟随她走出去……

陈明亮站起来："我去门口等她……"

"你别冒傻气了。"张昊拉住他，想了想又嘱咐了一句，"一会你可别吴芳吴芳的叫人家啊!"

一曲终了。

灯光熄掉。朗朗站起身朝外走去。

张昊向陈明亮示意。

陈明亮跟着她走出去。

二十

地方是朗朗找的，她跟店里的服务生都很熟似的。

陈明亮想象了一下她和别的男人来这里的情形。

朗朗挑了一个角落里的位置，很清静。而且，最最重要的是，她点东西时，要了绿茶。

绿茶！

啊哈！

桌上的灯光很暗，把女人的皮肤照得很漂亮，晶莹剔透的。朗朗点了一支烟，烟卷细长，淡青色的烟雾在他们中间飘来飘去。

她的眼睛垂得很低，长长的睫毛遮住了她的目光。

陈明亮眼睛一眨不眨地盯着她看："我没想到，你的钢琴弹得这么好。"

朗朗抬起头来，看了他一眼，笑笑，把只抽了几口的烟摁灭。

服务生给他们送来饮料：一杯咖啡，一杯绿茶。

陈明亮看了一眼绿茶："你总是喝绿茶。"

"我想减肥。"朗朗喝了口茶，"而且茶很解渴。"

"你已经很瘦了。"

"有钱的人总是想更有钱，"朗朗笑了，"瘦的女人总是希望自己更瘦。"

陈明亮突然叫了一声："吴芳?"

朗朗抬头看他。

"你是吴芳，"陈明亮露出微笑，"别再装了。"

朗朗看了他一眼，掏出一支烟来，把烟盒递给他。

"我不抽烟……"陈明亮接着又改口，"抽一支也行。"

朗朗把烟盒递给他。

陈明亮刚把烟抽出来，朗朗的火就送到了眼前。她先给他点上火，接着给自己点上，顺手把手压在陈明亮搁在桌面上的手上。

陈明亮看到她的手，能让琴键上面流淌出旋律的手，纤细修长的手指，像艺术品搁在自己的手上。

"谁是吴芳?"她问。

陈明亮差点被她像煞有介事的问题逗笑了："你呀！"

朗朗盯着他看，慢慢地在脸上绽放出一个笑容，她变换了话题："你有女朋友吗?"

"这你还不清楚吗?"

"现在没有。"

"以前有几个?"

这倒是新问题。

陈明亮想了想："三个吧。就算是三个。"

"三个? 怎么分手了呢?"

"高中时候一个，考大学时不在一个地方，就分开了。本来也是有一搭没一搭的。大学一年级时有一个，天天吵架，两三个月也分开了。后来又找了一个，上个月分手的。"

"这个是为什么分开?"

陈明亮看着朗朗："我已经跟你说过一次了。"

"你这个人真有趣。"朗朗笑了，身体朝后面坐过去。她的笑容倒是陈明亮从未在吴芳脸上看见过。吴芳很少笑，即使笑也笑得很快，转瞬即逝。"不过，我告诉你，我见过的男人没有五百也有三百，不管你有什么目的，你最好别在我面前耍花腔。"

朗朗的声调软软的，但里面有硬的东西。像……像一个洗发水的广告，柔中带刚的头发才是漂亮的头发。现在人的形容词真是疯了，连头发都能用"柔中带刚"来形容。

陈明亮往前俯身，盯着朗朗的眼睛看："你说我耍花腔?"

朗朗的语气有些厌倦："不是你难道是我吗?"

两人对视着，谁也不退让。

"你们两个连声音都很相似，我不可能弄错的。"陈明亮说。他的心里并不像他的语气这么强硬。

"我和谁? 你嘴里的吴芳?"朗朗又露出笑容。

她的笑容像狐狸精一样让人心跳加快。但陈明亮此刻倒宁可见到她板起脸来的样子。

"当然了。"

"你别这么低级好不好?"朗朗吐了一口烟，"吴芳? 朗朗? 连发音都是接近的。你这种玩笑也太无聊了吧?”

“你真的……只叫朗朗,”陈明亮犹豫不定了,“没有别的名字了吗?”

“接下来,你是不是准备到我的家里看一眼,以证实我就是我呀?”她的表情仍然温柔,但也不掩饰厌烦之情,“在你之前,至少有七八个男人打过这种主意了。”

陈明亮一时无话可说。

朗朗把烟掐掉,伸手过去,用自己的手心贴着他的手心:“你的手可真大,能把我的手装进去。”

陈明亮也看着两人的手:“像个手套?”

朗朗看了看,笑了:“可不是嘛,真的像个手套!”

陈明亮沉吟了片刻:“有个和手套有关的故事,你听过吗?”

“什么?”

“有一个朋友,嗯,是一个女孩子,她妈妈的工作是给死人化妆,她丈夫起先不知道她的工作是这样的,后来知道了,变得很有心理障碍,干什么都让她戴着手套。”

朗朗笑了:“真的假的?哪有这样离谱的事?”

“是真的。”

朗朗的眼珠转了转,放缓语调问:“这个女孩子是你三个中的哪一个?”

“哪个都不是,你想哪儿去了!”

“你不想说就算了。”朗朗很善解人意地笑,她的手始终没离开陈明亮的手,她的手指缠绕着他的,一个白得像玉雕,一个像片棕黑色的树叶,对比很鲜明,姿态也很暧昧。

陈明亮的血流得快起来:“你为什么……要做这个?”

朗朗眯细了眼睛,她的涂了睫毛膏的眼睛显得娇俏可爱:“哪个?”

“就是……和男人这个?”

“和男人……哪个?”

陈明亮清了清嗓子:“和男人出来喝酒、聊天。”

“和男人喝酒、聊天,有什么不好吗?”

“……我不是这个意思。”

“那你是什么意思?”

“……你明白我的意思。”

朗朗笑了，她又点了一支烟，把烟冲着陈明亮的脸吐过去：“这和弹钢琴一样是我的工作啊！又轻松，又有钱赚。”

“碰到坏人怎么办？”

朗朗好像听到拙劣的笑话，笑也不是，不笑也不是：“什么是坏人？”

陈明亮一时语结。

朗朗轻弹了一下手指，一截烟灰落到烟缸里：“这世界没有坏人，只有买卖人。”

二十一

两个小时很快就过去了。

朗朗提出离开时，陈明亮看了一眼手表，刚好到了说好的时间。他看了看四周，没有表，她的手腕上面也没有表，他不知道她是怎么把握时间的。陈明亮埋了单，他们一起从酒吧里出来。

“你晚上工作，白天干什么？”

朗朗没回答，反问他：“你白天工作，晚上干什么？”

“当然是睡觉了。”

“你真可爱。”她在陈明亮脸上亲了一下，转身走到街边拦出租车。出租车停下来，她拉开车门，冲陈明亮挥挥手：“我走了。”

陈明亮跟过去：“我们能再一起出来吗？”

朗朗不置可否地笑笑，对司机说：“开车。”

陈明亮看着车开走。

二十二

陈明亮拎着一袋罐装啤酒敲张昊的宿舍门，好几个房间里都传出了动静。

张昊睡眼惺忪地把门打开。

陈明亮跨步走了进去。

“你神经病啊你……”张昊揉着眼睛骂了一句。

陈明亮轻车熟路地把灯打开，屋里传来女人的尖叫声。

陈明亮看见床上张昊的女朋友飞快地拉过被子盖上了自己，他飞快地转回了身子，顺手把灯又关掉了。

张昊在黑暗中的声音一下子变得清醒了："我忘了告诉你我女朋友在这儿了。"他往外推陈明亮，"有话明天说，你快回去吧。"

陈明亮用脚勾着地，不让张昊把自己推出去："我保证一眼，不，半眼也不往床上看还不行吗？我就是想找你说说话，我一肚子话，不说非憋死我不可。"

"你神经病啊你，"张昊压低了声音凑到他耳边说，"也不看看我现在是什么火候……"

陈明亮双手抵着张昊的手："这么着，你上床躺着，我在地板上坐着，也不用开灯，我就跟你说说话，行不行？"

"你他妈的是完全疯了……赶紧出去，要不然我喊警察了……"

陈明亮一屁股坐在沙发上："那你喊警察吧，你把警察喊来我就不纠缠你了，我一肚子话就跟警察说。"

张昊突然凑过来，在陈明亮身上用力吸气。

陈明亮往后缩："干吗你？"

"你也没喝酒啊，没喝酒耍什么酒疯？滚滚滚滚滚，赶紧滚出去。"

"你就当我有病，精神不好，行不行？"陈明亮赖着不走，"我十点多钟跟人喝咖啡，现在精神得不行。"

张昊在黑暗中搡了陈明亮一把："现在这是说事的时候吗？"

"我知道，我明白，我能这点事都不懂吗？我就是不想一个人回家，太孤独了我受不了，我在这儿待着，你们该干吗干吗，就把我当成一个破家具，行不行?!"

陈明亮边说边从袋里拿出一罐啤酒打开，启开时，发出嘭的一声响。

张昊实在没办法，扭头问被子里的人："你听听，他说的这叫人话吗？"

张昊女友从被子下面传出笑声。

二十三

陈明亮挥舞着手臂。

吴芳朝他走来："我没迟到吧？"

"没有，是我早到了。我替你叫了绿茶。"

“谢谢。”吴芳朝四周看了看，“你最近盯上这个地方了?”

“这里光线好。一般的咖啡馆灯光老是弄得迷迷糊糊，跟卧室似的，正经人待时间长了也难免会变得居心不良。”

吴芳原本端正地坐着，听了陈明亮的话，连表情也更加端庄起来。

陈明亮盯着吴芳看：“其实，仔细打量起来，你也挺漂亮的。”

“你干吗？想安慰我?”吴芳变得很不自然。

“不是，你属于冷不丁一看很一般，但越看越好看的那种女人。”

吴芳轻声叹了口气：“你老这么没有正形，怎么为人师表?”

陈明亮一本正经地：“我以德服人。”

吴芳笑了。

陈明亮忽然伸手把她的眼镜摘了下来。

吴芳哆嗦了一下，飞快地用手挡住脸：“你干吗?”

“我想看看你不戴眼镜时什么样。”

吴芳一只手捂着眼睛，另一只手伸出来：“还给我。”

“就看一眼。”

“给我!”

“就看一眼，骗你是孙子!”

吴芳的语调变了：“给我!!!”

陈明亮不说话，沉默地望着吴芳伸出来的手，苍白、骨感，纤柔的手，如果不是颤抖得很厉害，和昨天夜里的手倒真像呢。

吴芳把手放下了，她的眼睛有些红，眼眶有些发黑，愤怒至极地盯着陈明亮。

“对不起。”陈明亮小心地把眼镜慢慢放到朝他伸过来的手里。

吴芳把眼镜戴上，伸手去抓包，她起身时，与刚好过来送饮品的服务员撞到一起，茶和咖啡泼翻在她的衣服上。她尖叫了一声。

二十四

吴芳去洗手间清理弄脏的衣服，陈明亮站在洗手间门口，背对着门，做着检讨。

“对不起啊，我真的不是故意的……我只不过想和你开个玩笑，不是想对你怎么样……咱们虽然说不上是熟人，可好歹也算是朋友了，也喝过几次咖啡聊了几次天了，你那么聪明，一眼就能看出我其实是个厚道人……没什么坏心眼，就是喜欢开开玩笑什么的，对不对？……真的，你别生气，你一生气，我心都碎了……只要能让你不生气，我什么都愿意做，你看行不行？”他冷不丁一回头，吓了一跳，吴芳就站在他的身后。

“你怎么跟鬼似的走路都没有声音？吓死人不偿命啊？”

吴芳冷冷地看着陈明亮：“你说的，只要我不生气，你什么都愿意做，是不是？”

“对，我说的！”

“说话算数？”

“什么叫算数，一诺千金！”

“我们的朋友到此为止，从现在开始，你走你的阳关道，我走我的独木桥。就当我们从来没认识过。”

陈明亮犹豫了一下：“行，但有一个条件。”

吴芳瞪着他。

“你走阳关道，我去走独木桥。独木桥不好走，我不能让你一个女孩子，还是研究生，还是近视眼走啊，不好走的路由我来走。”

吴芳板着脸，终于绷不住，笑了。

二十五

他们又回到刚才坐的位置，又重新要了咖啡和茶。

吴芳跟陈明亮又坐下来。

他身上那股热情洋溢的劲让人很难拒绝。相过亲的男人很多，像他这样执着的倒是头一回遇上。

“你有时真让人受不了。”吴芳叹了口气。

“话不能那么说，有你那个神秘朋友的浑蛋爸爸垫底，天底下哪还有坏男人！”陈明亮嬉皮笑脸地说道。

“你错了。”她冷冷地说。

“难道……”他的眉毛扬起来。

“他死了十多年了，早就不是坏男人，而是恶鬼了。”

“怎么死的?”

“被人杀死的。”

“真的吗?”

吴芳看着陈明亮，他的欢乐表情让人难以接受：“你怎么这么没同情心?听见杀了人兴高采烈的。”

“我不是没有同情心，这得分对谁。”他喝了口咖啡，“别卖关子了，到底是谁为民除了害?”

吴芳意味深长地笑笑，看了一眼手表。

“你干吗看表，不是一讲到有意思的地方就给我来个下回分解吧?”

“没有答案。”

“没有答案?”

“我认为没有。”

“你认为?”

吴芳想了想：“这个事情当时轰动极了，没有不议论的。杀夫案啊，你想多刺激。但闲话一传多了就容易走样，有说她妈手持利刃在她爸身上捅了三十多刀的；还有说她妈用斧头把她爸剁成肉酱的；还有的别提了，说她妈趁她爸睡着时，割了他的喉咙的；还说血喷得满墙红艳艳之类的，反正，谣言都传疯了。出事的时候，我的朋友也在场，她目睹了全过程。她说那天一大早她眼皮就跳得不行，简直控制不住，心慌极了。她爸死了以后她在学校可出名了，大家都在背后指指戳戳的。事情过了很长时间以后，有一次说起这事，她说是她杀了她爸爸。”

“她杀的……她当时多大?”

“十四五岁吧。怎么了?”

“没怎么。”陈明亮笑了，“还未到法定年龄，即使杀人也不用偿命的。”

“可她跟我说这事以前，她妈妈已经因为过失杀人进了监狱了。”

陈明亮看着吴芳。

“她妈在法庭上承认是她杀的人。”

“有证据吗?”

“只能说有过程，不知道算不算证据。她爸是在厨房里被杀的，当时她妈正在炒菜，她爸喝多了，要强奸她妈。她妈不肯，跟她爸反抗了几下，她爸就急了，抓着她妈妈的头发往锅上撞。那会炒菜的锅都是挺厚的铁锅，她爸那么用力，就把她妈妈头都撞破了，血一流出来，哗啦一下就是满脸。我那朋友吓坏了，哭着跑过去拉她爸爸的腿。他那时候已经很疯狂了，她没拉住不说，还被她爸飞起一脚，踹到心口窝上，当时就躺在地上起不来了。她妈一看她这样，真急了眼，抄起铁锅朝她爸头上砸过去，把她爸砸晕了。本来这也不至于有生命危险，但他倒下时，撞到一把剥土豆皮的刀上了，就这么一下子，正好把脖子这个地方的静脉割断了，她爸就这么死了。”

陈明亮呆呆地看着吴芳。

“我这朋友说，她爸不是误撞到刀上的，是她把刀抄起来，朝她爸脖子上来了那么一下子。”

陈明亮说不出话来。

“你干吗?”吴芳的表情飞快地变化了几次，最后冲陈明亮笑了笑，“给你讲故事呢，你还当真了?”

“……后来呢?”

“都跟你说了是故事，哪有后来!”

“故事也有后来，后来呢?”

吴芳叹了口气：“她妈妈过失杀人，判了二十年。”

二十六

故事讲完了，他们也没有必要再见面了。

陈明亮却不这么想。他发觉和吴芳的见面虽然平淡，但也不乏愉快，他不想让这种关系中断。她离开时，他在后面跟着她。

吴芳起初不理他，但发现实在甩不掉陈明亮时，停下了脚步。

“你还跟着我干吗?”

“一起吃晚饭吧?”

“都跟你说了我有课。”

“你撒谎。”

吴芳板起了脸。

“你拿出这副表情我也知道你是在撒谎。”

吴芳笑了：“从你女朋友那儿学会明辨是非真伪了?”

“我跟你回学校去看一眼，你要真有课，我保证从此以后不再纠缠你。像你说的，反正故事讲完了。”

“你又来这一套了。”

陈明亮非常严肃地：“我发誓！”

吴芳不相信他：“你老这么开玩笑，有意思吗？”

“我没开玩笑。”

吴芳拿他毫无办法：“好吧，我承认，我晚上没有课。”

陈明亮的脸上露出灿烂的笑容。

“不过我真的有约会。”

“相亲？”

吴芳点点头。

陈明亮一时无语。

“现在可以让我走了吧？拜拜。”

吴芳转身刚要走，被陈明亮一把又拉了回来。

吴芳刚要发作。

陈明亮指着自己：“你觉得我这个人怎么样？”

吴芳望着他：“什么怎么样？”

“我这个人啊。你愿意和我谈恋爱吗？”

吴芳用力甩臂，想挣脱他：“你这个人怎么这么无聊啊？”

“我是认真的。”

“那好，”吴芳放弃挣扎，盯着陈明亮的眼睛回答，“我也是认真的，我不愿意。”

“为什么？”

“你呢？你又是为什么？你喜欢我什么？”

“我不知道，”陈明亮有些迷迷糊糊的说不清楚，“可能是你说话时的语调吧。”

“语调？”吴芳苦笑了一下，“我承认我想结婚，也经常去相亲，这都是我自己的事情，是我愿意做的事情。我知道我自己长得丑，不讨男人喜欢，但我宁可让男人拒绝我，也不接受你这种人的这种建议。你把别人当成什么了？扶贫对象？！”

“我不是……”

“你不要再和我说话了。我再也不想和你说话了。”吴芳拦住一辆出租车，上车走了。

二十七

张昊不在宿舍。

陈明亮想找个人说说话，他现在无法忍受一个人待着。

他发现他在乎那个总是板着一张脸的吴芳了，今天傍晚她离他而去时，他心里有些怅惘。那不是因为失恋或者别的什么情绪造成的，只是因为她。

她有什么好呢？带着她出去吃饭肯定会招来哥们的同情。以前带柳颖出去可不同，她总是能成为最引人注目的女人。她和吴芳是完全不同的两种人。

陈明亮后来想起来应该去找谁了。

见到朗朗的时候，他的心狂跳起来。他想他为什么不能一个人待着呢？为什么一定要找人呢？即使一定要找人的话，为什么不能像以前那样在张昊的门口等他回来呢？

他不敢承认自己想见朗朗。他对自己说，我只是想找个人说话，说说吴芳。而朗朗，除了弹钢琴以外，就从事着陪人说话的工作。

朗朗的笑容在灯光下美艳如花。

陈明亮希望她的笑容，如果她不是出于工作的角度而笑的话。

“怎么了？心情不好？”

陈明亮苦笑了一下，

“说给我听听。”朗朗温柔地劝他。

如果她的脸不化妆，如果她的头发是直的，如果她不是穿这身衣服，如果再戴上眼镜……

朗朗用手在陈明亮眼前晃了晃。

陈明亮回过神来。

“我好像越来越不了解女人了。处了五年的女朋友，快要结婚了，她突然成了别人的老婆。”

朗朗笑了：“以前都是怨女比较多，现在，好像倒是怨男越来越多了。”

“我并不怨她，真的，我恨她，但不怨。这件事情最打击我的人不是她，是我自己。天天和我生活在一起的女人有了外心，而且有了行为，时间没有一年也有半年的，我竟然一点都没察觉。你说我是不是蠢到了一定程度?!"

"你不蠢，你只是相信她。"

"可现在在朋友眼里我是地地道道的笑料，是个蠢货。"

"在别人眼里我还是一只鸡呢，"朗朗淡淡地说道，神情自然，"可事实上，我充当的是心理医生的角色不是吗?"

陈明亮笑了："你是我所见过的最漂亮的心理医生。"

朗朗捏了一下他的鼻子："我一直拿你当老实人看，想不到你还挺油嘴滑舌的。"

"我以前的女朋友也是弹钢琴的。"

朗朗用语气表现出对陈明亮所说的话根本不信："真的吗?"

"是真的。她叫柳颖，你没听说过她吗？我们是师大同学，她在音乐系，我在体育系。毕业以后，她留校当老师，我去体院当了足球教练。我们决定结婚，她业余时间到酒吧里弹钢琴。这段时间有……差不多一年半吧。她真的赚了不少钱，我们按揭买了房子，装修好了，连婚纱照都拍了，但是突然间，她跟我分手了。"

"可能你们没缘分吧?"

"是没缘分。"

"也许我们待会从酒吧里出去，你就能遇上一个梦中情人呢。"朗朗甜甜地说道。

陈明亮看了朗朗一眼："你还说我油嘴滑舌，你才真是油嘴滑舌呢！"

"这不是油嘴滑舌，这是我的职业道德。你们出钱请我陪你们聊天，我得让你们如沐春风才行啊！"

陈明亮的微笑消失了，变得有些沮丧："你不用老提醒我这个吧？我又没打你什么坏主意。"

朗朗用指尖在他脸上轻轻划了划，轻声细语地："你长得这么帅，我恨不能打你主意呢。"

明知道她是职业习惯，陈明亮的心还是动了动，他苦笑着说："你要真这么好心，就带我回家吧。"

朗朗笑了："狐狸的尾巴终于露出来了！"

“我现在最恨的地方就是我的家。”他顿了一会，从朗朗的烟盒里抽出一支烟，“房子装修得特别好，都是高档材料，家用电器也是最高级的。可我待在家里总觉得全身不自在，好像我女朋友还住在那里似的。上中学写作文时一到结尾就写什么什么影响深远之类的，现在她对我，对那套房子就是‘影响深远’。”

“你把女朋友形容成这样，我都有些嫉妒了。”朗朗沉默了一会，笑了，“她很漂亮是吧?”

“没有你漂亮。”

朗朗娇俏地打了他一下：“她叫吴芳?”

“不不，不是。吴芳是另外一个人。”

“是新女朋友?”

“不是，但是朋友。”

“已经有新朋友了，还做出一副苦瓜脸给谁看呢?”

“今天我向她求爱，被拒绝了。”

朗朗立刻做出无限同情的表情：“这就难怪了。”

她的态度中有很多虚伪的东西，但不讨人厌。

“你们俩真的很奇怪，长得很像，但又截然不同。我也形容不清楚那种感觉。”陈明亮有些迷惑，“她也喝绿茶。”

“你真的让我好奇极了，改天带她来让我见见好不好?”

“试试吧，”陈明亮想起吴芳离开时决绝的动作，“不过把握不大，今天下午我狠狠地把她得罪了两次。”

朗朗笑了：“是吗？给我说说吧。”

二十八

吴芳消失了。

陈明亮每次打电话，电话那边总是服务台小姐的声音：“你所拨打的移动电话已关机……”

陈明亮有些魂不守舍的，他不知道那是什么，是爱情？应该不是吧。他们之间见了这么多次，回想起来，从没有一次意味深长的凝眸，吴芳似乎是一个不知柔情为何物的女人。除了一个断断续续的故事，他什么也不了解她，连故事也还是发生在别人身上的。

张昊也看出他反常："你认真了？真要找个干面包似的女硕士？"

"谁干面包？你女朋友才是干面包，你也不管管，看她那头发烫得跟方便面似的。"

"完了完了完了，一听你这么说话我就明白了，"张昊看着陈明亮，"你一被女人套牢，就立刻丧失立场，重色轻友。"

"她哪有色可重？干巴巴的……"

张昊笑了。

"笑什么笑？"

"你神经病啊，我笑你还管？"

陈明亮一边掏手机打电话一边冲张昊瞪眼："不许笑。"

张昊不理他。

电话还是不通。

二十九

陈明亮找不到吴芳，整天来张昊的单身宿舍泡着。张昊一看见陈明亮，做出要撞头的表情："我说，你就饶了我吧，行不行？"

陈明亮给他看手里的冰激凌："天气这么热，我是来给你送冰激凌的，不识好歹的东西。"

"我不想吃冰激凌，我就想自己待一会，可以吗？"

"可以，你让我天天陪着你我还不一定答应呢。"

张昊倒头就睡，陈明亮一点也不见外地把沙发上的衣服扔到床边，坐下吃起冰激凌来。

张昊闭着眼睛躺了一会，终于扛不住，坐了起来。

陈明亮笑了，把一盒冰激凌递过去。

张昊接过来吃。

"跟你商量件事，咱们换换房子怎么样？"

"换房子？"

"我搬过来，你搬过去。"

张昊看着陈明亮，那是他准备结婚用的新房："你真是疯了。"

“哎，我那是三室一厅换你这么个破地方，你还不愿意?”

“没错，我不愿意。”

“那就没法子了，”陈明亮变得理直气壮的，“我只能过来打扰了。”

张昊气不打一处来：“我真受不了你。不就一个柳颖吗，没了这棵歪脖树，咱还不上吊了?”

陈明亮一脸苦恼地说：“问题是别的树也不让我上吊。”

三十

张昊和女朋友约会时，陈明亮偶尔去找朗朗。

一想起朗朗他就想起钢琴上面那个精致的银色夹子，陈明亮的心就紧一下。

她和别的男人在一起时也和跟自己在一起一样吗？如果那些男人不是放两张而是放二十张呢？朗朗还是只陪着他们聊天吗?

张昊只见了朗朗那一次，现在，他仿佛从一场梦里苏醒过来，变得理智了。他对陈明亮去找朗朗很不赞成。

“不是我存心打击你，对她，你还是趁早死了心吧。这个小女子可非同一般，她是那种森林型的女人，表面上到处都是路，实际上转来转去才发现还在那个林子里原地踏步，根本没路。”

陈明亮心里认可，嘴上不服气：“你怎么知道?”

“别忘了，我比你先到森林里转了一圈呢。”

“那是不是还有另一种女人，表面上看没路，实际上处处都是路?”

“没错。”张昊笑起来，“那叫罗马型女人，条条大路通罗马。”

陈明亮也笑了。

“两个取一个的话，”张昊说，“你还是把精神头多往研究生身上放放吧。丑妻近地家中宝，老人的话难听，但管用。”

“谁说她丑！”陈明亮瞪了张昊一眼，“她是那种越看越顺眼的。”

三十一

朗朗也和张昊的意见一样。陈明亮最近一次去找她时，她用温和但坚定的语气劝他：“以后不要再来找我聊天了。”

“为什么?”

“对你来说，这种聊天太奢侈了。”

朗朗一针见血地说。

陈明亮没吭声，他在吴芳面前的幽默到了朗朗面前完全派不上用场。他不知道这个陪人聊天的女孩子有什么好让人紧张的，但他确实紧张。

“如果你寂寞，应该好好找个女朋友。”

“谁说我寂寞?”

朗朗微笑。

“……我有女朋友。还是个女硕士呢。上次给你讲的故事，就是她好朋友父母的故事。她还会……用茶叶算命。”

朗朗做出惊奇的模样。

“真的，她很让人惊奇。”

朗朗看着他:“看你的表情就知道你很喜欢她。”

“怎么说呢? 她身上有种能让我感觉到亲切的东西，白菜豆腐之类的。”提到吴芳，陈明亮觉得一下子放松起来，“她和你完全不同。”

“怎么个不同法?”

朗朗看着他，她在灯光下面的脸有种夺目的光彩。

“你能让男人晕过去。”

朗朗乐不可支:“我是一闷棍，或者药片?”

陈明亮不笑:“你有男朋友吗?”

“几百个。”朗朗大大方方地回答。

“我是指……”

朗朗用手拍了拍陈明亮搁在桌上的手:“别说傻话了。”

的确是傻话，陈明亮心想。他的情绪很沮丧。

朗朗也不说话。她用手托着手里的茶杯，看里面的茶叶。

“给你讲个故事吧。”陈明亮打破了沉默。

朗朗很配合地露出笑容。

陈明亮给她讲了吴芳给他讲的故事，没忘记在最后阐明自己的观点。

“她妈妈因为故意杀人罪被判了二十年，很不公平，其实应该算是正当防卫，最多也就是个防卫过当。”

“你怎么这么说呢？那是一条人命啊？”

“她爸爸这种败类怎么能算得上是人啊？人人得而诛之。”

朗朗沉吟片刻：“其实，我爸就是很没出息的男人。在县城出生的，一个偶然的机会写了个话剧，那会还是‘文革’呢，一下子就出名了，成了风流才子、少年天才，调到省里来。那时候也有追星族，只不过不像现在那么狂热。我妈年轻时长得漂亮，被我爸从好几百个姑娘里挑了出来。结果，他这一辈子就写了那一个剧本，就风光了那几个月。我妈跟他结婚以后，一点福也没享着，罪倒是遭了不少。我妈总跟我说她是核桃命。结婚前水灵灵的，看着招人爱，结了婚发现是硬核，黑乎乎的，难看，还硌人，再往后，把核砸开了，露出里面的核桃仁，才又好了。”

“你就是那核桃仁？”

朗朗笑了：“没错。”

“你妈做什么工作的？”

“眼下她是一家手套厂的厂长。”

“那你爸呢？他现在干什么？”

朗朗转眼看了看别处，有些不耐烦地说：“他死了。”

“死了？”

“一次意外。”朗朗用手在脖子上比画了一下，咧着嘴嚓了一声，“像你讲的那个男人一样。”

陈明亮呆呆地看着朗朗。

朗朗笑了：“跟你闹着玩的，当真了？”

陈明亮一时找不到合适的话：“不是……我就是……你可别吓唬我。”

“从明天开始，我换到别的地方去了。你不要再来找我了，来了你也找不到我。”

“为什么……换地方？”

“一直就是这样的，过一段时间就换一个地方。”

“……不是因为我吧？”

“当然不是。”朗朗笑了笑，“女人都喜欢变化。千变万化，所以男人才喜欢用妖精来形容女人。”

陈明亮眼睛一眨不眨地盯着朗朗。

朗朗用一根手指在陈明亮眼前画着弧线，逗他笑："过了今天晚上，妖精就化作一缕轻烟消失了。"

三十二

他们在夜里十二点钟的街头分手，每次都是。朗朗没像以往那样迅速地打车走掉，她转身看着陈明亮："抱抱我。"

陈明亮很意外，轻轻抱住了她。

她很瘦弱纤细，好像稍一用劲就能捏碎似的。他的动作小心翼翼的。以前柳颖双臂交叉搂住他的脖子时，他觉得她像一条蛇一样，艳丽，刺激，而又纠缠不清。

"在吴芳讲的那个故事里，如果我是她的同学，那次谋杀就是故意的，不存在过失。"朗朗在他的怀里突然幽幽地说了一句。

陈明亮没想到她会说这个，一时想不出合适的话题来。

朗朗从他的怀抱中退出来，她伸手招来了一辆出租车，很快地坐了上去，出租车开动后，朗朗从窗子里探出身子冲陈明亮摆了摆手："再见。"

三十三

朗朗临别前说的那句话让陈明亮惆怅不已。他没打车，顺着街道往前走，午夜时分的街道上行人极少，空气凉爽。

陈明亮拨手机时，更像是一种习惯，没想到电话接通了，吴芳的声音传了过来："喂?"

"你……我是陈明亮，"陈明亮让她吓了一跳，"你这几天跑哪儿去了，手机也不开，人也找不见。"

"我出门开会刚回来。"

"开会？开什么会?"

"笔会。"

"笔会?"

"你找我有事?"

"没事就不能找你了?"

"没事的话我要休息了，坐了一天的车，挺累人的。"

“哎，我想问你，”陈明亮不想这么放电话，“你同学的妈妈有没有可能是故意杀她丈夫的？她想办法激怒了她丈夫，然后和女儿一起杀了他。”

“你疯了吗，怎么会有这样的想法？”

“她整天受虐待，肯定想杀了她丈夫。”

吴芳沉默了一会：“不是的。”

“你凭什么那么肯定？”

“……因为故事是我编的，我根本就没有这个同学，要是有的话，我早就让你见了。”

三十四

她们之间的相似之处不只是绿茶。她们能够很轻易地把人引领进一种虚拟的情境中，当别人深陷其中时，她们会突然一个转身，说这一切都是玩笑。

像那句歌词：你把我领到井底下，割断绳索就走啦。

陈明亮觉得自己就像那个在井底下的哥们。

吴芳跟他说对不起时，脸红了。

“你说你这人，长得老老实实文文静静的，满嘴谎言还讲得有鼻子有眼的。”陈明亮叹了口气，“你颠覆了我的世界观。”

“是你自己缺乏辨别力。”

陈明亮苦笑了一下：“你还……有理了是不是？”

吴芳把自己的那杯绿茶放到陈明亮眼前：“看见这茶叶了吗？”

“当然。”

“你看这茶叶的颜色和形状，还有这杯水……”

陈明亮看着茶，又看着吴芳。

“这就是我讲的故事。”

陈明亮蒙了，坐直了身子：“哎，你别拿我寻开心好不好？我读书没你多，脑子没你复杂，你别这么云里雾里的，简单点说行吗？”

吴芳笑笑：“本来就很简单啊。”她从茶叶筒里倒出一点茶叶，和茶杯摆在一起给陈明亮看，指着没冲泡的茶叶，“这是事实真相，”又指了指那杯茶，“这是我讲的故事。”

陈明亮左右看了看，抬头看着吴芳。

吴芳微笑着。

陈明亮点了点头："有点明白了。"

吴芳笑了。

"那事情的真相是什么?"

"事情的真相在我给你讲的故事里。"

"怎么绕着绕着又绕回来了?"

"不可能绕回来。人不能两次踏进同一条河流。"

"你别老这么说话行不行?特别做作，而且……"陈明亮有些忧心忡忡地望着吴芳，"你知道你身上缺什么?"

吴芳望着他。

"女人味，你给男人留的印象总是硬邦邦的。"

吴芳不大高兴："什么硬邦邦的，你当我是死人?"

"没说你是死人。"他看着吴芳，"你怎么回事你? 读书太多脑子糊涂了? 该敏感时不敏感，不该敏感时特别敏感。"

吴芳要发作。

陈明亮摆摆手："不是我说你，就你这样，再相一千回亲，也不成。你得换个活法。"

吴芳笑了，好像就等着他提相亲这事似的："我这次在杭州还相亲来着。那个人是博士后，是评论家。"

陈明亮瞪着她："你有相亲的瘾啊，左一个右一个的。"

吴芳脸又板了起来，横了他一眼："你管得着吗?"

"我管不着，但我关心你，你说你老去相亲，老被人嫌弃，你也不怕伤自尊……"

吴芳看着陈明亮。

陈明亮有些结巴了："我……我的意思是说，你眼前就有彩虹，干吗还要不断地去经历风雨呢?"

俩人对视片刻。

"你别老去相亲了，真的，你和别人不一样，现在社会多复杂啊，万一碰到坏人怎么办? 你又不像别的女人那么坚强。"

"你怎么知道我不坚强?"

“就凭你这嘴硬我就知道了。坚强的女人哪有像你这么说话的，女人越坚强越是轻言细语的。”

“看不出你这方面还挺有阅历的。”

“不是阅历的问题，是眼光的问题。我有一双慧眼。”

吴芳笑笑，端起杯子喝水。

陈明亮看着她喝水。

“你朋友的妈妈进了监狱以后怎么样了？放出来没有？”

吴芳放下杯子看着他：“不是跟你说了是编的吗？”

“知道。你接着编给我听。”

吴芳笑了，想了想：“她前年就被提前释放了。”

“是吗？为什么？”

“在监狱里表现好呗。”

“然后呢？”

“她发现在十五年的时间里，世界完全变了模样。所有她看到的听到的，都让她觉得陌生。她患了失眠症，睡不着觉，后来神经也衰弱了，最后她和我同学商量了一下，又回到监狱里去了。”

陈明亮吃惊不小：“回监狱？”

吴芳笑笑：“对啊。她在监狱里待着才舒服呢，监狱里有工厂，她以前是工厂的标兵模范，回去以后当了厂长呢。”

“什么厂？”

吴芳顿了顿：“什么厂？对啊，在监狱里开办的是什么厂呢？”她看着陈明亮，“你知道监狱里都有些什么样的工厂吗？”

陈明亮看着吴芳的眼睛：“手套厂怎么样？做手套的。”

“好啊好啊，就手套厂吧。”

陈明亮看着她：“你的朋友长什么样啊？”

吴芳看着他。

“我的意思是说，她在你的想象中是什么样啊？”

吴芳沉吟了一下：“你自己想吧，想什么样就是什么样。”

陈明亮又想起那句歌词：你把我领到井底下，割断绳索就走啦。

三十五

“朗朗辞职了……”

张昊跑来告诉陈明亮这个消息。

陈明亮只是笑笑。他担心的是吴芳也消失了。

张昊让他带出来给大伙看看。

陈明亮打电话给吴芳，她不肯答应。

“……那是我自修的时间。”

“还修啊？再修成修女了。”

“你要没什么事我挂了啊。”吴芳在电话里不想多说了。

“有事有事。”陈明亮有些低声下气地说，“就不能例外一次吗？我都答应人家了，给我留点面子吧。”

“我晚上真的没空。”

“你就当相一次亲行不行啊？”

“你这个人……真是莫名其妙，你跟朋友吃饭要我去算什么意思？”

“你说什么意思？我什么意思你现在还不明白！”陈明亮发了两句火，又把声调放低了，“你这人怎么这样啊！”

“我本来就这样啊！”

“对对对，你本来就这样，有病的人是我。”陈明亮气极而笑，“可我现在找不到比你更好的灵丹妙药了，你就救死扶伤一回不行吗？”

张昊从办公室里出来，一脸坏笑地问他：“怎么着，不灵啊？”

陈明亮冲他笑笑：“谁说的，没问题。”他朝电话里，“哎，我跟朋友约时间呢，你几点能过来？”

“我还没答应你呢。”

陈明亮自说自话：“八点，太晚了吧？”他抬头望着张昊，“晚点行吗？她晚上有两节课，下了课才能来。”

“陈明亮……”

陈明亮不由分说：“那就这么定了，晚上我去学校接你。”

吴芳在电话里沉默着。

“再见。”陈明亮挂了电话。

“什么课啊?”

陈明亮有些心虚地笑笑：“我哪知道啊，‘比较’什么吧。”

张昊哧哧地笑起来：“晚上上课，还‘比较’，比较什么!”

“你小子，狗嘴里吐不出象牙来。”

张昊笑：“我是吐不出来，你吐一个给我看看。”

三十六

陈明亮等着，吴芳从学校里走出来。

陈明亮冲吴芳笑笑：“对不起啊，又把你拉下水了。”

吴芳没说话。

陈明亮看了一眼手表：“我们先去商场，然后去吃饭。”

“去商场干吗?”

“给你重新包装一下。”

“不用了，我这样挺好的。”

“没说你不好，我只是想让你更好。”他伸手拉住吴芳。

吴芳往外挣脱着：“哎，你放手……”

陈明亮不放，盯着吴芳。

吴芳不再挣扎，也盯着陈明亮。

“不敢去吗?”陈明亮放开了她的手。

吴芳沉默了一会：“走吧。”

三十七

吴芳从试衣间里走出来时，陈明亮觉得自己产生了错觉。

比《办公室里的故事》更让人惊奇。

下楼时，他牵住了她的手，纤细的手腕，修长的手指。

他们没朝对方看，也没说话。

三十八

餐馆里坐着张昊、张昊女朋友，以及男人丁和丁女友。他们一副惊异的表情看着陈明亮带着光彩照人的吴芳走进来。吴芳穿着T恤衫牛仔裤，头发不着饰物，直直地披在肩上，看上去清纯可人。

张昊吃惊得几乎合不拢嘴，扭头冲陈明亮用口型说：“不会吧?!”

陈明亮没说话。

张昊女友在旁边看了张昊一眼。

大家互相介绍，场面乱了一阵子。

张昊握吴芳的手时有些微妙的停留，但吴芳像对待其他人一样笑容可掬地把手抽出去了。

几个人坐好。都是笑盈盈的，又都互相看着。尤其是对吴芳。

张昊指着吴芳，对大家说：“人家吴芳是硕士呢，真是才貌双全啊!”

“我们喝一杯吧，为明亮和明亮的女友。”有人提议。

张昊赞许地看了一眼说话的人：“你什么时候变得这么会用形容词的?”

“一见到美女就会用了。”

大家笑着，纷纷举杯碰了一下，各自喝了一口，把酒放下。

张昊女友说：“美女一来，男人立刻都伶牙俐齿了。”

陈明亮看了一眼吴芳：“美什么女啊，也就一般人吧!”

吴芳笑笑。

“你小子，得了便宜还……”张昊有些千言万语一时无从说起的感慨。

他女友冷冷地在旁边接了一句：“我发现你今天话比往常多啊!”

“你话也不少啊。”

“哎呀，那是我错了，”张昊女友拍了拍他的脸，“对不起啊亲爱的。”

张昊没说话。

陈明亮看气氛有些僵，指着吴芳对大家说：“对了，你不是会用茶叶算命吗，要不你给大伙算算?”

“我哪会算命啊……”

陈明亮在桌子下面踢了吴芳一脚。

吴芳神情自若地：“最多只能看看爱情。”

“就是让你看爱情。我们最在乎的就是爱情了。”

“怎么算?”

吴芳刚要说话。

陈明亮抢着说：“就看看你们茶杯里的茶叶就行了。”

酒桌上响起一片瓷器的声音，张昊第一个把茶杯举到吴芳的面前，但张昊女友随即把杯子压到了张昊杯子的上面。

张昊女友扫了张昊一眼，张昊把杯子拿回去了。

吴芳看了一眼茶杯里的茶叶，又抬眼看了看张昊的女友。

张昊女友盯着她。

“你是一个很聪明的女人。”吴芳把目光放到茶叶上面，思忖着慢慢说道，“也很有手段，善于把握男人的心理，让男人按照你的意图，围着你团团转，但你做事情太急于求成了，太急躁，能很快地征服男人，也能很快地露出自己的破绽。实际上，你是一个外强中干的女人，感情方面总想巧取豪夺，难免会让男人反感，他会慢慢努力摆脱你。总而言之，你是那种能让男人一见钟情的女人，但不适合和男人长期相处，很难获得持久不变的爱情。”

场面安静下来。

只有桌上的火锅汤在沸腾。

张昊女友的脸色变得很不好看，她把茶杯拿回到眼前，盯着看了一会，故作轻松地对大家做了个鬼脸：“看来，我得赶紧把自己嫁了才行。”

“那也没用。形式改变不了命运。”吴芳淡淡地说道。

张昊女友终于绷不住了：“什么是命运？这几片破茶叶？”

“有些时候，命运就是几片茶叶。”

陈明亮在桌子下面踢了吴芳一脚。

吴芳转头看着他：“你踢我干什么？”

陈明亮脸红了，面对着众人的目光，尴尬地笑笑：“你看你……”

“不是你让我看的吗？”她转头冲张昊女友笑笑，“别当真啊，刚才是我跟你闹着玩，瞎说的。”

“我本来也没当真。”

“那太好了。”

陈明亮端起酒杯：“我敬大家一杯吧！”

大家纷纷举杯。

陈明亮特意和张昊女友碰了一下杯子。

三十九

这个夜晚很多事情都变得不对劲了。失控。

张昊女友不断地举着杯子跟陈明亮干杯，她的情绪很激动。

刚把酒喝掉，她又把杯子添满了："陈明亮，再来一杯。"

张昊看了她一眼："你别再喝了，行不行?"

她看都不看他，只盯着陈明亮："来，干杯。"

"求你了，我真的不行了。"

"你干不干?"

陈明亮看了一眼张昊，无奈地举起杯子："最后一杯啊!"

俩人把酒干了。

张昊女友又去拿酒。

张昊挡了她的手一下："没酒了。"

张昊女友招手叫道："服务员，再拿五瓶啤酒。"

张昊把她的手拉下来："你疯了你!"

"你才疯了呢，我们出来不就是吃饭喝酒的吗?"

"你别太过分了你!"

"谁过分了?"她冲送酒过来的服务员说，"把酒全启开。"

"别启别启，我们不喝了。"

"谁说不喝了? 你不喝我还喝呢。启开，全启开，他不付钱我埋单。"

服务员把酒启开，走了。

张昊女友给自己的杯子倒上酒，又给陈明亮倒上酒。

陈明亮赶紧用手挡住杯口，张昊女友不放弃，把酒直接倒到陈明亮的手上。陈明亮无奈，把手拿开了。

张昊气得说不出话来。

"来，陈明亮，"张昊女友笑嘻嘻地冲陈明亮举起杯子，"干杯。"

"我真的不行了……"

"你他妈不干了你没种!"

陈明亮看看张昊，他脸色铁青，坐在他另一侧的吴芳却什么表情也没有，好像眼前发生的一切统统与她无关。陈明亮把酒喝掉了。

张昊女友也把酒喝了，伸手又去拿酒瓶子。

"我求求你了，别再折腾了，行不行?"

张昊女友没理他，倒满自己的杯子，又给陈明亮倒。

张昊把自己的杯子放到女友面前，“来，给我倒上，我跟你喝。”

“你跟我喝我还不跟你喝呢，我今天就想跟陈明亮喝。来，陈明亮，干杯。”

“我真不行了，马上就要吐了。”

“你不喝你他妈没种。”

“我没种，我没种行了吧？”

张昊女友看了他一会，笑了：“好吧，你没种。把酒拿来，我替你喝。”她伸手想把陈明亮的杯子拿过来。

陈明亮拿着杯子躲开了，他看了一眼张昊。

张昊伸手在女友肩上搂了一下：“差不多就行了，好不好？”

“不好，人生得意须尽欢，莫使金樽空对月。”

“你别闹了，行不行？”张昊的耐心用尽了，声调高起来。

“你冲我叫什么叫？我最烦男人冲我叫了。”

张昊看了看众人，强忍着：“行，我不冲你叫，你乖乖地坐一会。”

“我怎么不乖了？我这么喝酒是为谁呀，还不是为你吗？你喜欢人家陈明亮的女朋友是不是？我成全你。”她小声地，仿佛密谋似的凑到张昊身边，用所有人都能听见的声音说道，“我把陈明亮喝趴下，喝没种，这样你才有机会呀……”

张昊伸手拉了女友一把：“越说越上脸了你是不是?!”

众人赶紧把张昊拉住。

陈明亮拉了张昊一下：“你干吗？”

张昊女友愣愣地看着张昊，借着酒劲笑了：“谁上脸啊你说谁上脸？我怎么了我？不就是想喝杯酒嘛？这愿望很过分吗？”

一直沉默不语的吴芳突然举起酒杯：“来，我跟你喝。”

大家吃惊地看着吴芳。

张昊女友也看着吴芳，以及吴芳的酒杯，她笑了，把自己的酒杯放下了：“不喝了，再喝，我亲爱的该不高兴了。”张昊女友在张昊鼻子上刮了一下。

张昊把她的手握住，对吴芳解释：“别理她，她今天真喝多了。”

吴芳笑笑：“刚才我是跟她用茶叶闹着玩的，你们可千万别当真啊！”

“这事怨我，是我先开的玩笑……”陈明亮说。

张昊笑笑："没事，真没事，我压根就没当真。"

"我当真。"张昊女友摇晃着摆摆手，她冲吴芳笑了一下，"你算得确实很准。特别准，真的。"

四十

把吴芳带来吃饭是一个错误。

他们从商场出来时就应该单独找个地方谈谈。

他有太多的话想说了，但反而一句也说不出来。就像发生意外时，大家都从一个地方往外挤，结果团在门口成了一个结，谁也走不掉一样。

他太激动了，有些不知所措，结果这火引到别人身上着起来了。张昊的女朋友成了垫背的人了，那些失态的举止原本是要发生在他，或者吴芳身上的。

吴芳坐上出租车，这回陈明亮没犹豫，他飞快地拉开车门也坐了进去。

"你干什么?"吴芳问。

"我们得谈谈。"陈明亮说。

"还有什么好谈的?"她幽幽地说了一句。

他不开腔，手紧紧地攥成一团。

四十一

陈明亮让司机把车开到他们第一次见面时的咖啡馆。

他们——确切说是陈明亮——要了两杯茶。

"朗朗现在在哪儿?"陈明亮问。

"谁是朗朗?"吴芳问。

陈明亮笑了笑："你说呢?"

"我不知道。"吴芳说道。

她今天和以往任何时候都不一样，她板着脸时，不像往日的吴芳，表情严肃得到了刻板的程度；她浅笑盈盈时也不像朗朗，眼波荡漾时让人心神俱醉。

陈明亮想起他以前听吴芳讲故事，然后又把同样的故事讲给朗朗听。

他是个身材高大的男人，却像乒乓球一样在吴芳和朗朗之间跳来跳去。

他笑起来哈哈哈哈哈哈……别人会以为这是一个喝醉的人发出的笑声。

但不是。刚才喝的那些酒像咖啡一样，不，比咖啡更令人醒神。他从来没这么清楚过，从来没有。

哈哈哈哈哈哈……他想自己，越想越好笑，天底下没有比自己更好笑的人了，他的笑声听上去不像自己发出来的。

“别笑了。”吴芳说。

陈明亮还笑，他笑得几乎收不住了。

她伸手握住了他的手，轻轻叹了口气：“你这个傻瓜。”

仿佛依稀

苏启智他们是下午 3 点多钟到的。时间挺尴尬，喝杯咖啡的工夫，刚好续上晚饭。不一起吃吧，新容最怕撒谎，心里编得口是口萎是萎，一开口就成了蛛网，黏腻虚飘，破绽百出。

梁赞提前一个星期回来了，昨天新容还收到他从乌鲁木齐发来的短信，说想家想得快找不着家门了。她说那多好，处处无家处处家。他回短信骂她：狠心的女人，就那么想拒我千里之外？

梁赞进门时，苏启智的电话刚打进来，新容一时分了神，目光落在梁赞巧克力色的皮肤上。他黑了也瘦了，背着一个老大的帆布抽绳马桶包出现在门口。亦晴噢呜一声跳过去，双臂荡秋千似的吊在他的脖子上，双腿也臂膀似的张开盘到了他的腰间，“赞哥”“赞哥”地叫个不停。

新容没听清苏启智最初说了些什么，只知道他跟徐文静来长春了，要跟她见个面。她心里盘算的是，原来昨天梁赞发短信抱怨找不到家门时，人正在机场，准备登上回家的飞机。

梁赞费了好大劲才把亦晴的蟹抱撕开，把马桶包作为替代物塞进她的怀里，他抬眼朝新容这边看过来。她站在自己的办公桌前面，头发还是先梳成麻花辫然后在脑袋后面绾成一个发髻，式样简洁的裙子，一手举着电话，一手拿着书，中指插在正在读的页码中间，整个人嵌在打开着的门框里，像一幅超现实的四维画面。

“我先弄点喝的东西……”梁赞说着，朝新容的办公室里走。

她一时躲也不是不躲也不是，心扑扑地跳，但脸上反而漠然。

“——我很想见见你。”苏启智又强调。

“我现在走不开，”新容说，“——我忙完后一起吃晚饭吧。”

梁赞打开新容专放零七八碎小东西的柜子，把她的一只备用玻璃杯拿出来，拿起茶叶桶往里簌拉簌拉倒了两下，走到饮水机那边冲上热水。

“怎么提前回来了?”新容放下电话，问。

“想家了呗。”他直视着她。

新容微微一笑，她裙子的灰色让他想起有一天在江南的某个寺庙里，他好像刚睡过去就醒转过来了，一时分不清身在何处，撩开蚊帐望向洞开的窗子，窗外的天色，现在就穿在她的身上。灰里面透着若有若无的蓝色，让人想起黎明时分的大海，也让人有种说不出的忧郁。

新容望见梁赞身后的编辑室里，亦晴把他的马桶包倒过来，哗啦啦泼水似的晃荡几下，一大堆零食特产甩出来，小山似的盖满了亦晴的桌子，还有十几袋翻着跟头栽到桌子下面。

亦晴朝新容挥手：“来啊。”

新容跟梁赞说：“给我们带什么好吃的了?”一边说一边走到编辑室里。

梁赞也跟着过来。

杂志社所有的人都聚齐了，两个美编从电脑桌、书堆以及一人多高的绿叶植物组成的山洞里面钻出来，他们被文编们称为桃谷二仙，天天对着屏幕，眼睛里面挂着血丝，脸上像蒙了一层灰尘。西毒老聂也凑过来，常年不开晴的脸难得地露一次笑容，跟梁赞握了握手，上下打量他：“瘦了不少哇。”

“你怎么瘦下来的? 我每次出差都添秤。”一把手朱秀茹也端着茶杯从办公室出来，冲梁赞笑，“人还是瘦了好看。”

“您都多大岁数了还用这种垂涎三尺的眼神看人。”亦晴嘴里嘎巴嘎巴地嚼着东西，一边揶揄朱秀茹，瞥见梁赞从食物中间拨拉出几条烟分别扔给几位男士，跳过去打他一下，“又是大毒草?! 我们这些被动吸烟的人受伤更多你知不知道?”

“不只二手烟，还有三手烟呢。”小美说，“尼古丁会附着在墙面、桌椅这些东西上面，在相当长的时间内保持毒性。”

“你们一手二手三手，这么些年早熏成千手观音，百毒不侵了。”桃谷二仙笑着说。

这会梁赞拿过马桶包，在暗扣里面的侧袋里翻翻，抽出一大堆丝巾。

“这是送女生的。”

为了节省空间，丝巾的外包装都被扯掉了，只剩下透明薄塑料袋，五颜六色叠在一起，湖蓝、碧绿、火红、橙黄，一块接一块地被抖搂开来，有的镶边，有的没有。女人们尖叫起来，各自挑喜欢的颜色、花样。

“新主编不挑一个?”梁赞看新容不动弹，“瞧不起我?”

“我哪敢瞧不起你?”新容淡淡地说，“是这些丝巾太漂亮，我怕配不上。”

这时，新容的电话响起来，她跑回到办公室接。

“你那边怎么那么热闹?”黄励问。

“你那边也不清静啊!”新容关上了门，听见黄励那边也乱哄哄的，仿佛很多人在她身边来来往往，她的声音从一片嘈杂中提拎起来，挑高，像在菜市场跟人家吵架。

黄励最近又参加了老年协会的舞蹈班，过一阵子在省内有个老年表演团巡演，晚上要加班练舞，她让新容自己吃晚饭。

新容放下电话，隔门望着编辑室里。听不到欢声笑语，闻不到食物的香气，她只能通过门上留出来的一溜玻璃，看见梁赞背倚着办公桌坐着，腿长长地伸着，鹤式螂形，跟大家一起因为什么事情大笑起来。

编辑室里，亦晴又翻出一条短信给大家念。大家乱哄哄地笑，梁赞也咧着嘴，思绪却化为一股烟，追随着新容的电话铃声而去。

他离开了两个月，这期间发生了什么事情?她有了男朋友吗?应该不会啊，他们的短信一直联络得很密切啊。不过也难说，短信毕竟是短信，看不见摸不着的，她大可以一边跟人约会，谈情说爱，一边回他的短信，而且说不定这样回得更自然轻松呢。

梁赞的心扭成了麻花，绞痛起来，他朝新容的办公室看了一眼，门关着，她从里面或许看得见他，但他却看不见她。

他们是同一天到杂志社里来的，新容是大一学生，原本只是给杂志投稿，朱秀茹那会是执行副主编，非常喜欢新容的文字感觉，约她来杂志社见面。

一见，印象更好，建议她过来当实习编辑。梁赞那时候却已经大学毕业半年了，一边跟朋友琢磨着怎么快速致富，一边被父亲安排进杂志社来，他父亲是老观念，总觉得人应该有个单位。

报到那天杂志社的领导在“喜洋洋农村俱乐部”订了个大包房，算是给他们开个欢迎会。他记得那天新容穿了条牛仔裤，米色棒针毛衣，娴静温柔地坐在他身边，别人说什么问什么，她大都用微笑来回答。

他的态度刚好相反，那会已经走入社会半年多了，觉得自己是个大老爷们了，谈吐举止刻意要拿出豪爽做派，用大杯跟杂志社的男人们喝白酒。酒过三巡，朱秀茹指着他们俩跟别人说：“哎，你们看他们一动一静，一张一弛，像不像新娘新郎?”

“别说还真像。”大家仔细看他们，纷纷打趣。

新容红了脸，眼睛垂下来。梁赞以为她只是有点害羞，以他跟女生打交道的经验，以为连她这点害羞都是装出来的，那个晚上的气氛如此和谐轻松，他很拿自己不当外人，伸臂搂住新容：“来，我们新郎新娘敬大家一杯。”

“把你的脏手拿开!”新容狠狠地甩开他，脸上红潮尽褪，变成青白，他被她的眼神吓着了。

其他人也都唬住了，原本热闹的场景一下子冷下来，整晚上没注意过的包房背景音乐变得响亮起来。

后来大家才知道她的事情，她父亲跟一个和她年龄相仿的女学生好上了，师生恋闹得沸沸扬扬，连教授都做不成了。新容考上大学过来读书，她妈妈也跟着一起过来了，母女俩艰辛酸楚的生活不难想象，也因此，新容憎恨任何形式的轻佻，从来不开两性间的玩笑。

新容关了电脑，把办公桌上的东西摆整齐，看看时间，苏启智他们等了快一个小时了，她拎包走出去，发现梁赞不在。编辑室里仿佛刚刚一场暴风经过，剖肠开肚的食品袋东一个西一个，桌上地上，场面狼藉。

“走啊?”亦晴问她。

“外地来个朋友，晚上一起吃饭。”新容说。

“梁赞刚走，让他送你多好。”亦晴说。

新容看一眼窗台，他的茶杯搁在上面。

新容拿起杯子，里面的茶汤还是温的，她放下包，把杯子拿到洗手间，把残茶倒掉，用牙膏把杯壁上的茶渍擦干净，用水把杯子里里外外冲得清亮剔透，放回柜子，这才出门。

银灰色帕萨特停在门口，梁赞盯着单位。楼是伪满时候盖的，细窄窄清水红砖嵌在楼表层，拱形窗瘦溜溜的，越发衬得带门斗的楼门像一个大嘴噘出来，嘴巴里面含着楼梯，窄而陡，像错置的牙齿。梁赞眼看着新容瘦伶伶地从牙齿里面一截一截地出来。

新容看见他，站住了。

他替她打开副驾驶那边的车门，语气间流露出来的气恼和强硬让他自己也有些吃惊："上车！"

新容坐上来，他很认真地打量她：没化妆，连口红也没涂，街道上阳光明媚，他看出她的疲惫，眼底下有点黑。

"看什么?!"她有点恼，瞪他一眼。

他笑起来："去哪儿?"

她顿了顿："重庆路上的必胜客。"

他转头看她，阴阴地笑："你去吃比萨?"

新容也忍不住笑。

报到第一天他那句"新郎新娘"固然惹火了她，但她随后受到多大冒犯似的凛然也大大地让他下不来台。有好几年的时间他们彼此间敬而远之，井水不犯河水。虽然在一个杂志社工作，常常打照面，但几乎不打交道。她是采编人员，天天埋首于选题、稿件之类，而他搞发行，有办公桌但却不用坐班，何况他放在杂志社工作上的精力最多也就五分之一，大部分时间他忙着跟朋友合作、开公司、增加客户、开拓业务。

一晃十年过去，他们都成了杂志社里的元老，五年前调整班子时他当上发行部主任，她则是采编部主任；三年前班子再次调整，他是主管发行的副社长，新容则是杂志社的执行主编。

任命公示不久，有一次杂志社加班，那一阵子新容喜欢吃必胜客的比萨，加餐时总叫外卖。梁赞那天凑巧去单位，跟送外卖的前后脚进门，桃谷二仙拉他一起吃，他一边往桌边坐，一边说，比萨这东西，就像喝醉酒后吐到盘子里的那么一摊东西回炉烤烤又端了出来。

桃谷二仙叽叽咕咕地笑，新容对着纸盒里面还袅袅冒着热气的三文鱼比萨，明知道梁赞是胡诌巴咧，就是抑制不住自己的恶心。

新容那天运衰到家了，临出门上班时跟黄励闹了几句口角，开编前会时，老聂跟亦晴因为点鸡毛蒜皮，闹到鸡飞狗跳，什么难听话都讲出来了。最后是老聂踢翻椅子走人，“爱他妈谁谁，爷不侍候！”亦晴坐到朱秀茹那儿把两眼哭成毛桃，朱秀茹就把所有的事情都推给新容，自己拉着亦晴 SPA 解压去了。

新容刚当主编，做到骨酥肉烂在别人看来也是春风得意。她饿得前腔贴后背，额头手心都冒着虚汗，遇上梁赞的恶搞，一股火从胃里蹿出来，鼻腔里先一酸跟着一热，她连忙捂住鼻子冲到卫生间，松开手，鼻血滴答滴答溅到白瓷洗手盆里面，艳红醒目，一朵一朵像次第绽放的梅花。

一个美编到卫生间门口偷看一眼，跑回来低声说：“主编气得流鼻血了。”

梁赞一愣，不过是随口开个玩笑，半斤八两的小事，还流起鼻血来了？他手里捏着块热比萨原本吃得挺来劲，让她这么一打岔，真变成呕吐物了。

他扔下比萨起身往外走，经过卫生间门口时站住了。门是打开的，卫生间里面使用的是白炽灯管，新容站在洗手盆前面，被灯光衬得脸色惨白。梁赞忽然发现她很瘦，以前的印象只是新容个子高挑，走路很快，风风火火忙多大事业的样子，但那天夜里他注意到她尖削的下巴，以及眼睛里隐隐的泪水。他的脚不知怎么就抬不起来了。

桃谷二仙鬼鬼祟祟地过来，一左一右站在梁赞身边，新容捏着鼻子冲他们摆手让他们走，他没动，他们也没动。新容被惹急了，捏着鼻子声音瘪瘪地骂他们：“滚开啊！”

新容收拾好自己从卫生间出来，头晕目眩的，出了一阵虚汗，也懒得再做了，拿了包回家。坐电梯下楼时，梁赞在最后两秒钟闪身挤进来，差点被电梯门夹住。眼睛也不看她，快到一楼时，兀突突来了一句：“带你去喝汤。”

话音刚落电梯门就开了，还未等他们出去，一家广告公司的人就往里拥，他们刚刚吃过烤物，炭火气息和啤酒味道混合在一起，如此强烈，更让新容产生虚弱感和厌憎情绪。

梁赞拉住她的手，把她从乱乱的一团中间扯出去。到了外面他也不撒手，她流鼻血流得太多，脑子也钝了，任他牵着自己走到车前，他打开车门，把她塞进车里。

她怔怔地看着他把车开走，驶上灯光通明的街道。想问他，你要带我去哪里，忽然又想，管他呢，爱哪儿哪儿吧。

新容脑子里晃过黄励的身影，早晨母女俩拌了嘴，这会她肯定没睡，等着她回去呢。

想到黄励，新容一时又伤感起来，黄励的性情原本快人快语，爱说爱笑，明朗得像阳光下面的草地，坦荡野气，有野花也有芳香。出了苏启智和徐文静这档子事以后，黄励性情仍旧泼辣，但里面混搅了一团阴郁、乌黑的东西，又赶上更年期，芝麻粒大的事，她说翻脸就翻脸，什么难听话都讲得出来。

梁赞带她去的靓汤馆名叫“悦胃”，招牌不大，古色古香的。一进门就被水水的香气包裹住了，再细分辨，方品出是食物炖到骨渣处榨出来的香气，浓稠、弥漫，光是闻闻味道已经酥软了身子。

老板徐娘半老，细腻肥白，笑容可掬，穿件大花衣服，半裙半袍的，手里拿把大扇子，见到梁赞用扇子拍他一下，睨着新容说：“刚才梁赞打电话来威胁我呢，不把汤给你们留好，就把我给活煮了。”

梁赞跟她开了几句玩笑，带新容进包房时，老板娘在后面感慨：“你看看人家，腿还没我胳膊粗呢。”

老板娘给他们留了好几煲汤，样样美味。汤汤水水淹进胃里，给新容做了一场内部按摩，全身的筋骨一点点地松散开来，神经像高手料理的鱼翅，晶亮柔滑。梁赞看着新容眼睛里头的冰霜慢慢融掉，变得雾津津的，当她透过几丝头发扬起眼睛冲他笑的时候，就像有块石头冷不防扔进他的身体里，溅起老高的水花。

喝完汤梁赞送新容回家。两个人在车上，新容除了“谢谢你带我来喝这么好的汤”外不知道该说些什么，而感谢的话她已经说过两次，再说，就冒傻气了。梁赞手上有方向盘，看上去比她笃定得多。车开了一会，新容头朝窗外歪着，看街边店的各色灯影。

梁赞见新容沉默，也想不出什么话来说，工作以外，他跟女人打交道的主要方式是扯闲篇逗闷子，但新容除外。他把车开到新容家小区门口，停在路边，新容还无声无息地坐着，他伸头去看，发现她睡着了，脸侧过去贴着椅背，双臂环抱着自己，长臂长腿，瘦伶伶的一个女子。偶尔对面有车开过来，灯光一闪，新容的脸孔就像从水中探出来，接着又陷入蓝黑的夜潭深处。如此反复，新容就像一个溺水的人，梁赞生出要把她从水里打捞出来的欲望。

“你跟谁吃饭?”梁赞问。

新容没吭声。

“唵?”他用胳膊肘杵她。

“你好好开车，”她笑着躲到一边，顿一下，“——外地来的人。”

“外地来的什么人?”

“你又是什么人?”新容瞪他一眼，“管得还真宽呢。”

“你应该请我吃饭。”他说，“我走了两个月，好容易才回来，你也不给我接风洗尘?”

“接风洗尘是朱社的事，她是一把手，钱也归她管。”

“我才懒得吃杂志社的饭呢，我想吃你请我的饭。”

“改天吧。”

“改天还接什么风啊？就今天。”

“别胡搅蛮缠，都跟你说了我约人了。”

“约谁啊？推了不就行了?”

新容不说话。

“要不，我跟你一起去?”

必胜客里客人不多，店里光线一半靠壁灯一半靠沿街窗户照进来的阳光。新容和梁赞一路走过来，一对头发染得金黄的男生用手提电脑上网，两只脑袋凑一起像两朵葵花；四个女人占了张六人台，其中一个挥舞着手臂绘声绘影地讲，其他几个叽叽咕咕地笑；还有一对来路似乎不大正当的情侣，拉着脸守着两杯咖啡枯坐。再转过一个弯，看见苏启智跟徐文静，坐在靠窗的位置上，一人面前一杯矿泉水。

“容容——”苏启智看见她过来，站了起来。

新容愣住了。半年没见，他瘦成了肉干，原本蛛网般的皱纹，变成沟沟壑壑，纹路之深，把他的苍老从写意变成了工笔。

徐文静也瘦了，下巴变尖后脸形分外清秀，身材也苗条起来。

“这是我父亲，”新容对梁赞说，又对苏启智介绍了一句，“梁赞是我们杂志社的副社长。”

两个男人握了握手。

“徐文静。”苏启智给梁赞介绍。

梁赞已经知道她的身份了，冲她点点头：“你好。”

“你好。”徐文静也点一下头。

服务生送菜牌过来，梁赞接过来说：“给我吧，一会点菜时我再叫你。”

苏启智问新容：“你妈妈还好吧?”

“挺好的。”新容说。

去年《大长今》热播时，黄励跟小区里几个中年妇女一起参加了韩国料理班。那一个月里，家里增加的盆盆罐罐比她们过去十年增加的还多。比较经典的是一个稻草编的圆锥形篓子，跟稻草人似的支在阳台上面，黄励说这种东西生长茎黄豆芽再好不过；还有一个U形木槽，配两个大木槌，说是要自己打打糕吃。

今年过了春节，女人中的一个得了乳腺癌，发现时已经扩散了，这些人一下子意识到健康问题比韩国料理更重要更紧迫。女人们兵分几路，有跑去学打太极拳的，有练气功的，有去参加保健品学习班的，黄励被一个年过五十说话还嗲如少女的女人叫去学跳拉丁舞，天天扭腰摆臀，晃得新容七荤八素的。家里的盆盆罐罐像一场大戏的道具，演戏的人早换到另一个舞台风光去了，这些物件还傻呆呆地杵在原地，不知如何收场。

苏启智看着梁赞：“你们同事多长时间了?”

“十年了吧?”梁赞看了新容一眼，“我们是同一天到杂志社工作的。”

“容容早熟、善良、懂事，”苏启智有些心虚地说，“就是脾气倔。”

“她平时不大爱说话，也不计较什么，”梁赞笑笑说，“但动真格的时候，挺厉害的，河东狮吼。”

两个男人笑笑，徐文静也微微一笑，新容被他们笑得疙疙瘩瘩的，这种家庭式的轻松愉快，可不是苏启智和徐文静应该得到的。

她在菜牌上拍拍，往梁赞眼前一送：“点你的菜吧。”

梁赞点菜时，新容去洗手间，前脚刚进去，徐文静后脚进来。她们的目光在洗手盆上方的镜子里对视了一会。

“你可能也看出来了，”徐文静说，“苏老师最近身体不大好。”

在公共场合，她总叫他“苏老师”，新容想不出他们在家里，尤其是在床上的时候，她怎么称呼他，也叫老师？

“胃出过几次血。”徐文静说，“他现在对食物特别敏感，吃坏什么或者喝坏什么，一不小心，血就从胃里顶上来，顺着嘴角往外流，挺瘆人的。”

难怪他骨瘦如柴。

“明天你能跟我一起去医院吗？”

“我明天有编前会，走不开。”新容说，“你们先去看吧，如果有什么问题，你再给我打电话。”

徐文静没吭声，眼珠乌沉，定定地望着新容。

新容从徐文静身边推门出去。厚厚的橙色树脂门无声无息地扇了扇，把两人隔开。

新容回到桌边，苏启智和梁赞也正谈看病的事：“胃病医大二院看得最好，我有个哥们在脑外科当医生，我让他给你找个好医生看看。”梁赞一边说一边抄起电话联系，徐文静回来时，他正好把电话合上。

“OK 了，明天上午我把你们送过去。”他说。

徐文静看了新容一眼。

“你爸挺有风度的嘛，像个诗人，有一些女孩最喜欢他这种类型。”吃完饭他们在必胜客门口分手，梁赞和新容目送着苏启智徐文静的背影他感慨道。

“他现在生病，状态不好，人也显老。”新容感慨了一声，“以前他是挺有吸引力的。”

苏启智清高、儒雅、从容，又在大学里教古典文学，非常脱俗。新容第一次意识到这一点是上小学的时候，学校举行儿歌大赛，她一大早被黄励从床上抓起来，洗脸时还迷迷瞪瞪的，到刷牙时才真正醒过来。黄励给她梳羊角辫，扎粉红色蝴蝶结，白裙子配搭扣红皮鞋，嘴唇上还抹了黄励的口红。新容站在凳子上预演：鹅鹅鹅，曲项向天歌，白毛浮绿水，红掌拨清波。她怕把口红蹭掉，背得呜里呜噜的。

苏启智看见，脸黑成锅底，怒视黄励："你看你把孩子弄得这么恶俗！"

他两把扯下蝴蝶结扔到地上，把新容从凳子上挟下来，手臂硬邦邦的，差点勒断她的肋骨；进卫生间后他拿着毛巾擦她嘴巴上的口红，几乎蹭掉她一层皮，然后塞把梳子给她，让她用皮筋把头发扎成马尾，弄好后又挟着她卷进房间，挑件白衬衫蓝裙子扔给新容，还去鞋柜挑了双旧白布鞋让她换上。

"又不是清明去烈士陵园……"黄励嘟囔。

苏启智不理她，把新容收拾顺眼，把她放到自行车上送她去学校，一路走一路教她背《矮老头》："矮老头，本姓刘，上街买绸带打油。看见一颗大石榴，放下了绸，搁好了油，踮起脚尖采石榴。石榴高，采不着，一不留心踢翻了油，弄脏了绸，摔破了头，气得老头把泪流。"

新容背下来去参加大赛，一群孩子背鹅鹅鹅，新容的《矮老头》拿了个第一名。回家给黄励看奖状，黄励也喜滋滋的，说："你爸是大才子，他动动小手指头就够别人忙活半天的。"

她们要把奖状贴在墙上，苏启智说："还不如贴张世界地图。"

"这是荣誉。"黄励说。

"算了，别贴了。"新容把奖状从黄励手上抢下来，贴上了世界地图。

她信任他，为他是她的父亲自豪，后来他闹出婚外情时，新容几乎分不清她跟黄励谁更伤心。

"我想吃麻辣涮肚，你请我吧。"车从停车场开出去时，梁赞说，"算接风了。"也不管她答不答应，径直把车开到老字号麻辣涮肚店。涮肚店里人满为患，刚好有一桌结账的，服务员跟梁赞熟，跳过两伙等桌的把他们偷偷领进去，梁赞也不知从哪儿摸出一个新疆手镯来，哄得小姑娘眉开眼笑的。

蘑菇、豆腐、南瓜、木耳、玉米、土豆，梁赞点了一堆新容爱吃的东西放到涮锅里面，自己只要了瓶啤酒。

"你的小后妈看上去挺好的。"他说。

"她很容易给人留下好印象。"新容说。

梁赞看着她，一副等着听下文的表情。她只好继续说道："她刚到我们家里来的时候，我妈对她的印象也很好。"

徐文静可能是小时候在山野里晒得太狠，把阳光直晒进真皮层里去了，棕色皮肤衬得她一双大眼睛白是白，黑是黑。

“女孩子眼睛长得好谈恋爱时最占便宜，眨巴眨巴就把男人的心眨巴乱了。”黄励边夸边不无遗憾地打量新容，她的眼睛长得像苏启智，细长，双眼皮是暗扣在里面的。

苏启智也夸徐文静眼睛长得好：“翦水双瞳。”他说。

还跟孔乙己似的，手指上蘸了水，在饭桌上给新容写那个“翦”字：“你认识吗?”

新容点点头。

那以后苏启智和黄励开口闭口文静文静的，仿佛她是他们遗失多年的亲生骨肉。徐文静跟黄励叫“师母”，黄励也真拿自己当“母”了，嘘寒问暖，汤水茶饭。徐文静家里困难，衣服寒酸，黄励把自己的羊毛衫羽绒服都给了她。

“旧衣服送人家，伤人自尊。”新容提醒黄励，“好心变成驴肝肺。”

“旧什么旧?！都是八成新的。”黄励听不出重点，也看不出山高水低，根本没注意到徐文静旧衣下面包裹着的，是一个春来大地的身体，姹紫嫣红正当时，美目盼兮，巧笑倩兮。

有一天新容学校停电，临时取消了晚自习，新容回家来，正好徐文静吃完饺子要回师范学院去。她们在门口遇上，因为煮饺子，房间里原来的融融暖意中间夹杂了水汽，让新容清晰地意识到跟随自己闯进屋里来的干燥的尘气和寒冷的土腥味。

苏启智站在她们旁边，背对着灯光，加上房间里的湿雾，看不清表情，不过，他的声音温柔得像一团棉花，跟徐文静介绍说：“她是新容。”

徐文静比新容矮差不多一个头，身上有股糯米的香甜气息，抬头看她一眼，微笑，慢慢低下头，连同眼睑也垂下来。

“就她啊，”新容说，“又矮又胖，土豆西施。”

“什么土豆！”苏启智拉下脸来，“人家《红楼梦》读过六遍。”

“读一百遍有屁用，高考又不考《红楼梦》。”

“你跟谁屁屁的?”苏启智突然就火了，把手里的毛笔啪地拍到桌子上，一朵墨花从笔尖溅出来，落在刚铺好的宣纸上，“没有教养。”

新容被苏启智骂得眼冒金星，脸颊赤辣辣地烧起来，她直着脖子吼回去：

“养不教，父之过。”

当时新容在客厅吃饭，苏启智在书房写毛笔字，父女俩隔着几米远的距离怒目相对。黄励两手湿淋淋地过来，一边撩起围裙擦手一边看看剑拔弩张的两个人：“怎么了怎么了怎么了——”

苏启智起身，重重地关上门。

那个门，柞木的，死沉死沉，砰的一声撞紧关严。新容只觉得鼻管里面一阵酸麻，听见黄励叫一声：“新容，别动！”

黄励把围裙扯下来，灭口似的朝新容堵过来，围裙里面的油腻、沤菜、脏渍的气息比鼻血更让新容恼火，她把围裙连同黄励的手臂一起推开，冲进自己的房间，也把房门摔得山响。

“我第一次见她，觉得她像某种动物，用眼睛说话，阴沉而危险。”新容对梁赞说，“很长时间以后，我才明白，那会她跟我爸的关系已经很微妙了。我爸是个温文尔雅的人，但那段时间特别容易发火。”

“正在进行激烈的思想斗争。”梁赞笑了，喝了口啤酒，看着新容，“我也在进行激烈的思想斗争：是追你呢，还是放你走？”

新容没想到他在这么个时间，这么个地方，突然说出这么句话来。她的心跟锅里的热汤一起咕嘟咕嘟地沸腾起来，为了避免看上去傻呆呆的，她伸手捞了串南瓜吃。

“你怎么不说话？”他问。

“你斗争你自己，”新容静下来，笑了，“关我什么事？”

“怎么不关你事？”梁赞笑了，“你是战利品。”

新容没说话，耳朵、脸颊、眼窝，慢慢地洇出红色来，眼睛里面蓄足了羞恼嗔怒，朝梁赞狠狠一横。

新容手里拎着东西，刚要用脚敲门，门已经打开了，黄励穿着新容淘汰的运动服，脸上敷了焕彩面膜，眼睛从两个洞里看着新容。

“你想吓死谁啊？”新容把手里的东西直接送回房间，又出来。

黄励一手一只易拉罐当成健身器材，平举、上举、垂下，脚底下还在原地慢走。

“谁送你回来的？”她在面膜下面呜里呜噜地问。

“梁赞。”新容去厨房倒水喝，顺势在餐桌旁坐下，翻了翻当天的报纸。报纸快翻完时，黄励走过来，一手拎着刚撕下来的面膜，一手在脸颊上拍打着，让皮肤把剩下的美白液吸收进去。

“白吗?”

“挺好的。”新容笑笑。五十多岁的黄励按年龄来看还算是年轻的，但跟徐文静比不了，不过，说到徐文静皮肤的紧致、弹性，连新容都要自惭形秽。她从大学一年级开始到杂志社当实习编辑，从接情感热线，提升为纪实版主任再到执行主编，常年的熬夜，在眼睛下面熬出两块黑影，遮瑕膏都遮不住。刚才吃涮肚，梁赞盯着她看时，她直心虚。

“什么东西大包小包的?”黄励把用过的面膜小心地折好，又装回袋子里，袋口用夹子夹好。

都是梁赞给她买的东西，刚才一直开车到楼下，下车的时候，他从后备厢里大包小包拿出一大堆来塞进她怀里。她连推拒都来不及。也幸亏没跟他拉拉扯扯的，黄励正在楼上看着他们呢。

“梁赞不是刚在全国绕了一大圈吗? 托他买了点东西。”

黄励还是把面膜放进冰箱。

“都跟你说了面膜只能用一次，维生素隔一夜就失效了。”

“跟梁赞吃的晚饭?”

“还有苏启智跟徐文静。”

黄励愣住了。

“苏启智好像胃不太好，人瘦得皮包骨头。明天要去医院检查，梁赞有朋友在医院，帮忙给联系的。”

“他应该查查心脏，”黄励嘭一声关上冰箱门，“心眼烂根子了。”

梦里，苏启智坐在白色的小船上，划船的是个年轻女人，面容秀丽，笑容温柔，苏启智神秘兮兮地跟新容说：“她的胳膊在遇到风的时候，能像折扇一样打开，变成翅膀。”

新容醒过来时，听见客厅传来的音乐声，她打开门，DVD 机里播放着国标比赛的录像。黄励抬着胳膊，跟着电视里面的画面，挺胸、收腹、甩头，看见新容站在门口，她也没停下来，扭胯、仰头，脚步继续向前滑走。

新容去浴室刷牙冲淋浴，出来时，黄励已经跳完舞，把音乐关了。

桌子上摆着早餐，豆浆、茶蛋、面包、香肠、果酱，一盘子新鲜草莓，不大的桌面摆得满满的，颜色也好看。但新容却觉得，这种漂亮场面底下，是一副潦草心思。她刚考上大学时，黄励提前办了退休，把家里的东西收拾收拾，卖的卖，送的送，只带着简单的行李跟新容一起过来。母女俩租的房子是三家插间，一家一间二十多平米的房间，共用浴室和厨房。黄励每天早晨很早起来，走路十五分钟去早市。那里的菜新鲜，价钱比附近超市便宜一倍。她再走回来，炒菜炖汤用石锅焖大米饭，另外两家起来煮粥拌咸菜时，她们这边已经热热乎乎地吃进肚里了。新年前后两个月，去早市买菜的时候天是墨黑的。新容看着外面的天光，心情暗沉，想着这时候苏启智跟徐文静，肯定躺在家里的大床上，胳膊腿像麻花那样拧在一起睡觉吧?

新容那会刚去杂志社上班，光靠黄励办病退的工资，两个人不够生活的，苏启智说过要给钱，新容说她已经过了抚养年龄了，不要。她心里憋着股气，要让他看看，没有他，她们娘俩一样能过得好。刚上大学新容就开始写稿挣稿费，后来又过去当编辑。除了寒暑假外，她平时不能正常坐班，每次去上班，除了写稿校对，还打起精神照顾环境。地面脏了是她清理，暖水瓶里的水是她去水房打上来，连电脑问题也是找她。一开始她也晕头转向的，可以说不会但不敢说不管，午休时大家打牌讲黄色笑话，她边看书边摸索着弄程序，几年下来，居然成了专家。最苦的那段日子，有两次她咬着筷子就睡着了，黄励到厨房盛完饭回来，坐在桌边看女儿，眼泪一掉大半碗。

有一阵子电视里面连续一周报道大学生毕业容易就业难的问题，黄励添了心思，非要新容考研究生，新容顺嘴说即使考得上，哪有钱读。黄励走火入魔，四处去打听卖肾的事。邻居把话传给新容，她呆在当场，好半天才回过神来，把手里蛋炒饭往地上使劲一摔，黄的白的散落一地，冲回房里跟黄励吵架:“你怎么想的?卖肾?!你卖肾还不如我去卖身算了!”也不管邻居是不是听见了，嗓门扯得快把屋顶喊下来，心里想，塌下来就塌下来，母女俩一起被砸死算了，死也落个全尸。

黄励先让新容吼傻了，反应过来也开始淌眼抹泪的:“卖肾怎么了?丢人了?丢也是丢我自己的人，谁让我没本事留住男人，卖我自己的零件还不行吗?你冲我那么大声干吗?我是你妈你吼我像吼一条老狗!肾也不用卖了，哪儿有买命的我卖了清净，省得招老的烦让小的厌!!"

母女俩眼泪横飞，对吼，哭，把最后一丝力气都诉尽，肉泥两堆一个瘫在床头一个偎在床尾。心里空落落像被弃的房间，那会想起苏启智和徐文静，真是恨啊！恨得咬牙切齿。

新容开编前会时，梁赞打电话来报告苏启智的病情："胃癌。已经扩散了。"

新容僵了，脑子里一时飞絮飘浮，乱成一团，原来，昨天夜里的梦是个死亡之梦。

亦晴抓了个少妇为了跟老公赌气去电视台假征婚的题材，如获至宝，早晨新容一进门就被她抓住，她走到哪里亦晴跟到哪里，一直跟到编前会上，她又从头讲起。

新容望着她嘴巴张开闭合、闭合张开，字词噼里啪啦地从她嘴里迸出来，又散落开，老聂在旁边阴恻恻地看着亦晴，偶尔开口，总惹得亦晴眉毛倒竖，杏眼圆睁。

"怎么了?"送咖啡过来的小美看见新容表情不对，悄悄地问。

她回过神来："——没事。"

中午朱秀茹在新开的一家湘菜馆定了大包，全体人员聚餐，给梁赞接风。他从医院赶过来，跟新容一左一右坐在朱秀茹身边。亦晴坐在桃谷二仙中间，桃谷二仙跟亦晴贫嘴，一个说，"我们不是随便的人，"另一个接着道，"我们随便起来不是人。"

亦晴哼一声："你们觉得这很幽默吗?"

听见他们对话的人都笑，唯独新容脸色瓷白。剁椒鱼头上来时，服务生转桌把鱼转到她面前，鱼头被片成两半，对贴着，眼睛睁着，埋在碎红辣椒中间，新容冷眼瞥见，吓了一跳。

梁赞伸手把鱼头转到了别的地方。

其他菜陆续上齐，新容几乎没动筷子。

"怎么不吃?"朱秀茹看了她一眼，打量四周，"让谁气饱了?"

新容笑笑，搛根芥蓝，吃了一口放下，去了卫生间。

梁赞倒了满杯啤酒，敬大家喝了，也去卫生间。

在走廊里看见新容，站在一个窗前往外看，他走过去把她一把抱住："别担心，我会陪着你的。"

新容吓得不轻，死命地挣出来，小心地往包房那边看了看。

"你疯了……"她瞪梁赞一眼。

梁赞没吭声。

新容回到包房，拉开门时，刚好亦晴往外走。

苏启智躺在病床上，整个人缩进去一大圈，脸色比洗旧的白枕套还难看。

"挺忙的，不用过来了。"苏启智说。

"上午忙，下午没什么大事。"新容说。

徐文静拿着粥盒回来，医院附近有专门做粥的粥铺，可以按顾客要求做各种各样的粥。徐文静订了蔬菜粥，端到苏启智跟前。"我不想吃。"苏启智手虚虚地做了一个推开的动作。

"多少吃几口吧。"徐文静把盛了粥的匙递到他嘴边，他看新容一眼，自己拿过匙把粥送进嘴里。

"有什么事情需要我做的?"新容问。

"小梁都给安排好了，"苏启智冲新容身后的梁赞笑笑，对新容说，"今天一大早去接我们，楼上楼下地折腾了多少趟，真给他添了不少麻烦。"

"你别客气，"梁赞让苏启智说得不好意思了，"我这个人一向麻烦里来麻烦里去，没麻烦还全身不得劲呢。"

"我这胃是老毛病了，住两天我们就回去。"苏启智朝徐文静笑笑，"小静还要去一家公司上班呢。"

"上班不着急。"徐文静说，"我刚给公司打了电话，他们说公司老总去南美洲了，一个月以后才能回来，他回来我才能去上班。你好好调理身体，我们可以出去转转，我上班以后可能就没机会出去旅游了。"她冲新容笑笑，转头又对苏启智说，"让新容也跟我们一起去。"

"她哪有空?"苏启智叹了口气，目光却很期待地落到新容的脸上。

新容一时被他们将住了，不知该说什么。

"时间就像海绵里的水，只要硬挤，总是有的。"梁赞笑着插话，"要是去近便的地方，我开车送你们去。"

“你瞎承诺什么，”他们从医院出来时，新容责怪梁赞，“我跟他们旅哪门子游！”

“你爸还能活几天？”梁赞说，“人之将死，其行也善。”

梁赞把新容送回家，临下车时，新容把一个信封给梁赞。

“什么？”他没接。

“买东西的钱。”新容只好解释，“这是三千，我也不知道够不够。”

梁赞把信封从她手中抽出来，拉开她的包扔进去：“想谢我，可以给我写封情书啊。”

“你不收，”新容说，“我就把东西还给你。”

“不用那么麻烦，”梁赞拉下脸来，说，“你直接当垃圾扔了吧。”

梁赞说完推门下车，把车门摔得很响。

“要扔你自己扔，”新容随即也出来，脸绷得像鼓，“你在这儿等着，我上去取东西下来。”

“还上什么楼啊？”梁赞说，“你把信封拿来，我直接扔了就算数。”

“你凭什么跟我发脾气？”新容的脸气青了，掉头往楼里面走，“你别走，我拿东西去！”

梁赞追了半层楼追上新容，拉住她：“阎王还不打笑脸人呢，我这脸够热的了，怎么就贴不上你的冷屁股？”

新容被他说得脸飞红：“你去死……”

“一个比喻，”梁赞笑了，“你想那么具体干吗？”

新容静下来，沉思了一会，抬眼朝梁赞看，直看得他眼睛里头心里头空出好大一个场子，才慢慢说道：“你别拿我当礼拜天过。”

梁赞拿起她的手，摁在她的心口上：“你这里是颗什么？石头吗？”说完把她的手一摔，噔噔噔噔下楼去了。

新容全身软软的，像被人抽了筋，要不是怕邻居看见不好，真恨不得一屁股就坐在水泥楼梯上。

黄励穿着舞蹈裙，在镜子前面左照右照。

新容进门，乍眼瞥见那一身白花花的肉，晃得眼晕。舞蹈裙是紫红色的，屁股前后加上胸前，统共三块布，其他位置零打碎敲地缀上那么一缕两缕的布头。上面不光用银丝绣着什么图案，还镶着大面积的亮片。

"怎么样?"黄励扭腰摆臀，舞步蹁跹，那些亮片蛙声一片地晃动起来。

新容下意识地捂住自己的眼睛。

"就那么惨不忍睹?"黄励过来打新容的手，"今天彩排，喃，真是不脱不知道，满身橘子皮的大有人在，还有那肚子上的肉，一波三折，我的皮肤和身材算不错的呢。"

"你怎么了?"黄励在新容额头上指了一下，"出了门又是秧歌又是戏，游回家来就变成条死鱼……"

"别唠叨了，"新容抬眼看黄励，"我刚才去医院了，苏启智得了胃癌。"

黄励的架子还拿着，刚才说话时指着她的手也还那么半举着。

"发现时就是晚期，医生说随时都有可能……离开。"

"我早就知道会有这么一天，"黄励转回神来，笑了一半却笑不下去，手抖抖地往下脱舞蹈裙，好半天扒不下来。新容想帮帮她，又没敢动，怕这样反而惹恼了她。

"应了那句老话，作得欢死得快。"黄励到底把那三块手帕从身上扒了下来，两块布的接缝在胯骨那儿抻得快绷断了，新容才发现，那面料还是带弹力的。黄励把舞蹈服团巴团巴揉成个抹布，往沙发上一扔，仍然拎起旧运动服套在身上，走到窗前，呼啦一下把窗帘拉开，一大片夕照，像硕大无朋的蛋黄跌碎进屋里，浓浓地漫溢了整个客厅，稠稠地淹裹了母女俩。

黎明时分新容起床去卫生间，出来发现客厅凸形窗前地板上，黑漆漆一团沐浴在淡墨色的晨光中间，吓了她一跳。

"你不睡觉坐在那里干什么?"她问。

黄励不吭声。

她走过去坐下，母女俩都不说话，看着天色从灰黑变成深灰，灰中渐渐透出青色，青色又一层层漂清了灰色，加入了豆浆白。

新容白天乍听见消息时，心像鱼漂浮着，找不到方向。也不知道该不该悲伤，彷徨得很。现在，在这样安静的时刻，她清清楚楚地看见，悲伤从她的心坎里抽发，像一束花草那样葳葳蕤蕤地生长起来。眼泪涌出来，湿了脸，她怕黄励看见，也不擦。

“是不是我老咒他，把他咒出癌来了?”黄励一夜未睡，整个人垮垮的，面色灰败，眼睛下面眼袋突起，头发乱糟糟像个鸡窝，说话时带着很重的鼻音。

“你想哪儿去了?!”新容破涕而笑。

“人的意念是有力量的。”黄励很认真地说。

“你又听谁胡说八道了?”新容搂着黄励，把头靠在她肩上，“是他自己的体质不好。”

“要不就是跟徐文静在一起，天天吃方便面吃出来的。”黄励说，“你没看商品质量调查，方便面里面装的调料，几乎全是毒药。她倒是年轻，消化能力强，你爸那体格哪能抗得住? 不过他也是活该，自找的。”

“——徐文静想让我陪他们出去转转。”

“他不是快死了吗，还有力气转?”

“医院那地方没病，去了也添几样，更何况他这么重。越在病房里待着他越容易猜出自己不行了，不如带他出去散散心。不过又怕他临时发病，所以才想拉我去。”

“这时候想起你来了，你过苦日子的时候他们在哪儿开心快活呢?”

“说那些干什么，没有他们我们不也挺好?”新容说，“你说如果我不去，他真死不瞑目了，变成鬼来找我们麻烦怎么办?”

“好办!”黄励说，“睡觉时把菜刀枕在枕头底下，刀刃朝外就行了。”

梁赞说话算话，果真开车带他们去大连玩了几天。他跟新容说：“你们两个女生，万一真出点事还不麻爪了? 我跟着去，既是司机，又是导游，兼着陪护，还要护花，用途不可谓不多。”

“这是我们自己家的事，你别瞎掺和。”新容也希望他去，只是担心这样一来，跟他丝丝连连更扯不清楚。

“你怎么这么不知道好歹?”

梁赞气得骂她，新容倒笑了。

黄励也是刀子嘴豆腐心，他们出发那天，她起早煮了软软的白粥装进保温饭盒里面，饭盒上面的夹层里准备了苏启智以前爱吃的泡菜。怕他胃不行，用刀剁成了末，又另外拿了一个饭盒装了十几个茶蛋。

“路上的东西不干净。”黄励淡淡地说。

苏启智看到粥和泡菜，表情一顿。新容一阵心酸，赶紧别过脸去，手里拿个茶蛋，慢慢地剥，慢慢地咬，慢慢地嚼，想起小时候苏启智专为她编过不少儿歌，其中一个是关于鸡蛋的：薄薄的壳下月亮泡，月亮泡里面太阳笑，太阳月亮抱一抱，生出一个鸡宝宝。

黄励听了埋怨苏启智：“堂堂大学教授给孩子编黄色儿歌。”

梁赞出发前托大连的朋友老段帮忙找酒店，他们赶去时，老段已经在酒店大堂里等着了。老段一张脸，胡子占了大半，头却剃得锃亮，看见梁赞，笑得一口烟全喷在他脸上。

“早二十天来多好，能看樱花，那花开得，”老段感慨，“血艳！”

晚饭是老段接风，他知道梁赞喜欢吃生蚝，挑了最好的点了一大盘，端上来后拿柠檬汁往上淋，蚝肉弹性十足地紧缩了一下。老段满意地哼了一声，让服务生拿来白葡萄酒给客人们倒上。

“吃生蚝得配这个，”老段说，“血鲜！”

新容发现，“血”是老段表达强烈感情色彩的词。喜怒哀乐，动不动就“血”“血”的。

有一天下雨，老段和梁赞出去了，徐文静在房间里洗澡收拾东西，新容父女俩在咖啡吧里坐了小半天。

大堂里面弥漫着煮咖啡的香气，光线有点暗，再找不着那么好的谈话氛围了。苏启智絮絮地说他的一生，年轻时梦想当作家，最喜欢张恨水，尽管很多人瞧不起张恨水，鲁迅的瞧不起表现得最尖锐最刻薄：一个三角形。那又怎么了？张恨水还是张恨水。最近张恨水好像又时髦起来了，刚拍的《金粉世家》他看了几集，气得胃疼。电视剧里面的先生站在讲台上，讲《诗经》，一开口居然是绿水苍苍，白雾茫茫，有位佳人，在水一方。那是琼瑶小说里面的歌词。还有《啼笑因缘》，应该改名叫《啼笑皆非》……

“你要杯咖啡吧？”苏启智突然说，“给我也要一杯。”

“你的胃哪能喝咖啡？”新容说。

“我不喝，就闻闻。”苏启智说，“我喜欢咖啡的味道。”

新容招手叫来服务生，要了两杯热咖啡。

“我的人生也是个三角形，结婚前是一条线，结婚后是一条线，遇到小静也是一条线。”苏启智望着外面的雨帘，眼神一直望进新容想象不到的空间里去，“我并不后悔我的这一生是由这三条线组成的，但我很惭愧辜负了你和你妈。”隔一会又说，“劝劝你妈，再找个人。别找像我这样肩不能担手不能提的银样镴枪头。找个朴实的，俗气点、粗点，都没关系，最要紧是懂得心疼女人的。”

新容的眼泪涌上来，强咬着舌头才忍住了。

“对你，我本来最不放心的。”苏启智说，“不过这次看到小梁在你身边，我真是非常欣慰。”

“我们过得挺好的，你不用乱担心。”新容不想跟他多谈梁赞，找个事情把话头岔开。

结果到晚上吃饭，因为一首网络歌曲提起日本，老段脱口问了梁赞一句：“你老婆还在早稻田大学吗?”

苏启智和徐文静都一愣，看着梁赞。

“啊。”梁赞看了一眼新容，随口应了一声。

“读到博士后了吧?”老段问。

“还读博士呢。”梁赞说完，把服务生叫过来，“来碗粥。”

“粥?”服务生是当地人，一时没听明白。

“就是稀饭。”老段插了一句。

“海鲜粥还是白粥?”梁赞问苏启智。

“什么都不要。”苏启智脸冷得能刮层霜下来，“你不用这么周到，我受不起。”

吃完饭回酒店，苏启智连声招呼也没和梁赞打，就扭头回房间了。徐文静忙追着他去，回头冲新容和梁赞挥挥手。

新容看了梁赞一眼：“你没生气吧?”

“生气也不会生他的气。”梁赞说。

“只许自己放火，不许别人点灯。”新容笑笑，“他以前跟我妈也这样，动不动就吊脸子。”

梁赞若有所思地看着新容。

“怎么了?”她问。

“我在想你说的话,”梁赞说,“我们什么时候点过灯呢?”

“给你点阳光你就灿烂。”新容的脸一板,转身回自己房间,打开门后想看梁赞是不是也回房了,刚转身就撞到他身上,“你干什么?吓我一跳!”

“我跟你说件事。”梁赞推了她一把,把她推进房里,两手把她摁在墙面上,用脚把门关上。

“你干吗?!快放手……”新容让他按得动弹不得,有些急。

“你老实待着,”梁赞没什么好气,手底下使了点力气,不让她乱动,“我不会做什么坏事的。”

新容让他说得没意思起来:“你有话快说。”

梁赞倒不说了,新容听见他的胸口里面拉风箱似的,一呼一吸地喘气,好像生了很大的气。

两人僵了一分钟左右。“到底要说什么?”新容问。

“没什么。”梁赞一撒手,拉开门走了。

新容呆站了一会,走廊里铺着地毯,听不见梁赞的脚步声往哪里走了,但她能确定他没回房间。

新容洗完澡准备睡觉时,隔壁还是一点动静也没有。她打了电话过去,也没有人接。

新容换了衣服,先去酒店内的酒吧看了看,然后下楼在大厅找了个朝着门的沙发坐着,等了差不多一个小时,梁赞和老段从外面回来了。果然是喝了酒,梁赞的脚底发飘,笑嘻嘻的。

“喝酒去了?”新容迎上去。

“不听劝啊,越劝越喝。”老段一脸苦相,“血犟!”

“我没喝多,”梁赞跟新容说一句,睨眼看老段,“怎么着,嫌弃我?忘了你在广州喝多时我怎么侍候你了?”

“他妈的一报还一报。”老段笑着说。

新容陪着他们上楼。“你回去睡觉吧。”梁赞跟新容摆摆手,“老段今天住我这儿,三陪。”

老段也劝新容:“你去睡你的,没事。”

第二天，老段带他们去郊区一个草莓园。是自助式，草莓现摘现吃。脸孔晒成棕金色的少女一手接钱一手递给他们一个篮子，篮子里面放着几个纸袋，他们可以把草莓采下来装进纸袋里，离开时过秤买走。老段说："你们宰人不用刀，五十块一位摘草莓，摘下来带走的还额外要钱，血黑！"

少女笑容灿烂，说："成本高嗳，老板你一尝就知道了，我们的草莓品种好口味好，一点化肥都没有，产量低，是天然的维生素C嗳。"

草莓红通通的，躲在叶子下面，比市场上见到的要小一倍。新容觉得有点恐怖，那么多的草莓，像一颗颗微型的心，红通通的果肉上面粒粒斑点，在光线变幻的时候，像是心在跳动。

梁赞摘了一颗吃："嗯，挺好。"

"他妈的，"老段也摘了一颗丢进嘴里，喔哼一声，"血甜。"

"早就跟你们讲了嘛，"少女笑，"一分钱一分货喽。"

苏启智一大早拉着脸，闹着要回去。徐文静费了不少口舌才把他劝来散心，进了园后她和苏启智手拉手走在地头边上，徐文静摘了几颗草莓吃，也说好，还摘了一颗送进苏启智的嘴里。几分钟后，苏启智的嘴角流出血来，比草莓汁更鲜更红更艳，徐文静手忙脚乱地拿出一大把纸巾捂过去，几秒钟就洇透了。他们赶紧回到车上，幸亏开的是老段的SUV，放倒一张椅子让苏启智躺下来，血还是顺着嘴角往下淌。梁赞撒腿飞奔到附近的小超市买了好几盒抽纸回来，几个人各自捧了一盒，往外抽纸去捂顺着苏启智嘴角流出来的血。

"我不知道一颗草莓也能害死他……"徐文静脸色苍白，蜷在苏启智身边。她个子矮，最近又瘦得厉害，像个小孩子。

新容伸手在她肩上拍拍："不关你的事。"

"都怨我都怨我，好端端的去摘什么草莓……"老段满脸满头都是汗珠子，直接把车开进了医院。

"身体都这样了还出来旅游，你们是怎么想的?"医生给苏启智止了血，训斥他们几个，"幸亏来得及时。"

"对不起对不起。"梁赞一迭声地说。

血很快止住了。又休息了一夜，第二天上午苏启智闹着要回去，梁赞找医生问行不行。"强弩之末。"医生很文艺地说了一句，给苏启智打了针，吃了药，嘱咐梁赞慢点开，就让他们出院了。

老段一直把他们送到高速路口，买了一大包纸巾饮料糕点之类的东西，替他们搁到后备厢里。

梁赞搂了他一下，在他后背拍拍，说了声“再见”就走了。

苏启智是二十天后死的。

那天新容一早起来心就乱得不行，又慌又忙，喘不过气来，看什么都不顺眼，用老段的话说，血闷！血闹！血烦！她在单位借稿子的事情发了一通脾气，发完才发现大家都不吭声，连老聂都保持着沉默。

他们这么让着她，弄得她自己反遭了一顿抢白似的，更加懊恼。

下班后梁赞送她去医院，徐文静呆坐在病房里，她饭也不好好吃，瘦得快脱相了。

“今早上开始昏一阵醒一阵的，中午还吐了血，不能有事吧?”徐文静问他们。

他们也说不好。

“要不我带你去问问医生?”梁赞问。

徐文静点点头，两个人离开了。

新容坐在刚刚徐文静坐的椅子上，离苏启智也就一米远，看他枯柴一把，脸如黄纸，整个五官都塌陷了下去。新容不知道他是谁，反正不是苏启智。

突然地，苏启智睁开了眼睛，唬了新容一跳，他直直地定定地着了魔似的盯着新容后面，仿佛那里站着人，或者正发生什么有趣的事情。天气越来越热，新容来医院时，街上好多少女穿起了吊带裙，可现在在闷闷的病房里，新容整根脊梁骨给苏启智盯得冒冷气。几分钟以后，苏启智的眼光慢慢地转向她，好像想说句话，但刚一张嘴，一口血花抢先蹿射出来。新容正凑过去想听他说些什么，有一些血点溅到她脸上，然后她看见苏启智鼻子里面也有两柱血涌出来，像两条蚯蚓在慢慢地往外爬。新容赶紧按铃叫人，手指哆嗦得不行，只知道死命摁下去了，不知道是不是真的摁响了。接着她悚然发现苏启智好像眼睛耳朵里面也有血涌出来，便慌慌地往外跑，膝盖被门边狠磕了一下，她站在走廊里没命地喊："医生，护士！医生，护士！"

医生护士一下子挤满了病房，新容跺着脚走出去不是站着也不是，有护士提醒她她才发现自己鼻血也流出来了。她顺手抓起一盒纸巾，抽出一把团一团按到鼻子上头，看医生攥着拳头，在苏启智的胸上咣咣咚咚地捶打，即使苏启智的心脏能再跳动，只怕肋骨也要断个三五根。

后来病房里一下子安静了。转眼间人也都没了，就剩新容一个。她往床上看，苏启智的眼睛还是睁着的，一副死不瞑目的样子，眼角、鼻孔、嘴角、耳朵，都有血迹。她全身的汗毛都竖起来，想要跑，却仿佛有双手从水泥地里长出来，抓住了她的两脚。

“爸——”不知怎么着，她一下子就喊出来了。

又过了几分钟，徐文静和梁赞回来了，可能已经听到消息了，在走廊里跑得轰隆隆响。梁赞先跑进来，一看床上的情景，挓挲着两手呆了一呆，上前把新容抱在怀里。

“没事吧?”

新容木木地梗在他怀里，眼睛望着门口，一句话也说不出来。徐文静整个人堆堆地、颓颓地，蹚地雷似的，一寸一寸地往病房里挪，几米远的距离走得万水千山，她走到近前，往床上看了一眼，就腿一软倒在床前。

新容蹲下身，抱住了她。

徐文静全身都在哆嗦，两排牙齿咔嗒咔嗒地打冷战。新容眼泪涌出来，拍着她后背说：“不怕，不怕。”

梁赞也蹲下来，把她们两个都搂在怀里。

“没事，没事。”

“谁是家属?”有个护士出现在门口，说，“你们得去续钱，费用不够了。”

“你们有完没完，人都死了还费用费用的……”梁赞火了。

“这屋里不是还有喘气的吗?”护士也不是白给的，“你们的钱又不是往我的账户上存，跟我发什么脾气?”

黄励接到梁赞的电话，跌跌撞撞地赶过来，还赶得及握一握苏启智仍然温暖的手。

徐文静叫了一声“黄姨”，扑过来抱着她哭。黄励没想到这个，挓挲着两手，任她哭了一会，才叹口气，伸手抱住了她。

梁赞忙里忙外，找人给苏启智擦了身子，换了早先预备好的衣服。刚把人收拾好，尸体中心已经来了车，把苏启智接走了。徐文静放声大哭，奔着要去抓苏启智，被黄励和新容死命拉住了。

梁赞忙完尸体中心的事回来，看见娘仨坐在空了的病房里发呆。别说她们，就是他自己，一眼瞥见那空空荡荡的床铺，也一脚踏空似的发虚。

“人都走了，我们也别坐在这儿了，找个地方商量商量后事吧。”

梁赞把她们拉到一家“咖啡语茶”，先让服务生每人上三条热毛巾，仔细地擦了手脸，然后才叫东西喝。

说起办丧事，梁赞问徐文静怎么想，她茫然地看看他们：“我不知道，该怎么办就怎么办呗。”

“是不是要回去办呢？”梁赞说，“你们俩单位同事，亲戚朋友什么的……”

“还是在这边办吧，”徐文静看了黄励一眼，说，“我们的事一闹开，单位就把他调到图书馆了，馆里一共没几个人，他从来也不跟他们打交道。至于我家里那边，早就跟我断绝关系了。他家好像也没什么亲戚。”

梁赞看看黄励，黄励点点头：“他就有个叔伯哥哥，在四川，多少年也没什么来往，我看也不用惊动人家了。”

“那就……”梁赞看一眼新容，“我们张罗着办了吧。”想想怕不妥，他又补一句，“好歹咱们也是个单位，别的没有，人手总还能凑上十个八个的。”

商量好事情，梁赞把徐文静送回酒店，接着把新容母女送到家。

“你先上去吧，妈，”新容说，“我跟梁赞说点事。”

黄励看他们一眼，先上了楼。

两个人坐了一会，新容叹了口气：“没有你我可怎么办？”

“没有我你什么都能办。”梁赞说，“我们刚到杂志社那会，我每次见你你都在干活，拼命三娘。”

新容笑笑，看看梁赞：“抱抱我吧。”

梁赞倾过身子把她抱在怀里，过了一会，笑了。

“你笑什么？”新容问。

“如果现在我让你跟我回家，你肯定会跟我走的，但那样一来我就成了小人了，不要说你，连我自己都看不起自己。不过，只怕过了今晚，也过了这个村，再没这个店了。”

新容没想到梁赞长得人高马大，倒长了一副玻璃肚肠水晶心肝，不过他把话挑破到这个程度，她反倒不能承认了：“谁要跟你回家了？别臭美了。”

“我又自作多情了?”梁赞自嘲。

“你也折腾得够呛，早点回家休息吧。”她拉开车门，“我走了。”

梁赞一句话不说，看着她。

“我走了?”新容又问。

“你再啰里巴唆的，”梁赞笑笑，“我就不让你走，把你拉回家去。”

新容这才下车，低头看着梁赞。

“好好洗个澡，睡一觉吧。”梁赞轻声说，一点油门，车子蹿进了夜色。

葬礼前，新容拉黄励去了一趟“卓展”，一人买了一套黑色套装，照着自己的款式，给徐文静也挑了一套小号的。

“干吗花这个钱?”黄励一看价签就急了，“我结婚也没穿过这么贵的衣服啊!”

“平时也能穿。”新容低声劝。

“正经寡妇是人家徐文静，我穿上算什么?”黄励嘟嘟囔囔的，衣服一穿上身，到底是名牌货，马上把人衬得有模有样，连气质都出来了，黄励又惊又喜地看了新容一眼。

“要不，我要套别的颜色，平时也能穿出去。”黄励跟新容商量。

“那我再给你买一套。”新容说。

“别别别，”黄励心疼钱，“就这么着吧。”

新容让售货员开票。

不光外衣，内衣、衬衫、鞋子、袜子，连抹眼泪用的手绢都每人买了三个备用，黄励心疼得直抽冷气。

买完衣服新容又把黄励拉进“紫梦”，专点那个收费最高的“大工”阿坚给黄励设计新发型，“紫梦”在新容的杂志上做广告，算是关系单位，打了个六折还要七百多块钱。

黄励死活不肯，被新容硬摁在椅子上。新容也想顺便给自己焗个油，大工刚过来，她就接到徐文静的电话，声音里带着哭腔：“新容，你来一趟行吗?”

新容把黄励安顿好，拎着要给徐文静的东西去了酒店，刚敲了一下徐文静就开了门，她憔悴得不行，黑眼圈像是让人打了两拳。

“我不敢睡觉，一闭眼睛就觉得苏老师在房间里四处溜达呢，还念诗。”徐文静可怜巴巴地说。

“境由心生。”新容说，“是你自己总想着这件事情闹的。”

“不是，”徐文静四下看看，“他真的在这儿。”

房间是普通的双人间，两层窗帘都挡着，屋里又闷又热，空气很不好，徐文静穿着衬衫牛仔裤坐在沙发上抱着自己膝盖还浑身哆嗦，确实有点邪门。

“他真在这儿的话，也不会伤害你的。”新容说，“听说，死去的人最惦记谁，对谁最放心不下才会守着他。”

“他肯定在这儿。”徐文静哭出来了。

新容给梁赞打电话，说了这边的事。梁赞也想不出主意，说打听打听再给她们打电话。过了半个多小时他打电话过来，嘱咐她们收拾收拾，二十分钟后他带她们去个地方。

“去哪儿?”见到梁赞，新容问。

“还是老聂给想出的办法，说有个袁先生，治这种事是大拿。”

袁先生七十多岁了。房间里面非常简陋，点着线香。袁先生目光如炬，从他们一进门就盯着徐文静看，梁赞刚说有位亲人过世，他就微笑着对徐文静说：“这位先生跟你关系不一般啊。”

徐文静脸色煞白，顺着袁先生的目光往自己左肩膀后面瞅。

袁先生好像真能看见苏启智似的，和颜悦色地说：“别跟着她了，你该过河过河，该喝汤喝汤，别放不下这边的事；就是放不下，凭你现在还能做什么？晚上我给你烧点纸，送你一程。你赶紧走吧，赶紧走。”

念叨完，袁先生用红笔在黄纸上画了个符烧了，兑上点凉开水，盛水的杯子好像是二十几年前的搪瓷缸了，上面污迹斑斑，新容看了直恶心，但徐文静一点不含糊地把水喝了个精光。

“这样就行了，”袁先生对她的表现很满意，“剩下的事全交给我吧。”

梁赞掏出五百块钱放在袁先生的桌子上，带她们走了。

第二天举行葬礼时，黄励、新容，还有徐文静换上新买的衣服，三个人往殡仪馆告别厅门口一站，既庄严，又美丽。

“你们太漂亮了。”亦晴拿数码相机把她们三个拍了下来，凑过去给新容看，“爱与哀愁。”

“别瞎胡闹，”朱秀茹训她，“不看看是什么地方。”

花店送来预订的白玫瑰花，来参加葬礼的人每人捡一朵戴在胸前。杂志社的人一个不落，都来捧场。

苏启智单位来了两个工会干部，看见她们三个并肩站立迎宾，非常意外，接着便露出感动的表情，态度也变得积极了。黄励虽然退休了，也来了几个平时跟她处得好的姐妹，见了面先是吃惊两三年没见，黄励怎么越活越年轻，越来越精神，说了几句闲话又落到苏启智身上：“虽然他是自己招的，可你也真是命苦啊，现在又这样不计前嫌……”老姐老妹们哭得鼻涕一把泪一把的。

“这辈子他欠你，下辈子他为你做牛做马。”有人安慰黄励。

徐文静没料到她的哥嫂竟然会来。拉着他们的手，眼泪像扭开的水龙头。她哥嫂看看卧在几千朵白玫瑰白百合白菊花中间的苏启智，叹了口气，眼圈也跟着红了。

“已经到了这一步，就节哀顺变吧！”

梁赞没怎么在人前转，但新容看他处处都在。来宾致哀时，他跟朱秀茹一起，很规矩地给苏启智鞠了三个躬。

所有来宾致哀完毕，主持人又说了几句套话，宣布葬礼结束。苏启智身下的折板一开，他坠入滑道，待她们三个反应过来，玻璃棺材里面已经空了。

“苏启智！！！”徐文静和黄励同时喊出来，接着哭声乍起，黄励的朋友拥过来扶她，新容抱住了徐文静，泪水泉涌而出。

午餐是梁赞安排的，他的一个朋友开了一个小型日本料理店，被他包了场。小店环境清雅，服务生穿着和服等在门口，大家排着队去卫生间洗手，半个小时才洗完。餐厅中央一个大长条桌上摆着食物，长桌的一边是日本清酒，另一边是各种饮料，周围散开六张六人位的桌子。黄励跟朋友一桌，徐文静跟她兄嫂一桌，新容陪苏启智单位的人坐，朱秀茹和梁赞也代表杂志社陪着他们，剩下都是杂志社的人四处散坐着。

大家都夸葬礼办得好，没见过这么高雅的。

“苏老师名士风骨，到底和俗人不同啊！”他们单位的人感慨。

吃完饭人一拨一拨地散了，最后只剩下新容和梁赞。跟老板结了账，道了谢，走出店来，外面阳光炽热，街面反射着白花花的阳光。

“去哪儿?”梁赞问新容。

新容一时不知何去何从。黄励带着她的朋友们回家去了；单位嘛，刚才朱秀茹跟她说这几天不用上班，一是家里还有不少琐事要处理，另外，也尽可能多陪陪妈妈。

“那我们就随便走，碰到什么算什么，”梁赞问，“怎么样?”

“好啊。”新容说。

梁赞只是开个玩笑，倒没想到她竟答应了，扭头看她一眼：“真的?”

“真的。”新容说，“遇仙成仙，遇魔成魔。”

他笑了，把车开上一条路，新容懒得往外看，懒得想梁赞要把她带到哪里去，更懒得猜测他们之间会发生什么事情。她眯着眼睛，望着窗外一掠而过的街景，想着那天在大连，那个下雨的午后，她跟苏启智坐在酒店咖啡吧里聊天，她喝着刚送来的卡布奇诺，而苏启智只能闻一闻他要的蓝山咖啡。不过，在深吸一口气后，他脸上的表情倒比很多喝咖啡的人更陶醉：“你知道有个叫路易斯·辛普森的诗人吗?”他问。

新容摇摇头。

苏启智说，这位诗人写过一首叫《美国诗歌》的诗，他之所以记住了这首诗，是因为诗里提到了胃。接着他给她读那首诗，用很慢的语调：

不论它是什么，都必须有
一个胃，能够消化
橡皮、煤、铀、月亮、诗
就像鲨鱼，肚里盛只鞋子
它必须游过茫茫的沙漠
一路发出近似人声的吼叫

甜蜜的“怀疑论者”

——金仁顺的七个短篇小说

程德培

金仁顺的短篇小说不说摄魄，但总有勾魂的魅力。几年时间，七个短篇小说外加一篇议论艾伟长篇小说《爱人有罪》的短文，这是我所能寻找到的文字。相比这些年小说界又长又滥的姿态，金仁顺无疑是一种逆向的行驶。这方面，产品的质量终于和资本脱离了原本难以摆脱的瓜葛。时间之于金仁顺的写作，占着如何的比例，是主项还是业余中的业余，这一点我不是很清楚。不管怎样，能做到又短又少又好这一点实属不易。金仁顺的短篇之所以写得好，全在于那心思缜密的叙述思维，不只是懂得该说什么不该说什么，更重要的是她懂得省略和删除也是一种必不可少的叙述和表达。

金仁顺的小说似乎也不怎么广阔，就机械复制而论，无非是饮食加男女，喝咖啡是他或她经常去的地方。《桔梗谣》写的是忠赫、春吉和秀茶之间以往农村生活的情爱往事，《霰雪》写的是廉建军和周晓南作为高中同学的一次聚会、一阵回首。喝咖啡依然不能省略，不同的是前者出现在开篇，后者则出现在结尾。《桃花》的篇幅更长些，事情进展也更曲折，于是饮食便成了一个重要的“角色”，夏蕙和母亲季莲心的关系因父亲老夏意外逝世而变得陌生。但往来依旧，“没有演出看的日子，季莲心带着夏蕙去喝咖啡。她总能找到新开的咖啡馆。有五星级的咖啡馆，有会员俱乐部，也有几次是在小巷里头，开车左拐右绕地折腾了半天，最后在黑暗中看到一串闪耀的霓虹灯，廉价的彩色珠子似的，在夜色里欢快地跳跃着。”喝咖啡成了小说中人与人产生联系的不可或缺的场地。很容易使我们这样的读者联想起，那过去电影中经常出现的地下交通站和联络点。

饮食是生活之必需，男女自然也是生活之日常。金仁顺似乎坚定地向男男女女倾斜，向日常生活中庸常的一面致敬，但又能以过人的胆识悄悄地对它们进行改写，从诉说饮食男女那最不经意的疏漏中找寻意义，而人们津津乐道的爱情意义之中她使用否决权，摒弃那先入为主的关于幸福的预设。她那种对细节细致入微的解读的另一面包藏着一种普遍的“怀疑论”。怀疑与肯定拉开距离，但与否定又不站在同一立场，怀疑是一种不信任，一种质询，一种对缺口的寻觅，是一次远离其曾经信任过的目的地的旅程。工于心计，擅长玩弄的安次、最终让赵莲的身体实实在在进入臂弯，但“心却空落落的”（《爱情诗》）；那不屑于世俗最终被世俗所算计的夏蕙（《桃花》）；还有那闲散的梦想与一个虚荣的世界彼此游戏，又是如何走向自我戏仿的陷阱（《云雀》）。没有最好的结果，也没有最坏的结果，有的是没有结果。男人女人都走在路上，相对东西南北，顺行与逆行都是同时的存在。关于男女之关系，我们总能从其布局，令人失望遗憾的结局中找出其怀疑的目光。对金仁顺来说，怀疑是爱情、理想婚姻的解毒剂，心存爱意，但圆满的实现总在遥远的别处。

说是从疏漏中收拾点意义，其实能有多少意义。20 世纪 90 年代始，文学仿佛在一瞬间被突然剥夺了意义，转向娱乐性成了疏离意义的手段。有一种说法，将意义太多和太少意义分别命为天使和魔性。天使过分填充意义，对意义的态度过于严肃认真；魔性反其道而行之，对意义采取玩世不恭的态度，倾覆进入虚无主义。弗洛伊德认为，无意义处在意义的根部。这实际是一条线，这是一条我们每次张嘴都会跨过的线。创作心存怀疑，疏离意义，而批评则对漂浮的能指施以一往情深的追逐。天使与魔性成了彼此的需求。创作不屑于批评，和批评对创作心存失望，其实说的都是一回事。

金仁顺的小说有着短篇艺术的节制与和谐之美，但其文本所散发的意义之声却不总是和谐的。得到的却空落落的，好不容易出走最后又一次回到原地，经历曲折的再次婚姻却又是前次婚姻的重复……不错，也有和谐之音的尾声，比如《仿佛依稀》，比如《桔梗谣》，但那是经过漫长的对抗、分离、抵触之后抵达的和谐之地，其和谐之音也是以谅解、原谅、怜悯、同情来作为交换之物的。它无非告诉我们的也只是“最好待在原处的信念”。彼此都认可了不和谐的现状，以内在性的付出达到某种妥协，以换取和谐，从而在某种程度上损伤以怀疑论的精神作为代价。最终的和谐、理解、彼此的呼应并不重要，重要的是暂时中断怀疑的进程。

除了这些牺牲之外，金仁顺的小说更多的是植根于“怀疑论的土壤”。怀疑始终是它固执的母题。与其说是理想之爱的失落，还不如说它从未出现过。怀疑或许是一种破坏性的进取，或许也是面对自我的一种迷失，或许更是一种对曾经拥有的迷恋产生了不信任。金仁顺的笔墨注重经营的是关系学，而且很多时候做的都是男人女人的单项营生。《云雀》可以看作《玩偶之家》的当代生活版。它改写的地方在于，出走往往意味着更可怕的“回家”，家的意义和出走的意义同时出现在意料之外的变更。身处笼中，没想到走出笼中便进入了一个更大的陷阱。这里没有谴责，也没有意义上的出路。当然，带着某种自责回到原地也是一种出路，甚至没有出路也是一种小说意味上的出路。金仁顺的小说都是对人们早已习惯了的，或阅读期待早已轻车熟路的那套圆满之情持有一种怀疑的立场，那温情脉脉的有色之镜被掀掉了幻觉的面纱，露出的裂缝塞进了问号，如同《爱情诗》的结尾处：“安次轻轻把赵莲从怀里推开，转过身，把花洒插回到墙上那个酷似半个手铐的卡子里。”真实情境，行为动作，寓意象征，微风拂面似的反讽、嘲弄都堵塞在一个窄门之口，让人欲吐为快，却又有口难言。这很像其同时期的作家叶弥的《马德里的白衬衫》中马德里那一开始的心情：“他长长吸了一口气，彷佛是惆怅的，又是欣喜的，心里装着的幸福好像是满满的，一转念又空了。”

根据拉康的观点，女人是男人的症状。事实上男人又何尝不是女人的症状，人都是他人的症状。对金仁顺来说，他人未必是地狱。但也有例外，夏蕙这样一位表面上极其傲慢，多少有点冷漠，而实际掩盖着其无法摆脱的自卑。她多少有点恋父的情结，因父亲过早地因车祸而去，在母亲季莲心的身上发生了情绪性的颠覆。结果《桃花》演绎的是一场母女间的对抗，两个女性间为争夺第三者的心理之战。也可以说，这是一部因莫名而无法扫除的嫉妒之心引发妄想症的故事。这是故事也是精神分析的一个案例。此故事叙述得跌宕起伏、波澜不断，日常生活因心理变故而变得不同寻常，以至最后那浓墨重彩的凶兆也有点不像金仁顺所为。如果说《桃花》通过反衬，如影随形般的手法道出女儿对父亲的情感，那么《仿佛依稀》则是一场直面的叙述了。是早熟善良懂事脾气倔的新容和清高儒雅从容脱俗的父亲苏启智的情感故事。从小新容就崇拜信任父亲，“为他是她的父亲自豪。”后因父亲的婚外恋而伤了父女间的感情，更因父亲和母亲黄励离婚，娶了学生辈的徐文静后而中断了父女间的来往。这是一次创伤性的遭遇，改变了这新旧家庭中每个人的生活。不过，这些经历和故事在小说中都成了断断续续的插入和不时涌现的记忆。小说的现在时态却是因为父亲得了晚期胃癌，父女间的重逢。一头是生命即将走到终点，一头是裂缝得到修复，父女间的情感又回到了起点。《仿佛依稀》在《作家》杂志上发表时被列为不常见说情“小中篇”，我似乎有一个大胆的猜测，此一段时间的作者是否有着长篇的作业在进行？一个写短篇的高手，猛然进入长篇的叙事思维，这无疑是一种精神折磨。

还是拉康关于爱情的说法：“爱情表现出来时很少是真的，就像我们每个人都知道的，爱情只会维持一段时间。”婚姻如果指的是家庭契约的话，那么爱情则经常表现为解除契约的危险。爱情这种最为理想的情感方式在现实生活往往又是以相当脆弱之物开始的。《彼此》作为短篇佳作，无疑是2007年短篇艺术的代表作。我有点不敢相信，在短篇这种文学样式不断衰败的岁月里，竟然还会有这样的精心之作出现。《彼此》故事很简单，作为医生的男人和女人各自的家庭，“丈夫有外遇了，或者自己有外遇了；不再相信爱情，或者开始相信爱情。”一个文静、优雅的女人，女人中间的另类，寡言少语的“大理石美人”黎亚非，让四十五岁的主刀大夫周祥生再次演绎了关于爱情不信任中获取了信任的故事。爱情无疑是存在的，但通往爱情的道路经常是错误的。我们现在必须聆听一个个反讽的故事，内容是爱情如何产生出其反面，如何在过程中包括曲折、分歧、无谓的尝试、没有余地的死胡同。我们似乎只有在检讨这个过去，才能最终认识到爱情在不知不觉中被遗漏了。“女人是玫瑰，漂亮的花朵，还有那些刺——千万别忘记那些刺”，《彼此》中周祥生那颇有男子沙文主义的想法，自然令我们想起弗洛伊德那具有同样性质的格言，“女人实在令人难以忍受，是永恒麻烦的源泉，但她们依然是我们所拥有的那一种类中最好的事物，没有她们情形会更糟”。金仁顺将无谓的尝试写得那么有滋有味，把甜蜜的瞬间写得那么令人神往，而那周而复始的死胡同，连同那周祥生和黎亚非的再次新婚却写得冰凉冰凉的。不露声色轻松流畅的叙述和难以承受的重负，多少让有点窒息的结尾成了彼此的镜像。冷酷是这一代诸多优秀作家的特征，单一个冷酷的问题就简单了，麻烦在于冷酷还包裹着诸多与冷酷并不兼容的东西，对甜蜜的回忆多少是对甜蜜存在的证明，但对甜蜜的怀疑则是甜蜜如何走向异己的推论。鉴于爱情只有借助失去自我的线索才能显现自我的面目，为了回归这一理想的自我而落入“怀疑论”的世俗土壤，从认识论的角度来说这多少是一个悲剧性的结构。

事实上并不是情感生活的话题只和理想和圆满有关，它完全可能存活于另一种艺术谱系，诸如庸常与妥协、简单与消耗、疑惑与宿命。毕竟，小说仅仅是虚构，它所被准予运用代理的权力都是我们可以容忍的。我们自己在实在世界遭遇所受的压抑，在这并不实在的世界中或许会得到巧妙的缓和与舒展，或许这是无奈和必须的并存。我们在审美领域得以一瞥的东西并非惊世骇俗的新天地，有时恰恰是与我们熟视无睹的现世生活的重逢与巧遇。世俗的甜蜜并不那么生离死别，并不那么理想，但却必须是我们大多数人能够触摸的，能够企及并加以接受的。虽然平凡的生活是那么琐屑，其周而复始的圆圈在更高层面的认知上同样遭遇另一种怀疑论，那生活在其中的男人女人还是不能公然放弃这个世界。那么文学呢，放弃这样的世界成就一种理想主义，还是紧追不舍而成就一种现实主义。金仁顺大部分属于后者，值得庆幸的是，她还有“怀疑论”，多少夹带着前者的剩余之物。《云雀》是值得商榷的。它究竟是指涉一个包养二奶无可奈何的终极命运，还是隐语着一个年轻的女子，在一个拥有稳定社会地位和富裕物质生活的中年男子的怀抱中会获取更多的利益呢？是否作者还想走第三条路，揭示出甜蜜生活那温情面纱下的残酷和无奈，故事整个就是反讽。也许，作者什么想法都没有，她只是叙述一个多少有点意味的状态，仅此而已。甚至，很有可能所有这些歧义都是那些坐在安乐椅上，无事可做的批评家们的想入非非。同样，《彼此》是可以质疑的，倘若说金仁顺惯于在甜蜜的俗世中进行叙事旅程的话，那个两次婚前所出现偶尔性“告密性”的举报，作为一种多少有点宿命的破坏性符号的插入却是非世俗和日常的。郑昊前女友得意扬扬的告密性叙说和周祥生无法诉说，默默等候的那备受煎熬的一整夜无疑都是有目的的精心布置。这些小玩意犹如定时炸弹令人忐忑不安，令剧中甜蜜幸福之人顷刻性进入他途，也令剧外人在阅读现场像领受一张红牌一样被罚出场外。宿命般的惩戒这样一张王牌究竟归属于意料之外还是意料之中，不同的人可以各取所需。但是，这种“精心”作为这篇优秀之作不可或缺的组成部分的同时，多少也露出了和金仁顺惯于经营的甜蜜世界难以弥补的裂缝。在这里，一场并不宏伟的剧情突变被日常意义所包裹，如同纸包不住火一样。我们终于发现小说审美有意识的远行与世俗日常无意识的漫游之间一直处于争执之中，彼此互不相让而不得不共存一处。前者因叙事而突现，后者则自生自灭而被人忽略。爱确实是一种疾病，它是我们本能中最邪乎，最不稳定，最容易出错，而且其神圣与亵渎方面如同精神与物质一样不可区分。相反，从某种身心的角度解读，疾病可能是经过转化的爱，作为一种可以辨认的症候，是否经常性表现为这同一类型的裂缝呢！

在过去相当长的时间，我们经历过思想的机械复制的时代，其代价失去的是思想本身；而今，我们同样在经历着类似书写的机械复制的年代，大多数人都在商品生产中拼命赶工。长篇是紧俏商品，短篇创作趋于被淘汰的境地。很多短篇创作都是长篇创作的剩余之物，甚至是残渣余孽。金仁顺则是为数不多的短篇守望者。倘若是以写作为生的话，金仁顺很可能会掉落至“生活的底层”。但其怀疑的精神却是富裕而活跃的，敢于将“甜蜜”从理想的国度拉入世俗的土壤之中，让其结出日常的“幻象”之果，可谓是一种妙不可言的镜中之像。盗用并重复作者的小说书名来说，真是“彼此彼此”。

2008年元月16日于上海

金仁顺著作列表

《春香》（长篇小说）	中国妇女出版社
《春香》	时代文艺出版社
《桃花》（中篇小说集）	21 世纪出版社
《绿茶》（中篇小说集 韩文版）	韩国亦乐出版社
《云雀》（小说集）	言实出版社
《松树镇》（小说集）	新星出版社
《彼此》（小说集）	山东文艺出版社
《僧舞》（小说集）	中国出版传媒有限公司
《僧舞》（英文版）	对外翻译出版公司
《爱情诗》（小说集）	山东文艺出版社
《爱情诗》（小说集 台湾版）	台湾人间出版社
《爱情冷气流》（小说集）	珠海出版社
《月光啊月光》（小说集）	吉林人民出版社
《玻璃咖啡馆》（小说集）	春风文艺出版社
《时光的化骨绵掌》（散文随笔集）	浙江文艺出版社
《仿佛一场白日梦》（散文集）	安徽文艺出版社
《失意纪念馆》（小说散文合集）	新世界出版社
《白如百合》（随笔集）	时代文艺出版社
《绿茶》（影视作品集）	北京出版社
《爱情走过夏日的街》（影视作品集）	新世界出版社
《妈妈的酱汤馆》（影视作品集）	作家出版社